U0527470

JUSTICE PENG:
AN OFFICIAL IN THE LATE QING
DYNASTY

大清官
晚清名臣
彭玉麟

上

林家品 著

广东人民出版社
·广州·

图书在版编目（CIP）数据

大清官：晚清名臣彭玉麟. 上 / 林家品著. —广州：广东人民出版社，2023.10

ISBN 978-7-218-16502-8

Ⅰ.①大⋯　Ⅱ.①林⋯　Ⅲ.①长篇小说—中国—当代　Ⅳ.①I247.5

中国国家版本馆CIP数据核字（2023）第054781号

DA QINGGUAN: WANQING MINGCHEN PENG YULIN（SHANG）

大清官：晚清名臣彭玉麟（上）

林家品　著

版权所有　翻印必究

出 版 人：肖风华

策划编辑：向继东　钱飞遥
责任编辑：钱飞遥
责任技编：吴彦斌　周星奎

出版发行：广东人民出版社
地　　址：广州市越秀区大沙头四马路10号（邮政编码：510199）
电　　话：（020）85716809（总编室）
传　　真：（020）83289585
网　　址：http://www.gdpph.com
印　　刷：广州市豪威彩色印务有限公司
开　　本：787毫米×1092毫米　1/16
印　　张：52　　　字　　数：775千
版　　次：2023年10月第1版
印　　次：2023年10月第1次印刷
定　　价：78.00元（全2册）

如发现印装质量问题，影响阅读，请与出版社（020-87712513）联系调换。
售书热线：（020）87717307

目 录

上

第一章 千里赴赣

一 曾国藩被困南昌,长吁短叹 /2
二 罗泽南遇上死敌韦志俊 /6
三 连丧兄妹亲子,湘军最苦之名将 /12
四 乱极时站得定,方是有用之学 /18
五 棺材底突然开了 /26
六 戏台杀人,"看戏"的像打了鸡血 /34

第二章 莫逆之交

一 曾国藩和他抱头痛哭 /42
二 同一天,湘潭大胜,靖港惨败 /45
三 人算不如天算 /49
四 账房先生是个奇才 /54
五 "不求保举,不受官职" /62

第三章　江上旌旗

　　一　君山设伏；大破擂鼓台　/72
　　二　旋湖港力挽狂澜　/78
　　三　铁锁阵·洪炉大斧　/86
　　四　俘获的五百艘船，一把火烧了　/91
　　五　斩外甥，自挥老泪哭羊昌　/94
　　六　昏了脑壳？　/101
　　七　彭郎夺得小姑回　/106

第四章　诱惑·思索

　　一　三上请辞奏折，终于辞掉了巡抚　/112
　　二　一个美人在他床前亭亭玉立　/115
　　三　为梅姑，狂写梅花十万枝　/121
　　四　江南江北大营被击溃，于湘军反而有利　/130
　　五　断言"二成"日后必有矛盾，无法调解　/136
　　六　惺惺相惜，将帅竟然都夸敌酋　/139

第五章　焦点安庆

　　一　"围魏救赵"，棋差一着　/146
　　二　下巴河；隔江相望而不能及　/151
　　三　错判"危难见人心"　/159
　　四　面和心不和　/163
　　五　"失我一人，已失大半江山"　/169

第六章　功成之后

　　一　寄希望十倍于湘军的优势兵力　/174
　　二　雨花台；金柱关　/177

三　熊熊大火中突然冲出了水勇　/182
四　"如何吃粥就变心？"　/186
五　为避"狡兔死，走狗烹"　/192
六　不用出钱而有长江水师，立即准奏　/197

第七章　军营迎检

一　送公文进军营也得行贿　/202
二　又辞漕运总督、兵部侍郎　/206
三　将军府夜宴·"三好一高"　/209
四　碰上个煞是奇怪的劫匪头儿　/214
五　送完礼的官员们都显得格外轻松　/228
六　失踪的军爷是总兵的好朋友　/235
七　老子啥礼都不送，只送他一张纸　/240
八　为官若视百姓为鱼肉者，皆当杀　/248
九　你以为你真是将军的什么人　/256

第八章　剑拔弩张

一　娟儿成了送给高官的礼物　/272
二　站队到底站哪一边？　/276
三　反抓他三大罪状　/282
四　两边都不得罪其实两边都得罪　/290
五　装病却已暗中调动兵力　/295
六　尤物是这样落入将军之手　/299
七　房内全是白银黄金　/310

第九章　假人行刺

一　搜出的钱可供长江水师两年之用　/320
二　抓到的总兵到底是真是假？　/325

三　强龙究竟能不能压住地头蛇?　/332
四　套中套，计中计　/338

第十章　沆瀣一气

一　过生日不准"声张"　/352
二　如此巡逻　/357
三　代表提督大人来征求意见　/359
四　"指挥船"突然遇袭　/366
五　虎口滩关卡　/374

第十一章　行辕风云

一　马背上的缱绻　/382
二　少女成了主审官　/385
三　又一个高官骗子　/392
四　炮台筑在爽心楼　/399
五　堂上坐的也不过二品　/408

第一章 千里赴赣

一　曾国藩被困南昌，长吁短叹

夜色如漆。

原来点缀在空中的几点星星突然消失得无影无踪，厚厚的黑云将一切都捂得严严实实。

南昌城内，心力交瘁的曾国藩绕室以桓。

野外有几堆残剩的篝火，空气中弥漫着死尸的焦臭。旷野萧索。唯饿极的野狗仍在疯跑，企图碰上活的或死的充饥之物。

咸丰六年（1856），太平军突如飓风横扫江西，江西七府一州五十多县悉数被占。

南昌如一孤舟在风雨中飘摇，随时会被扑来的巨浪淹没。

低头踱步的曾国藩突然往座椅上一躺，两手不停地抓挠着双腿，复发的痼疾瘙痒令他不得不抓，这一抓不打紧，不但未能止住瘙痒，反而是越抓越痒，腿上的瘙痒很快往上，往全身扩展，如无数蚂蚁在他身上爬，往他心里钻。

难耐的钻心的瘙痒使得他的脸都扭曲了，这位湘军统帅既显得狰狞又有点可怜。

民间有传说，说他是蟒蛇精化身，身上长满了蛇鳞。那所谓的蛇鳞，其实就是这令他瘙痒难耐的银屑病，国医称为牛皮癣，一块一块形同鳞片，用手一挠，灰白皮屑纷扬，洒落一地……银屑病对他的折磨，无异于一种刑罚，刑罚尚有终止之时，他这个银屑病，虽用过无数名医、郎中的名方、各种偏方，却始终无法根治，时而复发，国医说是不能上火，无论虚火、实火、心火、胃火、肝火、肺火、肾火、热火、寒火，一上火就会复发，不能生气，一生气就会复发……尤其不能发怒，怒则血充，血充则气激，气激则触动隐患，瘙痒之症复现且加剧。

此时，他就是瘙痒之症复现且加剧。但他并未发怒，不是"怒则血充"之故，只能归因于各种各样的"火"，但究竟是哪一种"火"，要想准确地"把住"，难。

曾国藩在抓挠一阵反而愈发瘙痒后，既不说要服药，也不喊人来搽药，而是猛然站起，一动不动，凝视窗外，如同雕塑，他索性以坚忍来对付瘙痒，你自瘙痒，如非在我身！

这其实是一种意念，犹如以静制动，他是以静制痒。

这一以静制痒，还真就不那么痒了。瘙痒如同漫延的洪水渐渐消退。

"洪水"一消退，他又慢慢地低头踱步。

低头踱步的曾国藩忽地又立住，抬起头，竟有一丝绝望如冰凌挂在他的脸上。尽管冰凌倏忽消融，但留在脸上的凉意，使得他浑身一颤，不由地发出一声长长的哀叹。

他的这声哀叹，可不是因为无法治愈的银屑病，而是因此时被困在南昌的窘境。

曾国藩什么时候有过这种哀叹呢？他自创办湘军以来，屡败屡战，靖港一役，他亲自督率的战船四十艘、陆勇八百并乡团全军覆没，他投水自杀，被部下救起，人们以为他是因惨败而羞愤投水，却忘了曹孟德曾屡次要自刎。靖港惨败后的第二年初，石达开趁月黑风高，猛攻湘军水营，烧毁湘军战船100余艘，连曾国藩的座船都落入敌手，座船里的"文卷册牍"都来不及销毁，机密文件全被敌人缴获。曾国藩逃上岸后，要策马赴敌只求一死，被左右力劝，才未赴死。人们以为他是愤怒至极所致，殊不知只有主帅要去赴死，方能激励余众……

靖港投水，九江赴死，那都是身边有人，决不会让他淹死，也不会让他去赴死。

而这一次，这一次……几如"四面楚歌"，他身边无一可用之人啊！

他又想到在靖港投水，自己为什么要投水，仅仅是因为惨败吗？

胜败乃兵家之常事，主帅若因一战失利便自杀，他还配当主帅吗？那是匹夫负气。靖港为什么会惨败，那是他违背了一个人事先的规划，自作主张进攻靖港，结果水陆俱败。他不投水，如何面对那人？当年曹孟德下了军令，马踏麦田者，斩！结果他自己的马踏进麦田，按照军令得斩，怎么办？不得不拔刀做自刎状，自然有人夺下他手中之刀，自刎不成，那就不是他曹孟德未遵军令了，怪不得他了，但还得表示一下，遂割发代头。

这一次，自己是怎么被困南昌的呢？石达开，石达开！这次又是败在他的手里。

当田家镇之仗湘军击败太平军燕王秦日纲，乘胜南渡，攻围九江，进窥湖口，曾国藩大呼要"肃清江面，直捣金陵"之时，石达开率军杀来。

就是这湖口和九江两次大战，湘军水师大败，石达开竟横扫江西，曾国藩与罗泽南被逼得退缩南昌孤城。

危机四伏，情势险恶……

曾国藩第一次感到自己心力俱瘁，他又叹了一口气，这一叹气，消退的瘙痒又在蠢蠢欲动。

身陷孤城，身边已无堪用之人，水营营官萧捷三也已战死，若亲自率兵冲锋陷阵，不是自身强项，在战阵方面自己实属外行，他有自知之明。

曾国藩想到了远在千里之外，自己若按他事先规划行事，便不会导致靖港惨败的那个人。

"彭玉麟，雪琴吾弟！"曾国藩不由地喊道："此时，你可知我之境遇，能来到我身旁吗？！"

此时，彭玉麟正在老家衡州渣江养伤。

彭玉麟在老家养伤的日子里，总觉得心神不宁，总感觉会有什么不祥之事发生，这种不祥之感倒不是因联想到自身而起，而是缘于他牵挂的湘军、他的涤生兄曾国藩。

似乎有心灵感应，正当曾国藩在长吁短叹时，彭玉麟愈发心神不宁，曾国藩的喊声，就像在他耳边响起——

传来了曾国藩被困南昌的消息！

一听到这个消息，彭玉麟从病榻上翻身而起。

"大帅，曾大人，涤生兄啊！"

彭玉麟一边喊一边慌慌忙忙地穿衣，竟将衣服穿反。

彭玉麟什么时候这样慌乱过？从来没有。即便是血战中身陷绝境，他也绝不慌乱。

"我要去见他，我必须去见他，我得在他身边！"彭玉麟边说边往外走。

"大人，大人，你的衣服穿反了。"照看他养伤的一个护院院丁忙拉住他。

彭玉麟此时已加同知衔，可享受地师级待遇，又是在战场上受伤，可照看他的就只有这么一个护院的院丁，这院丁也不是他家的院丁，他没有院子，而是乡里人自发组织护院者中甘愿来照看他的一个志愿者，没有工资可领。

院丁此时拉住彭玉麟，彭玉麟这才发现自己失态，但还是说必须立即赶到曾国藩身边去。

"大人，你的伤还没全好，不能出去啊！"

"已无大碍。"彭玉麟活动了一下手脚。

"大人，曾大人是被困南昌，此去南昌……"

"凶多吉少。"彭玉麟说，"得经过十多个县，全是敌军占领地带。"

"大人明知凶多吉少，为何还一定要去？"

"曾大人之身，干系国家安危，如今他被困，我彭玉麟焉能不去！此时他盼的是什么，盼的就是我在他身旁。我如不去，还是他的兄弟吗？"

"那，那，大人带多少人马去？"不待彭玉麟回答，院丁又说，"大人没带人马回来啊，莫非……"

"莫非能变得人马出？"彭玉麟接过他的话，"若待我变得人马出来，迟也。我这就准备动身。"

院丁见彭玉麟要只身前去，壮着胆子说："大人，要不我和你一同去，也好有个照应。"

"你跟我去，枉担些风险而已。你只需做一件事，就是略等片刻。"

彭玉麟走进里屋，不一会儿，走出，对院丁说："你看我此时这样子，像不像个商人？"

"像……像个做生意的。"

"像个生意人就行。"他走出门，对天默念，"涤生兄，雪琴来会你了！"

只此一去，令曾国藩日后写下："平生最难忘之事，即困守江西时，彭玉麟破衫赤足，在敌占领区中，间关千里来见，相对涕泣之情景。"

二　罗泽南遇上死敌韦志俊

前面说到，曾国藩是和罗泽南一道被石达开逼得退缩南昌，他身边不是还有罗泽南吗，怎么又哀叹身边已无堪用之人呢？须知，罗泽南与塔齐布、杨载福、彭玉麟并列为湘军水陆师最能打仗的四大名将。

有罗泽南在，曾国藩岂会长吁短叹；问题是，罗泽南已去了武昌。

罗泽南是去支援胡林翼攻打武昌而离开曾国藩的。

罗泽南曾对曾国藩力陈："欲取九江、湖口，当先图武昌；欲取武昌，当先清岳鄂之交。"

谁占据了九江、湖口，谁就取得了整个战役的决胜权。而要占据九江、湖口，就必须先夺得武昌。

武昌落在谁手，谁就掌握了决胜的主动权。

武昌，武昌，成了"决战中原所逐之鹿"！

当攻打武昌的胡林翼要求增派援兵时，曾国藩答允了和他一同在南昌的罗泽南前去的请求。

武昌，是血与火的交织点。

洪、杨起事，从广西突入湖南，蓑衣渡一战，南王冯云山被江忠源击毙；洪、杨绕道而行，前锋突然进逼长沙，西王萧朝贵被炮击伤，死于城下。太平军连损南、西两王，锐气却丝毫未减，洪秀全、杨秀清率全军自郴州赶赴长沙，猛攻两月，激战正酣，又突然从长沙撤军，移营转进，克益阳，取岳州，势力大增，尤其是获得了大量军火、船只，招收了大批船民、纤夫，组成了水营。然后由岳州进入湖北，水陆两路，沿江而下，连克湖北重镇汉阳、汉口，围困武昌。太平军的水营在汉阳和武昌间用粗大的缆索横缚巨木，铺上木板，架设浮桥；土营则以地雷将武昌文昌门轰塌……位于九省通衢之地、有长江中游锁钥之称的武昌，第一次易帜。

武昌被占领，清廷大为震动，将钦差大臣、署湖广总督徐广缙革职拿问，命署湖北提督向荣专办两湖军务，以云贵总督罗绕典等防守荆襄，以两江总督陆建瀛为钦差大臣防守安徽、江苏，以署河南巡抚琦善为钦差大臣驻防河南，同时命三路合围，誓必夺回武昌。

咸丰三年二月，武昌被夺回，实则是洪、杨主动放弃，其大军水陆夹江东下，长驱千里，连破九江、安庆、芜湖，于三月十九日攻克南京。

翌年六月，太平军再克武昌，十月，湘军和湖北清军反攻，拿下武昌。咸丰五年四月，武昌又被太平军攻克。

武昌，武昌，几易大旗。

罗泽南对曾国藩力陈"当先图武昌……"之言，在湘军与太平军的整个作战过程中，被证明确系有先见之明的定鼎之言。

湘军与太平天国激战十余年的战火史，实质上就是对长江中下游控制权的争夺战。

就太平军而言，武昌保卫战在短暂的天国史上写下了悲壮的一页；就湘军而言，武昌志在必得，不惜一切，哪怕将帅不断列尸城下，也要从尸体上踏出一条入城之道。

罗泽南在支援胡林翼攻打武昌的血战中遇上了死敌韦志俊。

韦志俊又名韦俊，人称韦十二，广西桂平人，韦昌辉之弟，被洪秀全封为国宗，旋又加提督军务衔。

韦志俊和罗泽南，早已有过一场殊死的较量。

那是杀得天昏地暗的田家镇之战。

太平天国燕王秦日纲在九江得知武昌第二次失陷后，痛责守将石凤魁、黄再兴，命石、黄率部驻田家镇听候调度。不几日，东王杨秀清令秦日纲统理田家镇军事，严密布防，并速调韦志俊、石镇仑、韦以德部增援田家镇！

秦日纲命所部自田家镇到蕲州沿长江北岸四十里建筑土城，从田家镇横过半壁山江面铺设铁锁。土城以拒湘军陆师，铁锁以阻湘军水师，防范严密。秦日纲又于半壁山上建立营垒五座，引湖水为壕沟，并造木簰水城，在长江中心挽泊堵御。整个防卫可谓无懈可击，既扼陆路咽喉，又塞水路要冲，而半壁山上的营垒既可居高临下退敌，又可随时出击。

秦日纲驻守在田家镇坐镇指挥。

然而，秦日纲没有料到的是，来犯的湘军竟是那般凶猛。

冲在最前面充当敢死队的就是罗泽南及其弟子李续宾、李续宜率领的两千湘勇。

这两千湘勇是罗泽南于太平军自广西进入湖南时，在自行招募两三百人的基础上，以戚继光兵法训练而组建起来的。长沙被围时，他奉湖南巡抚之札，率乡勇去协助江忠源防守省城，这便是日后称为老湘军的湘勇。

罗泽南组建团练，招募乡勇，在老乡曾国藩之前。

就是凭着他组建的这支老湘军，一介书生罗泽南，于咸丰三年五月会剿桂东太平军开始建功，巡抚骆秉章保奏他以知县用。六月，太平军自金陵击江西，曾国藩令其率湘勇辅以新宁之勇随夏廷樾、朱孙诒往援江西，开湘军越境作战之始，罗泽南援吉安，战安福，旋又取湖北崇阳、咸宁，参与第二次攻破武昌，被授以浙江宁绍台道。

面对秦日纲严密设防、连绵数十里的土城工事，横锁长江的铁链，蔽日招展的太平军战旗，数十倍于己的敌军，罗泽南勒马挥剑，直指半壁山。

"先捣半壁山，再破长毛连环阵！"他发出命令。

"罗山，千万不可造次呀！"跟随他的同乡好友劝道。

"怎么？"罗泽南怒目问道。

"长毛势大，我军力单，长毛以逸待劳，我军长途奔波，此正于彼有利，于我则大忌呀，将军不可不虑。"

"依你该怎么办？"

"只宜择地扎营，等待塔齐布提督的大军到来，方可合力进击。"

"你所说的听来似乎合于兵法，却只知墨守而不善变通，"罗泽南微微一笑，说，"我军仅二千余人，而长毛兵力数万，我若择地扎营，军士锐气必减，秦逆素谙兵法，必趁我歇息之时统大兵踏营，那时以我二千之众，能抵挡得住秦逆么？君不闻以一当十之言乎？当年项羽破釜沉舟，以三千子弟兵而破秦兵十万，今日我有二千子弟兵，就不能破长毛秦逆吗？半壁山乃长江南岸之要害，夺得半壁山，长江和田家镇则尽在我控制之下。君不得多言，看我立马取胜！"

罗泽南说完，厉声喝道：

"李续宾何在？"

"弟子在！"李续宾大声应道。

"今日破长毛头功，让与你了。"罗泽南说，"你速打头阵，攻取半壁山！"

"弟子遵令！"

素以凶悍著称的李续宾即一马当先，狂吼着"湘军弟兄们跟我来"，直冲半壁山。

这是一场令鬼神丧胆的恶战。

厮杀声惊天动地，箭矢如骤雨相撞，但听得马的惊叫声、人的惨叫声、刀枪剑戟的撞击声……天和地全昏暗了，长江水似乎也停止了流动。

李续宾直冲在前，罗泽南督战在后，这支以湘乡人为主体的队伍全都疯狂了，他们心目中只有一个"杀"字，死亡和伤痛于他们全不存在了。

太平军进行了顽强的抵抗，然而，他们堵不住这股血的潮流。

罗泽南的大旗插上了半壁山。

第二天，提督塔齐布率领的陆师进抵半壁山下不远的富池口。

秦日纲也杀红了眼。

他一面分出部分兵力还击富池口的塔齐布，一面急调韦志俊等来援，自己则亲督大军，要夺回半壁山。

秦日纲与罗泽南又血战于半壁山。

秦日纲冲锋陷阵，亲手血刃了几员湘军将领，太平军士气大振，湘军眼看就支撑不住了。

"后退一步者，立斩！"罗泽南一面发布命令，一面甩开他的护卫，直冲太平军阵地。

两军混战在一起。

富池口战场，太平军抵挡不住塔齐布的攻势，开始后撤。秦日纲恐遭塔齐布和罗泽南的夹击，亦只能后撤。罗泽南乘势拼力追杀。是役，太平军伤亡数千人。

秦日纲撤回长江北岸田家镇，正气恼难当，营外禀报，韦志俊、石镇仑、韦以德率援军来到。

"快，快请他们进来！"秦日纲赶紧吩咐。

韦志俊、石镇仑、韦以德落座后，忙问战况如何。

秦日纲叹道："我自随天王永安举事以来，大小百余战，还从来没碰到过这么厉害的对手，罗泽南，太凶狠了。"

"燕王，罗泽南不过是湘乡的一个教书先生，怎么一下就变得如此厉害了呢？燕王不必过虑，这田家镇，一年前还是我大军全歼清妖之地，连那号称智勇双全的江忠源，也几乎为我水师俘获。"

韦志俊所说的这一仗，是咸丰三年十月初，他和石祥祯率军自江西九江进占湖北武穴镇后，进攻由清署湖北按察使唐树义、总兵杨昌泗等据守的田家镇。战法为先夺取长江南岸边的半壁山要害，以控制江面和北岸的田家镇。很快，时为湖北按察使的江忠源率兵赶到。韦志俊等率水陆师大举进攻，江忠源先是亲赴水营，开炮迎战，但根本抵挡不住太平军的猛攻，其战船几为太平军所获；江忠源急登陆率部顽抗，又大败，只得奔走广济，唐树义、杨昌泗等亦败逃，清军几乎全军覆没，太平军占领田家镇。

韦志俊还未说完，秦日纲就打断他的话，说："罗泽南之雄，在江忠源之上，你们切不可轻敌。"

"燕王，明日就由我去会战那罗泽南，将罗妖的头颅取来。"年方二十八岁的韦志俊是太平军"老弟兄"，已身经百战，所以并不把罗泽南放在眼里。

秦日纲见韦志俊出言骄横，本欲训斥，但韦志俊是北王韦昌辉的弟弟，秦日纲与韦昌辉的交情甚厚，北王又在他之上，也就只好按捺住了。

"志俊，"秦日纲转而以兄弟的口气说，"你们及时赶到，我就不惧罗妖了，只是明日之仗，还须谨慎为好。"

"明日一早，我就渡江与罗泽南决一死战，燕王你只管在大帐中听我的捷报便了。"韦志俊说。

秦日纲身为主帅，当然不会让韦志俊单独去冒险，但他又想借重韦志俊的勇气，于是决定，次日一早，由韦志俊率石镇仑、韦以德等为一队，他亲率一队，从田家镇分路渡江，齐袭罗泽南、塔齐布。

韦志俊虽然年少气盛，但用兵布阵颇为老成，他将自己这路人马又分为三军，石镇仑率右军，韦以德率左军，他自领中军，呈三个箭头形式向罗泽南发起了攻击。

这一天，韦志俊彻底见识了罗泽南的厉害。

这一天的激战，石镇仑、韦以德等千余将士死在罗泽南的阵前。

韦志俊、秦日纲被迫退回江北死守。

湘军水师顺流而下。

拦江铁锁被湘军水师以洪炉大斧斫断。

太平军水师东走武穴，湘军随后纵火焚烧。

江面烈焰腾腾，火光冲天。太平军船只被焚三千余号，水师元气大伤。

罗泽南、塔齐布自南岸纵兵猛攻。

秦日纲、韦志俊招架不住，自田家镇杀出一条血路，东退黄梅。

"罗泽南啊罗泽南！我誓要报这奇耻大辱！"韦志俊对天长啸。

田家镇之仗，罗泽南名声大振，被清廷加布政使衔并赏加"叶普铿额巴图鲁"勇号。

当石达开率军西援，大败湘军，逼得曾国藩与罗泽南退缩南昌后，韦志俊随石达开的大军乘胜西进，占汉阳，又夺武昌。

镇守武昌的重任，石达开就交给了韦志俊。

罗泽南自江西来援胡林翼攻取武昌，韦志俊又遇上了罗泽南这个对头。

罗泽南绝没有想到的是，武昌城下，将是他的死地。

韦志俊一心想的是，他要报田家镇惨败之仇！

三　连丧兄妹亲子，湘军最苦之名将

愁云惨雾笼罩着战火波及之地。

在彭玉麟往南昌赶的路上，在太平军和清军、湘军厮杀过的地方，满目苍凉，虬根盘错的老树都只留下些残枝败叶，于战火飘散的硝烟中瑟瑟发抖。

尽管战乱频仍，路上却还有为生意奔走的人。

一个矮矮胖胖的商人从彭玉麟身后赶上：

"这位客商，敢问……"

没等来人说出"敢问"的下文，彭玉麟反问道："你这位老板，怎么知道我是做生意的？"彭玉麟想证实一下自己到底像不像商人。院丁说他像个生意人的话，恐是顺应之言。

"这个时节敢出来在这条路上走，就只有和我一样是跑买卖的。"来人说，"你做的是哪路生意？"

一被问到做哪路生意，彭玉麟不好回答，他没做过生意，但帮人管过账，当过账房先生，便说："我是去收账，只是个收账的而已。"

"这兵荒马乱的，你还去收账？能把账收回来？"

"这兵荒马乱的，你不是还得做买卖吗？买卖能做成？"

"嘿嘿，嘿嘿，打仗是打仗，不管谁和谁打，也无论是哪一方占据的地盘，总少不了做生意的，风险嘛，当然不小，风险越大，那利润嘛，也就越高。不过，也得靠运气，但若做不成几笔买卖，谁他娘的还来冒性命危险。"

"此人是长跑此道的。"彭玉麟想，不妨和他多交谈交谈，也好知晓些个中板路，遂作揖施礼：

"老板你贵姓？"

"我叫尹福。"

"尹老板，你跑买卖见多识广，我呢，实不相瞒，初次出来讨账，也是没办法不得不冒性命危险出来，一路上还得请你多多关照。"

"好说好说，你老板过谦，过谦。你老板贵姓？"

"小姓王，三横王。"彭玉麟用了母亲王氏之姓。

"嗬，是王老板，能在这路上碰到你，也算幸会幸会。"

"尹老板，我乃账房先生，还是喊我先生为好。"

"喊先生喊不得，喊不得！"尹福忙说，"喊老板为好。王老板你确是初次来这，你不知道，"尹福压低声音，"长毛恨先生，湘军头领有不少教书先生，一说先生，以为你是教书先生，若被抓住……"

尹福做了个砍头的手势。

彭玉麟一听，想，只顾赶路，倒忘了这些，还幸亏他提醒。忙说：

"多谢尹老板指点。"

"还有，不能太斯文，不能让长毛看出你是读书人，若不然，掉了脑壳还不知是怎么掉的。农夫壮汉，充其量被抓去当兵打仗，当兵打仗还能寻机会跑啊！像我们这号商人嘛，倒没多少事，你肯定会问为什么，他们有时也通过我们这号人做买卖……"

这个尹福看来是在路上憋得慌，好容易碰上了个愿意听自己说话的人，便话语不断，说着说着，又说到了年成。

"王老板，你说这兵荒马乱的年头，这地方的年成倒还不错，怪事吧，年成好，老百姓却照样吃不饱，全被当兵的征收了。"他不说是哪一方的兵，只是说，"你带兵打过来，我带兵打过去，打来打去，遭殃的是老百姓。这天下没有不残害百姓的兵，唉！"

"听闻有个湘军，你可见过？"彭玉麟想听听这个商人对湘军的看法。

"见过，还能没见过湘军？要说那湘军嘛，"尹福停了一下，"只有称罗爷罗山叫罗泽南的队伍还可以，还有个彭玉麟带领的水军也还算好，不怎么祸害百姓。听人说，这两人都是贫寒出身，所以还能体恤百姓。其他的，哎呀呀，不敢说，不敢说。"

彭玉麟听尹福说到罗泽南还说到了他，不由地在心里感喟，罗泽南之穷可就比他彭玉麟更甚啊！

罗泽南的穷酸在罗山出了名。

清嘉庆十二年（1807），湖南湘乡罗山罗姓家又生下了一个男孩，尽管家里已穷得吃了上顿没下顿，且已有十多个孩子，但懂诗书知礼仪的父亲仍是欢喜得颤颤巍巍，白天捧在手上像捏着一个生鸡蛋，重了怕捏烂，轻了怕掉到地上，晚上坐在床边，看一看罗泽南那小脸蛋，摸一摸自己颏下那三寸之须，得意之情悠然不可言，就好像他知道这孩子日后必定光宗耀祖。然而，又如同民间所说地方上若出一个状元，天都必干旱三年一样，罗泽南降临到罗家后，罗家屡遭变故，八年内连丧兄弟姊妹十一人，平均每九个月逝去一个。

哭天抢地的悲号，呼儿唤女的哀诉，撕人心肺的悲泣……他母亲整天是一个泪人儿，才哭罢男孩死得苦，又悲诉女孩为何去得这么早……父亲整天捶胸哀叹：家道不幸，家道不幸……

悲哀气氛如拂不去、赶不走的山风，缠着罗山，缠着罗家。

喊魂的声音整夜在夜空萦绕着，恐怖异常。

母亲抱着奄奄一息的儿子站在屋外转弯处，扯着喉咙喊儿子的名字，喊儿子回家，那不是喊儿子，是喊儿子走失的魂魄快回来。父亲坐在屋里，憋着嗓门学儿子的声音应答：回来了，回来了喔。那不是父亲在应答，是儿子的魂魄回来了。

母亲的喊声由强到弱，由尖厉到啜泣，父亲的应答由强憋到憋不过气来，只余下微弱的叹息。

山上的麂子不时发出凄绝的叫声。山民们说，麂子对着谁家叫，谁家就该死人了。

为死去的兄弟姊妹烧化的纸钱腾起一阵明火，熄灭，荡起一阵浓烟，飘起片片纸灰，蓦地如有气流旋转，纸灰卷起一条黑色的灰柱，往上，往上，倏忽间又满空飘洒。

十一个兄弟姊妹都是因为染病无钱医治而去世的呵！

在兄弟姊妹相继去世的悲哀中，在家里一日贫甚一日的困境中，罗泽南长大了，到了该完婚的年龄了。

"不孝有三，无后为大"，不管家境如何败落，娶妻生子继承香火是头等大事。

罗泽南在茅屋中度过了洞房花烛夜。

洞房花烛夜是人生一大幸事，然而，洞房尚新，花烛尚红，米缸却已空。

无米为炊的日子，妻子每每坐于灶膛前，泪水汩汩而淌，却又不敢让罗泽南知晓，只能任凭灶膛内通红的柴火烤干脸上的泪水，再以粗布衣服擦去脸上的泪痕。

柴火甚旺，锅子里的水咕咕直响，热气蒸腾，野菜、米糠在锅中翻滚。

和罗泽南常以野菜、米糠度日的妻子，又成了孩子的母亲。

孩子出世了，一个接着一个，米缸里的状况却依然如故。

一日，冰封雪冻。满山满岭，亮晶晶一片，裹着那依然苍翠的松柏，垂下无数条冰凌。树上的积雪越积越厚，越压越重，垂吊的冰凌越吊越长，直吊到了地上，和地上的冰雪吻在一起，形成虬龙爪状，四处伸展开去，终于，树木承受不住了，便到处响起"咔嚓""咔嚓"声。一丛丛大枝丫断了，轰然一声，垮了下来，雪花纷飞，四散迸溅，像无数匹战马驰骋扬起的灰尘，一时弄得人什么也看不清，只见满山都是粉雾，那粉雾又往上升腾开去，形成一股股冲天的气浪。微弱的阳光射下来了，射进那呈波峰状的气浪中，就反射着形成一束束光柱。光柱慢慢又弯曲了，七扭八歪，宛若一条条云龙在飞舞。

罗泽南踏着积雪，欣赏着琼山玉树，顿觉天地之宽，自己胸襟亦宽，不经意间一回首，自家那被积雪压得摇摇欲坠的茅屋进入眼帘，他不由地长叹了一口气，然后又自顾自地往前走。

茅草屋和茅草屋中的妻子儿女，暂且搁一边去吧，因为就算把草屋和妻子儿女全挂在心上，也变化不出什么奇迹。

妻子叮嘱他须弄些米回来，家里已经好几天没煮干饭吃了，孩子要他带些炭回来烤火，家里太冷，冷得人受不了。罗泽南连连答应，说他就是去弄钱的，弄了钱买米买肉回来。

罗泽南在雪地里走着。他到哪里去弄钱呢？想来想去想到县城里有一位朋友，何不趁此大雪漫天时去他那里一叙"礼义"呢！

罗泽南走到县城，朋友家门上却是铁将军把门。朋友大抵是趁着雪花飘洒去乡里观野景去了。正可谓：同是雪花舞蹁跹，朋友心境不相连，一说难敌寒风侵，一说来日好丰年。

罗泽南走了大半天路，肚内已是饥肠辘辘，脚上的麻鞋又已全被雪水浸湿，冻得脚指头如断裂般痛。又饥又冷的罗泽南只得在大街上慢慢儿踱着。大街上行人稀少，两旁的店铺也多半掩着门儿，人们缩在家中取暖。

经过四牌楼时，牌楼下有一个卖糯米汤圆的老头。老头两手笼在袖中，脚踏一只竹篾火笼，坐在汤圆担子旁边。

汤圆的香气、热气勾住了罗泽南的双脚，他再也挪不动脚，只是眼巴巴地看着。

罗泽南的身上一文不名。

卖汤圆的老头抬起头，见一个大汉傻呆呆地看着汤圆担子，便问道：

"客官，想是要买碗汤圆吃么？"

罗泽南点点头，又赶紧摇头。

"客官，你点头又摇头，到底是要还是不要呢？"

罗泽南不吭声。

老头看着罗泽南脸上那副如同饿极的小孩见着糖果的神态，明白了，说：

"哦，客官，我知道了，你是饿了，但又掏不出钱来，唉，这年月，这么一条汉子，却连碗汤圆都买不起，来来来，我送一碗汤圆与你吃，分文不收。"

罗泽南仍是不开口。

老头盛了一碗热腾腾的汤圆，双手递给罗泽南。

"大伯，我身上确实没有钱，所以不好开口呀！"

"我知道，知道，你只管吃，唉，一个大汉子总不能活活饿死呀！"

罗泽南接过汤圆，一口一个，滚烫的汤圆在他嘴里骨碌碌便滚下了肚。

吃完汤圆，老头要再给他盛一碗，罗泽南执意不要了。

"大伯，日后我若有出头之日，定不忘大伯汤圆之恩！"

"唉，能有碗饭吃不饿肚子就算你这个汉子有能耐了，还说什么出不出头呵！"老头摇着脑袋叹息着说。

有了这碗汤圆垫肚子，罗泽南撩步往家走去，可家里的人还在盼着他带米回去哩。

夜色早早地笼罩了大地，雪光却映得如同白昼。半夜时分，罗泽南才回到罗山，远远地，他就听得家中传出悲天跄地的呼喊。

不好，家中定是出了事！罗泽南疾步走上前，推开茅屋门，不觉愣了。

床上，躺着已经断了气的小儿子，妻子正伏在儿子身上痛哭。

儿子是活活饿死的！

这个儿子死后，三年之内，罗泽南又连丧二子。

妻子整日哭啊哭啊，哭得眼睛红了、肿了。忽然有一日，她不哭了，她伸着两只手，在眼前乱挥舞。

妻子的眼睛，什么也看不见了。

妻子每日倚在门边，努力大睁着失明的眼睛，呆呆地望着门外。每当一听到行人的脚步声，她就伸出两只枯槁的手：

"儿子，我的儿子，他在哪里呢？"

听不到回答，听不到儿子的声音，妻子如同一根从檩子掉下来的枯藤，顺着门框瘫到地上……

彭玉麟想着罗泽南的家境，同时想到自己的家境，又想到罗泽南征战的功绩，尹福那句"只有……罗泽南的队伍还可以，还有个彭玉麟带领的水军也还算好，不怎么祸害百姓，其他的……不敢说，不敢说"的话，又使得他心头一震，湘军的军纪、军纪……有机会得和罗泽南共同商议，得整肃整个湘军……

一时间，他想了很多，但没想到罗泽南会死于武昌城下。

四　乱极时站得定，方是有用之学

静悄悄的黑夜里，闪过一阵马蹄的叩击声。

马是青鬃马，骑在青鬃马上的是一员女将，却是男装打扮，头绕黑布，身穿黑色短衣，腿缠黑色裹布，足蹬千层底黑色布鞋。

青鬃马踏入山林，马蹄声惊醒月亮，月亮把微茫的光辉从叶隙枝缝中洒将下去，跳跃在女将腰间扎着的银色腰带上，腰带便如同一条蟒蛇的鳞片熠熠闪光。

女将双腿不断地磕着马肚子，催促着青鬃马快跑。她怀里揣着十万火急的求援密件。

青鬃马刚出山林，便被绊马索绊倒。

几把雪亮的腰刀，架在她的脖子上。

"是一个女长毛，大脚婆！"

一听说是女长毛，几个湘勇蠢蠢欲动。

"不得无礼，"领队的喝道，"你们难道不怕罗爷的军令？！"

随同罗泽南从老家湘乡罗山出来的人，喊罗泽南喊罗爷。罗泽南因家住罗山，故又以罗山作别号。

罗泽南在率部增援胡林翼时，料定韦志俊得知他来助胡林翼，必然也会派人去催援兵，且信使必定会避开水路而走山路，遂派人于路上拦截。

"启禀罗爷，长毛派去搬援兵的人被抓获了，果然不出罗爷所料，他走的就是罗爷算定的那条路，不过，此人是个女的，是个女长毛。"

"把她带上来！"

罗泽南听说是个女的，尽管早就见识过长毛军中的大脚女兵女将，可当一个敢在千军万马中厮杀的女人就要站到自己面前时，心里仍不免略略吃惊。这个女人竟然还担任搬取援兵的重任。洪逆啊洪秀全，你那什么拜上帝邪教，何以能如此蛊惑人心，几千年的文明礼教竟然能被尔扫荡，以至于烽火遍野，生灵涂炭！今日我等愤而为捍卫礼教而战，若干年后，如又出似尔之邪教，孰知若何？

官逼民反，民穷极而生变，邪教自然是充分利用了这一点，罗泽南当然知晓，但自身家境贫穷至极的他，还是难以理解为何有那么多甘愿为之拼命的崇信之徒。

女长毛被带到了他面前。

"你叫什么名字？"

罗泽南定睛一看，这个被除去了头巾的长毛女将，竟长得十分秀气水灵。

"从前叫周超花，现在叫周超。"女将傲然而答。

"为什么要改名？"

"不愿为女儿身，愿作大丈夫行！"

罗泽南看着周超，不知怎么地突然想起自己那死去的最小的妹妹。小妹如果不死，年龄也正和这周超差不多。

两军对垒，焉能有儿女情思？！罗泽南立即打断了自己的遐思。

"你小小年纪，为何要替粤匪效力？"罗泽南问道。

"你老大年龄，为何要为清妖卖命？"周超高声反问。

"大胆！"两旁齐声怒喝。

罗泽南止住手下人，口气缓和地说：

"粤匪荼毒生灵，将中国数千年礼义人伦诗书典则扫地殆尽，你说该不该讨伐？"

"清妖祸害中国，生灵涂炭，民不聊生，百姓食无粮，居无房，你说该不该取而代之？"

周超的反问，又使罗泽南想到了自己的身世、自家的贫困。可是他又是怎么对待的呢？

他罗泽南在那么贫困的环境中，仍然研习哲理之学，通达时务之习。为了生计，曾当过人家的教师，上午讲学，下午练习拳剑，夜里在茅屋中，没有灯油点灯，就用糠火代灯读书，在备受煎熬中苦苦奋斗了三十余年，到四十三岁方才带领弟子李续宾、李续宜、杨昌浚等以办团练翻身，历经二百余仗，在炮火中出生入死，方才博得今天的地位，而自己的年龄呢？已过四十八岁了。

如果没有洪、杨造反！如果不是长毛入湘，如果不是朝廷危在旦夕，他罗泽南即使满腹经纶、一身武艺，仍然只能是湘乡罗山的一介教书先生。然而大丈夫立世，学文习武，为的是什么呢？为的应当就是当国家有难时，挺身而出，替朝廷效力。而不应当趁天下大乱加入乱贼之列，以反叛朝廷而获勋加爵。

对于这位年轻的长毛女将，罗泽南怎么也无法理解她，但罗泽南不想杀她。因为若要他杀女人，不知怎么地他就老想到自己死去的姊妹和双目失明的妻子。

"周超，我看你还是恢复周超花的原名罢，我也不杀你，你回老家去吧。"罗泽南说。

"我回老家去干什么？我回老家去也是死。只要你放了我，我就仍回韦将军那里去，咱和你一刀一枪地明着干，决个胜负！"

"这么一来，你搬援兵的任务不就没有完成么？"

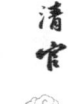

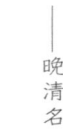

"你还会让我去搬援兵吗？！"周超反唇相讥。

"嘿嘿嘿嘿，"罗泽南略为尴尬地一笑，说，"武昌城已在我大军掌握之中，城池不日就可攻破，你回武昌岂不亦是送死？"

"此言过早，谁胜谁负、谁死谁生，谁也不能料到。"

"我可已经料到了呵！"罗泽南话中有话地说。

"你料到了什么？"

"我料到你回武昌必死！"

"为什么？"

"你没有完成搬兵任务，又是从我营回去的，韦志俊必杀你无疑。"

"我不降清妖，不回老家，我仍回武昌城，我誓要和你罗泽南一决高低，韦将军会杀我？好笑。"

"韦志俊和我在田家镇已打过交道，此人虽是我的手下败将，但他性情骄横且又多疑，绝不是一个始终站得稳的人，日后必定有变……"

"不许你胡说韦将军！"罗泽南的话还未讲完，周超就厉声喝道。

"姑娘，你听我的话，武昌是万万不能回去的！"罗泽南见周超这般忠于韦志俊，反倒动了恻隐之心，"姑娘，你还是回老家去吧。"

"定回武昌！"

"罢，罢，"罗泽南一挥手，"放人！"

"罗爷，不能放她！"部下齐声劝阻。

"放！"罗泽南一拍座椅的扶手。

周超的命运被罗泽南料中，她回到韦志俊那里后，即被韦志俊以通清妖的嫌疑，丢入长江。她被沉江时没有半点懊悔之意，只是说，恨不能随将军亲手痛击罗（泽南）妖！

韦志俊其人也被罗泽南料中了。天京事变，洪杨内讧，他哥哥北王韦昌辉后又被诛，他并没有受到牵连，反而于内讧两年后被升为右军主将，但退军和州与陈玉成发生冲突后，他一怒之下，投降了湘军，并领清兵陷石埭，破枞阳，参与攻陷宁国府，被清廷升为副将，加总兵衔。

罗泽南唯独没有预料到的，是他自己围攻武昌的命运。

罗泽南与胡林翼合兵一处，向武昌城发动了猛攻。

一百多门老式劈山炮齐向城上猛轰。

炮弹如雨雹般落在城墙内外。湘军一批又一批地向城门冲去。

韦志俊守武昌城可不含糊，特别是得知罗泽南率部来援后，更是恨得咬牙切齿，口口声声骂道，罗妖头，老子要和你算清田家镇的账，老子就单等着你来攻！

韦志俊日夜亲自巡防。武昌城被太平军攻下时，靠的就是挖地道埋炸药，韦志俊断定罗泽南和胡林翼也会采用此法，便专门挑选一些擅长地道破城的士兵，负责察看地表，这些士兵能从地面草色的青黄，断定地下有无地道。他们又在城内挖了大坑，埋放大缸，人蹲在缸中细听城外开挖地道的方位。

胡林翼果然派人开挖地道。城内测听地道的士兵忙报告了韦志俊。韦志俊微微一笑，说："先让他们狗娘养的挖，先挖得他们一个个筋疲力尽，老子再收拾他们。"

胡林翼用大炮轰城，造成佯攻之势，以吸住韦志俊的注意力，同时派出精锐士兵，昼夜开挖地道，轮班作业，再将火药筹集好，悄悄地从地道口运进。

正在胡林翼以为大功就要告成时，城中太平门突然大开，一彪人马呼喊着飞奔，冲向地道入口，将开挖地道的湘军杀了个措手不及，然后将火药点燃，只听得霹雳一声巨响，如同天崩地裂，硝烟直冲天空，地道内的湘勇全被炸死，地道被炸成废墟，而武昌城墙安然无恙。

韦志俊又命士兵从城上扔下火药筒，将攻城的湘军炸了个七零八落。

胡林翼懊丧之极。入夜，和罗泽南商议攻城之策。

"罗山兄，我自奉诏剿寇以来，转战湘鄂川赣诸省，从未碰到过如此棘手之事。兄身经百战，尤以下岳州破田家镇功最巨，敢问兄以何兵法制敌？"胡林翼为人比较谦恭，时人常称之有曾国藩之度。

罗泽南说：

"润之兄过谦了，我的兵法其实都是从《大学》上'知止而后有定，定而后能静，静而后能安，安而后能虑'这几句话中受到启发而已。"

"知止而后有定，定而后能静，静而后能安，安而后能虑。"胡林翼沉吟着，忽地一拍大腿，说："怪不得罗山兄每每能以少击多，出奇制胜呵！不过依你看，这武昌城以何计才能攻取呢？"

罗泽南略为思索后，说道："明日，待我先去城下打探一阵，再作计较。"

次日，曙光才露，罗泽南从军营中一骨碌翻身起床，揉了揉布满红丝的眼睛，匆匆盥洗用膳，穿上蓝绸短褂、开叉战裙，带了几员部将，点起人马，直驱武昌城外。

城内哨兵忙禀报韦志俊。

韦志俊登上城楼，一看果然是罗泽南，顿时心生一计。

韦志俊唤来一员部将，要他速带士兵与罗泽南厮杀，只许败，不许胜，将罗泽南引到城下。

部将遵令，即带兵冲出城去。

部将和罗泽南一阵厮杀后，掉转马头带兵退逃。罗泽南大声喝令拼力追杀。贴身湘勇忙道："罗爷，只怕其中有诈。"罗泽南说："我岂不知其中有诈，只需将计就计，奋力追杀，就势抢进城去！"

罗泽南一马当先，众湘勇紧随其后，喊杀声震耳欲聋。

罗泽南马快，眼看着就要追上，城上乱矢如雨，他全然不顾，只抢城门，其勇悍竟令城上守兵慌了手脚。韦志俊一见，推开点炮的士兵，亲自将炮口对准城下，只听得"轰隆"一声，罗泽南从马上摔落下来。

"罗妖头，你也有今天！"韦志俊下城纵马冲出，直奔落马的罗泽南。湘军士兵拼力上前，将罗泽南抢了回去。

罗泽南额头被弹子击中，陷入半昏迷之中。

胡林翼忙调营医急救，但伤势过重，营医束手无策。

罗泽南在昏迷之中，仿佛回到了湘乡罗山。他的双目失明的妻子仍倚在茅草屋的门框旁，两眼直呆呆地望着苍茫的远方。

"你回来了，回来了！"

妻子看不见，但知道是他。

"回来了就好，回来了就好！"妻子喃喃说道。

罗泽南想起应该给妻子带回些贵重礼物，他伸手去衣襟里摸，却什么也没有。

"我对不起你，对不起你，"他对妻子说，"我自六岁随父亲和族父受学，读书往往过目不忘，每天能背千多字；稍长，即喜研究程朱之学，习拳练剑，苦苦奋斗三十年，才得以扬名展才，如今我虽已得了按察使的顶戴，可却依然什么也没给你带来，家中的茅屋依然是那么几间，因为贫困死去的三个孩子依然无法复活，你哭孩子哭瞎的眼睛依然不能复明……"

一阵钻心的莫名的困惑感紧紧攫住了他。他总想记起一件什么重要的事来，可又总是记不起来。他想啊想啊，猛然觉得四周雪亮雪亮，寒风呼呼地刮，冻得他缩颈弓背。这一冷，倒使他记起来了，就是在这样白雪皑皑、寒风刺骨的一天，他到县城，因饿得不行而又身无分文，卖汤圆的老头送了他一碗汤圆吃。他曾说过要报答老头的，可如今拿什么去报答呢？

言必有信，这是他为人的信条呀！

卖汤圆的老头站在他面前了。他惭愧异常，无言可对老头说。他应该送上最贵重的礼品报答老头，可他还有什么呢？他总觉得自己应该有东西留在这世上的。

他努力记啊记啊，终于记起来了！他一生致力于学问，撰有《小学韵语》《西铭讲义》《孟子札记》《人极衍义》等诗文集八卷啊！

"我把这些送给你，送给你！"他对老头说，"《西铭讲义》，发数百年的暗昧；《人极衍义》，述做人的道理；我还有《上达图说》，阐明圣人和禽兽的区别，由于善念恶念之分……这些，都是无价之宝啊！我全送给你，作为对你的报答，方显我绝无虚语……"

他捧着《小学韵语》《西铭讲义》等著作，递给老头，老头却不要，不肯接。

老头说："我一个卖汤圆的，要你这些废纸干什么？它能值几个钱呢？它一填不饱肚子，二穿不暖身子，三换不来妻室，实实是一无用处之物。若是几斤糯米，我还能磨成粉做几个汤圆，卖一碗也能得几个钱哟！"

老头说完，挑起汤圆担子，走了，悠悠然然地走了。

"我的著作，我的心血，我的三十年辛苦，我的……"罗泽南不住地念着。

雪，茫茫然然地铺着一条又一条白道，罗泽南觉得自己在那条白道上走着，蓦地跨上了战马，挽起了长弓。

"我的战马，我的长剑！"他又声嘶力竭地喊着。

"罗爷，罗爷，你醒醒，醒醒，你快醒醒！"老湘勇跪在罗泽南身边，哀伤地喊着。

罗泽南睁开了一下眼睛，又无力地闭上，嘴里嚅动着。

老湘勇知道他临终前有话要说，把耳朵凑上去，说："罗爷，你有话就对我说，我听着哩！"

罗泽南嚅嚅而道："愿天生几个好人，补偏救弊……乱极时站得定，方是有用之学……"

说完，他用手往外乱招，口里喊着"胡……胡……"

胡林翼忙上前："罗山兄，我在这里，我在这里。"

罗泽南攥着胡林翼的手，有气无力地说道："武昌……武昌……兄一定要拿下来……"

罗泽南死了。他一生贫困，四十五岁出山，打了三四年仗，未满四十九岁即阵亡。

从战略上来说，罗泽南始终盯着九江、湖口、武昌，日后湘军亦是依照他的布局掌握战略主动权的；从湘军这支名震天下的军队来说，罗泽南是创始者之一，且是最先率湘军越境作战的；从学问上来说，罗泽南不忧生事之艰，而耻无术以济天下，并且他的弟子如王鑫、李续宾、李续宜、杨昌浚等，皆成一代名将。如果他不是过早地阵亡，日后其位或对清廷的影响，当不在曾国藩、彭玉麟、左宗棠之下。胡林翼挽罗泽南云：

上马杀贼，下马著书，仗大力撑持，真秀才，真将军，真理学；前表出师，后表誓志，痛忠魂酸楚，有寡妇，有孤儿，有哀亲。

五 棺材底突然开了

曾国藩得知罗泽南阵亡，潸然泪下。

"罗山没了，没了……"曾国藩边念边想，当时让罗泽南去支援胡林翼攻打武昌，难道是自己错了？当胡林翼派人来求援时，完全可以派他人去啊！可罗泽南是那么坚决，非得自己去，说非他去不可。

罗泽南坚决请战时，曾国藩心里清楚，石达开委以守武昌的韦志俊非等闲之辈，凶悍而又多谋，褚汝航、夏銮等将领都是与韦志俊作战阵亡，褚汝航、夏銮皆为初创水师的营官！

只有田家镇之仗，罗泽南大败韦志俊，罗泽南了解韦志俊的战法，的确只有罗泽南去才行。故而在罗泽南坚决要去的情况下，他答应了，可没想到，罗泽南此一去……

"唉——"曾国藩长叹一声，"罗山罗山，出师未捷身先死啊！"

"罗山罗山，你不忧生事之艰，而耻无术以济天下。你所嘱'九江、湖口、武昌'之布局，不就是济天下之策吗？"

曾国藩想着定要按罗泽南所嘱，攻下九江、湖口、武昌，然后挥师直取金陵，踏平长毛伪都……却又黯然，自己此时身处绝境，罗山殉国，又已折一臂膀。他视彭玉麟为股肱，然远在千里之外，路途艰险，全为敌军占领地带，他难以想象，彭玉麟真的能"间关千里来见"。

已在途中的彭玉麟听尹福说只有罗泽南和他所率队伍还算好,不怎么祸害百姓,两人都是贫寒出身,所以还能体恤百姓,其他的湘军则不好说,正想再问详细一点,尹福突然显得神秘地说:

"我告诉你啰,湘军那个总头头曾大帅,是蟒蛇精化身呢,他老家人说,有亲自看见的,他身上长满了蛇鳞。蟒蛇精还能不吃人?他的湘军还能不抢粮吃?还能不抢钱抢物……"

尹福说曾国藩身上长满蛇鳞的话令彭玉麟心里不快,但湘军的军纪……烧杀抢掠并不少,这和曾国藩为让家乡勇丁拼命打仗有关,更是和湘军无朝廷军饷、只能靠自筹有关。不管怎样,若要天下太平,百姓安宁,军队必须有严明的军纪,否则即使剿灭长毛,国家亦不得安宁。得向主帅进言……

他正想着该如何劝曾国藩约束军纪,猛地听得大喊:

"干什么的?站住!"

两个太平军士兵像从地底下钻出来,到了他们面前。

"巡游暗哨。"彭玉麟心里念道,"他们的防范倒是严密周全。"

"太平爷,太平爷,我们都是做买卖的生意人,他姓王,我姓尹,叫尹福,尹福就是托太平爷的福,贵军的韦将军还驻扎在这里吧,韦将军认识我。"尹福一边说,一边忙掏出些钱,往士兵手里塞。

士兵一边将钱塞进怀内,一边喊:"搜查,搜查!看你们身上带了兵器火药没有?"

喊是那么喊,但也只是走走过场。

三两下搜查完毕,放行。

"太平爷,太平爷,辛苦辛苦,烦代我们向韦将军请安。"尹福目送两个太平军走远后,朝地上吐口唾沫,"呸,长毛!"

呸完长毛,尹福又说:

"王老板,你不用开口,我就知道你要问,问我真的认识那个韦将军么?我认识个鬼,广西人姓韦的多,随口说个韦将军,总要碰中一个。不过，你真的以为是我说认识韦将军，就放了我们啊，还是钱起的作用呢！别说长毛，那些官军、湘军，只要舍得给钱，就会给你方便。官匪一样，湘军也一样，无论哪一边，两边三边都一样。我再说点你不晓得的给你听啰，长毛其实有严格规定，所有物品都要上交，说是有个什么'圣库'，统统要交给'圣库'，再由上面分配，连女人都要分配，私自截留者要杀头。你肯定又要问，既然他们上面有这么严格的规定，这两个长毛怎么还敢收我的钱？严格归严格，谁还不私自藏几个，上面的藏得更多。你可千万别信那些什么有人不要钱的鬼话，哪个当官的不要钱，哪个当兵的不要钱，哪个人不要钱，我尹福不要？你王老板不要？咱俩若不是为了钱，会来冒这个风险？就算是清官，'三年清知府，十万雪花银'。王老板，我说得对不对？"

他根本就不用彭玉麟回答，只管自顾自说，边走边说，突然"嘀"一声，站住。

"王老板，我要去霞墟镇，你必定是去县城，得在这里分手了，你走好，好走。我还得照看你一句，这一路上，像刚才那种突然蹦出来搜查的不少，你可得多加小心，灵泛一点，别只晓得收钱管账，该打钱出去'了难'时要舍得打，先保住自己再说。当然喽，也不能全靠打钱，钱打光了怎么办？自己能不留一些？谁他娘的钱愿意给拦路鬼，如要少碰上这种拦路鬼，得拣大路走，宁肯绕路也别走这种小路。"

尹福正要走，彭玉麟赶紧说：

"尹老板，你替我出了钱，我得还给你才行。"

"小钱小钱，不用还。就算交个朋友，多一个朋友多一条路。你如硬要还，那就是不让我多条路。"

"哪有替我解难，还要你出钱之理。"

"只要你讨回债，有了钱，以后别忘记我就行。"

这个老板是个仗义之人，会说话且诙谐，彭玉麟想着也该回他一句诙谐点的，脱口而出："放心，苟富贵，勿相忘。"

这句似乎有点诙谐的话刚出口，尹福说："你已忘了，忘了我要你别说'斯文'的话，应该说，得了好处，有你一份。"

说完，笑着大步走了。

尹福能在太平军占领区、湘军、绿营地盘周旋于各方，足可见他的胆量和应酬、活动能力，若混迹于官场，应当也能混出个名堂来。但他一直做生意，不管在哪个时期。几十年后，这个尹福又碰上了巡阅长江的钦差彭玉麟，其时却是状告彭玉麟令行不止，使得他的商船船队货物被私设关卡的水师抢劫一空，所有船只都被烧毁。

天突然变得昏蒙蒙的，阳光在云层中挣扎着闪亮。

一阵锣声敲破了小城的寂静。锣声响处，涌出来两队太平军，队形整齐，步伐一致。士兵们脸上的骄矜神色，显示出这是一支打了胜仗的队伍。一队士兵手握长矛，一队士兵高举大刀，在灰沙滚滚中越发显得杀气腾腾。

一个双手被绑缚，脖子上套着绳子的人被牵了过来，此人上身被剥得精光，瘦骨嶙峋，令人怵目的伤处鲜血淋漓。他的半边脸浮肿如瓜，一只眼睛胀得像核桃般大。

又是一阵锣响，一个小头领喊话，大致意思是处决奸细，先游街示众，要大家都来看，这就是清妖、曾（国藩）妖头奸细的下场。要观看的人相互转告，凡发现身份不明、形迹可疑者，须立即举报，否则连坐。胆敢隐藏奸细者，与奸细同样论罪。凡客店伙铺，有入住者，须一一仔细登记，若让奸细入住，同样以奸细论罪，格杀勿论。

跻身围观人群中的彭玉麟看那"奸细"，不似农夫，也不像秀才先生，应是个鸦片烟鬼，打肿的脸不让人看出他黄皮消瘦，裸露的上身虽和贫寒人一样瘦骨嶙峋，未伤的皮肤却白皙，显然是游手好闲吸食大烟者。将吸鸦片的烟鬼当奸细杀，为的一是震慑百姓，二是向上邀功。

"奸细"被牵着游街示众往城南而去，围观的一些人又跟着去看，还有人喊，要杀奸细喽，杀清妖曾妖头的奸细喽！

彭玉麟寻思，自己这不会做买卖的"商人"身份恐难蒙混过去，若被盘问几句做什么生意，常在哪些地方做，还好应付，若问所做生意的行情套路，难以回答周全；自己说话又免不了露出"斯文人"口吻，说出之乎也哉……此处太危险，得赶快离开，可前方还有那么多关卡……

正在焦虑思索间，来了个身穿葛麻长道袍，走起路来飘飘欲仙的看相拆字先生，这位先生在一株大槐树下支开一张长条双腿薄板小桌，在大槐树上挂一张黄纸裱糊的帖子，帖子上写着四句话：

　　甘罗早发太公迟，
　　问事不需报年时，
　　陈涉犹得享烟火，
　　项羽空有举鼎力。

这位先生一坐下，就有人要他看相，且很快围拢来不少人，接着便有赞叹声、称奇声，说看得准，看得太准了。

彭玉麟低声问一慈眉善目的老人，为何这个看相的不怕被误会为奸细，处决奸细的队伍才离开啊。再说，围着看相的人多，不怕有聚众之嫌？

老人将他端详一番后，告诉他，那个看相的自称姓张，是张天师的后裔，常在这一带和湖北江西行走。看相嘛，只要看一看一个人的手掌，就能闭目而诵，滔滔不绝地讲出此人老家所在的方位，屋基前后的情状，甚至哪里有一口井，哪处有一口塘，祖坟埋在何处，朝向好不好，若不好，该往哪个方向改正，至于讲人的前程、福禄、后代，都和祖坟连在一起，他能指点要如何改坟迁葬，才能有前程福禄、后代发达。其实应该是看风水的，可这战乱时期，到处破败不堪，请他看风水的人少，不如看相。

老人说："看相、拆字、算命，云游四方的人，少有被找麻烦，军爷也求前程、卜吉凶，只是不会给钱。有次又来了个看相算命的，一位军爷问前程，看相的说他有大凶。军爷大怒，说三日内如无大凶，定找他算账，不准看相的离开。三日后军爷无事，来抓人砸摊子，刚骂完看相的胡说八道，正要动手，军令来了，立即出城作战。

这一去，军爷被打死了。都说这个看相的实在看得准。军爷随时得打仗，能没有大凶？唉。"

彭玉麟一听，心里想道，这个行当能助我早日到达南昌，不怕显露"斯文"，个中行情套路不难，只需察言观色便是，其人精神焕发，必有喜事，精神萎靡，定有不顺心之遇，面色凄婉，家有不测……至于说那祖坟，本在西我说东，错了吗？没错，正因在西，故而你前程不顺，得改至东……之乎也哉只管说，说得越玄乎越准，还可吟诗联对。拆字更好办，他若姓雷，田上有雨，逢水可得小心，谁过江过河不得小心……自己怎么把这个行当忘了，自古至今，看相卜卦算命测吉凶、福禄、前程，看风水择屋场坟地……盛行不衰，信之者极多，不信者极少，水浒中的军师吴用出入敌方城池，屡次扮的就是算命先生。自己出来时想到的却仅商贩而已，皆因只顾念着南昌涤生，实则慌乱了。凡事须镇定，多多思谋，切不可乱了方寸！得多谢这位老人啊。

彭玉麟刚出口道谢，老人说，我虽不是看相的，但我看你这人倒有好前程的相，如不嫌弃，请到我家里去坐一坐。老人说完便走。

彭玉麟略微踌躇，还是跟着而去。

老人的家在一偏僻巷子里，堂屋屋顶为炮弹击穿，未加修理，天井里落满碎砖碎瓦，厨房很大，但除柴火灶、鼎锅、几个碗外，连个碗橱都没有，一字儿连在一起的三个房间，都是房门紧闭，门上布满蜘蛛网，整座屋子都显得破败，有种凄凉感。

老人从靠近后门、他自己居住的小房间里搬出两张破椅子，就和彭玉麟坐在厨房说话。

这一说，令彭玉麟又生悲恸，老人老伴早逝，有三个儿子，全都死在战场，大儿子原在官军当兵，太平军打来，两军厮杀，被太平军打死；二儿子被太平军征入伍中，清军反攻过来，被清军打死；满崽死在两个哥哥之前，参与地方民团，死于和土匪作战。

老人孤身，心如枯木，他不恨官军也不恨长毛，只恨这个世道，土匪之乱甫定，太平军杀来，官军和太平军杀来杀去，他的两个儿子互被对方杀死。

老人对彭玉麟说:"你知道我为什么喊你来我这里吗?"

彭玉麟说:"你老人家定是对我有所指教。"

老人说:"那看相先生一来,你就向我打听是否会被误认为奸细的事,你一个外地人,打听这些,岂不是怕自己会被当作奸细抓去?我不知你为何要来这里,岂不知这里进城容易出城难。为何出城难?太平军希望所占之城人气旺盛,以显太平,所以出城反而严加盘查,稍有不对,就说是奸细;你若去住店,店家都怕惹上那个杀身之祸,即使有让你住的,待你住下后,也会去禀报。你今晚且在我这里将就一宿,想个法子,明天赶快出城回去。"

彭玉麟大为感动,却又疑惑。

"老人家,你还没问我的姓名,也不知我是干什么的,怎么就留我住宿,倘若连累于你,岂不是我的罪过?"

"我不须知道你的名字,也不管你是干什么的,只要你明日安然出城,就算了却我一桩心事。"

"了却心事?"

"你看那三间房子,"老人用手指了指,"那是我三个儿子住的,可全在这乱世没了,难道真是我前世作孽得来的报应?我曾在菩萨面前许愿,要救人抵孽。救人一命,胜造七级浮屠。更何况,你,你,长得像我那大儿子啊!我那儿子、儿子……"

老人潸然泪下。

彭玉麟忙一边劝慰,一边想,他之所以喊我来,原来是觉得我与他大儿子相像,这是老人思儿心切之故,自己决不能连累于他。况且还得去弄个算命的招贴,才好装扮算命先生。待老人心情渐渐平复,便说还要去办事,准备离开。却听得老人说:

"你不要骗我,你是担心万一今夜出事,你被抓还要连带我被安上窝藏奸细罪名,你越说要走,就是越担心自己有可能被抓。心虚啊心虚,老汉我七十多岁了,还能看不出?告诉你,老汉我定能保你今夜无事。你在这等着,我去给你找个帖子,你自己写上几句算命的溜语,明日扛上招贴,装作算命先生,到你该去的地方去吧。"

"这老人连我须装扮之事都想好了,非等闲之人啊!只是三个儿子全死于战争，唉！"彭玉麟心里叹道，"不知何时才能剿灭长毛，肃清匪患，还百姓一个真正太平世界！"

巡夜的更夫敲打着单调的梆声，宣告这个小小的县城已进入深夜。

正街上不时响起巡逻兵丁"啪塌啪塌"的脚步声，夜太静，传进偏僻小巷，传进彭玉麟耳里。

和老人睡在一床的彭玉麟无法入睡，倘若长毛突然搜查这里，往哪里躲？往哪里藏？能拼命吗，自己可是肩负着往南昌替曾国藩解困的重任。曾大人，我的主帅涤生兄，小弟我自己还没解脱困境啊！

老人倒是似乎睡得非常安稳，不时发出一声"轰"的鼾声。

许是孤寂太久，突得一人陪他，安然之故。老人身边得有个人啊！

彭玉麟正想着，老人蓦地坐起，将并未睡着的彭玉麟猛地一推：

"有人来了，难道你随我进门时被人看见？"

不待回答，又自言自语："人心叵测，告密有赏。"

彭玉麟侧耳细听，却没听见脚步声，只有一阵轻微的声音时断时续传进他的耳朵。那声音，像草间的虫鸣，又像夜风的吹拂。

"快跟随我来。"老人迅即下床。

老人推开连在一起的三间房子中间那扇门，里面摆着一口棺材。

"快，到棺材里面去！"老人对跟在身后的彭玉麟说道，旋将棺材盖推开。

彭玉麟刚躺进棺材，只听得"砰"的一响，老人将棺材盖合上。

老人将门带关，走进自己的房间，躺到床上，外面响起急促的捶门声。

"开门开门，再不开就砸了！"

老人如同被惊醒般起来，睡眼蒙眬去打开门，十来个巡逻士兵冲了进来。

"你们，你们要干什么？"老人做出惊慌状，问。

"搜查，有人举报你藏了奸细。"

"砰砰砰砰",所有房间的门都被踢开。几个士兵一进放有棺材的房间,立即将棺材盖掀开。

火把一照,棺材里空空如也。

"去搜柴火堆,看藏在里面没有?"

……………

搜查无果,带队的喊,走走走,再去搜别的人家。

这时老人说话了,老人说,我儿子是你们的兄弟,为你们打仗死了,你们就这样对待我这个孤老头子?

"这怪不得我们。"带队的说,"是你的这个街坊密报,说你家来了外人。我们是例行公事。他若是诬告,戏耍我天国,罪加一等,决不轻饶。"

说完,将那人一推,喝令士兵,带走!

躺进棺材里的彭玉麟到哪里去了,他难道能变化隐身?

彭玉麟躺进棺材时"砰"的一响,不是老人盖棺材盖的声响,而是棺材底板突然开了,他从棺材底板掉了下去,随之棺材底板又弹上合拢。

太平军打过来时,老人曾将自己的二儿子藏在这副棺材里,被太平军从棺材里拽了出来,编进队伍,不久便死于战场。老人许愿要救人抵孽后,当过木匠的他将棺材底板分成两扇,可活动关闭,刷上土漆,浑然一体,棺材下挖有暗洞。

六 戏台杀人,"看戏"的像打了鸡血

第二天,装扮成看相算命先生的彭玉麟,扛着招贴,出城而去。

救他的老人叫什么名字,不管彭玉麟如何恳求恩人名姓,老人始终不说,只说是因许了愿,为还愿而为,还愿不能让被救的人知道名字,菩萨会知道,他已造了一座七级浮屠。彭玉麟从老人堂屋残缺的

神龛供联依稀看出金氏字样，断定老人姓金，只能在心里默念金老。

装扮成算命先生行路，彭玉麟觉得自己也好像有点飘飘欲仙，一路上不但少了麻烦，而且颇受人尊重，凭着他的才识，辅之察言观色，自圆其说，引经据典，之乎也哉，玄玄乎乎，几成半仙。多年后，他任钦差大臣巡阅长江，为探实情，以清吏治，微服私访，常扮作看相算命、风水先生，以至于地方官员听说来了看相算命、风水先生便害怕。

这一日，进了一个乡镇，却不见有人，彭玉麟正纳闷，一个敲锣的"太平爷"朝他走过来，"哐——哐——"

敲锣的"太平爷"是彪形大汉，足蹬麻鞋，脚打绑腿，青布裤脚扎在绑腿里，青布褂子被一条青腰带拦腰捆住，额头上一圈黄布条箍住长发，背负一把大砍刀，大砍刀刀柄上吊着一绺红布条。和一般太平军士兵无两样，唯左手臂上套一个红箍箍，可能是行刑队标志。

这位"太平爷"边敲锣边喊：

"今日审判处决罪犯啦，受罪的诉罪，蒙冤的申冤，太平军为民做主，无论男女老少，都要去啦！去看杀人啦！"

走到彭玉麟身前，站住：

"你这个云游先生，今日无人来找你看相算命，都去看杀人了。你也得去看一看，看我们太平军怎么为民做主，替民申冤，斩杀罪犯，你到别的地方后，也好为我们宣扬宣扬。喏，朝那边走，转个弯，就是审判杀人台。"

审判杀人台是乡间唱大戏的台子。

乡间唱大戏的台子多是戏班子来后临时搭就，就着土坡或土堆——省却了搭戏台子基脚的料和工，在土坡或土堆子四周竖几根木柱或楠竹，用几张晒谷用的篾垫围住三面，便成了戏台。戏台上再铺几张篾垫，便于戏子翻滚挪腾。

戏台扎好后，戏班子就摆出锣鼓乐器，先是零零碎碎地敲几下锣，打几下鼓，吹几声尖厉的唢呐，调试调试二胡的弦……也就是打出广告，告诸四乡，今晚有大戏看了。听到锣声鼓声唢呐声二胡声的便成了活广告，活广告一传十，十传百，百传千，整个地方便都知道了今晚有大戏看。

　　一年里难得看到几次大戏，一有大戏看，便都如过节一样的兴奋。

　　此时的戏台子上，绑着一长串待杀的人，待杀的人面前，已有几颗血淋淋的人头。

　　彭玉麟看着那些被绑着待杀的人，断定没有被俘的士兵，也不是土匪，全都是乡里百姓，其中还有老头。

　　杀乡里百姓，怎么看的人也那么兴奋？这不就是杀他们的乡邻、熟人、朋友乃或亲戚？这不是"唱戏的癫子，看戏的疯子"，不是演戏，是真正的杀人。

　　看着戏台上戏台下不符合常理的情景，彭玉麟觉得还是多了解了解为好，遂问一个在人群几步外，摆着炒米糕担子，一边卖炒米糕一边看"杀人大戏"的中年人。

　　这个卖炒米糕的一见是个算命先生请教，颇有得意之感，说，我们街坊人，乡里人，无论男女，平常里最爱看的还是那有斩有杀的大戏，你知道吗？你也许不知道，所以才向我请教，告诉你啰，"辕门斩子"，要斩！"孔明挥泪斩马谡"，不斩不行！"包龙图审案"，将铡刀抬出，非铡不可！"咔嚓"……但大戏里的斩和杀终归是假斩假杀，做个斩首杀头砍脑壳的样子而已，抬出的那铡刀，一眼就看出是假的，铡刀上的"龙头虎头狗头"全是竹篾片糊上一层纸，摇晃。那真正的斩首杀头砍脑壳，到底是个什么场景呢？这一下，有真正的斩首杀头砍脑壳，还能不来看一看？何况，更主要的是，这次不一样，和以往的审判杀人都不一样，你看看就知道，这次杀人是由台下的人喊，喊该杀谁就杀谁……

　　这个卖炒米糕的话还未完，只听得戏台上的审判官喊道：

　　"×××该杀不该杀？"

　　"该杀！""该杀！"

　　戏台下一片叫喊。

　　"杀了他！杀了他！！……"

　　被绑着的一个人被拉了出来，刀斧手扬起砍刀，寒光一闪，人头落地，旋一脚将人头踢到还没被杀的人脚前。

又拉出一个人，审判官又问：

"这个人该杀不该杀？"

又是一片叫喊：

"该杀！该杀！！……"

"杀了他！杀了他！！！"

这个被拉出来的又是脑袋落地。

…………

戏台上已经有十二颗血淋淋的人头和十二具没有头颅的尸体。

那十二个人在审判官"该不该杀"的审判声中，在台下呼喊"该杀"的判决声中，被杀了。

台上的审判官许是有点累了，故而说到第十三个该不该杀的人时，声音已经没有之前的洪亮，也没有之前的铿锵，而是有了那么一点点疲沓，显得有那么一点点中气不足。说该杀的则仍是那么激愤，那么激昂，一个个像打了鸡血，显现出新的极度兴奋。

"杀！杀！！全杀光！全杀光！……"

"杀！杀！！全杀光！全杀光！……"

…………

"杀"的吼声、喊声、叫声终于渐渐减弱，台上的那个审判官在台下持续的"杀"声中获得了一定的休息时间，便猛地站起，将重新得到提升的精、气、神凝聚到嗓门，厉声喝道：

"将那个老头拉出来！"

一个弯腰驼背、白发苍苍的老头被拉了出来。

"这老家伙该不该杀？"

弯腰驼背的老头抬起头。就是这一抬头，救了他的命。他抬头像是要做宁死不低头状，又可能是头低得太久，临死前也要伸展一下。反而是台下人一看那张脸，起了阵骚动。

"噫，他是王木匠的爹啦，王木匠帮我家打水桶，不肯收我的钱。"（注：木匠将制成弧形的木板一块一块以隼子合拢，外用篾箍箍紧，称"打水桶"。制作所有的家具都是叫"打"，比如打碗柜、打桌子……）

"王木匠的爹平时蛮和气。"

"他爹怎么也到了戏台上。"

…………

"到底该不该杀？"审判官有点不耐烦了。

"王木匠的爹还是别杀了。"有人喊。

有人喊别杀了，其他的人就没喊该杀。

都没喊该杀，那就不杀了。审判官说，将他放了放了。接着说，算了，今天就到此为止，你们都亲眼看到了，我们这是真正让老百姓做主判案，只要老百姓说一声该杀，立马就杀！谁是好人，谁是坏人，你们心里有数，清清楚楚。老百姓的眼睛是雪亮的，不会放过一个坏人，也不会冤枉一个好人。可恨清妖狗官们，"衙门八字开，有理无钱莫进来"……

有人轻声地说："这次算出了一口气，那个张癞子的崽打了我的崽，还说是我的崽先动手，仗着学了几手拳脚，打到我家里来了，这一下，咔嚓，拳脚和脑袋分了家。"

"是啊是啊，奉老三偷偷挖开我家田埂，将我那丘田里的水引去浇灌他家的禾苗……不得好死，这不，应了。"

"怎么就说算了，不继续审了。"有人嫌这"大戏"还没看过瘾。

突然响起雷鸣般的叫好声：好！

原来是台上的审判官问台下：这种审案好不好？

雷鸣般的叫好声停息后，审判官说，散了散了。

看"大戏"的人开始散时，一个士官跑上戏台，喊：

"我们太平军为民做主，加入我们太平军的就来报名。"

又是一片欢呼声，"当兵去，当太平军去！"一股人流朝报名处涌去。

彭玉麟几乎被看到的"大戏"惊呆，世上竟有这样的审判，分明是胡乱杀人，却说是让百姓做主判案；分明是乡里邻里平时有纠葛嫌隙，趁机报复，还说什么百姓的眼睛是雪亮的，不会放过一个坏人，也不会冤枉一个好人。不要证据，不要证人，不要供词，只要百姓说一声该杀，立马就杀！哪朝哪代有这样的律典？哪支军队有这样的先例？这种荒谬、惨烈之祸，倘若蔓延开去……

在战场上不知杀过多少人的他，也有点不寒而栗。

趁着"看戏"的还在兴奋之中，无人找他算命；趁着那些头领、兵们还在为审判取得的成绩高兴不已，他赶紧离开了这个镇。

"该杀该杀，全都杀光！""看戏"人兴奋的叫喊声，为审判叫好的欢呼声，总在他耳边回响。长毛这种煽动人心的做法，可怕而又厉害啊！

报名参加长毛的人流，又在他眼前闪现。无怪乎长毛越杀越多。

只能归之于这些百姓愚昧么？

民心，民心究竟向着哪一边？难说难说。

他想到尹福说的话，官军湘军长毛土匪，都是一样，无论哪一边，两边三边都一样。你带兵打过来，我带兵打过去，遭殃的是老百姓。这天下没有不残害百姓的兵。

他又想到金姓老人，老人一个儿子被长毛打死，一个儿子被官军打死，一个儿子死于土匪；老人之所以助自己脱险，不是因为他是湘军，而是因三个儿子全死了，许愿救人以赎前世罪过……

要争得民心，必须严肃军纪，湘军其他队伍不敢说，自己所率水师，绝不能出现残害百姓之事！对于长毛煽动人心的邪教乱为，只有尽快予以围剿，直捣金陵。

他继而想到长毛战力之顽强，守城之固，盘查之严，抓奸细之泛，若要攻城，想先派人混进去做内应，难。

彭玉麟一路走一路想，忽听得一片喊叫声：

"快跑啊，乱兵来了！"

一伙将标识全摘了，胡乱穿着百姓衣服，不知是哪一方的兵追赶着逃难的人，一个挥刀的，举起刀，却是用刀背将一个逃的人打倒；一个执长枪的，用枪托将另一人捅倒在地，接着便是搜东西、剥衣服。

这些兵只抢东西，并不杀人。

彭玉麟一看形势，跑已来不及，索性站住。

一个骑马的到了他身边。

"把身上的东西掏出来！"

"我一个算命的，哪有什么值钱的东西。"彭玉麟边说边想，这里尚是长毛地盘，不可能是长毛的逃兵，若是湘军溃兵，当说湖南话，可能是依附长毛的山寨草寇，不愿受队伍约束，散伙回家时顺路打劫钱财。

"这年月还算什么命，先算算你自己的命。"骑马的从马上跳下，"快点，省得老子动手。"

彭玉麟寻思，若夺他的马而走，恐暴露自己身份，惹更大麻烦，小不忍则乱大谋，只得强压住怒火，将身上的钱掏出。骑马的刚走，又围上一伙乱兵。彭玉麟说身上的钱都给你们那位头了。兵们说没钱了，你这套行头也行，总之不能让我们空手走。

彭玉麟扮算命先生的长衫被抢走，连招贴、鞋子也被拿走，一个兵举着招贴喊算命算命，一个兵将鞋子塞在裤腰带上，朝别的难民追去。

被抢了个精光的彭玉麟，形同赤足乞丐，走在往南昌的路上。大戏台上常演的秦琼卖马，说书常说的杨志卖刀，亦是英雄遭难，"虎落平阳"，秦琼还有黄骠马可卖，杨志尚能叫卖宝刀，他身上还有什么呢？连脚上的鞋子都没了。

第二章 莫逆之交

一　曾国藩和他抱头痛哭

南昌在望。

彭玉麟遇到了盘查的最后一道"关口"。

太平军巡哨见着这么一个"乞丐"也要盘问，问他要到哪里去。

彭玉麟早已想好，临近南昌，若碰上长毛被盘问，湖南话是说不得的，一说就会被认为是湘军的人，自己在安徽长大，得用安徽话应付，如问自己要去哪里，不说进城反而会被怀疑。此刻果已碰上，便立即说他要进城去。

"进城去干什么？"

"讨碗饭吃。"

"你难道不知道那城内全是清妖，是想去投奔吧。"

彭玉麟捂着破烂的衣裳，说：

"我本一算命先生，四处云游，替人看相算命，谁知遇上个强人，说我算得不准，不但不给钱，反将我招贴撕了，撕了招贴犹可，还强剥了我的行头，剥了行头犹可，将我的鞋子也剥了去，弄得我如今这副模样，只得一路乞讨……"

话还未完，几个巡哨哈哈大笑。

"你不是会算命吗？怎么不先算算那个强人会不会抢你的衣帽鞋子。"

彭玉麟说：

"这就叫时也运也，时来铁成金，运去金成铁。我时运不济，命里该着有这一劫，即使算出了，也定然无法躲过。我看你们几位目前的时运不错，该着会打胜仗，立功获奖在即，是否由我给你们各看一看手相，看准了，请各位分别赏我几个小钱。"

"呵，看相算命看得自己的衣帽鞋子都没了，还想来蒙我们的钱！"

"那就请太平爷赏我吃顿饱饭，吃饱我就不进城了，回安徽老家去。还是'在家千日好，出门步步难'啊！"

"嘿，不给你钱就要管你的饭，你倒真有张云游四方的油嘴啊，我还非要你进那个南昌城去不可。你进城去向清妖讨饭吃，多吃他娘的一碗，他们就少一碗粮食，我们正是要困死清妖。"

这位巡哨大概是个哨长，这么一说，其他的就喊：

"去去去，快去向清妖讨饭吃。"

"多讨几日，他们如不给你饭吃，你就算他们的命，说算准他们要完蛋了。"

"哈哈哈哈……"

彭玉麟到了南昌。

石达开围南昌是围而不攻，等着曾国藩的援军到来，即围城打援，以歼灭湘军有生力量为目的。后来湘军围安庆、困天京，都是采用的这个战术。后人将"围城打援"归之于胡林翼所创，纳入《曾胡兵法》，因胡林翼、曾国藩有书信文札记载，且是胜者。当时石达开没有想到的是，来援曾国藩的就是形同乞丐的一个彭玉麟。

"你是彭玉麟？！"守卫城门的军士不敢相信这么一个衣衫褴褛、蓬头赤足的人是大名鼎鼎的雪帅。

"你从湖南衡州，徒步千里而来？"军士听他说了如何而来后，更不敢相信，那可是要经过十多个县，全是长毛占领地带啊！

是真是假，只有向将官禀报。

一位将官赶来，初是一愣，继而惊喜大喊：

"雪帅！果真是雪帅！"

…………

曾国藩一见衣衫褴褛、蓬头赤足的彭玉麟，一把将他抱住。

"雪琴弟！"曾国藩哭着喊。

"涤生兄！"彭玉麟亦哭着喊。

"我的雪帅！"

"我的主帅！"

两人抱头痛哭。

一个是湘军主帅，一个是水师统领，相见情景，如患难兄弟重逢，一个是为兄弟只身千里冒死赶来而感动得痛哭，一个是为终于见到了在危难中的兄弟而不由地痛哭，虽然都是身经百战之人，且在部属、外人眼里，都是威严至极、须仰视的将帅，但他们同样是有七情六欲的人，英雄亦非无情。

帐中军士都未见过将帅如此情景，皆为之动容。此情景，更激发了湘军将士对敌齐心相拼，也就是团结战斗的精神，使得"见死相救"成为一条不成文的军律。

看着彭玉麟满是血斑干痂、创裂的双脚，曾国藩又不禁流泪，忙扶彭玉麟坐下，亲手抹拭涂药，叹道：

"人生得一知己足矣，我有雪琴，便死无憾。"

…………

彭玉麟历时月余，步行千里，经过十多个县，于敌占领区中，通过无数次盘查，破衫赤足与曾国藩相见，二人抱头痛哭的情景，为曾国藩"平生最难忘之事"。

洗了澡，换了衣，吃饱饭，恢复了本貌的彭玉麟，将一路所见所闻，向曾国藩翔实报告：沿途巡游暗哨，城内搜查之严，对百姓的控制，百姓对战争的看法，尤以民心向背为重点。

"你带兵打过来，我带兵打过去，遭殃的是老百姓。这天下没有不残害百姓的兵。"他将尹福的原话都说了出来，"在那个商人尹福眼里，我们湘军也和长毛差不多。"

曾国藩听着"湘军和长毛差不多"的话，并不动怒，也不插话。

"……救我的金老，三个儿子全死了，大儿死于敌方，二儿死于我方，三儿死于土匪，尽管二儿是被长毛强掳入伍，他老人家对我方的态度却并不明朗，只是憎恨战争。要早日结束战争，得尽快剿灭长毛，然而……"

彭玉麟接着说起了戏台上的审判，抓一个人出来，什么审问都不要，就问一句该不该杀，"看戏"的便疯狂地叫喊该杀，一喊该杀便被斩首……说这是由民做主，相信百姓，百姓的眼睛是雪亮的，不会冤枉一个好人，也不会放走一个坏人，杀完人后便招兵，"看戏"的立即欢呼着去参加。

"长毛兵力源源不断，久战不衰，此即其蛊惑民众之一毒招。"

彭玉麟正要说如何才能破除长毛这一蛊惑人心的毒招，曾国藩已接言而道：

"邪教邪道，邪门邪术，可恶！可恨！对长毛绝不能手软！"

八年后，湘军攻破太平天国都城，确是"绝不手软"来了个屠城，尽管屠城是曾国荃所为，但曾国藩岂能脱得了干系，曾国荃因之被称为曾屠夫，曾国藩被称为曾剃头。

当下曾国藩说完后，却叹了口气。

"与洪杨酣战已数年，我却身陷此地。雪琴啊，你论事向来直来直去，这次为何不直奔主题？你是要劝我严厉整顿军纪，绝不能出现骚扰百姓之事，方能使百姓说我湘军是真正为了天下安宁。我何尝不为此殚精竭虑，然而，雪琴，你知道，我湘军无朝廷军饷，全靠自筹，有不守军纪之为，也是不得已啊！你不直说出来，是恐我于焦虑之中，听不进你的话，引起将帅不和。我岂能不知，靖港之耻，就是我没听你的啊！"

二　同一天，湘潭大胜，靖港惨败

长沙。曾国藩接到紧急军情报告：湘潭被长毛林绍璋部攻占。

哨探又报：靖港出现长毛船队。

其时为咸丰四年，太平军于二月西征入湖南后，占岳州、湘阴、靖港、宁乡，旋为曾国藩所部湘军反攻击退，四月上旬，太平军再克岳州，乘胜前进，二十四日，林绍璋率部间道攻下湘潭。

曾国藩接报后忙召开紧急军事会议。

"……当我湘军水师初具规模、发布《讨粤匪檄》后，即自衡州启程北伐，期间虽屡挫长毛锋芒，然岳州再次失守后，我军不得已撤退长沙，如今，湘潭被长毛攻占，靖港又已落入敌手……"

他对当前的形势进行了分析，湘潭和靖港，相对于长沙而言，湘潭处湘江上游，靖港处湘江下游，长毛占领这二地，无异于切断了长沙的水路交通。湘军水师面临"龙困浅滩"之窘，或被困死，或被合歼。长沙则有受到南北夹击之危。故而，破敌之图谋，刻不容缓！

但攻打湘潭还是攻打靖港？他举棋不定。

曾国藩要与会众人发表意见，各种意见尽管说，但最后还得由一人来拍板决定，这个拍板决定的人不是他，而是由众位推选一人。"民主选举"。这个"民主选举"倒不是他怕担当责任，而是他觉得对于军事决策，还是由众人认定的军事将领来决定为好。"先将这个决策人推选出来。"

推选决策人没怎么费事，营官、谋士公推彭玉麟最后决策，由他拍板。

对于出兵湘潭还是靖港，意见不一，形成两派，一种意见应出兵靖港，一种意见出兵湘潭。力主出兵靖港者认为，长毛占领湘潭，其势正盛，应避其锋芒，而靖港长毛立足未稳，且据情报，兵力较少，拿下靖港，可振升我军士气。力主出兵湘潭的以左宗棠为首，左宗棠在其族兄弟中排行第三，人称左三爷。左三爷认为不但应攻湘潭，而且应以主力攻打湘潭，一则是塔齐布正在攻打长毛西征军，应立即援助，二则是水师沿湘江而上，正好与塔齐布形成水陆夹击之势。

两种意见争执不下，从所举理由来看，出兵靖港似乎把握更大，出兵湘潭则冒险，为兵家之忌。

该彭玉麟拍板了。彭玉麟支持左宗棠的看法，以主力攻打湘潭。他认为左宗棠的看法对，援塔齐布，破湘潭长毛，方能真正打通湘江水路。"长毛欲南北夹击我，我岂能不先以水陆夹击他！"而靖港之敌，目前虚实不明，暂不宜攻打。他接着表态，愿亲率主力前往，若不能破湘潭之敌，甘受军法。

左三爷不禁拍手叫好，说雪琴率兵前去，定能破敌。两人目光相视，有心心相印之感。

彭玉麟拍板并表态后，杨载福立即大声说道，愿和彭玉麟一同攻打湘潭。褚汝航也愿率队助战，说他的船队有几艘炮船装了洋铁炮，正好让长毛也见识见识我湘军洋铁炮的厉害。左三爷又拍手叫好，好，好，彭玉麟、杨载福、褚汝航，你们一同去，自当是"车师西门伫献捷"。他引用了岑参《走马川行奉送封大夫出师西征》中的诗句。也许是巧合，"车师"即在新疆，后来他出师新疆，正是"车师献捷"；也许，他当时的目光就盯住了新疆。

彭玉麟虽然拍了板，表了态，但派兵还得由主帅决定。

曾国藩知道彭玉麟专爱挑硬仗打，而且越是硬仗，这个彭玉麟反而越能取胜，但这次攻打湘潭真能像他所说的那样有十足的把握吗？"不能破敌，甘愿受军法"，他这么说是勇气可嘉，对于全军来说，可不能再有闪失了啊！小心谨慎的曾国藩遂来了个折中，派出一半水师即五个营先行出发，去打头阵，另五营第二天再开拔，作为援兵。这样先行五营万一受挫，后续五营正好接应，以避免万一……

彭玉麟临行时"叮嘱"曾国藩，主帅只宜坐镇长沙，切不可自主另行。这话含有两层意思，一是具体军事行动，主帅你还是别掺和了，二是另五营援兵得按时派出。

彭玉麟、杨载福、褚汝航等率水师五营出发后，作为援兵的五营中有营官仍觉得不攻靖港而攻湘潭非上策，理由仍是靖港并无多少长毛兵力，"放着软柿子不捏，偏要去啃硬骨头"。曾国藩也觉得是这么个理，但不放心"靖港长毛无多少兵力"这一消息到底是否确实，又派出几拨侦探前往离长沙不远的靖港。

很快，侦探陆续来报：

"报——靖港无长毛大队船只。"

"报——只有几艘长毛船只在靖港游弋。"

"报——当地百姓言，靖港没有大的变动。"

…………

一个接一个的探报证实，靖港果真没有多少长毛。

曾国藩根据情报判断，靖港出现的长毛船只是前哨，其主力尚未到达，正是难得的好时机，当即决定，火速攻打靖港，歼灭这一小股长毛，然后再派得胜之师前往湘潭。

曾国藩将彭玉麟所说弃之脑后，自率水营、陆勇出击靖港，当有亲自带兵打个大胜仗给人看看之意。孰知靖港太平军是放的"钓饵"，战船潜伏，所谓"无多少兵力"，是故意放出的风，说靖港没有什么变动的百姓是站在太平军那边的百姓，侦探获得的是假情报。

曾国藩靖港大败，"羞愤"投水自杀，被手下救起。而就在同一天，彭玉麟、杨载福会同塔齐布陆师夹攻，打响了湘潭之战。

其时太平军战船连樯十里，声势浩大。湘军有人见湘江满是长毛战旗，建议等后续五营到来时再发动进攻。彭玉麟指着长毛船队说，林绍璋能有这么多水军吗，虚张声势而已，你们再仔细看那船队，中部有许多船只吃水甚深，定是装载辎重，正是让我们纵火而攻的好时机，此时又正是顺风，天亦助我。若等待后续援军到来，林绍璋将辎重船只分散，战机已失。

彭玉麟遂将五营分为三队，他和杨载福各率一队，攻击敌船队首尾，另一队携带火物，直攻中部辎重船只。

一声令下，三队同时出击，彭玉麟和杨载福各站立在船首，冲在最前面。顿时，炮声、枪声、喊杀声混成一片。太平军首尾战船迎战彭玉麟、杨载福所率战船，中部辎重船只移动缓慢，湘军水营第三队火箭齐发，顷刻燃起熊熊大火，风助火势，连成一片，太平军战船欲救辎重，被彭玉麟、杨载福分头截住，褚汝航的洋铁炮压制住太平军火力。太平军战船眼看着辎重被焚烧殆尽，已无斗志，各自夺路而逃，相互撞击，溃不成军。而在陆路，塔齐布已发动猛攻。林绍璋遭水陆夹击，水营已溃，陆路又抵挡不住塔齐布，只得弃城而走。

靖港与湘潭之战，一是大败，一是完胜。曾国藩亲自率兵出击，结果大败，原定在彭玉麟出发后第二天开拔作为援军的五营在靖港损失惨重。彭玉麟未得援军，仅以五营取得大捷，和塔齐布陆师收复湘潭。是役，太平军阵亡万人，溃散亦以万计，船只被烧毁近两千艘，为太平军出广西至长江一带首次受到的最大惨败。林绍璋因此被革职，久未启用。

自此，曾国藩对彭玉麟的智勇甚为佩服，故而被困南昌，他想到的就是远在千里之外的彭玉麟……

三　人算不如天算

曾国藩当面对彭玉麟说"靖港之耻，就是我没听你的啊"，亦可见他的胸怀。接着又说："雪琴啊，论用兵之道，我实不如你。你千里跋涉，冒着生命危险前来会我，肯定已经想好了破敌之计。"

彭玉麟提出的第一条是，打通鄱阳湖水路，使内外水师合而为一。

湘军水师之所以成为"内外"，是在上年攻打九江、小池口时，太平军水营退至湖口，湘军水师营官萧捷三等率部冲入鄱阳湖内，被太平军切断归路。自此，分为内湖和外江两部分。尔后内湖水师攻打湖口，萧捷三中炮身亡，被隔绝的湘军水师愈发陷入极其艰困之中。

彭玉麟又建议乘湘鄂两省年成好、粮食丰收，派人去湘鄂，一则扩充队伍不愁军粮，二则保护百姓储备粮食，可争取民心。有了这两点，夺回武昌，控制长江中下游，指日可待。

曾国藩连连点头。

两人谈论通宵，全无困乏之意。

下一步的战略已经明了，后来的事实亦证明，打通鄱阳湖水路，内外水师合而为一后，湘军占据了主动地位。

然而，当时曾国藩困守南昌的局面并未因彭玉麟到来便立即改观，对手石达开可是太平军第一智勇双全之人。

彭玉麟判断出了石达开的战术，那就是围住南昌而不强攻，将湘军主帅困于此地，看你其他的湘军来不来救援，这样既可牵制住湘军援武昌之兵力,又可歼灭来援之军。江西七府一州五十多县都已在石达开手中,他并不在乎立即拿下南昌,他认为曾国藩已是瓮中之鳖,他正好利用这个"大鳖"引来湘军援兵,从而一举歼之。

彭玉麟要曾国藩放心,他自有破敌之策。

彭玉麟着蓝布短袄,腰束大带,带兵出战,高喊,石达开,敢来和彭玉麟决一死战乎?

士兵齐声呐喊:

"石达开,快出来!"

"石达开,别做缩头乌龟!"

"缩头乌龟石达开,缩头乌龟石达开。"

…………

彭玉麟单挑石达开,想以诈败引石达开攻到城下,城墙上埋伏的火炮则直轰城下,将石达开炸死。这和韦志俊置罗泽南死于武昌城下的计谋相似。

石达开属下将领气愤至极,纷纷请战。石达开说,曾妖头的水师被我隔为内湖外江,不能相顾,彭玉麟早已回湖南,怎么突然又到了这里?你们说的那人可真是彭玉麟?

"确是彭玉麟,绝非有假!"

石达开笑曰,彭玉麟打水战还算可以,这又不是在湘潭湘江,他会弃长而扬短?再说,他从湖南赶来南昌,舟马劳顿,一来就带兵挑战,分明就是有诈。不用理他,任他去叫,他叫累了,自然收兵退回。他若来攻,击退便是,不用追赶。我看他能经得几番折腾。

果然,彭玉麟在令士兵叫骂无果后收兵退回。

接连几天,彭玉麟率兵挑战,令士兵们另编了俚歌嘲骂:

石达开,到南昌,
如同妇人守空房;
石达开,胆小狗,
不敢应战快投降!
爷们也封你一个王。

石达开听了禀报后，又是哂然一笑，说，那些湖南俚语，我根本就听不懂，谁知他彭玉麟说的什么鬼话。但若不回应，则是来而不往非礼也。你们也编些广西的俚歌去骂，但只骂曾国藩曾妖头，连彭玉麟的名字都不要提。我要让曾妖头听了坐不住，一则让他猜疑彭玉麟，二则引他出来。

旋即命令：

"多派出哨探，打听可否有曾妖头援军到来。秘密调动一支人马，但又要让彭玉麟知道。"

下完命令，石达开说，不出三刻，彭玉麟必然偃旗息鼓退回城内，再也不会出来开骂。

彭玉麟的士兵和石达开的前沿队伍打开了嘴仗。一方骂石达开，一方骂曾国藩。骂曾国藩的是：

  曾妖头，蟒蛇精，
  躲在洞里观动静；
  曾国藩，老妖头，
  碰见（我们）翼王就缩龟头。

两边正骂得热闹，突有士兵向彭玉麟报告，有一支长毛在暗地里移动。彭玉麟一听，寻思道，他这是想趁着开骂之机，来一个突袭。

"收兵，速回城内。"

彭玉麟的激将法失效，石达开根本就不上当，稳稳地实施他的"关门打狗"之策，只待援南昌的湘军到来，于半路截杀。他断定曾国藩只要一得知援兵到来，定会倾城而出，实施内外夹攻。而他正好乘势夺城，阻断曾国藩退路，来个反包围，定然予以全歼。

石达开对曾国藩的嘲骂，曾国藩自然不会猜疑彭玉麟，也不会被激怒，只是说，石达开不上当，如何是好？

彭玉麟说，只有日夜加强防守，静观其变。

"石达开，是我的心头大患啊！"曾国藩叹道。

然而，一夜之间，石达开的部队突然全部撤走，曾国藩和彭玉麟都感到惊异，"静观其变"，难道真的发生了什么意料不到的变故？很快，一个如同惊雷、令湘军和整个清王朝都无比高兴和振奋的消息传来，是年九月二日，洪秀全与杨秀清内讧，"天京事变"发生。

曾国藩又不由地叹道，人算不如天算啊！

最先知道天京"出事"的，应该是城外的人。他们惊诧地发现，从天京流出来的水变成了血红色，旋有尸体漂出，尸体多是黄衣黄褂，双手被绑。这便肯定是天京城内的王府残杀。"内部消息"则是北王韦昌辉在洪秀全授意下，率兵突然包围了东王府，将杨秀清并府内男女老少全部杀光，继而将杨秀清部下斩杀殆尽，三万多太平军死于自己人之手。

这个韦昌辉是与洪秀全、冯云山等结拜的异姓兄弟，称天父第六子。洪秀全"永安建制"，封他为北王、六千岁。定都天京后，他曾参与外交事务。他的"外交事务"以贩运货物为主，从中牟利。故而前面说到的那个尹老板能在太平军占领区做生意、活动自如，与之有直接关系不可能，但间接关联是有的。韦昌辉对洪秀全阿谀奉承，对杨秀清则"阳下之而阴欲夺其权"，也就是他这"六千岁"想上升到"九千岁"，要取而代之。杨秀清那"九千岁"又想升为万岁，天国的内讧遂不可避免。洪秀全定都后只顾享受帝王生活，疏于朝政，而杨秀清居功自傲，独揽大权，挟制洪秀全。这三人的关系又是洪秀全忌惮杨秀清，喜欢专讲奉承话的韦昌辉；杨秀清看不起洪秀全，也没把韦昌辉放在眼里，韦昌辉表面上又对杨秀清唯唯诺诺，杨秀清根本就没提防他。

是年八月，杨秀清装神弄鬼，假借天父下凡逼洪秀全封他为万岁，洪秀全本也是装神弄鬼说他自己是由天父封为天王的——"实天父真命封为天王也"。杨秀清这个把戏已使用过几次，蒙得天、曾天芳记录，咸丰二年刊行的《天父下凡诏书》载：咸丰元年十二月二十一日，杨秀清假借天父下凡，审讯叛徒周锡能，揭发其"诱惑军心"，充敌内应，并企图行刺天王等罪行，随即将其一伙处决；定都天京后，杨秀清假借天父下凡，以"性气太烈，待女官过严"，要杖责洪秀全，命其应宽待女官与时时教导幼主……

几次把戏都奏效。这一次，天父又直接给天王下令要封杨秀清为万岁，洪秀全不得已应允于九月十五日杨秀清生日时加封，随即密诏韦昌辉回京"了难"。时韦昌辉在江西，一见密诏，嘿，机会来了，先干掉杨秀清再说，即带部下三千余人于九月一日深夜回到天京，迅速包围东王府，大开杀戒……

石达开闻讯大惊，连夜撤离，率兵赶回天京，要向洪秀全"讨说法"。南昌之围遂解。

杨秀清各方面的能力都远在洪秀全之上，因要挟洪秀全而被满门抄斩……曾国藩本应为杨秀清这个最厉害的对手之死大为庆幸，他却庆幸不起来，他不由地想到了自己以后的处境，倘若将长毛灭了，朝廷还能容他湘军，还能容他曾国藩吗？洪杨若不起事，不可能有他"出山"，无长毛，其实便无湘军……

他又想到自己在靖港大败后，重整水陆各军，出师收复岳州，继而夺回武昌。捷报传到京城，朝廷任命他署理湖北巡抚，却因大学士祁寯藻一句话，朝廷便收回成命。那一句话是："曾国藩以侍郎在籍，犹匹夫耳，匹夫居闾里，一呼，蹶起从之者万余人，恐非国家福也。"就是这么一句话，湖北巡抚没了，仅被赏赐一个兵部侍郎的头衔。若不是朝廷正是用人之际，正需要他歼灭长毛，"恐非国家福也"这几个字，自己的脑袋恐怕都保不住。

"得如履薄冰，小心翼翼，万万不可露出半点恃功自傲啊！"杨秀清之死，反而使得曾国藩再次告诫自己。

彭玉麟也看到了这一点，但他自信，自己在投军时就立誓"不要官不要钱不要命"，自己是决不会违背誓言的，有了那"三不要"，可保无虞。

数年后，湘军攻破天京，太平天国灭亡，曾国藩和彭玉麟竟都有兔死狐悲之感，"飞鸟尽，良弓藏；狡兔死，走狗烹"，历朝历代血的教训能不吸取？为让朝廷放心，曾国藩赶紧裁撤湘军。之前连安徽巡抚都已辞掉的彭玉麟则以"补行终制"为母亲守完原来没守完的孝回衡州老家，并养伤疗病，朝廷相继授予他兵部侍郎、漕运总督亦坚辞不受，直至巡阅长江才复出。

南昌解围后，湘军方面，曾国藩于十月即在长沙募勇，组建了吉字营，实现了彭玉麟所提出的向湘鄂扩充部队的第一步；次年，开始打通鄱阳湖水路。而在太平军方面，石达开进天京"讨说法"，洪秀全将滥杀罪全推到韦昌辉身上，韦昌辉忌惮石达开，要来个"先下手为强"，又准备杀石达开，石达开逃走，其全家及府上男女老少全都被杀。韦昌辉一不做二不休，索性率兵攻打天王府，要杀洪秀全，却被天王府数千婢女所组成的队伍击退。洪秀全下诏讨伐，官方说是"合朝同心"杀韦昌辉及其同伙。非官方则说将韦昌辉活捉后，洪秀全下令将韦昌辉五马分尸，残体剁成一寸一块，发放到各处，命人观看。

天京内讧，太平军元气大伤，高层内部人人自危，石达开亦受洪秀全猜忌，他逃出后起兵讨韦，洪秀全召其入京辅政，加封为"电师通军主将义王"，提理政务，实则"不授以兵事"，重用王长次兄洪仁发、洪仁达，使"主军政"，加以压制。次年五月底石达开负气率部出走，要独自另打江山，欲入川占据天府之国以为自己的地盘，名义上仍打着太平军的旗帜，实质要与清廷、太平天国形成三国鼎立，结果败于大渡河；曾国藩除去了他的心头之患。天京相互残杀之惨之酷，也令拥护太平军的百姓不寒而栗，"天国"民心逐渐丧失。

民心民心，彭玉麟忧虑民心向背的天平开始倾斜了。

四　账房先生是个奇才

天京内讧，太平军虽然元气大伤，但仍和湘军处于战略相持阶段。在两军拉锯战区，有一个说书的，在战乱中却依然能待在原地说书，他说是因为自己识时务，太平军占领该区时，说太平军好话；湘军收复该区后便说湘军的好话。这一日，他在湘军收复区内，来了个说书新编，不讲过往之古而说当今之事，说的是长毛攻打长沙的故事，说今日湘军统帅曾国藩当时尚在初创团练，碰上的湖南巡抚鲍起超是个昏庸愚昧之人，他对曾大人募勇办练不屑一顾，说长毛攻打长沙时，只需将城隍菩萨抬出，摆到城墙上，城隍菩萨显灵，就能把长毛吓退。这抬出菩萨吓长毛的做法其实并非鲍巡抚首创，早在太平军从广西出兵，欲从全州攻打湖南新宁，然后拿下宝庆府，直攻长沙时，新宁县太爷就在县城墙上摆放了菩萨，结果太平军南王冯云山在蓑衣渡被江忠源打死，太平军改道而行，新宁城安然无恙，新宁人便说是菩萨显灵。曾大人在不信团练信菩萨的巡抚手下自然在长沙无法立足，只好忍气吞声，移驻衡州⋯⋯

这个"说书新编"本意是贬鲍巡抚夸曾大人，可有湘军士兵一听，觉得这分明是挑拨我们曾大帅和朝廷命官的关系，尤其是说我们曾大帅在长沙无法立足，只好忍气吞声离开，这是有意抹黑我们曾大帅。没等说书的说完，喝一声"大胆叛逆"，将说书摊子砸了，将这个说书人抓起就走。

说书人被抓到了曾国藩面前。

说书人说曾国藩说得有板有眼，却从来就没见过曾国藩，此时一见那威仪，吓得半瘫，瘫倒在曾大人脚下，往日说书的嘴更是连半句申辩的话都说不出了。只能任由那个不识字的湘勇说他如何如何"大胆叛逆，污蔑朝廷和大帅"。

曾国藩好不容易听明白了说书人的罪状，亲自将说书人扶起，对众人说：

"这位先生说的都是真的，要搬城隍菩萨吓阻长毛，是真的；说我无奈之下只能移驻衡州，也是真的。"

曾国藩令那个湘勇向说书人赔礼，又从自己身上掏出些钱，算作对被砸的说书摊子的赔偿。并告诫湘勇，不得对说书人、读书人擅自无礼，说书人、读书人就算说出些什么不妥的话，应有则改之无则加勉。也就是要让他们有言论自由，不得随意砸摊子、扣帽子、打棍子。

这一下，那个说书人就替曾国藩当了正面形象宣传大使，逢人就掏出曾国藩给他的钱，说这是曾大人亲手给的，曾大人的士兵不知就里，错砸了他的说书摊子，曾大人亲自道歉，赔钱给他，这赔的钱可比那个说书摊子多了好多倍。他将曾国藩给他的钱保存不用，如收藏护身符，后又传给儿子……还有一安徽歙县人，不知怎么得了曾国藩一幅字，四尺整张，写得满满的。此人将这幅字传给后代，竟保存了下来，到二十世纪八十年代改革开放后，挂了出来，工工整整挂在堂屋神龛前。其时正是争当万元户时期，有去歙县的游客出价两万。这人的后代不卖。

曾国藩不得已移驻衡州后的事，那个说书人不知道也不再"新编"。而正是移驻衡州后，曾国藩认识并结交了彭玉麟。

曾国藩初创团练，招人倒是不难，很快便有三千之众，最恼火的是无粮饷。朝廷虽同意他办团练，却不给粮饷，不是体制内的，非正规军，哪有粮饷可给？咱自己绿营的粮饷还吃紧呢，若不是长毛发展势头太快，整个清廷都被摇撼，能让你办团练？办了都得取缔，弄不好还给安个"匪"字。如今让你办了，你就自个儿去筹措吧。

三千人要吃饭，要发饷，曾国藩只得四处募捐、借贷。

这一日，他正在为借贷之事烦闷，一属下说道，这衡州城内还有家当铺，名叫裕湘当铺，可是衡州数一数二的大当铺，大人怎么不去向它借贷？

曾国藩一听，对啊，光惦记着那些卖货的商铺，怎么把这家有名的当铺给忘了。这家当铺可还从未去叨扰一次。能不能借到，先试一试再说。遂亲笔写了一封借银子的信，交一军需拿到城南裕湘当铺去。

这个军需是曾国藩老家湘乡（今双峰县）荷叶人，姓文，排行第八，人称文八爷，因和人打架，脑袋上留下一块疤，疤处不长头发，故又被谑称为文疤爷，乡音"疤""八"同音，他也听不出。文疤爷跟随曾国藩"出山"，既是同一个乡的老乡，自然颇受照看，干上了军需官这个有油水的职务。他对曾国藩自然也忠心耿耿，若有人说曾国藩的不是，他是会以命相搏的。自然又是以曾国藩为最大荣耀，开口闭口曾大人，打曾大人牌子，其实反而给曾大人添了不少麻烦。

文疤爷来到城南，见一家当铺前竖着一块大牌子，上书"裕湘当铺"四个大字，走进去，迎面是一座老高的柜台，看不见人。这文疤爷是第一次进当铺，不知道上面有个小窗口，便扯开嗓子叫：有人吗？我是曾大人派来的。从小窗口探出一颗戴瓜皮帽的脑袋，问：你是要当"挡风"还是"大毛"？是"软货龙"还是"硬货龙"？这是当铺的行话，"挡风"是指袍子，"大毛"是指狐皮，"软货龙""硬货龙"则分别是银器金器。戴瓜皮帽的站柜是个小学徒，正在测试自己的行话说得怎样，一见来了人，不禁脱口而出，没去管什么曾大人不曾大人。文疤爷怎么能知这些，说：什么"挡风大毛，软龙硬龙"，我是替曾大人送信的，快点叫你们掌柜的出来。小学徒这回听清了"曾大人"，说：哪个曾大人？我们这是当铺，不收信，只收当物。文疤爷一听，来了火，对着柜台就是一脚，吼道，耽误了曾大人的要事小心你的脑袋！坐在柜台里面的坐柜（注：当铺柜台交易有站柜、坐柜二人，坐柜为决定成交货色价格拍板者，亦为站柜打圆场，避免和当主发生冲突）忙站起，将小学徒推开，从小窗口伸出头：

"请问这位军爷，你说的曾大人可是曾国藩曾大人？"

"衡州还有别的曾大人吗？我们曾大人的名字也是你喊的？快点接信，我们曾大人要借钱。"

坐柜接过信，一边想，来借钱还这么大的口气，一边拆开信。

曾国藩亲笔信中说的是为防长毛，确保衡州商家、百姓不受蹂躏，募勇御敌所需而筹措，届时一定奉还。末尾还有实是不得已才来打扰的客气话。

坐柜寻思，曾大人就是曾大人，这字就写得绝好，堪比，堪比……他一时想不出堪比古人哪一位；借钱的理由也实在有理，"确保衡州商家、百姓不受蹂躏，募勇御敌"，不借银子说不过去。只是一看那数目，三千！三千两银子，一个坐柜岂敢自行做主？

曾国藩之所以一封信就要借三千两银子，他是算了数的，他已有三千湘勇，月薪每人一两银子，三千两银子正好可发一个月的饷。当时正规军士兵的月薪也就是一两，最多二两。借少是借，借多也是借，不如一次借足一个月的饷，省得再去找别的地方借。开个三千两的数目，就算被打折，三折也有近千两，可发一千人，先发给头目骨干，解决一些算一些。只要一和长毛正式开打，打一两个胜仗，就不但不愁没钱发饷，而且得将饷银提高，多发些工资，工资一高，打仗的积极性也高。

这个坐柜何等精明，立即想到，这么大数目的一笔银子，如果自己去请示老板，无疑是将难题甩给老板，不借嘛，得罪湘勇团练，那可是举刀拿枪的；借嘛，三千两，巨款，当然，可以打折，但这是曾国藩亲笔写的信，不太好打折，人家是为了保卫你才来借钱，能"讨价还价"？……老板为难，定会责怪自己，自己可不能当这样的蠢人。只有将信交给账房先生，由账房先生去请示老板，该怎么办由他看着办。自己落个毫无干系。

"军爷快请进，请进。"坐柜赶紧迎出去，将文疤爷请到客房，要小学徒好生伺候，自己急急忙忙地走进账房。

"这个，这个，请你看看，还烦先生去和老板商量……"

坐柜将信交给账房先生，嘴里嘟囔，一封信就要银子三千，这也忒，忒那个什么的了……

坐柜正嘟囔着，账房先生已看完信，问道，送信人现在何处？

"在客房。"

"唤他进来。"

坐柜一听"唤他进来"，觉得账房先生这口气也太大了，人家是个兵勇，曾大人派来的，又不是你的奴仆，你也从未有过奴仆。但还是应着，走出去，对文疤爷说，军爷，请，我们账房先生请你进去。

坐柜觉得自己将"唤"改成"请"，才是生意人应有的最起码礼数，也是帮了账房先生和老板的忙，万一得罪了军爷，人家一发起飙来，将这当铺砸了……当然，自己的饭碗也会没了。

文疤爷一走进账房，那账房先生什么话也没问，立即开出三千两纹银，让他提走。

坐柜惊得咋舌，这个账房先生根本就不去请示老板，立马将三千两纹银借出，他的胆也忒大了。

文疤爷接过银票，不说多谢，也不说叨扰，说出的一句是："你这个账房先生还识相，聊撇（方言，意思是干净利落、不啰唆）得好，我们曾大人借钱是为了保卫你们，打起仗来我也得去拼命，你得另外给我些……"伸出手，"意思意思"。

"你是曾大人的军需官？！"账房先生说。

"当然。不是军需官曾大人能要我来？"

"是你们那位曾大人要你'意思意思'？"

"笑话，曾大人怎么会要我'意思意思'。"

"那你为何还要'意思'？！难道借钱还要吃回扣不成？"

"你什么意思，什么吃回扣，我这么辛苦办事，为的是替你们打长毛，能不要几个酒水钱？"

眼看要吵起来，坐柜想，这个账房先生也是个怪人，三千两银子连跟老板说一声都不说，立马就借，几个酒水钱反而舍不得……正要去圆场，却听得账房先生说：

"酒水钱会给你的，不过也要烦你替我带封信给你们曾大人。"

"这还差不多。"文疤爷说，"给你带封信嘛，好说。我们曾大人看不看你的信，我就不能保证了。我们曾大人日理万机……"

账房先生从自己身上掏出些钱给他后，挥笔写了几句话，用信封装好，递过去。

文疤爷走后，坐柜对账房先生说：

"先生，你未和老板商量，就将三千两银子借出，到时老板追究下来……我是为先生担心啊！"

坐柜的意思是老板恐怕要炒你的鱿鱼。账房先生回答了一句话，意思是炒我的鱿鱼倒未必，但有一个人恐怕是真的要被炒鱿鱼了。坐柜听出账房先生的意思，试探性地问，"你是说那个军需会被炒鱿鱼？"账房先生说，"那个军需如不被炒鱿鱼，我就要炒派军需来的那个人的鱿鱼，永不见他！"

文疤爷向曾国藩禀报，三千两银子已经借到。

"喔，这么顺利？！"曾国藩感到有点意外。

"禀大人，顺利得很。"文疤爷说，"那个账房先生看了大人的信,一见我,二话没说,就如数给付。"

"账房先生!不是老板?"

"不是老板。柜台内那个管事的先是要我稍等,他去找账房先生。很快他就要我去见账房先生,我一走进账房,那个账房先生就给银子。"

"不是老板,一个账房先生,又未请示老板,便自行做主……此人非寻常人啊!"曾国藩沉吟片刻,问道,"他叫什么名字?"

"这个不曾问得。"文疤爷突然记起要他转交的信,赶紧说,"他有封信要我交给大人,信里肯定有他的名字。"

"快将他的信呈来。"

曾国藩打开信,信内仍无名字,落款为裕湘当铺账房。但他的脸色沉了下来。

"大人,信里难道没有他的名字?这信是我看着他写的啊!"文疤爷见曾国藩脸色不对,以为是责怪自己没有问账房先生的名和姓。

"你这事办得好啊!"

"是大人的名望,大人的信一去,他自然不敢不照办。小的只是跑腿。"

文疤爷还以为真是说他办事办得好。

"你只是跑腿?!"曾国藩嘿嘿冷笑一声,"你是大军需官啊!你这个大军需官会捞好处啊!"

"这,这,大人怎么这样说。"文疤爷才知道事情不妙。

"你是不是强要了那位账房先生的钱。"

"这个,这个……是他自愿给我……是,是替他转信给大人,他给的脚力……脚资……"

"情急生智",这位文疤爷于情急之中也生一智,将索要的"意思意思"变成给他的脚力钱,按劳取酬,劳动所得。

"可鄙!可恶!去向人家借钱,反而要索取钱财,这是要置我练勇的声望于何地!"

"大人大人,我只要了几个酒钱,我退还,退还。"

文疤爷不敢隐瞒了,但还是认为不过是小事一桩,几个酒钱而已。

"从未有过的奇闻奇事啊,一个军需,借钱尚且要拿回扣,采办物资你又拿了多少回扣!没想到啊没想到,我湘勇竟有你这种泼皮恶棍、贪婪之人。害群之马,害群之马!"

"拉下去!"曾国藩喝道,"重打五十军棍,没收非法所得,撵出湘勇。"

文疤爷被炒了鱿鱼,油水位子没了,连原来捞的钱也没了。他始终想不明白的是,近邻的老乡,若往上辈套,还是亲戚,几个酒水钱为何就使得曾大人如此不留情面。他回到老家荷叶,乡人邻居有喊文八爷的,有喊文疤爷的,都是问,你跟着曾家那个老大在外面,发了大财吧,金子银子拿出来让我们瞧瞧。乡人邻居不喊"曾大人"而喊"曾家那个老大",也是一种乡俗,因为都是看着曾大人从小长大,在他没成"曾大人"之前,都是喊"曾家那个老大",喊惯了,而且知道曾家那个老大的许多轶事,如知道他身上长满"蛇鳞",还知道他小时候读书不发狠,被爷老子罚背书,一篇文章背了一整夜都背不出,害得躲在他床底下的一个小偷东西没法偷,出又出不去,实在无法忍耐了,钻出来,说,一篇这样的文章也背不出,我在床底下听你读来读去都背熟了。小偷说完就朗朗而背,背完就扬长而去。惊得曾家老大连声说他连个贼都不如,从此立誓发狠读书,这才终于考取了功名,好像曾家老大成为曾大人还是搭帮那个小偷。凡从老家出去后成了大人物的人一般都很少回老家,就是因为老家人知道他以前的轶事趣闻乃至顽劣刁钻的事太多。若小时候有个不雅外号如"毛癞子"什么的,回来后碰上小时的同伴或老人,还是会喊"毛癞子你当大官回来了啊!"这大人物又不好发作,得保持风度,所以一般都不回来。这一见着文疤爷回来就问是否发了大财,因为他出去时就没人说他是要跟着曾大人去打长毛保家卫国,而是去发财。不是为了发财,谁去卖命打仗?

文疤爷支支吾吾说,发……发倒是发了一些,凭什么要我拿出来给你们看。说完便悻悻而走。只是从此背地里也不喊曾大人了,而是跟乡人一样喊曾家那个老大。"曾家那个老大,据说又被长毛围困了，唉——"他长叹一声，大有是因为自己没在"曾家那个老大"身边，所以"曾家那个老大"又被围困了之意。

曾国藩处罚了文疤爷后，又看那信，赞道，此人是个奇才，这信写得何等之好，寥寥几句，替我点出湘勇筹措粮饷之必须，之艰难，故他自当鼎力相助。只是末尾这一句，可就让我无地自容啊！

他没说出末尾那句到底说的什么，说出来的是，我得立即去见他，立即去见他。

五 "不求保举，不受官职"

曾国藩认为是奇才的这个账房先生，就是彭玉麟。

彭玉麟是湖南衡州（今衡阳）人，出生于安徽安庆，后来李鸿章淮军和曾国藩湘军产生意见分歧时，李鸿章责怪彭玉麟不支持他，说你是在我们安徽出生的，为什么不帮安徽人说话？彭玉麟一生都和李鸿章不合拍，常常对着干，以致李鸿章对他说，你在我老家合肥长大，怎么地也可算半个老乡，为何专和我过不去？关于他和李鸿章的过节、分歧、对抗，李鸿章为什么又拿他没办法，后文专门有叙。

彭玉麟父亲当过合肥县三桥镇的巡检，相当于现今的派出所所长。父亲回到老家衡州渣江后，要彭玉麟和母亲、弟弟也回老家。他们回到渣江后不久，父亲便病故，家遭大变。父亲当巡检的月薪大约是二两银子，一回老家，每月的二两银子没了，又无退休金可享，在任上时也没捞什么外快，老家只有几块田土、几间草屋。这一病故，族人亲戚欺寡母孤儿，将几块田土夺去，家境贫寒更甚，虽还没到罗泽南那个地步，但若划成分，已是贫农。

那时彭玉麟才十六岁，那个冬天，他和弟弟彭玉麒赤脚行走在水田田埂上，对面走来一乡邻恶少，彭玉麟、彭玉麒忙站到田埂边让路，恶少从他俩身边走过时，一脚将彭玉麒踢到水田里。

恶少扬长而去。彭玉麟忍住愤怒,将弟弟扯起,彭玉麒从头到脚沾满泥巴,浑身湿透,冻得直抖。彭玉麟将哭泣的弟弟紧紧抱住,自己也变成泥人。

彭玉麟对弟弟说:"哥哥不是怕他,而是不屑与那种人计较。"

两个泥人搂抱着往家里走。弟弟一见母亲,便哭着诉说。母亲只能叹气不止。

彭玉麟说:"妈,这算不得什么,过些天我带弟弟外出做事,不和那些人在一起便是。"

彭玉麟带弟弟外出谋生那天,母亲倚在土砖屋木门上,一直看着他俩走远,直到不见了背影。

时令由冬到春,田里油菜花盛开。彭玉麟带着弟弟回来,却见母亲坐在一破窑前哭泣。

彭玉麟赶紧问:"妈,你这是怎么了?"彭玉麒也赶紧说:"妈,你怎么不回家?"

母亲哭泣着说:"家,被你们的长辈强占去了。说那房子,原本是他们的。"

彭玉麒说:"那我们怎么办?连间房子都没有了。"

彭玉麟扶起母亲:"妈,我们离开这里,我和弟弟能养活你!"

就这样,未满十七岁的彭玉麟带着母亲、弟弟离开了渣江。

尽管穷,但母亲坚持让他读书,送他进了石鼓书院。石鼓书院是名校,老师是名师,经费由书院自筹,主要是绅士名流、有钱人捐助,学生不用出多少学费,成绩好者免费,条件只有一个:遵守校规,认真读书。彭玉麟读书那就是学霸一枚,深得老师喜欢,两年后就要他去参加县试,一考就考取了秀才,秀才无薪水,他成了名副其实的穷秀才。这位穷秀才的文章为衡州知府高人鉴读后,高人鉴对之赞赏不已,推荐他到军营里当了一名文书,月薪有纹银三两,算是解决了老母和弟弟的生活问题。在军营期间,他参与剿匪,不但献计制胜,而且带兵冲在前面,立了大功。立功后,管人事的见他打仗勇猛,误以为他是武生,向上荐报,于是他被提拔为临武营外委。得到提拔的他却不愿干了,辞官回乡,后三次考举,皆榜上无名。一日,碰上裕湘当铺老板陈秋圃，叙谈之间，陈秋圃知他尚未找到工作，便要他来自己的裕湘当铺管账，彭玉麟遂成了账房先生。

彭玉麟擅自将三千两银子借给曾国藩后，坐柜忙报告老板陈秋圃，这不报告不行啊，哪有如此行事的账房，如此下去，当铺岂不会被他借垮？当铺一垮，自己的饭碗也就没了。所以必须立即报告。

陈秋圃听后回答说：

"好，他将银子借给曾国藩办团练，这事做得好、做得对。倘若长毛攻破衡州，杀将进来，我的裕湘当铺还能存么？皮之不存，毛将附焉。若我在当铺，自当亲自借给；我不在当铺，他自应做主。"

陈秋圃这话，等于对坐柜说："他办事，我放心。你就别操这个心。"

坐柜悻悻退出，心里嘀咕：我好心来报，原来你俩是一个道道。长毛早就打到别的地方去了，会来打衡州？就算来打，就算打破衡州，城内那么多商铺，单单就会对准你这个当铺？别弄得长毛没来，自己的当铺倒先垮了，算了算了，以后他就是借出三万，我也不管了。我是咸吃萝卜淡操心，唉——

陈秋圃和彭玉麟是同科秀才，后和彭玉麟一同考举，照样没考上，走仕途这条路都没走通，有"同是天涯沦落人"之感；他是安徽人，但在湖南已多年，衡州等于是第二故乡，彭玉麟是衡州人，在安徽长到十多岁，他俩便又有一个"共同"点。更主要的是两人有共同语言，观点一致。唯一不同的是，他继承父业开当铺，有钱；彭玉麟无父业可承，无钱。而他断定彭玉麟日后必然了不得，只是时运未到罢了，古来多少英雄都是在时运未济时穷困潦倒，如千里马未碰到伯乐，"欲与常马等不可得"。若有伯乐来了，"千里马"腾飞之际，说明他陈秋圃至少也有一双慧眼。故而对暂时屈居账房的彭玉麟信任有加，甚或放任自流，随他怎样，概不过问。有点像隋唐好汉单雄信，散尽钱财无所谓，只要能结识英雄。

陈秋圃相信会有伯乐来识千里马，那伯乐还真来了。

曾国藩走进裕湘当铺，言明要见账房先生。

刚从老板那里回到当铺的坐柜一见曾国藩曾大人亲自上门，而且指明要见账房先生，心里不由地有点打鼓，这个曾……曾大人是不是还要借钱呢，那三千两银子借得太容易，得了甜头，再来加码……他尽管已在心里说过，再也不管借钱出去的事，哪怕一次借出三万他也不管，再也不去"咸吃萝卜淡操心"，可他对这个当铺、对老板的忠心，是他的职业操守，他已将这个当铺和自己的职业生涯连在一起，一荣俱荣，一损俱损，遂在对亲自上门的曾大人鞠躬作揖后，说：

"曾大人曾大人，实在对不起，账房先生有事出去了，不在账房。"

坐柜是轻声地、小心翼翼地说，可曾国藩声音不低，他急着要见。

"账房先生不在账房，他能到哪里去？快说快说，他到哪里去了？我这就去找他！"

该说他到哪里去了呢。坐柜尚在思索，账房先生彭玉麟已闻声走了出来。

彭玉麟虽然没见过曾国藩，但一看来人，便已断定来者是曾涤生。

曾国藩也没见过彭玉麟，可一见走出来的彭玉麟，便知这就是他要见的人。

两人四目相视，旋而大笑。

彭玉麟笑的是，曾大人，我就知道你会来。

曾国藩笑的是，好一个寓隐于商之人。

曾国藩也不用彭玉麟相邀，径直往账房走去。

两人走进账房，关上门，促膝而谈。

门外只急了一个坐柜，不知又会被借走多少银子。孰知就是在这个裕湘当铺账房内，很快就要走出一个湘军主帅，一个湘军水师统帅。

曾国藩长彭玉麟五岁，他的老家双峰荷叶塘与彭玉麟的老家衡州渣江镇相距仅二三十里，可谓出自同一个地方，两人都曾在石鼓书院求学，水土相同，文脉一致，就连语音都差不多，双峰荷叶话和双峰其他地方的话不一样，和衡州渣江话反而相似。

彭玉麟参加剿匪、"秀才带兵"立过功的事，曾国藩自然知道，只是没想到其人就是这位账房先生，此时相见，心里暗道，这是个文武全才，必须得他来辅佐自己。遂说道：

"雪琴啊，你在参与剿灭新宁李沅发匪徒前，曾于军营训练兵丁，又曾遭数十流氓无赖围攻，被你一人打得抱头鼠窜。你本一书生，何来此功夫？"

彭玉麟答道，些小拳技，不足挂齿，之前学过而已。

"剿灭李沅发，你不但献制胜之计，而且冲锋在前，司职文书，原不必率士卒拼杀，不畏死乎？"

"保境安民，人人有责，彭玉麟只是尽常人之责，安能怕死！"

曾国藩又问，剿灭匪贼，你立有大功，以功叙奖，湖广总督提拔你为临武营外委，并荐赏戴蓝翎就任训导之职，衔为从七品，你为何力辞不受？却来这个当铺……

曾国藩的意思从另一个方面理解，则是你从一个无俸禄可拿的秀才一下被提拔到可享受县团级待遇，难道还是嫌待遇低了，不如来当铺当账房先生的钱多，月薪更高？这也正是彭玉麟力辞蓝翎训导，时人认为他是嫌每月银子太少的看法。因为若按月薪计，县官每月才几两银子，而他在裕湘当铺每月可拿二十两。

彭玉麟说："曾大人有所不知……"

"喊我涤生兄。"

"涤生兄，我早就立誓不愿为官，兄若以为故作清高之语，有雪琴尚在石鼓书院就读时所作以赋性为题的明志诗为证。"彭玉麟随即吟道：

赋性髫龄便笃纯，岂因老大敢欺人；愧无广厦能容客，愿布金沙普济贫；污吏贪官仇欲杀，贤人君子敬如神……天生憨性恶嚣尘，难合时宜为率真；不敢为官知憨拙，勤于治事怕因循；文章学问终惭我，功业勋名愿让人……

曾国藩笑道："雪琴吾弟，涤生怎会以为你故作清高，此前虽未与弟谋面，然吾弟在辞职不受后亦有一诗，愚兄可是知道的呵！"

曾国藩亦随即吟道：

生来毛羽不曾丰，敢望高飞到上穹。学浅未能施化雨，才疏尚赖坐春风。功名自信匪衡薄，世路谁云阮籍穷。留得英雄真面目，再勤王师建奇功。

吟毕，问道："愚兄可有记错之词？"

彭玉麟忙抱拳施礼："佩服佩服，不才愚钝之句，竟为曾大人所熟记。"

曾国藩说："是涤生兄！"

"对，对，是涤生兄。曾大人真乃吾兄。"

"我再说一句，你再喊曾大人，可就是你的不是了。从今日起，我乃你兄，你乃吾弟，曾涤生和彭雪琴就是兄弟。"

"是，是，兄长在上，受小弟一拜。"

曾国藩忙拉起，说：

"为兄今日已'识得英雄真面目'，小弟你正当'再勤王师建奇功'。"

曾国藩巧用彭玉麟的诗句，此妙言一出，彭玉麟方明白他此前的话语全是铺垫，为的是要他"再勤王师"，心里不由地更加佩服。

曾国藩遂将办团练，要建湘军陆师并水师，然后北上讨伐长毛，现已进展到什么地步，所得干将有哪些人，各人的特点长处，如江忠源之忠勇，罗泽南之智勇，李续宾、李续宜兄弟之勇猛，北伐准备如何进兵等，一一告知，彭玉麟不时提出自己的看法、建议。曾国藩不时点头赞许。两人似乎已在营帐商议军机大事。

军机大事商议到了最后一个"议程"，曾国藩请彭玉麟"入阁"，加入湘军。彭玉麟却摇头拒绝。

这一摇头拒绝，大出曾国藩意外，连声追问为什么。

彭玉麟说他尚在守孝期间，他得为母守孝三年。"守制未满，雪琴不敢从命。"

曾国藩一听，又不禁感喟他俩为何如此相似。

"雪琴啊，愚兄受命创办团练，正是在奔丧期间，我本也应当守孝三年啊！"

少顷，曾国藩慨然而道：

"乡里藉藉，父子且不相保，能长守丘墓乎？"

"……父子且不相保，能长守丘墓？"彭玉麟沉吟。

"雪琴啊，你和我同是一乡之人，所学同出自石鼓书院，我只是虚长你几岁而已，如今你要守孝三年，我也要守孝三年，我俩都是守制未满；但值此长毛肆虐，生灵涂炭之际，为国为民，都只能在以后再补行终制啊！你难道真忍心看着我初创湘军之艰，而不来助愚兄一臂之力？"

…………

曾国藩终于说服了彭玉麟。彭玉麟同意加入湘军，以后再为母补行终制，但又提出一个要求。

彭玉麟的这个要求又出乎曾国藩的意外，他提出的是"不求保举，不受官职"。若不接受他的这个要求，涤生兄你还是我的兄，我彭雪琴还是你的弟，但入伍的事，免谈。湘军陆师也好水师也好，不去。

这个要求可是曾国藩第一次听到，竟然是不求保举，不受官职。谁不想当官呢？谁不想能得到保举让自己快点当官、快点升官？曾国藩尽管相信彭玉麟也许说的是真心话，但只要他立有大功，焉能不保举不提拔，到时候他也许就不"计较"这话了。权且答应再说。

曾国藩答应了彭玉麟的要求，行，我不保举你，你也不受官。这个条件实在不难办到。难办的是一定要保举，要升官。他觉得彭玉麟太过于直率，近乎于执拗，没必要把话说得这么死，还是灵活一点为好，立了功，朝廷要你当官你就当，当官总比不当好，当官若全无好处，怎么会有那么多人想当，争着当……

曾国藩又没想到的是，这个彭玉麟当即对天立誓，来了个"三不要"：加入湘军，不要官，不要钱，不要命。

自古以来立誓的人多，有立誓考上了状元绝不忘糟糠之妻，真考上后立马忘了糟糠之妻，当驸马后还要杀掉糟糠之妻；有立誓当了官定为百姓谋福利，造福一方，结果成了大贪官贪得令人咋舌；有立誓得了富贵绝不忘贫贱之交，得了富贵后贫贱之交来找他，他却不认识了……但自古至今没有人立誓不要官，不要钱，连命都不要。

彭玉麟立下的这"三不要"能否真的做到，连曾国藩都不敢断定。曾国藩庆幸的是，彭玉麟立下的这个誓，没有说如果没做到就要遭天打五雷轰或死于乱枪乱箭之下连尸体都不能运回老家什么的。没有这样说，那就即使没做到也不会有严重的后果。他好不容易请出来的文武双全之人，可不能过早离去。

第三章 江上旌旗

一　君山设伏；大破擂鼓台

彭玉麟受曾国藩之邀加入湘军，即在衡州与曾国藩创办水师，水师初创为十营，他为营官之一。另九营营官多为武员，有的还是"大字不认得，小字墨墨黑"，学历是文盲。他则有秀才"学历"，做过军营文书，还参加过实战，已立有战功，那个赏戴蓝翎就任训导管教育的职务虽被他辞掉、没去上任，但就如同评上了职称只是没被聘用一样，"教授副教授、编审副编审"的称号还是在那里的。而他当时在府学，为教授之副，负责启迪学校学生，并帮助学政评定学生品行优劣。故初创水师的规章制度都是由他制定，再交曾国藩审定。对下级军官、兵丁的评定奖惩也由他为主，俨然已是隐主全军。

彭玉麟进入湘军便当水师营官，难道不是官？还真不是官，正式的官职得由朝廷给，这是曾国藩的湘军水师，职衔是曾国藩给的，不在体制内。就如同民营企业里的总经理、部长，在这个企业是"官"，一离开这个企业啥都不是。

水师初具规模后，曾国藩便命褚汝航、夏銮、彭玉麟、杨载福率领湘军水师四营两千人为先锋，攻打岳州。是为水师出征第一仗。然出师不利，只得退回长沙。接着便是彭玉麟、杨载福、褚汝航等的湘潭之仗，将太平军辎重船只全部烧毁，会同塔齐布陆师夹攻，大败林绍璋，收复湘潭，为湘军水师大捷第一仗，彭、杨打出了威名，彭玉麟叙功以知县选用。曾国藩则在靖港大败后重整水陆二军，再向岳州进发。

太平军在岳州府以南的南津港严阵以待。

南津港西通洞庭湖。渔民说洞庭湖"无风三尺浪"。

这一仗怎么打？褚汝航、夏銮、彭玉麟、杨载福等商议。

褚汝航朝夏銮、彭玉麟、杨载福抱拳施礼后，说："咱湘军水师第一次出征岳州不利，这一次得打出咱湘军水师的威风，应立即向长毛水营发动攻击，打他一个措手不及。褚汝航愿打头阵！"

夏銮接着说："我军遭靖港之耻，正需要一次大胜来鼓舞士气，故我同意褚将军的意见，立即向长毛水营发动进攻。夏銮愿和褚将军同打头阵。"

轮到彭玉麟和杨载福表态了，杨载福要彭玉麟先讲。

彭玉麟对褚汝航、夏銮抱拳施礼后，说："二位所说要打出咱湘军水师的威风，用大胜来鼓舞士气，我完全赞同。但不可贸然进攻。"

"为什么？"

"长毛水营已经历多次战斗，打过多次胜仗，其锋正盛，而我军水营虽有湘潭大捷，然靖港失利，经整顿，仍不能与之硬拼。这是其一。其二，南津为港湾，且有长堤，长毛据此与我军相拒，占有地利。故，我军应设下埋伏，让敌方进入我伏击圈，则定可打出我湘军水师威风，获得大胜。"彭玉麟指着地图说，"洞庭湖内君山、雷公湖一带，正好设伏。"

褚汝航觉得彭玉麟的话难以理解，攻湘潭你那么大胆，主动请战主动进攻，而且获得大胜，这一下怎么又说长毛水营如何如何厉害了？

夏銮说："长毛若不上当，怎么办？到时还不得主动进攻。总不能就待在君山、雷公湖休憩吧。"。

这话就有点不太客气，略带嘲讽。

彭玉麟微微一笑，说："长毛水营就算知道我军在此设伏，也一定会进我伏地。"

"知道设伏还定会前来？你这话也太自负了吧。"

"非我自负，而是他们自负。"

"他们自负？！"

"不错！长毛扩军水营之创立，正是在这岳州，自岳州进入湖北后，连克汉阳、汉口，继而攻克武昌，可谓所向无敌……"

彭玉麟还未说完，夏銮便说："那湘潭之仗呢，长毛不是大败于你和杨将军、褚将军吗，什么所向无敌！你这是有意长他人志气灭自己威风，不愿让我们立功吧。"

彭玉麟不予理会，继续说："长毛的湘潭之败，于他们全军来说，只是一个挫折而已。他们仍可谓所向无敌，仍是骄横之师。骄横之师必不将我水师放在眼里。况且，他们正是要报湘潭大败之仇，故明知有伏，也会来攻。"

杨载福听到这里，立即表示赞同彭玉麟的设伏之计。

褚汝航和夏銮还是坚持要立即主动进攻，认为经过整顿的湘军水师如不勇猛出击，岂不被人笑话？再则，长毛真会如彭玉麟所说的那样被伏击吗？所谓埋伏在君山、雷公湖一带，长毛不来，我军锐气则已衰。

又出现了如同打湘潭还是打靖港一样的两种不同的看法，这次没有指定由谁拍板，只能由主帅决定。

两种意见禀报给曾国藩，褚汝航和夏銮在禀报中重申他俩愿冲在最前面。

曾国藩勉励了褚、夏二营官的勇敢，但同意彭玉麟的战法——设伏。他考虑的是，这一仗是自己整顿水师后的第一仗，只能赢不能输，主动进攻，万一输了，本就艰难创立且遭靖港之败的水师日后就更艰难了；设伏之策，即便长毛水营不上当，双方还是个平手，再想法取胜便是。而只要长毛一进伏击圈，大胜无疑。还有最重要的一点，彭玉麟在攻打湘潭时那样坚决，还要立军令状，结果取得大胜，这次却要避敌锋芒，引敌来攻，定是深思熟虑，相信他有胜算，不会让自己失望。

彭玉麟的战法被批准，他遂率船队埋伏于君山，杨载福埋伏于雷公湖。派出一队小舟前去挑战诱敌。

太平军水营是在围攻长沙不下后突然撤军攻下岳州时，招募了大批船民、纤夫组成，不仅是连打胜仗之师，而且特别熟悉洞庭湖的水路。当得知湘军水营进入洞庭湖却不见来攻，反而不见踪影后，即有从岳州加入太平军后被提拔的水营头领龚三明说道，他们肯定是躲在君山附近。

"躲在君山附近！会不会是埋伏在那里？"另一头领陈卜说。

"就算是埋伏又有什么可怕，那都是些旱鸭子。"龚三明说，"曾妖头本身就是个旱鸭子。旱鸭子建的水营，不就是赶着鸭子上架？"

"他们在衡州组建的水营，衡州可是有条湘江啊！怎么会全是旱鸭子。林绍璋湘潭之败……"

"曾国藩靖港之败呢，他都被逼得投水自尽了，如不是被人救起……这事你怎么不说？"

…………

正在争论间，士兵来报，曾妖头已派小舟战队前来挑战。

龚三明哈哈大笑：

"你们听见了么，只是些小舟，洞庭湖无风都有三尺浪，我们的战船再一冲，水浪都要掀翻它。"

"既然无风都有三尺浪，他们的小舟怎么来了？"

"那是我们这些洞庭湖老麻雀的俚语啦，吓唬旱鸭子的。"龚三明说，"你们难道不想替林绍璋报湘潭之仇？"

"洞庭湖老麻雀"是句省略的歇后语，即"洞庭湖的老麻雀——见过几个风浪的"，意指有经验，见过大风大浪，经历过大场面。

一说到报湘潭之仇，众皆激愤了。

"对，得报湘潭之仇！"

"得替我们的弟兄报仇！"

…………

陈卜还是觉得不能轻敌，说他们为什么派些小舟来挑战，这分明是要诱我们进入埋伏圈。

"就算有埋伏，也能打他一个落花流水！我老龚只需带所部战船，先将这些敢来挑战的'渔划子'干掉再说。"

"听龚三明的。"一个太平军老兄弟说。太平军老兄弟就是从广西跟随洪秀全出来的，地位比后来加入太平军的要高得多，如同有御赐的金牌，"见官大三级"。

陈卜又说，既如此，我再率大队战船跟随在后，以防不测。

"不须劳你驾，看我龚三明搅翻洞庭湖。"

龚三明仗着自己是"洞庭湖的老麻雀"，根本不将湘军水营放在眼里。如果听从陈卜的话，大队战船跟进，即使被伏击，他所率战船也不至于全被击沉。说不定后续船队还能将湘军水营包围，形成内外夹击。

倘若战事真这么展开，谁胜谁负，实难预料。

龚三明的战船一出击，彭玉麟派出的小舟船队便掉转船头往君山方向而"逃"。龚三明紧追不舍。

骄横的龚三明所率船队一进入君山水域，埋伏的湘军水营立即从四面杀出，枪炮声、喊杀声中，冲出来的战船令太平军战船上的人不觉一怔，但见大多数船上都张挂着渔网、湿棉絮、牛皮和藤条编织的藤牌。这他娘的是什么战船、什么新式武器呢？

龚三明又哈哈大笑起来：

"那是曾妖头用来挡我大炮的细伢子把戏，我早说过，他们就是群旱鸭子，渔网、藤牌更容易着火，湿棉絮、牛皮也就是能挡挡弓箭火枪，开炮，用炮火轰！"

这个在洞庭湖长大的船夫、太平军水营头领龚三明没说错，渔网、湿棉絮、牛皮和藤牌，确是初创的湘军水师用来遮蔽炮火的。曾国藩是旱鸭子，彭玉麟也是旱鸭子，杨载福水性好，但也就是水性好而已，他们完全没想到，当真正的炮火轰来时，那些东西不但没有一点用，反而等于作茧自缚。

彭玉麟在攻打湘潭时为何没发现这些大弊呢？因为是用火攻对方辎重船队，那些东西全被当作焚烧辎重船只的火物。

"轰！轰！"几艘向太平军冲来的船只被龚三明的大炮击中，立即燃起熊熊大火。

遭突袭的船队毫不慌乱，自己用以抵挡炮火的渔网、棉絮、牛皮、藤牌则全成了废物，一开打，没击沉进入伏击圈的船只，反而被对方炮火轰掉了几艘。发动攻击的湘军水营士兵一时有些慌乱。

龚三明兴奋得大喊，"将曾妖头的旱鸭子全给老子干掉！"

就在龚三明兴奋之际，彭玉麟命令将自己战船的渔网等遮蔽物全部扔掉，他昂然立于船头，冒着炮火直冲而来。

彭玉麟的战船冲在前面，士气顿时大振。

立于船头的彭玉麟振臂高呼，对准长毛匪首！不要管其他的敌船。

立时，所有的战船齐朝龚三明的船冲，所有的火力全对准龚三明。

龚三明从未遇到过的战况出现了，四面八方，全是冲向自己的敌船，而自己的船队尽管又击沉几艘敌船，队形却已被冲得大乱。

"快撤，快撤！"龚三明大喊。

然而，已经来不及了。杨载福率领的水营从雷公湖杀出，截断了他的退路。

战况瞬间的变化，使得这位加入太平军后屡立战功的岳州船夫，因骄横轻敌而葬身于洞庭湖。

龚三明一死，所率船队群龙无首，纷纷各自奔逃，但哪里还逃得出。

陈卜得知龚三明遇袭后，率部来援，等他赶到时，龚三明已全军覆没。陈卜立即进攻，但湘军水营是得胜之师，士气正旺，陈卜的士兵见龚三明的遭遇，心生胆怯。战事胜负已定。

陈卜败退后，次日，太平军又来攻，但几次都以败退告终。

太平军屡战不胜，彭玉麟可就要乘胜进攻了。

彭玉麟挥师直指岳州擂鼓台。

擂鼓台之名，系春秋战国时，楚庄王部下伯乐和叛臣斗越椒曾大战于此，楚庄王亲自登台擂鼓助战，故名。此时的太平军却无"王"擂鼓助战，而是摆开战船，迎击湘军水师。

太平军的战船多于进攻的湘军水师数倍。

到了两军相逢勇者胜的时候了。

彭玉麟一声令下，湘军水师战船猛冲而上，太平军战船的炮火立即还击，顿时炮声隆隆，硝烟弥漫，被炸起的水浪冲天而起。湘军士兵本就多是不怕死的剽悍者，君山雷公湖的大胜令他们信心倍增，立功受奖、破长毛后还有财物可掳的诱惑，使得他们一个个在炮火中反而兴奋不已，一边开炮一边如猛兽般狂叫。太平军水军士兵还从没碰到过如此不要命的疯狂进攻。

然而，太平军船队毕竟数量过多，光靠不要命地冲，无法冲垮其水阵。只有来个擒贼先擒王，方能破阵。彭玉麟立即做了决定。

蓦地，一条舢板穿行在炮烟中，又一条舢板也在炮烟中穿行。

一条舢板上是彭玉麟，另一条舢板上是杨载福，这两个不要命的指挥官各带着水勇直朝敌指挥船冲去。

两军战船炮火对轰，注意力都在对方的战船上，在炮烟中穿行的舢板小而灵活，太平军指挥船一时没发现，待到发现时，已经晚了。

指挥船上的炮火对已经靠近的舢板失去了作用，舢板上的弓弩火箭、火枪准确地射向了指挥船，紧接着，投掷的燃烧物落到了指挥船上，霎时间，指挥船燃起了大火。

指挥船被焚，太平军战船慌忙来救，群龙无首，阵形顿时大乱，怎抵挡得住气势如虹的湘军战船……

二　旋湖港力挽狂澜

君山、雷公湖大胜，继而又取得擂鼓台大胜，曾国藩大喜，对各营官将士记功奖掖。众营官皆推彭玉麟、杨载福二人勇略为冠，彭玉麟手臂受伤，血染襟袖，仍猛冲敌酋座船，当为首功。

彭玉麟说，君山一战，若不是褚、夏等将军身先士卒，冒死直冲龚三明，杨将军及时包抄，自己恐已先于龚三明沉入洞庭湖中，那个龚三明，据被俘的长毛说先前乃岳州一船夫，然进入我军埋伏圈，毫不慌乱，足可见长毛战力。故……

他提出几点建议：第一，绝不可因连战告捷而有丝毫轻敌之意；第二，长毛军中像龚三明这样船夫出身的战将很多，如能为我所用，则我水师战力会极大提升；第三，我水师尚有许多亟须改进之处，如所有战船原张布的渔网、湿絮、牛皮、藤牌等遮蔽炮火之物，已被证明非但毫无用处，反而让军士保守不前，应全部撤掉。

曾国藩见他毫不居功自傲，愈发觉得自己看对了人，像这样在战场上率先拼杀，评功时将功劳透于他人，既是将领表率，又能让将领合心，堪当重任，他虽说过不求保举，但定要大力保举。

曾国藩又与众将商议下一步作战方案。

正商议间，哨探来报，曾天养率战船三四百艘，与陆师并肩杀来，扬言誓要报君山、擂鼓台惨败之仇。

曾天养是太平军的悍将，跟随洪秀全起事时已是五十知天命之年，比罗泽南加入湘军时还大好几岁，亦是出身贫苦。不同的是，罗泽南是读书人，有学问照样贫苦，曾天养没读过什么书。可见乱世出英雄，不问出身，也不问年龄。罗泽南未满四十九岁阵亡，曾天养五十岁成为太平军战将，初封御林侍卫，因"天养"这个"天"字犯天王之"天"忌，改名添养。名字犯忌不光是对天王，对其他王也一样，如另一战将曾立昌，因犯北王韦昌辉的"昌"，避讳改为曾立沧。但不管怎么避讳，还是被记载的人写作天养、立昌。曾天养随军从广西杀出后多任前锋，以作战骁勇剽悍著称，被誉为"飞将军"，所部亦被称为"虎头军"，定都天京后被升为殿左九指挥，旋参加西征，很快就被升为殿左一检点，后又被封秋官又正丞相。太平天国的官职繁复，封丞相是按"天地春夏秋冬"来分的，天官正丞相排丞相中第一等级第一位，这个等级中其他官职依次为天官又正丞相、天官副丞相、天官又副丞相。秋官正丞相是第五等级第一位，秋官又正丞相排这个等级的第二位。他升得快全是因战功，最有名的是占庐州，歼灭安徽巡抚江忠源部，又与石祥祯等大破湖广总督吴文镕所部。

深目长髯，身材雄伟，其时在太平军可称常胜将军的曾天养，之所以说誓要报君山、擂鼓台惨败之仇，是因为他是太平军挥师东下的主帅，而君山、擂鼓台之败，湘军水营阻拦了他的东下。

此战是曾天养对曾国藩。两人都姓曾，家门。

面对"飞将军"家门，曾国藩说，长毛陆师前来，有塔齐布阻挡，不足为虑。曾天养亲率水营，来者不善。他要水师营官提出拒敌之策。

众营官都把目光投向彭玉麟。

彭玉麟说，我军水师已经过获得大胜的实战，这次可兵来将挡水来土掩。曾天养虽说彪悍骁勇，亦是骄横之态，骄兵必败。他长驱直入，我水营可分为两部，相互呼应，阻其进路。

湘军水营的阻击战打响，曾天养所率水营被击败。继而两军又战于道林矶，湘军水营获胜。

又是两次胜仗，骄兵之态，渐渐地转到了湘军水师。

正在此时，曾国藩所调总兵陈辉龙、游击沙镇邦率领的广东水师，知府李孟群率领的广西水勇赶到。

曾国藩见陈辉龙等所率的部队军容甚盛，心里高兴。

广东水师、广西水勇、湘军水营合兵一处，呈现出前所未有的声势。

陈辉龙立即请战，说湘军水营连日作战，应该休息，他率新军（新到之军）前去，定将曾天养活捉。

曾国藩要一举歼灭曾天养，见陈辉龙主动请战，当即应允，但素来谨慎的他又令湘军水营同往。

陈辉龙要湘军水营只管观战，看他的新军如何歼灭曾天养。

曾国藩亦答应由他主战，背地里则对彭玉麟、褚汝航等人说，不可折了陈总兵的锐气，但你们如见他不利，须立即相助。

布置交代完毕，各路水师浩荡而进，兵锋直指坐镇城陵矶的曾天养。

连吃了两次败仗的曾天养，开始动起他那没读过什么书，但不乏智慧的脑袋，他要想出一计，来报连吃败仗之仇。

时值七月，南风一阵一阵刮得厉害，曾天养看着水面，心里思索，清妖新来的广东广西水军不难对付，难对付的是湘军水师，要如何才能一举干掉湘军水师？

一阵南风猛烈刮来，刮得树木摇晃不已，他顿时心生一计。这一计有如周瑜破曹兵，诸葛借东风，而他借的是南风。

他令哨探、细作仔细再探，传回来的情报是，陈辉龙为主帅，自领新军为前部，湘军水营随后。

"他娘的湘军水营这次怎么缩在后面，"他骂了一声，"光干掉个陈辉龙有个鸟意思。老子设下的这个圈，本就是要套湘军的。"旋想道，对了，定是陈辉龙立功心切，不自量力自告奋勇，只要将陈辉龙困住，湘军必然来救，老子再设一圈。但得有一员猛将。

只有韦志俊能担此重任。

曾天养便派出一支船队去挑战陈辉龙，只许败，不许胜，务必将陈辉龙引进城陵矶狭窄水道。再令韦志俊率水营主力埋伏在旋湖港，专等湘军水营援兵到来。

陈辉龙确是立功心切，没领略过太平军的厉害。他要显示自己所率新军的能力，当曾天养派出的船队与他略一交战便逃时，他轻蔑地一笑，说长毛也就是些流寇而已，立即命令沙镇邦等紧随他追赶。

陈辉龙、沙镇邦等乘着南风，一路追杀佯败的太平军，直杀进城陵矶狭窄水道。他们没想到，进时容易出时难，来时顺风退时逆风，就连停船都停不住，风卷江水，庞大的船身在狭窄水面相互碰撞，乱成一团，伏兵炮火如打死靶，陈辉龙、沙镇邦当即中炮身亡。

褚汝航、夏銮急率船队救援。行前，炮手胡开泰大着胆子进言，说陈总兵他们是轻敌冒进，中了长毛的诡计，我们这一去，长毛可能也早有埋伏……话未说完，褚汝航怒道，你一个小小炮手，敢大胆妄言，我水营出征以来，战无不胜，曾天养早已是我手下败将，再多嘴蛊惑军心，立斩！

褚汝航、夏銮令水营驱船急进，埋伏在旋湖港的韦志俊一见湘军水营果真来了，兴奋得直拍大腿，喊道，这次就要叫你们有来无回了！

湘军水营一进入埋伏圈，顿时大炮、火箭齐发，褚汝航、夏銮先后中弹落水而亡。

就在褚汝航、夏銮水营几乎要全军覆没之际，彭玉麟、杨载福所率水营赶到。

韦志俊见敌方来了援军，毫不惊慌，反而高兴，立即指挥战船向彭玉麟、杨载福开炮。一边指挥开炮一边喊，来得好，来得越多越好，什么湘军水师彭与杨、杨与彭，全叫你们有来无回！

"湘军水师彭与杨"或"杨与彭"后面还有一句，"纵横江湖打胜仗"，不知是湘军水师自己编出来的，还是湘军地盘的百姓所编，说的是彭玉麟与杨载福这对搭档打仗勇猛，每次出击，彭、杨几乎都是同时出战，并肩而战，自出征以来，战无不胜。二人的排名也或"彭杨"，或"杨彭"，几成一体。

彭玉麟的战船冲在最前面，炮弹如雨点般落在他的战船四周，彭玉麟拉开点炮士兵，亲自点燃大炮，轰的一炮，韦志俊指挥船旁的一艘战船被击毁；轰的又一炮，又一艘战船被击毁。

"对准韦志俊，狠狠地打！"这边彭玉麟喊声刚被炮声遮盖，那边韦志俊喊："对准彭玉麟，打！打！"

彭玉麟的战船冒着炮火直冲韦志俊而去，那架势，似要以船相撞，和韦志俊同归于尽。

一士兵报告彭玉麟，杨载福的战船被击伤。

彭玉麟回头看时，一发炮弹射来。

彭玉麟的战船受创，几被颠翻。

"再给他一炮，让彭妖头葬身水底！"就在韦志俊高兴地大喊时，彭玉麟已跳上舢板，对士兵喝道："跟我上，冲！"

彭玉麟的舢板又朝韦志俊冲去。

与此同时，杨载福也驾舢板而冲。

以小巧灵活的舢板猛冲敌阵，似乎成为彭杨在紧要关头扭转战局的标志。这也是平定太平天国后，为对付外兵，李鸿章着力于大型战舰，而彭玉麟仍认为多造小炮艇为好的原因之一。

彭杨驾舢板猛冲时，被击溃的褚、夏水营中，有一艘战船竟又突然朝着韦志俊的船队连连开炮，而且命中率高，有如又来了增援。开炮的正是曾向褚汝航进言恐长毛有埋伏的胡开泰。胡开泰一边开炮一边用家乡土话乱骂，炮火声中，自然也听不清他骂的什么。

胡开泰"增援"的炮火帮了彭玉麟、杨载福的大忙，转移了太平军的部分火力。彭杨舢板直逼韦志俊的战船。

彭杨水营其他战船见两位将官站立在舢板上，无任何遮掩，冒着炮火而冲，还能不拼命向前，江面上竟响起一片"活捉长毛韦贼"的喊声。

太平军阵脚大乱。但骁勇善战的韦志俊可不是能被吓退的，他一面喝令"后退者斩"，一面亲自开炮。

就在此时，陆师被塔齐布击退的消息传来，韦志俊恐被塔齐布断其退路，遭水陆夹击，只得下令后撤，眼看着到手的全胜被彭玉麟、杨载福打破，颇有"煮熟的鸭子又被人抢走了"之恨。

韦志俊一退，彭玉麟却倒在舢板上，他全身已多处受伤，只是凭着誓死相拼的勇气支撑，情势一缓解，便再也支撑不住了。

彭玉麟被扶上战船后，一个游水而来的兵勇爬上船，走到他面前，抱拳行一军礼，喊道：

"请彭将军收下胡开泰。"

彭玉麟一看，此人身材魁伟，竟然长得有点像曾天养，问道："胡开泰？！你是哪个水营的？"

胡开泰说：

"我本是褚营炮手，对褚营官说须防长毛有埋伏，他不听我的，还说他出征以来，战无不胜，我再多言就要立斩。如今他死了，我也不愿在那个营里干了。特来投奔彭将军。"

"出征以来，战无不胜。褚、夏二位，自骄啊轻敌……"彭玉麟心里叹息一声，问道：

"你可是褚将军阵亡后，独自向长毛开炮的那人？"

"正是小人。没人命令我了，我开炮反而开得痛快。"

彭玉麟想，此人心直口快，胆大亦有见识，以一炮手之职，敢向营官谏言，在全营溃败，无人指挥下，又能临危不乱，果断向敌开炮，是个可用之士。但他却故意说道：

"胡开泰，营官已下令进击，你去劝阻，就是违令，你难道不怕真被斩了？"

胡开泰昂然答道：

"如听我劝阻，水营未遭伏击，众弟兄未丧身水底，我被斩，死得值。如斩了我，仍遭长毛伏击，我到了阎王那里也不服。彭将军，你到底收不收留我？"

彭玉麟说："你应知道，我治军可比褚将军更严厉……"

"治军严厉和不听忠言是两回事。"彭玉麟还未说完，胡开泰就打断了他的话。

胡开泰还要说，彭玉麟身边人斥责，要他快离开，别再啰唆，得速送彭将军回大营疗伤。

胡开泰以为投奔彭玉麟无望了，心里说，此地不留爷，自有留爷处，却听得彭玉麟说："留下他。"

自此，胡开泰跟着彭玉麟，作战勇猛，立功无数，从一个炮手一步一步升至清廷水师副将，期间还曾救过彭玉麟，但最终在彭玉麟巡阅长江时，为彭玉麟所斩。这是后话。

此战，新军总兵陈辉龙、游击沙镇邦，湘军水师初创者之一的褚汝航、夏銮皆阵亡，损失惨重，令曾国藩痛心不已。也就是从这仗后，水师专由彭玉麟、杨载福统帅。

对于曾天养来说，这是他得意的一战，打死清妖一个总兵、一个游击，曾妖头的两个营官，取得自他进军以来对湘军水师前所未有的大胜，他却恨死了湘军陆师大将塔齐布，就在韦志俊要全歼湘军水营时，塔齐布竟击退了他的陆师。他相信韦志俊尽管面对彭玉麟、杨载福不要命的攻击，还是能取得全胜的。但陆师一败，韦志俊恐被断后路，只得撤退。一场可全歼湘军水营的战斗无奈地变成了后撤。而在这之前的湘潭之仗，林绍璋的陆师也是败于塔齐布。

"塔齐布，塔齐布，老子要亲手杀了你！"

曾天养有点像三国时的猛张飞，偶尔也能用一妙计，但妙计用完获得一次大胜后还是原来那个猛张飞。他计诱陈辉龙，设伏旋湖港，既干掉了陈辉龙、沙镇邦，又干掉了褚汝航、夏銮，可谓借南风立斩四将。可南风借完了，他不思第二计，又恢复了鲁莽的性格，意气用事使得他命丧乱枪之下。

曾天养率三千将士舍舟登陆，拟扼险扎营，从城陵矶刚一登岸，与塔齐布不期而遇。

塔齐布正在布置队伍。

曾天养那有点往里凹的两只眼睛一瞪，看见了塔齐布。

曾天养一见塔齐布，立时热血冲脑，长髯倒卷，新仇旧恨聚集而喷，大喝一声："塔齐布狗贼，看爷取你狗命！"纵马单骑冲入敌阵，挥动手中长枪，一连搠死两名兵勇，瞬间便冲到塔齐布马前，狠狠一枪，刺中塔齐布战马，那战马被刺中后并未立即倒地，而是长嘶一声，扬起前蹄，将主人塔齐布掀翻在马后，然后才痛苦倒地，这就使得塔齐布和曾天养尚有一马之隔。曾天养举枪正欲刺塔齐布，孰知自己用力过猛，也从马上掉落下来。这一掉落马下，塔齐布身边的湘勇一拥而上……

这员太平军的猛将，被乱枪戳死。

本来是一场大胜，干掉对方四员大将，却因头脑发热、意气用事，落得个死于乱枪之下。这个"飞将军"、秋官又正丞相、主帅突然没了，太平军不知所措，塔齐布可就觉得是天助他了，也不用布阵，也不用调兵遣将，大喝一声，杀啊！胜券便已在握。

湘军水陆并进，随曾天养一同出征的弟弟曾天诰无法抵挡，只得率部退出湖南。湘军乘势长驱东下，直击江西九江。

曾天养死后，被洪秀全追封天朝九门御林沁天义，又赠烈王。

彭玉麟以亲点大炮、立毁太平军战船，驾舢板直冲敌阵，击退韦志俊，挽救其他水营余部之功，为清廷赏加同知衔，并赏戴花翎。

彭玉麟这次算是真正有了官衔，等同地厅级。可他要曾国藩立即代奏请辞。他自己怎么不上奏请辞，而要曾国藩代奏呢？此时他这个级别，还没有直接上奏的资格，不能越级。

曾国藩自然没有替他代奏请辞，曾国藩认为，在军中还是要有个朝廷颁发的正式官衔为好，也就是体制内的官衔，才好与体制内的其他官员打交道，否则，你说你是湘军水师统领，就算碰上个县官乡官，人家也可以不鸟你，要你拿朝廷颁发的"委任状"出来看看。再则，这也不违背彭玉麟说的"不受官"，你又没去上任，仍旧在军中打仗。

曾国藩没替彭玉麟代奏请辞，而是每战之后，都立即上奏了彭玉麟的战绩、在情势危急关头不要命地率先冲锋而扭转局势的功绩，湘潭大败林绍璋，君山击毙龚三明，擂鼓台大破敌阵，旋湖港击退韦志俊……并发出自己的感慨，若全体将士都像他这样不要命，何愁不早日歼灭长毛。在罗泽南大败秦日纲、韦志俊，取得田家镇大捷中，彭玉麟所率水师破秦日纲横江铁锁阵的战绩，曾国藩又迅速上奏。

三　铁锁阵·洪炉大斧

太平天国燕王秦日纲为阻湘军水师，从田家镇横过半壁山江面铺设铁锁，称为铁锁阵。所谓铁锁，其实就是铁链，以数道铁链横江锁住，看你湘军水师的船只怎么通过。你湘军不是要水陆齐攻我田家镇吗？我用铁锁阵塞住水路要冲，你水师只能望江兴叹，只有陆师可与我陆战，这就断了罗泽南一只胳膊。你水师若想破我铁锁阵，必须砍断铁链，我的战船密布铁锁阵周围，炮火在等着你。

湘军水师进扎至田家镇外围后，彭玉麟、杨载福、孙昌凯等连夜商讨如何破长毛铁锁阵。

长江浩荡，铁链横锁，敌方炮船密布……

必须砍断铁链！可那么粗的铁链，用什么去砍断？就凭湘勇手上的大刀能砍断吗？大刀砍铁链，只会震裂手腕，何况那横江铁链与江面是悬空的，大刀砍去，无着力点，当即就会被弹开。

有人提议在炮船上用炮轰。炮火能准确地命中一条铁链？要提高命中率，炮船必须停住开炮，你的炮船停住开炮轰铁链，他的炮船能不像打死靶子一样轰你？

彭玉麟提出此次要击溃敌炮船，必须舍大用小，即舍弃大战船，专用舢板小船，以小巧灵活快速对敌，掩护斫铁链的行动。但关于用什么才能斫断铁链，还是没有办法。

若说办法，他其实已经想到了水战惯用的那个火！铁锁阵并非秦日纲首创，早在三国末晋武帝派王濬伐吴，吴国在长江布的就是铁锁阵。

> 王濬楼船下益州，
> 金陵王气黯然收。
> 千寻铁锁沉江底，
> 一片降幡出石头。
> …………

《晋书·王濬传》："吴人于江险碛要害之处并以铁锁横截之。……（濬）又作火炬，长十余丈，大数十围，灌以麻油，在船前，遇锁，燃炬烧之，须臾，融液断绝，于是船无所碍。"

长十余丈、大数十围的火炬，得要多大的船才能装下？王濬做益州刺史为伐吴所造的大船，"以木为城，起楼橹，一船容二千余人，船上能驰马"。木制的航空母舰！

湘军水师的船有多大呢，多不及王濬所作的火炬；要装载那么大的火炬，得造"以木为城"形同"航母"的楼船，一时到哪里去造？就算造出来，此时非彼时，正好成为对方火炮洋炮的大靶。

彭玉麟在心里默念着"千寻铁锁沉江底，一片降幡出石头"，虽想到了王濬所制长十余丈、大数十围的火炬，以"船上能驰马"的大船顺长江而下，"遇铁锁燃炬烧之"，但因不适用于当下面对的铁锁阵，一时也拿不出便捷的法子来。

众将正在为如何斫断铁链焦虑时，为彭玉麟留下而跟随座船的胡开泰闯了进来。

胡开泰一进来就大声喊道：

"斫断铁链有何难……"

话未完，即被孙昌凯喝断：

"大胆！你是什么人，敢进来胡言乱语。"

"我是什么人？我是彭将军的人。"胡开泰根本就不惧呵斥，"你们想不出办法，我有办法，怎么是胡言乱语？到底听不听我说，不听我就走了。用不着你令人将我赶出去。"

胡开泰毫无顾忌地顶撞孙昌凯，彭玉麟赶紧对孙昌凯说：

"他叫胡开泰，原是褚汝航将军手下的炮手，行事不无鲁莽，冲撞了孙将军，还请见谅。但旋湖港之战，他在全营溃败之际独自向长毛开炮，我见他勇猛，故留在本营中。"

旋对胡开泰喝道：

"你有什么办法快说出来，休得耽误了商议大事。"

"彭将军你要我说，那我就说了。"胡开泰伸出双手，做烤火状，"眼下正是寒冬，如有火炉取暖，岂不舒服……"

"我等商议如何破长毛铁锁，你却在说什么火炉取暖。"

孙昌凯又要呵斥，彭玉麟听出其中道道，自己想到的是火炬，他说的是火炉……忙要胡开泰不要绕弯子，直截了当地说。

"彭将军你已经猜出来了。"胡开泰说，"铁怕什么，铁怕火，钢也怕火，只要派出一队人，带上打铁的行炉，我们乡里喊洪炉，将木炭烧燃，风箱一扯……孙将军你见过打铁吗？打铁的行炉是叫洪炉，而不是烘炉哪！这是行话术语，可别搞错了啊……"

话还未完，孙昌凯拍案而起：

"他娘的，我就是打过铁的！我这哈宝脑壳懵了，懵了，竟没联想起来。洪炉一烧，再硬的铁也要熔化，那什么铁链，用不着熔化，洪炉大火将它一烧红，再用大斧一砍，不就断了。"

孙昌凯拍案而起时，诸将还以为他要大骂胡开泰，听得他那么一说，皆忍俊不禁。

"好！这个办法好！这叫洪炉大斧破铁锁。"孙昌凯也是个直快人，立即对胡开泰抱拳致歉，又问道，"你原来也是个铁匠？！你的脑壳比我好使，我就是个呆滞（湖南土话：笨蛋）。"

诸将又笑了。

胡开泰说：

"打铁没打过，但看铁匠打铁看得多。"

"好，好！这个战队就叫洪炉战斧队，我来带队。胡开泰，你当我的副手，就好比打铁我打上手用小锤，你打下手甩大锤，你可愿意？"

胡开泰没想到这个营官如此直率，当然愿意加入他自己提出来用洪炉战斧破铁锁阵的战队，但他并非全是鲁莽行事之人，遂说道：

"这得由彭将军调派。"

彭玉麟心里高兴，他不仅是为有了破铁锁阵的战法高兴，洪炉便捷、易于小船运载，且火焰炽烈集中，烧红铁链只需片刻……亦为孙昌凯对胡开泰态度的转变高兴，胡开泰是自己的部下，冲撞孙昌凯，有可能引起孙昌凯对他不满，大战在即，将官之间必须同心协力。他也没想到孙昌凯还向胡开泰道歉，不由地在心里赞孙昌凯胸襟开阔，旋说道：

"胡开泰，你从即刻起，听从孙将军的调派。"

"遵令。请孙将军调派。"

孙昌凯当即下令：

"胡开泰听令，立即去准备洪炉、大斧、铁砧、木炭、引燃物等一应必需物什，不得有误！"

"是！"

胡开泰一走，杨载福不禁叹道，士卒中多能人啊！我怎么就没想到铁匠洪炉烧铁。彭玉麟说，我更没想到，枉自在乡下那么多年。孙昌凯说，你们没想到不要紧，我这打过铁的可是差一点将他轰出去了。

彭玉麟将水师分为四队，第一队为洪炉战斧队，专断横江铁链，第二队为舢板队，专对付长毛炮船，掩护洪炉战斧队，这两队都由他亲自率领，由孙昌凯具体负责第一队。另两队由杨载福率领，亦是舢板小船，只待洪炉战斧队将铁链砍断，立即直冲而下，纵火烧毁长毛下游战船。

安排、准备完毕，彭玉麟和杨载福冒险渡江到陆师大营，将破铁锁阵战法告之，与陆师商议好同时进攻时间。然后返回。

陆师进攻一开始，孙昌凯带洪炉战斧队驾快船直下，一到达横江铁链前，胡开泰迅即支起洪炉，扯动风箱，炉内炭火瞬时燃起熊熊大火；其他战船湘勇同时支炉燃火。紧跟在洪炉战斧队后面，由彭玉麟率领的舢板队直冲太平军炮船，顿时，炮声、枪声混成一片，分不清是谁的炮声枪声。

混乱的炮声枪声中，有太平军士兵大喊：不好！清妖是要烧断铁链。在这之前，当洪炉战斧队的船只直冲横江铁链而来时，他们还以为是敌方不知铁锁阵的厉害，撞上铁链只能是船翻人亡，自寻死路，尚未反应过来时，彭玉麟的舢板船队已发起了猛烈攻击。

"快，快，朝烧铁链的开火！"

由是，太平军炮船既要炸洪炉战斧队，又要对付猛冲而来的舢板船，而炮轰洪炉战斧队，又恐自己的炮弹误炸铁链。

太平军陷入了极度被动。

很快，一段横江铁链被胡开泰的洪炉烧红，胡开泰以铁砧抵住烧红的铁链，扬起大斧，几下就将铁链砍断。几乎就在同一时间，其他几座洪炉也相继将铁链烧红……

横江铁链被一段一段烧红砍断，如一条巨蟒被斩成数段，訇然跌落江中，溅起巨大的水花。炮船上的太平军士兵看得目瞪口呆。

横江铁链一断，杨载福率领的二队如洪水放闸，汹涌而过。

彭玉麟的舢板队将太平军炮船冲得七零八落，洪炉战斧船队随即加入对太平军炮船的攻击，舢板、快船对炮船已全是近战，湘勇便以洪炉中的火点燃投掷物，向炮船扔去。守护铁链的太平军炮船见铁锁阵已被攻破，无心恋战，纷纷溃逃。

杨载福的舢板小船直冲达武穴，然后纵火而上，浩浩长江顿时如火龙翻滚，烈焰冲天。

太平军水军大营原以为横江铁锁阵坚不可破，根本就没做好应付突发事件的准备，更没想到湘军快船如惊雷闪电，突然炸响在他们面前，当年东吴周瑜火烧赤壁的场景再现，数千艘船只被烧毁。五百余艘被俘获。

四　俘获的五百艘船，一把火烧了

俘获了五百余艘船只，湘军水师的军士高兴得直跳，这下有财发了，那些船上，装载的可都是值钱的东西啊！按照曾国藩对湘军陆师不成文的规矩，打了胜仗，可由士兵分享战利品，这一"分享"，实质变成了任由掳掠。这也成为湘军打仗特别勇猛的一个因素，只要打了胜仗，可发财。一些士兵发财后，回到乡里，炫耀得到的财宝，想发财的便又去投军，这又成为湘军的一个兵源。谁不想发财？想发财就去当湘军。

正当水师一些军士准备去争夺船上的财物时，彭玉麟一声令下，将俘获的五百艘船全部焚毁，立时又是火光冲天。想夺财物的军士全愣了，这，这……眼看就要到手的财又没了。

彭玉麟焚船之举，身边有人叫好，也有人担心，卫士赵英担心引发军士不满，直接对彭玉麟说了出来，没说出来的是，这可是曾大人主帅默许的！会不会引起主帅……

彭玉麟听了后，问胡开泰有何看法。胡开泰说如若不烧掉，争夺的人会相互斗杀，早就发生过这种事，这下好了，全烧他娘的精光，去争吧，夺吧，什么卵都没有了。

彭玉麟再问部将成发翔。成发翔说夺东西夺得多的，下一战可能就见不着他们了，溜回老家去了，此是大弊，其有利的是……他照样不敢说出这是曾大人的募兵之策。

彭玉麟说，你没讲的是，溜走的人往往又能引来一批投军者，然招兵带兵激励士兵，绝不能靠这种方式。今日争夺俘获的财物，明日便想抢民间财物，后天会见财物便想抢，长此，民心尽失。所获战利品，除补充水师所需外，应论功行赏，但积弊难返，故今日非立断不可。倘若那些想争夺财物的人不满，立即驱除，我彭玉麟不要那样的兵！其他，不可猜疑。

彭玉麟虽然说了"不可猜疑"，但为免军士互争，烧毁了俘获的船只，究竟会不会引起曾国藩的不满呢？

"缴获了那么多战利品，不让军士享受，也不分给军士，竟然一把火全给烧了……"主帅大营内，自然也有人议论。

所谓"享受"，就是按以往的老规矩，任由湘勇争夺，但"争夺"说出来不好听。

"为什么要烧毁呢，他不要，上交也行嘛，敌船可为我用嘛。"

"五百艘！可装备我多少水营啊！"

…………

议论的人想着这下有彭玉麟的好看了，曾大人定会大怒。

曾国藩听禀报后的第一句话是：

"嗯个彭玉麟！"

他说的这句是老家湘乡话，"嗯"的鼻音特重，上声。类似于"好你个彭玉麟！"但语意还是有所不同，贬斥成分多一些，却又带有亲昵，还有着一点无可奈何的意思。

接着一句是："烧得好啊！"

这"烧得好啊"又听不出究竟是夸赞还是反话。

有人进言，不管彭玉麟的动机如何，是怕军士争夺也好，是别的什么也好，都应该给彭玉麟一个警告，敲打敲打，这么大的一件事，起码也得先禀报一声吧，他倒好，事后也不禀报，若不是有老湘勇告知，大人到现在还不知道。这样下去，只会滋长他的骄戾……

这话的意思很明显，就是彭玉麟想显示自己的威风，没把你曾大人放在眼里。这人还没说完，曾国藩说："我难道还不如一个当铺老板？"

这话可就弄得进言者一头雾水，他不明白曾大人怎么突然说不如一个当铺老板。他当然不知道曾国藩说的是当铺老板陈秋圃，当年曾大人一封信要借银三千两，账房先生彭玉麟连跟陈秋圃说都没说一声，便将三千两银子借出。事后陈秋圃还夸彭玉麟。

曾国藩说自己难道还不如一个当铺老板，知道就里的便明白，曾大人不但不会责备彭玉麟，还要夸奖他了。

曾国藩岂能不知放纵湘勇的后果，岂能不知民心向背的极端重要，有些事，那都是不得已的下下策，权宜之计，是到了该约束湘勇、严肃军纪的时候了。所以他说的"烧得好啊！"是真正的夸赞。如果他因此而对彭玉麟不满，他也就不是曾国藩了。

曾国藩可不仅仅是夸赞而已，他立即为彭玉麟等所获田家镇大捷记功上奏。

朝廷诏命下来了，一是诏采彭玉麟的战法颁布给江南江北诸水军，也就是命令各水军都要学习彭玉麟的战法；二是彭玉麟从"赐同知"升至以知府记名，赏加"详勇巴图鲁"名号。

从"赐同知"升至以知府记名，只是副转正，等于从副厅级名号转为正厅级名号而已，但赏加的那个"巴图鲁"可就非同一般。

"巴图鲁"这个满语中意为"勇士、英雄"的名号，大清自建国到咸丰年间，只有数十人获得，可谓最高荣誉。田家镇一仗，陆师罗泽南被赏加"叶普铿额巴图鲁"勇号，水师彭玉麟获"详勇巴图鲁"名号，彭玉麟是自己一直视为股肱的兄弟，曾国藩心里高兴，却故意对彭玉麟说：

"雪琴弟我的雪帅，圣上赏赐的巴图鲁名号，你不会要我代奏请辞吧。"

一直以曾国藩为楷模和恩师的彭玉麟立即说："涤生兄我的主帅，雪琴焉能不知圣上恩宠、朝廷法度，这是名号而非实职，实是主帅一力扶植，我是浪得虚名，惭愧惭愧。但若是实职，还得请兄代奏请辞，方不违背我当初投军立下的誓愿。"

曾国藩一听，心想，这个彭雪琴，还是记着他自己说过的话，他这真是当初一言，重于九鼎，今后他必定还会被朝廷委以重任，如老要我代奏请辞，也是个麻烦，须得他自己能直接上奏了，我才能甩掉这个"麻烦"。

曾国藩所说的这个"麻烦"其实是指收彭玉麟的代奏请辞书麻烦，彭玉麟每被升职一次，他就收到代奏请辞书一封，至于代奏嘛，他一次也没代奏过，全收在自己的抽屉里。

五　斩外甥，自挥老泪哭羊昙

大破铁锁阵后，湘军水师会同陆师进攻九江，又接连取得小池口、湖口大捷。正在湘军似乎锐不可当时，太平军翼王石达开亲率大军杀来，于九江夜袭湘军水师大营，俘获曾国藩座船，接着横扫江西。曾国藩被困南昌，受到重挫的湘军水师被分为内湖外江，彭玉麟亦因伤回老家治养，他徒步千里到达南昌后，受命为内湖水师统领，重整内湖水师为十营，战船六百艘。次年，败太平军于樟树镇，被提拔为广东惠潮嘉道。

为使内湖外江水师重新合而为一，曾国藩问彭玉麟准备如何打通鄱阳湖水路。

彭玉麟说他首先要整顿军纪。

他引用江忠源的话，江忠源说，领兵征战，第一须严军法。将不行法，是谓无将；兵不用法，是谓无兵。于国家而言，皇上执法以驭将帅，将帅执法以驭偏裨，偏裨执法以驭兵士。法令既严，军声自壮。

他说江忠源这话，是曾国藩对他彭玉麟说的。他一直铭记在心。

说完，他向曾国藩保证，打通水路，只在一日之内，但一则要请主帅令外江水师来湖口接应，二则准备事项得耗费时日，故而不要催他，时机一到，他会立即率师冲突出湖，与外江水师会合。当下就是要肃军纪，严军法。

"法令既严，军声自壮。"曾国藩见他一任统领便引用自己说过的江忠源所说严军法的话，点头赞许。心里说，他可真是将我的话记在心里啊!

彭玉麟没想到,他这一严军纪,第一个犯在他手里的人,是他的外甥。曾国藩更没想到,后来彭玉麟的矛头对准了曾国荃,因曾国荃在攻克南京后纵兵滥杀无辜,三次请求曾国藩诛杀曾国荃,大义灭亲。曾国荃在老家修建侯府——福厚堂,他又斥其大兴土木,要上奏参劾。曾国藩自嘲,幸亏我自己不贪,若贪,这个彭玉麟也会告我;那福厚堂,我连看都没去看过,一天都没住过。

是年(1857),曾国藩父亲去世,曾国藩偕弟曾国华回籍奔丧。彭玉麟一边整顿军纪,一边调集军粮,做打通鄱阳湖水路后大举向太平军进攻的准备。

调集军粮的任务,就落在他外甥的肩上。

他外甥王韧自幼饱读诗书,天性聪颖,少年得志,其时官至知府,自告奋勇负责军粮筹集调运。

彭玉麟问他需多少时日?

王韧慨然答道,只需半月。

"军中无戏言!"

"雪帅舅舅放心。"王韧说,"兵马未动,粮草先行。愚甥我……"

"军中休得以舅甥相称。"

"是,雪帅,王韧为朝廷办事、为军中效力也不是一次两次,岂能不知军中无戏言。"

彭玉麟听他这么一说,觉得这个外甥有点高傲,他到底能不能担此重任呢?正犹豫,王韧已大声说:

"我已多次调运过军粮,从未有过差错,屡得表彰。此次军粮若不能按时运到,王韧甘受军法!"

彭玉麟愈发觉得他轻率,过于自信,正要对他说,你以前调运军粮和此次不同,此次是战火纷飞……

话还未出口,王韧来了一句:"若不让我办,你也无人可用。"

只这一句,让彭玉麟松了口。筹粮得靠地方官员,此时此地除了他这个外甥，的确无他人可办。便细细叮嘱王韧，要他随时报告筹集军粮的进度、遇到的问题、军粮启程的时间等等，要他万万不可大意。

彭玉麟这番话，反倒说得王韧不耐烦，觉得这个舅舅雪帅怎么变得如此啰唆，分明是不相信他的能力。

"雪帅放心，半月之内，定将军粮送到，今日正是初一，就从今日算起，本月十五若军粮未到，"王韧看了看彭玉麟身边的人，"就请你们各位作证，由雪帅按军法从事。"

王韧还真是个办事干练之人，不出半月，军粮筹集完毕。

筹足军粮后，免不了高兴得意，得庆贺庆贺。这庆贺庆贺，自然不用他明说，自有下属把一切都安排得妥妥帖帖，请他入席。席间酒杯一端，天地皆在酒杯中，奉承他的话语说得一个比一个肉麻。这好听的话越听越中听，敬上的酒越喝越来劲，浑身舒畅得飘飘欲仙，嘴里吐出的话不经过大脑，先是说他那舅舅雪帅竟然瞧不起他，不相信他能办好这么一件大事，什么大事，在他眼里，小事一桩，这不就办好了，到时看那什么，什么雪帅如何……如何答对。这话就令奉承他的人又有新的话语，皆说他如何如何了不得，别说这么一件小事，就是带兵上阵，也管叫长毛闻声即逃，只没说比他舅舅什么雪帅还要强了。他听了愈发高兴，又一口喝完一杯，要犒劳所有为筹粮出过力的人，"要他们统统喝酒，去，去，把酒肉送去，说老爷我亲自赏的，让他们喝个痛快，明日就运粮去也！"这话，又引来一片喝彩，说他体恤下属，心系士卒，就差"与民同乐"了……

乐极生悲。是夜，军粮失火，看守军粮的人喝醉了，打翻蜡烛……

时为十月下旬，北风刮得呼呼地响。

军粮被烧，贻误军机，彭玉麟命他来军营领罪。

命令一到府衙，王韧乱了方寸，他知道这贻误军机该当何罪，更主要的是，酒早就醒了，他清清楚楚地记得自己对舅舅雪帅说过的话：甘受军法。

"大人，你舅舅虽称雪帅，但论官职，早先他只是个同知，大人你是知府，现他虽有惠潮嘉道之衔，也就是正四品而已，尽管军粮那事确实不当，若要受罚，也得先报朝廷……"

亲信雷翃安慰他的话还未完，王韧吼道：

"你知道什么，这是军机，军机！"

王韧不敢将自己立下"军令状"的话说出来，他也知道，即使自己没说过"甘受军法"的话，这次也是死罪难逃。

雷翃其实也知道烧了军粮之罪，但还是得给知府大人出谋献策啊，便要王韧去请母亲为他说情。王韧说他母亲远在千里之外，请得来时，这颗头早就没了。雷翃说彭玉麟虽有雪帅之威，但还不至于如此绝情吧。王韧说你不了解彭玉麟，犯在他手里，谁能逃过！雷翃说你毕竟是彭玉麟的外甥，他还能不将手略微松一松？王韧说正因为自己是彭玉麟的外甥，彭玉麟更不会饶恕。

雷翃说："还有一条路，那就是逃！趁雪帅的人还没赶到，赶快逃。"

"赶快逃？往哪里逃？能逃得了？"

雷翃想，也是啊，往哪里逃，如落入长毛手里，死得更惨。

"你只要躲到别处，不在这府内，雪帅的人来后，没见着人，回去复话，雪帅大不了张贴几张告示缉拿，也许做做样子就过去了。"

王韧长叹一口气："你还是不了解彭玉麟，他是绝不会饶恕我的，还是只怪我自己啊！"

"大人，咱如果赶快重新去征集军粮，来个将功补过呢。"

"已经贻误战机了呵！"

"贻误战机"之罪一出，这位亲信一时也想不出话来。

过了一会儿，雷翃说："大人，应该还有一个法子。"

"你还能有什么法子哟！"

"让我再好好想想，好好想想。"

王韧猛地发火了，都到这个关节眼上了，你还要好好想想，好好想想，我平常就是听你们想出来的听得太多，才落得今日这个下场。废物，废物，饭桶，饭桶！酒囊饭袋！

这一发火，一骂，雷翃嘀咕，说喝酒时我也曾劝过你，要你别喝了，可你不听呢。这一嘀咕，他又猛地说，想出来了，想出来了，知府大人可以来个负荆请罪。

"负荆请罪？！"

"对啊，负荆请罪。古时除廉颇负荆请罪与蔺相如和解外，不是还有贻误军机的战将负荆请罪，便求得了主帅的谅解么？大人向雪帅负荆请罪，雪帅定会……"

王韧思索一气，又长叹一口气："唉——也只能试试这个法子了。"

王韧要雷翃将他捆绑起来。雷翃只是打量四周，似乎是寻找捆绑的绳子，但不敢动。

王韧说："你还在磨蹭什么？"

雷翃说："这个……这个……小的可不敢捆绑大人。"

这时一衙役来报，雪帅的人来了。

王韧说："快，快将我捆绑起来。"

衙役大惊："大人，你在说什么？"

王韧对雷翃吼道："听见了吗，快点快点。"

雷翃慌忙对衙役说："快去找根绳子来！快！还得找几根荆条。"

彭玉麟的外甥知府将自己捆绑，背上插着荆条，走进彭玉麟的军营大帐，来了个负荆请罪。

与此同时，一些百姓也在议论。

"听说烧了军粮的王知府是彭玉麟的外甥，你们说那个雪帅会怎么处理？"

"自己的外甥嘛，还能怎么处理？"

"是啊，别说是自己的外甥出了事，就是亲朋好友、有点儿关系的，处理个鸟。就算犯在别人手里，也会立马去求情，官官相护，大事化小，小事化无了。"

"他那个外甥可是按律该斩。"

"按律该斩是一回事，斩不斩又是一回事，现在的当官的，谁会对自己的人较真。我猜啊，就算彭玉麟毫不留情，也最多是打二十军棍就了不得。"

"话又说回来，那个王知府，平素还是蛮和善的。"

"是啊，要说清官，王知府也还算得上一个，可他怎么就出了这么大的事。"

"吃醉了酒呢！"

"贪杯误事，贪杯误事。自古以来都是这样。"

"唉，"有人叹口气，"王知府如被杀了，再派个官来我们这里，要是个贪官，我们就倒霉了，还不如留着他。"

"是这么个理，是这么个理。"

于是话题又转到王知府如何才能不被杀。

"舅舅和外甥两个人的官大小差不了多少呢，王知府到底会不会被杀，可能得由上面决定。"

"不会被斩呢，只听说过包龙图包大人斩了他的侄子，包大人是他嫂子带大的，可他嫂子来求情也没用。这个彭玉麟，除非是包龙图现身，才会斩他外甥。"

…………

军营大帐外，"雪"字帅旗高扬。

彭玉麟戎装披挂。两旁站立的众将屏声静气，军营静谧，气氛异常紧张。

外甥知府王韧一进帐，"扑通"跪在彭玉麟脚下："舅舅，大帅，外甥负荆请罪来了。"

彭玉麟不看他，转身背对：

"此时来了个负荆请罪，不是你自己想出来的吧。"

"舅舅，大帅，你就饶了我这一次吧。"

"你可知道自己所犯何罪？"

"知道，知道。"

彭玉麟厉声道：

"自己说！"

"军粮失火，贻误军机。"

"你身为知府,理应知道军机不可贻误,贻误军机,按律当斩,你还有何话可说!"

王韧只是磕头。

已成彭玉麟身边卫士的胡开泰为王韧求情:"大帅,念他年轻初犯,饶他这一次,令他戴罪立功吧。"

众将齐说:"大帅,念他年轻初犯,饶他这一次,令他戴罪立功吧。"

彭玉麟说:"我若饶了他,日后如何服众?"

众将领齐说:"我等愿服。"

彭玉麟说:"哼,我今日饶他,明日你犯军律,就得饶你,这军还如何治,仗还如何打?"

众将都不敢吭声了。

"军不治,何以卫国?法不容情。"

彭玉麟"法不容情"四字一出,王韧知道自己死定了,他索性来个要死也死得凛然,便昂起头,大声说:

"雪帅,你今日杀的不是你外甥,而是贻误军机的王韧,我王韧在你面前夸口,半月之内,定将军粮送到,若有延误,甘受军法。军粮本已筹集完毕,因王韧贪杯,放纵下属,致使军粮失火,王韧实属死罪,你就开斩吧,我王韧你外甥不怨你。"

王韧说完,彭玉麟一时未吭声,"你外甥不怨你"这话,使得他的内心备受煎熬。

胡开泰见彭玉麟未吭声,想,此时再为王韧求情,也许他就会刀下留情,忙说:"大帅,王韧并非筹集军粮不得力,而是失火所致,属于过失渎职,应按渎职处罚……"

胡开泰是个胆大敢说的人,他本想接着说"过失渎职,若斩了他,我等不服"。以此来回应彭玉麟所说"我若饶了他,日后如何服众"的话,其他将官定会附和,这样就让彭玉麟下了台阶,来个"看在众将官份上,免你一死,死罪虽免,活罪难逃",打王韧几十军棍了事。

谁知他这话还没出口,已听得彭玉麟喝道:"刀斧手!"

刀斧手忙答:"在!"

"拉出去,斩了!"

刀斧手拉着王韧往外走。王韧听到胡开泰说"应按渎职处罚"时,还以为会有一线生机,真被拉出去时,又不由地、本能地喊:"舅舅,舅舅,饶命啊!"

"唉——"胡开泰在心里长叹了一声。他不能不敬佩彭玉麟的"大义灭亲",同时在心里告诫自己,万万不能触犯军纪军律,如触犯了军纪军律,这个雪帅是不会手下留情的。十数年后,他以战功升至清廷水师副将,却将这些全忘了,被彭玉麟处斩时,也有彭玉麟身边的卫士为他求情,请求饶他一死,让他到边关去拼命杀敌,但同样被"拉出去,斩了!"

彭玉麟以"法不容情"斩了外甥,内心其实非常难受,外甥那"舅舅,舅舅……"的喊声常在他耳边回响。后来他写有一挽外甥联:"定论盖棺,总系才名害马谡;灭亲执法,自挥老泪哭羊昙。"以羊昙醉后过西州恸哭而去的事喻自己的悲伤。

六　昏了脑壳?

"法令既严,军声自壮。"彭玉麟斩了外甥知府,又严惩了几个骚扰百姓的湘勇,军声确是大大提升,可他焦虑不安。

他的焦虑倒不是因执法太严,引起部属人人自恐,军心不稳,而是因军粮被烧,只能延缓原定的出兵日期,况且重新筹集调运,还不知要多少时日。兵贵神速,出其不意,这一耽搁,敌方会做好充分准备,再要冲出内湖,难矣!就算能冲出,也必然损失惨重。

正在他焦虑不安之际,胡开泰兴冲冲走进,大喊:

"报——"

"报什么报,大帅正在思虑如何解决军粮。"另一卫士赵英忙要他放低声音。

"我就是替大帅带来了解决军粮的人。"胡开泰愈发高声。

胡开泰带来的是雷翃。

"禀大帅,这是雷翃,他是知府内的人,原知府王韧的亲信好友。"

彭玉麟一听是王韧的亲信好友,心想,既是亲信好友,为何不阻止王韧贪杯……

他不愿再想,问道,"你有什么办法解决军粮?"

雷翃说他跟着王韧去征集过军粮,再去征集,轻车熟路,只是多要些时日,但定能弥补先前损失。

"你需要多少时日?"

雷翃说两个月。

彭玉麟勃然大怒,却是对着胡开泰。

彭玉麟怒斥胡开泰,"令你去想个快捷的法子征集军粮,你却要两个月才能完成,还来报喜,你是视本帅的命令为儿戏,此刻你还有什么话说?快说!"

看似粗放的胡开泰,其实精明,立即从彭玉麟这不符合逻辑的怒斥中听出了道道,大帅要发怒也应该是针对雷翃,是雷翃说的两个月,却迁怒于他,"想个快捷的法子""视本帅的命令为儿戏",根本就没下过这样的命令,尤其是问他还有什么话说,快说,这就是分明要他顶撞……

胡开泰便指着彭玉麟,说我好心好意替你请了能再次征集军粮的来,你却如此对待我,是不是被军粮弄昏了脑壳,好歹不分,我们还要不要吃饭了,不吃饭怎么打仗?

"竟敢顶撞本帅,"彭玉麟对赵英喝道:"将他拉下去,由你监打,重打五十军棍!给我数清楚了,一棍都不能少。"

赵英原也被胡开泰的话惊住,谁敢那样直接指责大帅好歹不分,他觉得是胡开泰喝醉了酒,可胡开泰半点酒气都没有,待到听彭玉麟说拉下去,由他监打……一棍都不能少,还要数清楚了。军中可从来没有过这种打军棍的命令,顿时明白了这个命令的意思。

胡开泰被赵英拉出去时，还不断地挣扎着喊，好歹不分，好歹不分，你是昏了脑壳，昏了脑壳。

传来狠狠打军棍的声音。

雷翃已吓得哆嗦，不知彭玉麟会不会喝令打他五十军棍，口里直念叨，大人饶了小人，饶了小人。

"你要讨饶什么，你非军中人，也没立什么军令状，但你说了能弥补先前损失，你是在军中说的，军中无儿戏，你立即组织人马去征集粮食，限期完成，你说的是三个月，就给你三个月。随你用什么办法，敲锣打鼓喊告示也行，横征暴敛也行，我只要军粮，其他的统统不管，快去办，快去，滚！"彭玉麟又对身边的人喝道，"你们都给我滚，统统滚！"

雷翃慌忙退出去，却松了一口大气，我说的是两个月，他说成是三个月完成，他确实是因军粮急昏了头，唉，那个胡开泰，冤里冤枉挨了五十军棍，这个雪帅，哪里有传说的那么神，连"横征暴敛"这话都随口而出，那是只能做不能说的，我看他也就是个昏帅而已……

彭玉麟忽地生出的这一计，有点像周瑜打黄盖的苦肉计，可他用的不是苦肉计，不是要胡开泰去投奔长毛做内应，他在独自赴南昌途中亲身体验过长毛守城之固，盘查之严，抓奸细之泛，想派人混进去做内应，难。而是要让雷翃放出风去，说他已经是烦躁不安、昏了脑壳。雷翃定会与人说自己所见之状，听了的人又会传，这种事不可能不传出去，敌方侦探不可能不知道。

雷翃走后，彭玉麟又派身边的人装扮成百姓，去传他如何不分青红皂白地打胡开泰五十军棍，如何糊里糊涂地将雷翃所说两个月变成三个月，如何乱发脾气，如何暴躁……

驻守湖口的太平军将领获得这一"内部情报"后，对彭玉麟做了一个分析判断，其一，彭妖头上任内湖水师统领后，急于打通水路，建上任第一大功，军粮被烧使他建功计划受挫，故而变得暴躁不安；其二，暴躁不安使得他乱行处罚，部下必然生怨，已经自乱阵脚；其三，重新征集军粮至少得两个月，且更加重百姓负担，横征暴敛会让百姓怨气冲天，其间定会生乱。从而判断：近期他根本没有可能立即发动对我军的攻击。自己要采取的对策是，稍候时日，静观其变，尔后主动出击，消灭彭妖头。更有一点，我军扼石钟山、梅家洲，山上置有巨炮，彭玉麟想冲出，巨炮侍候。

太平军根据所得"情报"做出的分析判断不可谓不准，但"知己知彼，方能百战不殆"的知彼，还包括要了解对方的性格、一贯行事的风格，彭玉麟能是突然变得暴躁不安的人吗？他一贯的行事风格不就是坚决果敢、毫不迟疑吗？

正当太平军认为彭玉麟不可能立即发动突击时，彭玉麟已召集将领，定于次日出击，所有的辎重全都不要，轻骑突袭，直冲湖口，和杨载福外江水师会合。

时为十月二十五日，清晨，湘军内湖水师饱餐一顿后，兵分三队，依次而进。彭玉麟亲率第一队冲在最前面。

太平军虽然被打了个措手不及，但置于山上的巨炮不是吃素的。

"轰——""轰——"

巨炮的炮声不但震耳欲聋，炸起的水浪、冲天的水柱都能将木船掀翻，彭玉麟的船队接连被击毁了十余艘。

"上舢板，攻山！"彭玉麟命令。

彭玉麟重整内湖水师招募了三千新兵，他们从没见过这样的巨炮。所谓巨炮就是新式洋炮，是太平军从洋人那里购买的，早在攻克南京之前，太平军就从洋人手里购得一些军火，定都天京后，又购买了不少洋枪洋炮，故而在前中期，他们的武器强于清军，更强于湘军。绝不是如有些书上所说，清军有洋枪洋炮，而太平军只有长矛短刀。至于洋枪队助清军，已是后期，李秀成攻打上海，上海当局和绅商为保上海才由洋人雇佣洋人开始组建洋枪队。彭玉麟是惯用舢板冲锋的，舢板船身小，灵活，首尾置有土炮，多次胜仗都是以舢板进攻取得。这次他又令舢板冲，是因为只要冲到山脚，巨炮就失去了威力，攻山则是短兵相接，"拼刺刀"了。

巨炮的威力太大了，一些军士畏惧不前。

彭玉麟愤怒高喊："不攻破此险，不能独让不怕死的死在此地，怕死的也休想活！"

说完，跳上舢板，带头直冲。

太平军虽有新式洋炮，但操作未经过正规训练，加之洋人卖军火照样有奸商，一些质量不达标的，只要对方不识货，能蒙就蒙，配件什么的也不供应到位。就在彭玉麟欲攻山时，一门巨炮忽然炸裂，紧接着又有巨炮炸裂，这就如同遭到轰炸机扔下重磅炸弹，无数太平军被自己的炮炸死，同时又引起炮弹爆炸……

战斗的胜负、将士的生存，往往就在一瞬间。

就在这一瞬间，内湖水师船只顿时一艘连一艘一冲而过。

古书中常有将帅在危难关头叹曰"天要亡我"或"天不亡我"，彭玉麟可用得上后句。

冲至湖口，杨载福已率湘军外江水师接应，舰船大炮齐发，射向出击拦截的太平军船只。

内湖水师和外江水师时隔两年半后，重新会合，重新会师的湘军水勇如历经劫难后的兄弟重逢，欢庆不已。

会合后的水师声威大振。第二日，便向湖口发动猛攻，攻克湖口后，又乘势攻克对岸梅家洲。

湘军内外水师一会合便连传捷报，曾国藩大喜，判定战局的转折点就快到了。

自此，湘军水师逐渐占据主动。

彭玉麟以攻克湖口战绩，被加按察使衔，正三品。半年后，彭玉麟连破枞阳、大通、铜陵、峡口，与杨载福配合李续宾部陆师，攻克九江府城，清廷赏加按察使衔道员彭玉麟布政使衔。

曾国藩戏谑地说，彭玉麟啊彭玉麟，如今你已有上奏的资格，自己可以上奏了，你老是要我代奏请辞的"麻烦"总算被"甩掉"了，再要上奏请辞你就自己递折子吧。

七 彭郎夺得小姑回

　　湖口、九江之战，彭玉麟并不认为是得意之战，他自认得意的是夺回小孤山。

　　位于安徽宿县东，江西彭泽县北，屹立长江中流的小孤山，南与彭泽的彭浪矶隔江对峙，东与长江马当要塞互为犄角，为长江水路军事要隘，系安庆门户，攻下小孤山，则安庆在望。

　　曾国藩指着地图上的小孤山对彭玉麟说，当年红巾（军）与元朝儒将余阙，朱元璋与陈友谅都曾大战于此啊！

　　彭玉麟说，余阙败而元将亡，陈友谅败而朱元璋王。小孤山必须一举攻下。

　　"小孤山别号小姑，彭浪矶又名彭郎。"曾国藩微微一笑，"小姑彭郎！这次可就得你这位彭郎亲自去会小姑了。"

　　"请主帅下令。"彭玉麟会意而笑。

　　曾国藩即派彭玉麟率水师夺取小孤山。

　　彭玉麟亲领战船三百艘，沿江东下。

　　望着四面环水，形态特异，孤峰耸立，一柱插天的小孤山，彭玉麟想着曾国藩的话，不由地沉吟，小姑彭郎，彭郎小姑，我莫非与此有缘？一是定能夺回小姑。一是死于此山，与民间传说小姑和彭郎殉情一样。三国刘备的军师凤雏庞统，取西川死于落凤坡。江忠源带出的新宁楚勇乡音念"江"为"钢"，"江大人"喊作"钢大人"，结果江忠源死于庐州，其家乡人云，钢入炉，焉能不化。他又想到曾国藩初见江忠源后，即对左右人说："此人将来定会立名天下，可惜会悲壮尽节而死。"

　　涤生兄真会看相否？既上战场，岂能不悲壮尽节？

　　彭玉麟望着小孤山上的青草树木，俨然小姑发髻，诗意又不由地涌上心头，小姑小姑，彭郎来也。

　　"大人，那小孤山无路可上啊！"卫士赵英打断了彭玉麟的遐思。

"无路可上？"彭玉麟遥指俨然小姑发髻的青草树木，"从后山而上！"

"四面环水，怎区分前山后山？"赵英不解，心里想道，无论从哪个方向进攻，都是长毛的"前山"。

彭玉麟看出赵英的疑惑，笑道，我自有办法。

彭玉麟的策略是令船队分散，似寻找主攻方向，以迷惑敌方；又令船队自当夜子时开始胡乱向小孤山三面开炮，让敌方不得安宁。他自己则亲率挑选出来、善于攀爬的数百水勇，于黑夜悄悄靠近"后山"，待天色微明，战船三面佯攻，被骚扰不安的敌军必全力对付，他趁机率队攀藤而上。

彭玉麟要亲率水勇前去，胡开泰、赵英、部将成发翔等皆不同意他亲自带队。

"大人，从后山攀缘之队，你不能去！"

"大人，你得指挥全军，怎能亲冒箭矢，我胡开泰代你前去！"

"大人，成发翔可带队。"

"派我胡开泰去，若不拿下那山，让人提头来见。"

…………

成发翔和胡开泰争吵起来，目的都是一个，不能由彭玉麟亲自率队，太危险。

"休得劝阻！"彭玉麟说，"我已决定亲自前去，你们就跟在我身后。不夺回小姑，誓不罢休。"

子夜时分，湘军水师战船向小孤山开炮乱轰，彭玉麟率水勇乘坐舢板，绕道而行，悄悄地向小孤山靠拢。

炮火在黑夜中闪烁，江水被炸起一条条水柱，在炮火火光中时而如巨蟒升腾，时而如崩岩訇然塌落，驻守小孤山的太平军首领既觉得好笑又不得不加倍小心，彭妖头这是什么战法，白天不战黑夜来攻，岂不是白白送死？严令不得有半点松懈，枕戈待旦，以防敌船突袭。

炮声渐渐稀少，战船却毫无动静；守山士兵绷紧的弦刚松弛下来，炮火又响，松弛的弦又得绷紧，如是者数次，已近黎明，守山士兵被折腾了半宿，皆昏昏欲睡。

正在此时，水师战船开始了大张声势的三面佯攻，太平军忙集中兵力应对。彭玉麟率领的水勇开始攀藤而上。

打着绑腿、足蹬芒鞋的彭玉麟手抓青藤，一步一步往上攀，胡开泰、赵英、成发翔等紧随其后。

谁也不会想到，一介书生，竟也能攀爬悬崖；身为水师统领，竟攀爬在最前面。跟随的水勇还能不拼命往上？

守山将士虽然全力对付三面进攻的战船，但在"后山"也布有兵力，只是当他们发现时，已经为时晚矣。

"有清妖！"一个太平军士兵猛地大喊。

守卫此面的太平军慌忙射击、放箭，将垒积的石头往下砸。

攀爬在后面的水勇立时被射伤、砸伤数人，随着发出的"哎哟"惨叫，掉下悬崖。

然而，射击的需寻找下面的目标，砸石块的得举起石块往下砸，却看不见已即将爬上山顶，就在他们脚下的彭玉麟等人。

彭玉麟、胡开泰、赵英、成发翔等一跃而上，利刃出鞘，手起刀落，立时砍倒数名火枪手、弓箭手、砸石块的太平军。火枪、箭矢、石块一停，后面的水勇接踵而上……

守卫此面为数不多的太平军怎能抵挡得住攀爬上来的水勇，纷纷溃逃。彭玉麟命令立即夺枪夺炮。

应对战船的太平军突然遭到后面射来的炮火、枪弹，顿时大乱。佯攻的战船立即开始真正的猛攻，炮火集中猛烈轰击后，湘军水师下船往山上冲。

喊声、杀声混成一片，太平军腹背受敌。

不到半天，小孤山被攻克。湘军水师以极小的代价，夺取了长江这一战略要隘。

彭玉麟站立山头，遥望安庆。

长江在他脚下奔流不息，两岸山峦时而隐没，时而兀现。透过水雾，隐隐约约可见的安庆令他心潮起伏。

安庆城内，有他母亲的旧宅，在母亲破败的旧宅中，有他度过的难忘的岁月，难忘的岁月中，有他的初恋，他的初恋，竟成为终身之恋……

梅姑，梅姑……

梅姑正要在他眼前出现，军士欢呼胜利的喊声令他陡然一震，将思绪拉了回来。

"报雪帅，我军正在清点战场……"

兴奋不已的胡开泰正要继续禀报，彭玉麟以手中利剑指着已隐约可见的安庆，傲然笑道："安庆在望矣！"又环顾小孤山，望着彭浪矶，想着"彭郎小姑"之语，当即口占一绝：

书生笑率战船来，
江上旌旗耀日开。
十万貔貅齐奏凯，
彭郎夺得小姑回。

第四章 诱惑・思索

一　三上请辞奏折，终于辞掉了巡抚

　　从不贪杯醉酒的彭玉麟这次醉了。
　　他和李续宜水陆并进，攻克孝感、天门、应城、黄州、德安后，被授予安徽巡抚。
　　彭玉麟醉酒是因官已升到巡抚，高兴而醉吗？恰恰相反，他是因终于辞掉了巡抚，心里轻松，不由地多喝了几杯。
　　要他任安徽巡抚的诏命一下，若换个人，当高兴得摆酒庆贺，若考虑到以低调为好，至少在内心庆贺自己终于官至从二品。二品大员了啊！况且巡抚可是上马管军下马管民，一个省的军政大权都在自己手里，呼风唤雨时来也。可彭玉麟却如坐针毡，急忙上奏请辞。
　　第一道请辞奏折送上去，朝廷未予答复。
　　他又写第二道请辞奏折，呈上去后，照样未予理睬。
　　一道二道不行，他上了第三道请辞奏折。他在请辞奏折中说自己"久居战舰，草衣短笠，日与水勇、舵工驰逐于飓风恶浪之中。一旦身膺疆寄，进退百僚，问钱谷不知，问刑名不知，勉强负荷，贻误国家。"又说：

　　　　……臣久带师船，于风涛涉水之性、船炮攻守之机，稍能谙习。若改任皖抚……则必舍舟而登陆，似属弃长而用短……无论水勇改为陆勇，其势断不可行，即拨他人之陆兵强隶微臣之部下，亦不能得其死力……此臣目下无陆兵可带之情形也……楚军水师，血战数年，幸保江面千余里之地……长江而外，又处处不可无舟师。臣若不改归陆路，效力之处尚多，报国之日方长。此臣将来难离水营之局势也。……

  他一是谦卑地说自己带水师还勉强可以，如果改任安徽巡抚，则是舍舟登陆，弃长用短；二是说如果将自己所带的水勇改为陆勇，目前的形势不可能，若带他人的陆师，难以让他们尽力；三是说水师的重要，处处都需要，自己如果仍在水师，能发挥己之所长，更好地为国效力。末句还有言外之意，就是请求以后也别封我高官，总之我是只能在水营效力。

  连上三道请求辞掉安徽巡抚的奏折后，彭玉麟盼着的是接到朝廷同意、批准他辞职的诏命。

  两个月后，朝廷诏命终于下来了，"诏嘉其不欺"。说他讲的都是实情，并非虚情假意要辞，故同意他所请，以李续宜代任安徽巡抚，他则改职水师提督。

  巡抚终于辞掉了，彭玉麟长嘘了一口气；还是留在水师，带领水师，他高兴不已。

  彭玉麟高兴，好朋友、当年就认定他非等闲之人的当铺老板陈秋圃却甚为不解，人家盼着的是给自己升官的诏命，他却盼着准许他辞官的诏命，好好的要上什么奏折请辞，上了一道二道就算了啦，做做样子罢了，还要上第三道，这一下，安徽巡抚真的没了，只能在船上行水里走，年年月月风吹日晒秋霜冬雪了，何苦非要如此呢？"江风吹白少年头"，我看他的胡子也要被江风吹白，一辈子都要行伍、终老战船了……

  若彭玉麟辞掉的是别省的巡抚，陈秋圃觉得还好理解一些，偏辞掉的是安徽巡抚，他是想着彭玉麟这个出生在安徽的若做了安徽巡抚，一则何其荣耀其童年少年之旧地，二则他这个已回到老家的安徽人，还能不得到些照顾？

  陈秋圃来找彭玉麟，彭玉麟一见多年未谋面的好朋友来了，心里愈发高兴，便破例和好朋友喝几杯，两个当年一同考取秀才的"同年"喝着喝着，自然而然地对起诗来。

  "李白斗酒诗百篇，长安市上酒家眠。天子呼来不上船，自称臣是酒中仙。"喝得有点"二五八"的彭玉麟随口吟道，以手指着陈秋圃，"你说，你说，这是谁写的？是李白写的吗？"

他大概是想着自己力辞巡抚和李白的潇洒有那么点类似。

陈秋圃焉能不知这是谁写的？笑道：

"李白怎么会说自己'斗酒诗百篇'，怎么会自称'酒中仙'，人家还是谦虚谨慎的。老彭，那是杜甫所写。为《饮中八仙歌》。"

"你说李白不会自称'酒中仙'吗，那我就是酒中仙！"彭玉麟哈哈大笑，"老陈，我和你在一起才是酒中仙，想当年，我在你的当铺里，你这个老板可是什么都不管，什么都由我做主，故而我能将三千两纹银一股脑全借给曾……曾大人，从而结识了涤生兄，也才辞了账房先生之职，应他之邀而从戎。我得感谢你啊！若不是你老陈那么相信我彭玉麟，今日我怎能和你在这里饮酒吟诗。"

"在这里饮酒不错，可你刚才不是吟诗，而是背诗。"陈秋圃说，"你继续背，继续背。"

陈秋圃见彭玉麟不忘当年当铺之情，也是高兴不已，话更随便起来。

"喔，原来我不是吟诗，我是背诗，我两人都来背，好否？只准背太白之诗，不准背少陵之句。只准背写酒的，不准背其他。背一首，喝一杯。背错者，罚三杯。"

"好，咱俩来背写酒的，你先背。"

"风吹柳花满店香，吴姬压酒劝客尝。金陵子弟来相送，欲行不行各尽觞。请君试问东流水，别意与之谁短长？"

"此诗题目？"他要陈秋圃快答。

"《金陵酒肆留别》。"

"对也。当年你和诸友送我投军，亦有此情景。喝酒喝酒，一人一杯。"

彭玉麟喝完一杯，要陈秋圃背。

"你背，你背。"

陈秋圃便背道：

"五陵年少金市东，银鞍白马度春风。落花踏尽游何处，笑入胡姬酒肆中。"

彭玉麟说：

"没背错，没背错，胡姬酒肆中有的是酒。此题为《少年行》。喝酒喝酒，一人一杯。"

一口干净，不待陈秋圃催，彭玉麟又背道：

"兰陵美酒郁金香，玉碗盛来琥珀光。但使主人能醉客，不知何处是他乡。"

他头一歪，伏在酒桌上。

"老彭，老彭。"陈秋圃摇他，喊。

"晚来天欲雪，能饮一杯无？"彭玉麟兀自嘀咕。

"错了，错了，此不是李白的。老彭啊，我还是喜欢你写的'书生笑率战船来，江上旌旗耀日开。十万貔貅齐奏凯，彭郎夺得小姑回'。何等英雄气魄！哎，老彭，你不是常思恋青梅竹马的恋人梅姑吗？你所说'夺得小姑回'，不是联想到梅姑而作吧？"

"梅姑梅姑……梅姑早逝矣！"

二　一个美人在他床前亭亭玉立

彭玉麟发现自己躺在床上。

这不是自己那张行军床，更不是在自己战船上的舱室，这张床前，还有一人。

彭玉麟一睁开眼，不由得忙揉眼睛，他怀疑自己的眼睛出了毛病，出了比飞蚊幻症还要严重得多的幻症！这是一种什么幻症呢？难道是美人幻症？！

一个美人在他床前亭亭玉立。

这是怎么回事？怎么回事？是因为喝了酒？那是什么烈酒，竟令我产生如此幻觉？！自从与梅姑别后，再也没有美人伫立床前；岂止是美人，连一个女人都没有。

彭玉麟赶紧使劲闭上眼睛，使劲揉，希望在再睁开眼睛时，那美人幻症已经消失。

还未等他再睁开眼睛，一串银铃般的笑声传进他耳里。

那是风吹银铃、雨打银铃、树叶扫动银铃……还是少女在摇晃银铃、少妇在抖动银铃……

虽然笑声是传进耳里，可彭玉麟不敢松开揉眼的手去捂耳朵。手一松开，必然睁眼。那眼一睁开，哎呀呀……

彭玉麟已经不怀疑是自己得了幻症。

银铃般的笑声停了，一个脆生生的声音响起。

"先生，你睡得好沉啊！"

声音曼妙如歌。

这曼妙的声音竟然就在自己面前发出，他浑身不由地抖了一下。

"先生，你终于睡醒了呀！"

又是曼妙如歌的声音。

他的眼睛，倏地睁开。

这一睁开，真的、实实在在地看见了一个美人！

美人近在咫尺，触手可及。

多少年没如此近距离地见过女人了，多少年没见过如此美的女人了，多少年没……

按理说，多少年没近女色的彭玉麟，此刻还带有酒意的彭玉麟，应该是欲火立即如点燃的柴火一样，熊熊燃烧起来，可他的腿却在发抖。

不由自主地抖。

他首先是右腿发抖，接着是左腿也抖起来，两条腿都抖，只是右腿比左腿抖得厉害。他想让腿别发抖，想控制住发抖的腿，他心里非常清醒，他心里说，男子汉大丈夫，发什么抖，别发抖，这发抖会让美人耻笑。

他要站起来，他想着站起来，走出去，就不会抖了，可哪里站得起。

他站不起，当然就走不动。

"唉，'虽路在咫尺，难涉如九关'啊！"他想起了古人的一句话，是哪个古人说的，一时又记不起了。

他这么地想起了古人的一句话，大概是想分散注意力，注意力一分散，腿就应该不会抖了。

然而，无用。

这时美人扑哧一声，笑了。

美人说：

"先生，你不是醉酒，而是太累了。"

彭玉麟不知是点头还是摇头，总之木然。

美人说：

"先生，你太累了，日夜率军作战，又皆在水上，好不容易得一闲暇，精神一松，愈发疲乏，疲乏而饮，不胜其力，所以几杯酒下肚，就醉了，倒了，睡着了。"

美人这么一说，彭玉麟发现自己的腿不怎么抖了，再看着眼前这位美人，想，我怎么会在这里呢，她，她又是谁？她在这里干什么？

彭玉麟之所以会这么想，是因为他还没完全清醒。他的这个因为还没完全清醒所产生的想法，却立即为美人所知。美人说：

"先生，你是为自己怎么在这里，我又怎么在你面前而感到奇怪吧。"

"唔，唔。"彭玉麟似乎有所明白。

美人又说：

"先生，你不知道吧，你一进了这房，就等于交给我了。"

"唔，唔。"彭玉麟似明白又还是不明白，怎么进了这房就等于交给美人了呢？

美人笑着说：

"先生，你进了这间房，就是我的事了啦！"

"唔唔，就是你的事了。"彭玉麟终于算是正式开口说出了话。

彭玉麟一正式开口说话，美人就兴奋地说：

"哎呀先生，你会说话了，下一步嘛，先生，我就是要让你神清气爽。"

美人说完，略微往前挪动身子，溜光的纤纤玉手，轻柔地抓住了他的一只手。

彭玉麟的这只手立时像触碰了火炭一般弹了开去。连他自己都不知道是怎么就弹开了的。

倏地，他的眼前闪出了梅姑。

"你，你不是梅姑！你怎么能这样？！你，你快出去！"

这话，不知为什么，他说得并不是那么坚定，并不是那么正气凛然。虽然有《正气歌》在他心中响起："天地有正气……"

"哎呀先生，你还不好意思啊！"

"出去，你出去！"这回，彭玉麟的话说得坚定了一些。

"这成何体统，成何体统？！"他又嘀咕。

看着彭玉麟不住嘀咕的样子，美人那银铃般的笑声又荡漾起来。银铃又如风吹，如雨打……如有人摇晃、抖动……

美人一边"晃抖银铃"一边说：

"先生，你真的一心只想着那个梅姑啊？！老板告诉我，我和你的那个梅姑也长得差不多呢！"

彭玉麟打量起这个美人来，美人的确和他的梅姑有点相像，但不是梅姑，不是梅姑……既然不是梅姑，就得要她出去。

"你……出去。"这话却又没有原来的坚决。

美人站立不动。

美人脸上仍挂着微笑。

见美人根本没有走出这房间的意思，彭玉麟想，你不走我走。

彭玉麟决定要自己走出去，这个房间是不能待的，这是美人计，这是拉我下水……

可他依然是站不起，走不动。依然是"虽路在咫尺，难涉如九关"。

这一回，他不得不承认，这面前的美女，诱惑力实在是太大了，尽管明知是美人计，可要想不中美人计，太难了啊！怪不得那么多英雄，都难逃美人计啊！

她为什么老是喊我先生？先生这称呼可是多年没听到了；还有什么老板告诉她，说她和梅姑长得差不多……

彻底清醒过来了的彭玉麟立即断定，这是陈秋圃干的"好事"，自己只对他这个"同年"好友说过梅姑的事，透露过自己的隐私……他这是想试试我到底经不经受得住诱惑……诱惑倒是小事，可对不起梅姑……

"梅姑梅姑，这回我是差点对不起你了啊！"彭玉麟差点失声而喊。

他再看看面前的人，虽然和梅姑有几分相像，但哪能和梅姑相比，又怎能拿她和梅姑相比！

彭玉麟霍地站起，厉声喝道：

"你是什么人？"

这一厉声喝问，彭玉麟的威严出来了。

"我……我……"

"到底是什么人？"

美人欲言又止。

"是不是青楼女子？"

听得这么一问，美人慌忙回答："不是不是。"

"那你为何到此，受何人指使？"

"是，是陈老板找到我，要我替他办一件大事。他将这'大事'一说，我初不肯。他就说你是如何如何的英雄，自古美女伴英雄，皆是佳话。我仍不愿，他就说出了你的名字。你的名字，谁人不知？他又说你虽为大帅，却不纳妾，不近女色，一心只念着一个梅姑，说天下哪有这样的大帅大官……我就因仰慕英雄而动了心。可正因为知道了你的名字，我有点害怕。他说你是便服，也就是个普通人，根本不用害怕，要我装作不知，只喊你先生便是。我又说你既然不近女色，我这一去，万一你发怒，会不会杀我？他说不会不会，要我放心，他担保我无事，说人非木石岂无情，食色，性也。还说我若是和你好上，定会载入史册……我就，就……"

"你叫什么名字？"

"我叫……我叫……大人,我知道你已把我当成了那种……没廉耻的人,我也只是和你说了几句话而已,也就是要像侍女那样给你按摩按摩手脚而已,你既如此揣度,也就不必问我的名字了。我这就走。"

美人说完,转身就走,竟有几分大义凛然的样子,又似乎带有些不屑。

不愿说出名字的美人走了。彭玉麟长吁了一口气,不由地在心里吟出几句唐诗:

云散天高秋月明,
东家少女解秦筝。
醉来忘却巴陵道,
梦中疑是洛阳城。

"储光羲这几句犹如道我,这是真的如同做梦啊!"他又长吁了一口气,不知是为自己终于战胜了欲望而轻松地长吁,还是对刚发生的一切有些懊叹……她,她,怎地就那么走了……她的话语,其实也还得体,她说我之所以醉了、睡得那么沉,是因日夜率军作战,又皆在水上,好不容易得一闲暇,精神一松,愈发疲乏,疲乏而饮,不胜其力,所以几杯酒下肚,就醉了,倒了……这是些体贴的话啊!她说她为陈秋圃说动,是因仰慕英雄……我怎么反而责问她是不是青楼女子呢,这话伤了她呵。

彭玉麟又想到她所说陈秋圃的话,"人非木石岂无情……"忽地迸出一句:"好你个陈秋圃,设下这么个圈套让我钻。"

但他对陈秋圃又恨不起来,这个秀才老板,当年在当铺时,就曾劝他不要太拘泥自己,说人生苦短,何必硬和自己过不去,像个苦行僧,也曾给他介绍过……而刚才那女子走时所说的话,反而像是对他的嘲讽。

梅姑梅姑,谁叫我先遇梅姑呢!我对梅姑有过誓约啊!

三　为梅姑，狂写梅花十万枝

彭玉麟环顾房间，这才发现是陈秋圃的寓所，这个秀才老板的房间里，书桌上摆有文房四宝，砚池里还有磨好的墨。"他这明明是想要我临走时留下几笔啊！我曾答应梅姑，要为她狂写梅花十万枝，因军务耽搁了几日未写，就此补上一帧，也好明我心迹。"遂走到书桌前，执笔沾墨，狂草起来。

梅姑是彭玉麟心头永远抹不去的痛，要说他俩青梅竹马，多少人都经历过；要说青春炽恋，他俩早早地就分了手，天各一方，而当终于又见面时，很快，梅花一谢不复开，梅姑已殁。彭玉麟脑海里经常闪现的，是和梅姑在一起的画面，这些画面的闪现，从他少年到青年，从青年到中年，从中年到老年，从贫寒子弟到一介书生，从寒士到高官，从没间断过。

此刻，那些画面又在他眼前闪现。

安庆城内黄家山彭玉麟母亲王氏破败宅院内，梅花盛开。
少年彭玉麟在睡房兼书室铺纸挥毫画梅。
住在他家，和他房间紧邻的少女梅姑飘然走进。
少女梅姑笑盈盈地为他磨墨。
一幅梅花画就，梅姑为他暖手，继而指点画作，为画添上几笔。
梅姑玉麟手拉手，到后院玩耍。两人嬉笑声不断。
夜幕降临，梅姑点灯。
少男少女于灯前喁喁细语。梅姑不时发出柔柔笑语。
少年玉麟忽然盯着梅姑。
梅姑说："你这么盯着我干什么？"
少年玉麟赶紧说："没有，没有，我是在想，此时若是春暖花开时……"
"春暖花开时又怎样？"
"春暖花开时，我带你去山上玩……"

梅姑拊掌:"太好了,太好了。可是,我们能去吗?"
"怎么不能去?"
"我是,我是怕……"
"怕什么?"
"怕伯母不允。"
"我们偷偷去。"
"偷偷去,不去!"少女的娇嗔。
"那,那我们找个借口。"
"什么借口?"
"我们就说,去山上捡柴。"
"嗯,去捡柴,伯母会答应。"梅姑说这话的口气,像个大人。
"你怎么断定说去捡柴就会答应。"
"明知故问。"梅姑的心情一下郁闷,"你没见家里的日子越过越紧,伯母尽量在节省。"
少年玉麟立即看出她的郁闷:"所以嘛,母亲肯定会答应。也说明你的断定准确,去山上不成问题。"
"那就真的只能捡柴而不是玩。"梅姑一脸认真。
"当然是捡柴不是玩,但我可以一边捡柴一边为你摘野果子啊!"
梅姑顿时高兴,却故意压抑:"这还差不多。"但旋即遮掩不住那种兴奋,"我们捡很多柴,也摘很多野果子。"
"我还给你摘很多山花。"
"摘花干什么?"
"插到你头上啊!可惜现在没有。"
"我不要!"
"那你要什么?"
"我,我只要梅花!"
"梅花?外面就有啊,我这就去给你折一枝来。"
梅姑笑了:"我和你一起去。"

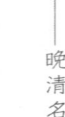

院内梅树下，少男少女驻足凝神。

少女少男脸颊飞上红霞，似红梅映衬，实则是徘徊于青春门槛的血脉贲张。

少年彭玉麟欲折梅枝，但刚伸出手又缩回。

"怎么，折不到？"这话，明显的故意。

"不不不，怎么能折不到呢。"

"那你就折呀！"这话，是不是有含义？难道是"花开堪折直须折"？

少年玉麟又伸出手，刚一触及蓦地又缩回。

"不忍心吧。"

"我若将它折下，它是会凋零的呵！"

"零落成泥碾作尘……"蓦地而出。

"只有香如故。"

不应该说陆游的那一句呵，也不应该接陆游的那一句，陆游和唐琬，千古悲剧，遗恨绵绵……或许，难道，这是预兆？

"可它，不是在'驿外断桥边'。"梅姑莫非已感觉到不吉利，立即巧妙地化开？

"也不是'寂寞开无主'。"

梅姑心里舒坦了："算你接得不错。否则……"

"否则该怎样？"

"否则，我拧你。"

"别拧别拧，我这就去将它折下。"

少年玉麟伸出手，还是缩回。

"别折了，我知道你的心思，欲折怕折。还是进屋去画梅吧。"

这些话，也许都是无心之语，无意而说，随口而出，却无法忘记，日后思量，句句都有含义，句句都是寓意……

春暖花开日，两人到了山上，当然是捡柴。

柴担子渐渐装满。

"任务"完成，玉麟对梅姑下了"命令"："跟我来。"

带着梅姑满山转。

玉麟摘下红红的野杨梅递给梅姑。

梅姑啃着野杨梅,酸得两颊的酒窝盛得下酒。

玉麟采来胭脂花,往小小梅姑的脸上搽。

玉麟看着如同化了妆的梅姑笑。梅姑也看着他笑……梅姑的笑,总是略带羞涩。

略带羞涩的笑,终于化为无拘无束的笑。在这山上,在这野外,在这蓝天下……

一条小溪,流水潺潺,晶莹透亮。

玉麟挑着柴担子走到溪水边。

跟在后面的梅姑喊:"歇一歇,我要到溪水里洗脸。你以为我不知道,脸上被你化了妆。回去后如被伯母看到,还想不想下次再出来。"

玉麟忙放下柴担子。

"我帮你洗,我帮你洗。"

玉麟用手捧水,要给站到溪边的梅姑洗脸,却又不知如何洗。

"真蠢!"梅姑娇嗔地一挥手,将玉麟的手往下一打,水溅到两人身上。

梅姑哈哈大笑。

梅姑边笑边蹬掉鞋子,跳进溪水中。

"你也来呀,来呀!"

梅姑回首。玉麟看着如同沐浴后的梅姑,有点发怔。梅姑上来,一把拉住他,要往溪水里拖。

挨得很近,彼此能闻到甜蜜的气息,少男少女的心跳,似乎连溪水都能听到。

玉麟蹬掉布鞋,和梅姑一同跳进水中。

少男少女在溪水中尽情嬉戏。

梅姑欢笑,能不欢笑?没有约束,没有他人看见,只有蓝天俯视,只有溪水偷听,这是自由自在的笑,肆无忌惮的笑,美得摄人心魄的笑，令彭玉麟永世忘不了的笑。

少年玉麟将柴担子挑进自家破败的宅院。

少年玉麟喊："我们回来了！"

梅姑跟着喊："伯母，我们捡回了一担最好的干柴。"

"好，好，你俩快去洗涮。"

少年玉麟打来水，因母亲在屋内，不敢喊梅姑先洗，只能示意。

梅姑亦示意，如打哑语：我早在溪水里洗过了，你挑担子，又出了汗，你洗。

少年玉麟亦如打哑语：你做样子也得洗一下。

梅姑会意忍住笑，不用洗脸巾，以手撩起铜盆里的水往脸上浇。

玉麟眼前又浮现出小溪边、溪水里情景，自己和梅姑手拉手，跳进溪水里，梅姑用手沾水，替他轻轻地抹去脸上的汗水、灰尘；自己也用手沾水，抹着梅姑红艳艳的俏脸，还用手撩起梅姑的鬓发、刘海……

还是在原来捡柴的山上，爬上山的少女梅姑一手撑着比大人挑柴短小一点的千担，喘着气，一手扬起，对后面的少年玉麟招手："快点啊，这回你怎么赶我不上了？"

梅姑小脸儿涨得通红。

"我得将这条路凿点蹬子印出来，免得下山时摔倒。"手执柴刀的少年玉麟一边说一边以柴刀尖往小路上凿。

梅姑说："去年我们是上山捡柴，今年我们是上山砍柴，这说明了什么啊？"

"说明家里的日子更紧了，光捡柴不行，得砍柴去卖。"

梅姑说："你只答对一半。"

玉麟说："另一半我就不知道了。"

"说明我俩都大了一岁，能砍柴补贴家里了。"梅姑大声说。

"说得对，我俩也能砍柴卖钱补贴家里了。"

少年玉麟边凿蹬子印边往上爬，梅姑伸出手要拉他。

玉麟说:"不用拉。"

梅姑说:"我就是要拉你。"

"那你就拉!"玉麟一手抓住梅姑伸出的手,爬了上去。

"我也好有劲了吧。"梅姑说。

"好像是比以前的劲儿大些了。"

"走吧,我们去砍那边的杂树。"梅姑扛着小千担走在前面,如同带路。

杂树丛出现在眼前,杂树丛中夹杂着青藤、山花。风儿吹得青藤摇晃,山花颤悠悠。

梅姑说:"把柴刀给我。"

玉麟说:"这次你要'掌刀'吗?"

"'掌刀'还是得归师傅掌,我先砍下两根藤条来,把你砍下的捡起直接放到藤条上,省得捆扎时又要搬动一次。"

梅姑双手举刀砍藤条,一刀、两刀,砍不断。

"让我来。"玉麟一手抓住藤条,踩到脚下,一刀将藤条砍断。

"哎呀,还是我的玉麟厉害。"

"你说什么?说什么?"

梅姑情知说漏了嘴,赶忙改口:"我说还是你厉害。"

"说了就说了,以后我就是你的玉麟。"

"那,那我是你的……"

"你就是我的梅姑!"

少男少女,玉麟梅姑,就如同私订终身,只是日后谁也不会想到,这成了他俩的"山盟海誓",尽管有情人未成眷属。

梅姑听了玉麟那句话,还是羞涩地低下了头,不敢看玉麟,好一会儿,她说出的一句是:"砍柴,砍柴,这次要多砍一些。"

少年玉麟便挥刀砍柴,梅姑将砍下的一根一根捡起,码放到藤条上……

"你,砍累了吧?"

"不累不累。"

"哎呀,你的手指出血了!"

"没事。"

梅姑一把抓过他的手,将手指出血处含住吸吮。

梅姑将吸吮的血吐出,说:"别动,我给你包扎。"

玉麟说:"用不着。"

梅姑哧的一声撕下一条衣服边襟,给他包扎。

玉麟感觉到从没有过的温馨。

…………

斜阳映照着这对劳累过后的少男少女,也映照着两捆用藤条扎好的柴。

少年玉麟以千担一尖头狠狠插进一捆柴,梅姑帮着将这捆柴扛到玉麟肩上;玉麟又以千担另一尖头插进另一捆柴,梅姑帮着往上托,玉麟弯腰一使劲,千担柴捆上了肩。

沿着上山的小路往下走。玉麟挑着柴在前,梅姑在后,手里拿着一根柴棍,不时以柴棍撑地。

梅姑说:"开始我问你怎么知道那么多树木的名称,你还没回答呢。"

玉麟说:"父亲教我认识的,他认识的树木可多呢。"

"伯父回衡州有很长时间了呀!"

"听母亲说,父亲可能要我们都回衡州去,我的老家,可好了。'塞下秋来风景异,衡阳雁去无留意。'"

玉麟随口念的词,引起了梅姑的忧思。梅姑不由地站住,心里想:"'衡阳雁去无留意',无留意,无留意……他们肯定是要回老家去的,会带我去吗?不可能,不可能……我和玉麟,就只能分开了……"

少年玉麟还在念:"四面边声连角起,千嶂里,长烟落日孤城闭。"

梅姑想着玉麟如果回老家……止不住哽咽起来。

玉麟回头看,脚一滑,摔倒,千担一头的柴捆脱落,另一捆则绊着他往斜坡滚,斜坡下面是悬崖。

梅姑啊的一声,不要命地往下一跳。

梅姑跌倒在玉麟前面，正好挡住了往下滚的玉麟。

柴捆压在玉麟身上，玉麟几乎压着梅姑。

玉麟推开柴捆，抱着梅姑："梅姑，梅姑！"

"我没事，就是疼。"

"快看看你的腿。"

梅姑挪了挪腿："没——没断吧—"

"我扶你站起来走一下。"

梅姑欲站起，却叫了一声"哎哟"。

玉麟赶紧又将她抱住："梅姑，是你救了我。"

梅姑摇头："下山时，我不应和你说话。"

"你救了我还责怪自己。"

梅姑说："回去后，别告诉伯母，她一知道，就不会再让我们上山砍柴了。"

玉麟说："不告诉她，我们下次又来。"

梅姑点头。

"你，你怎么有那么大的胆？一见我摔倒，往下就跳。"玉麟探头看着下面的悬崖，犹心有余悸。

"不知道。"梅姑的回答却不无娇柔。

"你若是跳到悬崖下去了怎么办？"

"跳到悬崖下我俩就永远分开了。"

"别这样说，不准你这样说。"

"是你先说的，你说我若是跳到悬崖下……你，反正要回衡州了……"梅姑又不禁哽咽。

"不会的，不会的！"玉麟说，"我在哪里，你就在哪里；你在哪里，我就在哪里。"

"你把那句话再说一遍。"

玉麟略一怔，立即明白，说："以后，我就是你的玉麟，你就是我的梅姑。"

梅姑在玉麟怀中笑了。

"你还要答应一件事。"

"你说。"

"回去后，你得再为我画一幅梅花。"

"以后我天天为你画。"

这句话，如若是从别的少年口里说出，说了也就说了罢，绝不会认真，少年玉麟说的这句话，却是真正的诺言，在他后来的几十年人生中，他一直在践行着这个诺言：画梅，画梅，为梅姑而画，毕生画作，就是梅花。

玉麟说"天天为你画"时，梅姑在玉麟怀里的微笑，犹如灿然绽放的梅花。

彭玉麟眼前不停地闪现着梅姑在自己怀中的微笑，他凝视着"梅姑"，目光呆滞，嘴里含混而吟：

皖水分襟十二年，潇湘重聚晚春天。
徒留四载刀环约，未遂三生镜匣缘。
惜别惺惺情缱绻，关怀事事意缠绵。
抚今思昔增悲哽，无限伤心听杜鹃。

这是二十八岁的他与梅姑分别十二年后终于重聚，却是如同沈园一梦而作的《感怀》。

"徒留四载刀环约，未遂三生镜匣缘。"他含混地重复着这两句，仿佛自己仍在母亲老宅的睡房兼书室里铺纸挥毫画梅。他又看见少女梅姑飘然走进，梅姑仍然笑盈盈地为他磨墨。

窗外梅花忽然凋零，梅姑蓦地不见。

"梅姑！"彭玉麟不由地喊出声来。

"唉——"他长叹一声，手中笔往下一挫，一滴墨水犹如泪珠落在梅枝。

…………

四　江南江北大营被击溃，于湘军反而有利

　　一树梅花草就，彭玉麟又想，陈秋圃之所以如此作为于我，绝非有意害我违背对梅姑的誓约，他原是不相信我真会辞官，见我真将巡抚都辞了，方知我是真的不要官，却又不相信我真的要死守着早已逝世的梅姑，故找一女子来试探于我，我还真的差一点便把持不住。罢，罢，索性就此画梅题诗再明心迹，也为自己再勉。

　　彭玉麟又执笔沾墨，于梅树旁题诗一首：

　　　　力辞斗大黄金印，
　　　　为爱山中梅树花。
　　　　金印终归东流水，
　　　　梅花岁岁有春华。

　　题毕，将笔掷于砚池，往外便走。走出门，恢复了雪帅面目，对自己喝道：彭玉麟，今日之事，全是你贪杯所致，若正值两军对垒，该当何罪？自此后不许饮酒！

　　不饮酒，又成了他的一条戒律。

　　事后陈秋圃不由地叹道，得知了他真的不要官，不信他真的不近女色，本想帮他一把，让他从苦守一个早已去世的女子中解脱出来，没想到反促使他戒酒，这带兵打仗之人要戒酒，何其难也！可他那个人，是真会强迫自己的。我这又是帮了倒忙呵。

　　曾国藩来见彭玉麟。

　　曾国藩要见彭玉麟，一道命令，或派人喊一声不就行了吗？为何还要亲自前来？难道是因彭玉麟三辞巡抚？尽管彭玉麟已屡屡辞官，但他说过，在军中有个朝廷给的官职，好在诸多方面行事。彭玉麟若没有朝廷授予的官职，能让地方官员听从调度？所率水师能得到地方的协助？其他湘军、友军将领都有官衔，你若没有官衔，能予以

合作？尤其是绿营，能买你的账！你辞吧，辞吧，反正已不要我替你代奏，况且再怎么辞，那个官衔已挂在你头上，只是没去上任而已。所以绝非是为彭玉麟三辞巡抚而来。难道是因陈秋圃"设局"之事而来？他和彭玉麟是真心兄弟，也仅略知彭玉麟曾和梅姑相恋，有可能从关心的角度过问私事，但"设局"之事他完全不知，陈秋圃不会说，彭玉麟更不会说。那个为陈秋圃"派遣"的美女其时也不敢说。

曾国藩来见彭玉麟，是为了"二成"。

天京内讧，东王杨秀清被杀，翼王石达开出走，太平天国本已如大厦将倾，可又出了两个了不得的人，一个是英王陈玉成，一个是忠王李秀成，将摇摇欲坠的大厦硬是给撑住了。

陈玉成，原名丕成，随他叔父陈承镕参加太平军时，尚是童子兵，洪秀全定都天京后参与西征。西征军攻打武昌数月未下，是夜，他带领五百军士攻打东门，令三百人佯攻，自率二百敢死队偷袭，守军将注意力都集中在正面佯攻的队伍时，他将套有挂爪的绳子甩上城墙，套住城垛，攀缘而上，敢死队员紧随其后，攀上城墙，杀散守军，打开城门……为太平军第二次攻克武昌首功之人，被擢升为殿右十八指挥，又升为殿右三十检点，统帅陆军后十三军和水师前四军，时仅十七岁，真正的少年将军。后镇江被清军围困时，他随燕王秦日纲援救，独自驾一小舟勇闯镇江，清军以密集炮火轰击，他穿行于炮火中，竟毫发无损，令清军目瞪口呆，惊为神人。闯入镇江城内后，将秦日纲解围之计告与守将吴如孝，会同城外援军内外夹击，顿解镇江之围，旋渡长江，破江北大营，几个月后，又同其他各军破江南大营……杀得绿营士卒听到他的名字便胆寒。

三河镇之役，陈玉成和李秀成部全歼湘军主力六千余人。次年，陈玉成又击灭清署安徽巡抚李猛群部，斩湖北提督周天培……被封为英王，才二十二岁。

三河镇之役对湘军的打击前所未有，悍将李续宾自杀，湘军在此后一年多不敢东进。胡林翼为之叹道："三河败溃之后，元气尽丧，四年纠合之精锐，覆于一旦，而且敢战之才、明达足智之士，亦凋丧殆尽。"

陈玉成之悍如此，李秀成的厉害更不用说，曾在进军到湖北时，一次就招兵三十万人。其号召力、影响力了得！称其为后期太平军领袖亦不为过。

就因为陈玉成、李秀成这"二成"，曾国藩亲自来到彭玉麟的"家"，"登门拜访"。

彭玉麟的"家"就是水师战船，战事稍停之隙，他设大案于舟中，左挂作战地图，右列史书，两扇篷窗旁挂满梅图。此刻，他正在看兵书。

一见曾国藩到来，赵英忙要去报彭玉麟。曾国藩止住他，径直走上船去。

这两位将帅相见，并无什么客套，彭玉麟说他已戒酒，只能奉茶。曾国藩说你的茶也没有什么好喝的，也不用留我吃饭，省得为我加你那个"客餐"菜，全免全免。

彭玉麟喝茶与其他将官不同，他不喝盖碗细茶，喝的是用老梗粗茶叶煮出来的茶，地地道道的湖南乡里人喝的那种茶；他平常吃饭就是一个豆豉辣椒，一碗青菜，来了客人，加一个辣椒炒肉。外人多不相信他如此节俭。曾国藩吃过他的"客餐"，也劝过他要吃好点"养身"，说曹孟德有诗云"养怡之福，可得永年"。彭玉麟说曹孟德会养身，亦仅六十多岁而已，还是吃豆豉辣椒好，好吃。曾国藩也有不少养身的论述，但也只活到六十来岁。倒是吃豆豉辣椒的彭玉麟，活到了七十多岁。

"长毛中有个悍将，作战类似于你啊。"曾国藩说开了正事。

彭玉麟立即脱口而出：

"陈玉成？！"

曾国藩笑道：

"看来你已在研究对手了。"

"研究谈不上，倒是想听听他有哪些类似于我。"

"还用得着我说吗？我一讲对方有个悍将，你就说出了陈玉成。"

"兼听兼听。大人不妨说说。"

"我俩兄弟私下相见，还是老规矩为好，直呼名号。"

"好，好，老规矩，涤生兄，不妨说说。"

曾国藩说：

"长毛二取武昌时，陈玉成尚不出名，他带五百人破了东门，其令三百人佯攻，自率二百人偷袭，以绳索套住城垛攀缘而上……你攻小孤山，三面佯攻吸引敌军，自率勇士从'后山'攀藤而上，两者相似乎！"

彭玉麟点头。

"此战后，他才被洪秀全提升为殿右三十检点，统领伪天朝陆军后十三军和水师前四军。亦未引起我军重视。"

"但长毛中对他已有'三十检点回马枪'之称。"彭玉麟说，"此人善于包抄和杀回马枪。"

"他曾自驾一小舟，冒着密集炮火闯入镇江。这个'三十检点回马枪'一身是胆啊！"曾国藩语带赞叹，"这一点，又和你雪琴驾舢板冲敌阵相似。长毛军中，怎么也有如此之人。"

不待彭玉麟回答，曾国藩又说：

"三河镇，我湘军遭受前所未有的重创，迪庵（李续宾）那般悍勇，原以为无有出其右者，竟也……唉——润之（胡林翼）称陈玉成'近世罕有其匹'。岂止近世，我说他是'汉唐以来悍者'！"

"汉唐以来悍者"，这是在激我及湘军诸将，还是真的在夸陈玉成？可胡林翼也说"近世罕有其匹"，胡润之的话可不是激将之言啊！彭玉麟这么想着，说：

"迪庵是孤军深入，中了陈玉成和李秀成的计，疲惫之师怎能抵挡十数倍长毛的三路围攻。"

"江南江北大营尽是绿营精锐，却被'二成'一击即溃，可就不是什么疲惫之师中什么计了。尤其是那个李秀成，振臂一呼，竟能应者云集。"曾国藩叹道，"天京变乱之后，我军直捣金陵，指日可待，没想到'二成'又成了伪天朝统帅，看来洪秀全的气数还未尽啊！"

"涤生兄，依我看来，江南江北大营屡被击溃，反而是好事。"

彭玉麟说。

这江南江北大营都是于咸丰三年四月所设。三月，洪秀全建都天京，钦差大臣向荣尾追太平军到天京城东沙子冈，四月，移扎孝陵卫，建立江南大营；江北大营则是钦差大臣琦善等率部在扬州城外雷塘集、帽儿墩一带所设。两处大营的目的都是围攻天京。然而，屡战屡败的琦善在第二年八月就病死于军中，琦善死后两年，向荣又因大营被击破，退往丹阳后很快就死了。之后虽换了不少统帅，但都不堪太平军一击。所换的钦差大臣要么被革职，要么自杀，总兵、副将等要么阵亡，要么在败逃时丧命。

"反而是好事？！此话怎说？"曾国藩问道。

"江南江北大营皆为绿营精锐，却不堪一击，这说明什么呢，说明朝廷所倚重的绿营毫无战斗力。绿营既然毫无战斗力，就只能全力依靠我湘军了。我湘军尽管拼死与敌作战，朝廷却总是不放心的呵，这一点，涤生兄比我更为明白。"

曾国藩不语。他心里当然更为明白。

"朝廷既然只能全力依靠我湘军了，当然就得让涤生兄放手去干，也就会少了许多掣肘，这于我湘军岂不是好事？然而，绿营为何如此不堪一击，乃因腐败所致。"彭玉麟愤慨起来，"平时养尊处优，战时军律松弛，斗志涣散，贪生怕死，对百姓却是尽其盘剥之力……"

彭玉麟说绿营，其实包括了朝廷官吏，只是没直说而已。

"李秀成为何在伪天朝即将倾覆之际，振臂一呼，仍然应者云集？就在于百姓受盘剥太甚，对伪天朝仍抱有希望。涤生兄，雪琴弟曾对你说过民心向背，我湘军和长毛伯仲之间；也曾言过严军纪，但知兄的困境，粮饷皆靠自筹。朝廷将战事之胜寄托于湘军后，必会资助粮饷军需，故……"

彭玉麟还没说完，曾国藩便说：

"你对我说过的话，我何尝不放在心上。军若不爱民，民岂能助军，我正思谋写一《爱民书》昭示湘军。"

彭玉麟说：

"你当年所写《讨粤匪檄》，顿令天下志士奋起而讨匪；这《爱民书》一发布实行，民心向背，当立见高低。但不如改为《爱民歌》，以通俗易懂、朗朗上口之言，晓谕三军。将士传唱，人人律之；百姓亦会传唱，可为监督。李秀成辈再想募兵扩勇则断不可能，我军不断扩大，彼消我长，直捣金陵，大功告成之日，不会远也。"

…………

很快，曾国藩就作出了《爱民歌》：

三军个个仔细听，行军先要爱百姓，
…………
第一扎营不要懒，莫走人家取门板。
莫拆民房搬砖石，莫踹禾苗坏田产。
莫打民间鸭和鸡，莫借民间锅和碗。
莫派民夫来挖壕，莫到民家去打馆。
筑墙莫拦街前路，砍柴莫砍坟上树。
…………
第二行路要端详，夜夜总要支帐房。
莫进城市占铺店，莫向乡间借村庄。
人有小事莫喧哗，人不躲路莫挤他。
无钱莫扯道边菜，无钱莫吃便宜茶。
更有一句紧要书，切莫掳人当长夫。
…………
第三号令要严明，兵勇不许乱出营。
走出营来就学坏，总是百姓来受害。
或走大家讹钱文，或走小家调妇人。
邀些地痞做伙计，买些烧酒同喝醉。
逢着百姓就要打，遇着店家就发气。
可怜百姓打出血，吃了大亏不敢说。
…………
要得百姓稍安静，先要兵勇听号令。

陆军不许乱出营，水军不许岸上行。
在家皆是做良民，出来当兵也是人。
官兵贼匪本不同，官兵是人贼是禽。
官兵不抢贼匪抢，官兵不淫贼匪淫。
若是官兵也淫抢，便同贼匪一条心。
官兵与贼不分明，到处传出丑声名。
百姓听得就心酸，上司听得皱眉尖。
上司不肯发粮饷，百姓不肯卖米盐。
爱民之军处处嘉，扰民之军处处嫌。
我的军士跟我早，多年在外名声好。
如今百姓更穷困，愿我军士听教训。
军士与民如一家，千记不可欺负他。
日日熟唱爱民歌，天和地和又人和。

据云，后来红军的《三大纪律八项注意》，就是从这《爱民歌》而来。这种说法不无根据，中共领导人毛泽东、蔡和森等，青少年时皆受曾国藩影响，有"独服曾文正"之语。《三大纪律八项注意》也和这《爱民歌》近似。只是这《爱民歌》太通俗，似乎不太可能出自曾国藩之手，但县志有载。

五　断言"二成"日后必有矛盾，无法调解

彭玉麟说"李秀成辈再想募兵扩勇则断不可能……"后，曾国藩又说：

"陈玉成、李秀成这'二成'委实凶悍啊！"

彭玉麟说：

"二成日后必有矛盾。"

曾国藩说：

"何以见得？"

彭玉麟说：

"他二人各为统帅，并无可节制之人。若杨秀清尚在，不成问题；若石达开尚在，亦不成问题。如今只有一个昏庸无能的洪秀全在，只能听凭'二成'各行其是。战事顺利时，'二成'会相互协作；如有一人战事不利，另一人虽会援助，但不会拼死相助，他得以自己的地盘为重，不愿削弱自己的势力。就目前而言，陈玉成比李秀成凶悍，若李秀成受困，陈玉成可能会拼死相救，若陈玉成受困，李秀成则未必拼死相救，因为他心机更多。"

曾国藩说：

"如此一来，'二成'矛盾形成，最后被我各个击破。然'二成'难道不能像你和杨岳斌那样和解吗？"

杨岳斌即杨载福，字厚庵，岳斌为改名，系曾国藩替他所改，为的是避皇帝名讳，且希望他成为如岳飞一样的文武全才。可见曾国藩对他的喜爱。

湘军水师"彭杨""杨彭"这对好搭档，发生过一次"不快"。

曾国藩九江大败，座船被俘获后，移驻陆军，水师萧捷三率部攻入鄱阳湖，被石达开部下截断湖口，萧捷三中炮身亡，彭玉麟移军沌口，途中，遭太平军炮垒猛烈炮击。轰的一声，彭玉麟所乘战船被击中，桅杆折断，船舱进水……

正在危急之际，杨岳斌的战船来了。彭玉麟一见大喜，忙喊：

"厚帅，厚帅！快来载我！"

赵英、胡开泰等更是扯开嗓子大喊：

"厚帅快来！雪帅的船中弹了！"

"厚帅快来相救！"

不知什么原因，彭玉麟的这个好搭档，并肩战斗，共同立下无数次战功，逢战必和彭玉麟一样站立船头，此时亦站立船头的杨岳斌，竟装作没有听见也没看见，反令船只加速，跑了。

无法行进的彭玉麟战船立刻成为太平军的死靶，伴随着密集射来的炮火声，一片呐喊：

"击沉它！击沉它！"

"彭妖头，这回看你往哪里跑！"

"轰！"又一发炮弹击中了彭玉麟战船，被弹片击伤的彭玉麟落入水中。

彭玉麟抓住一根木头，随波漂流。

"雪帅！"赵英、胡开泰跳入水中，往彭玉麟游去。

"轰！"战船被炸得粉碎。

蓦地传来喊声：

"雪帅，成发翔来了！"

一叶舢板冒着炮火疾驶而来，舢板上正是部将成发翔。

赵英、胡开泰游到彭玉麟身边，架起彭玉麟，爬上舢板。

…………

彭玉麟为成发翔救出后，部属皆要找杨岳斌算账，说他见死不救，只顾自己逃离。

"你们错怪厚帅了。"彭玉麟却说，"当时敌军炮火密集，震耳欲聋，厚帅怎能听见我的喊声，不可瞎传乱猜。"

彭玉麟之所以如此说，因湘军本有传统：见死相救。杨岳斌见死不救之事如若传出，会令杨岳斌成为众矢之的，不仅有损这位厚帅的声望，他将难以带兵，自己也无法与他共事。水师首领不和，后果可想而知。

彭玉麟说杨岳斌是因炮火声太大没听见的说法仍令部属不服。

"炮火声太大，长毛的呐喊声我们怎么都听见了？"

"成将军驾舢板喊他来了的话，怎么我们也都能听见？"

"为什么只有他听不见？"

"他听不见难道也看不见？"

…………

彭玉麟喝道：

"他没听见就是没听见，这是我说的，谁若再胡说，以违令惩处！"

有伤在身的彭玉麟这么一喝，部属皆不吭声了。

之后，彭玉麟与杨岳斌一如既往，通力合作。

曾国藩对彭玉麟说"'二成'难道不能像你和杨岳斌那样和解吗？"彭玉麟答道：

"难矣！其一，'二成'中无人能像厚帅那样丢得开，放得下，沌口途中我船遭炮击之事，过去了也就过去了，他并未放在心上，以内湖外江水师会合之战而言，他就如约在湖口等待，发炮声援我所率内湖水师。从而一举扭转战局……"

曾国藩当然知道杨岳斌为何做出"见死不救"的蠢事，因彭玉麟声望日益高涨，不是都说你彭玉麟如何厉害吗？这回就让你去厉害……此时见彭玉麟反而赞杨岳斌，不由地打断彭玉麟的话：

"雪琴，是你的胸襟宽广，以大局为重啊！丢得开，放得下，过去了也就过去了的是你！当时你如与他计较，水师内部矛盾顿生，危矣。"

彭玉麟说：

"若论胸襟宽广，谁能及涤生兄？我只是跟着略学而已。以大局为重者，第一当属胡林翼；真正的'彭杨和'，乃在于润之兄的调解。这方面的能力，无人可及。我之所以断定'二成'日后产生矛盾不可能和解，就在于其二，长毛中没有如胡林翼之贤人。"

六　惺惺相惜，将帅竟然都夸敌酋

与曾国藩齐名、并称"曾胡"的胡林翼，其兵法自不用说，有《曾胡兵法》行之于世，为蔡锷辑录、蒋介石增补后作为黄埔军校的教材。他的"不在乎城池之得失，以歼灭敌军有生力量为主""围点打援"等战术,为林彪所熟用。青年毛泽东字润之,这"润之"便取自胡林翼的字。可见其影响力。他调兵遣将,出谋划策,筹饷扩军,引荐人才,调节各方、协调各路将领之间的关系之能,湘军无人不服。曾国藩赞其"舍己从人,大贤之量;推心置腹,群彦所归"。

以调节各方而言,湖广总督官文,就连曾国藩都对他头疼,他是满洲正白旗人,血统就远比汉人官员高贵,做过皇上的蓝翎侍卫,当湖广总督统率八旗绿营,曾国藩说他"才具平庸"。他最喜欢最相信的人是被称为总督府"三大"的妾、门丁和厨师。小老婆能给他愉悦,厨师能让他餐餐吃美味,守门的让他觉得安全,故在总督府内为大。就是这么一个人,却无人能奈何他,曾国藩受他掣肘排挤;没有人能和他共事,新来的巡抚来一个被他弄走一个。他是皇上信任的人,有皇上宠着。胡林翼上任湖北巡抚,却能让他言听计从,无论军事、民事、财政、人事安排、官员奖惩……全由胡林翼说了算,他反正只有两个字:同意。

胡林翼是如何让这位平庸无能而又无人敢惹的总督如此呢?你不是妾为大吗,他就让母亲收官文的妾为义女,也就成了他的义妹,不时给这位义妹一些好处,义妹还能不在官文面前说义兄的好话?你不是门丁大、庖人大吗,门丁、厨师仗着你的势胡作非为,那是小人勾当,就当作没看见不知道,那是你府内的事,绝不像其他巡抚那样要官文好好管一管下人,要管也让你的妾去管。你不是要政绩、战绩、功劳吗?他就将自己的政绩、战绩、功劳全让给官文,全是官文这位总督领导有方。目的就是一个,为打垮太平军,你别碍事。大局为重!官文呢,虽"才具平庸",人可不傻,只要政绩、战绩、功劳全归我,我还管你那么多干吗,由着你去卖命吧,外人还得说是我重用你。只要打垮太平军,皇上重重有赏,第一个提拔的还是我。因此,为打垮太平军的步调便一致了。结果胡林翼真的为剿灭太平军而累得呕血而死,官文的官则不断上升:拜文渊阁大学士、封一等果威伯,还当了直隶总督、内大臣。并且在攻破天京后,他的战功竟被朝廷列为第二,仅次于曾国藩。

再说杨岳斌"见死不救"之事,尽管彭玉麟说是炮火声太大,厚帅没听见，且严令不准瞎传乱猜，胡林翼岂能不知。他立即调和。他的调和根本就不和杨岳斌说水师返回沌口途中，遭太平军猛烈炮击，彭玉麟所乘战船被击中，杨岳斌的战船却走了之事，他装作不知道那么回事，而是和杨岳斌说他在背后听到彭玉麟讲杨岳斌的一些话，这些话全是彭玉麟说杨岳斌如何如何作战勇猛，和杨岳斌的合作如何如何爽快，请杨岳斌协助的事杨岳斌如何如何说到做到……杨岳斌听到胡林翼如同聊天一样说彭玉麟背后讲他的全是好话，心里能不舒畅？"谁人背后不说人，谁人背后无人说"，那彭玉麟背后竟没说过他的什么不是，只说他好，自己岂不是以小人之心度君子之腹。还幸亏自己战船走了的事胡林翼不知道，愧也愧也。杨岳斌本也是个直肠子粗人，在听闻彭玉麟说是因炮火声太大他没听见后，就觉得彭玉麟这人够意思，竟不追问为什么。如他真要追问老子为什么走了，老子给他的答复不也就是没听见……没想到他还真是对老子好！行，行，你对我好，我定不负你。

　　自此，杨岳斌与彭玉麟又如此前一样，毫无芥蒂，同心协力，两人威望相等，相处始终无间。

　　…………

　　曾国藩听彭玉麟说"以大局为重者，第一当属胡林翼"，且他和杨岳斌的"和"乃在于胡林翼的调解，而胡林翼在给朝廷上疏时称彭玉麟忠勇冠军，胆识沉毅。心里赞叹，我湘军有润之、雪琴，是我曾国藩的福啊！将官之间如此互敬，古来能有几人？这就如一个家，家和事方兴。

　　曾国藩又说：

　　"长毛虽然没有如胡林翼之贤人，'二成'日后有可能爆发矛盾，但就目前而言，这二人实在是我军心头大患啊！其水军……"

　　彭玉麟说：

　　"长毛只有罗大纲最善水战，但他已亡。若他仍在湖口，我率内湖水师冲出和外江水师会合，难也！"

　　罗大纲可说是太平军水营的创建人，早在洪秀全金田起事之时，他就带有水勇相助，永安突围，他率部先行，攻破敌营；当太平军围攻长沙丧了萧朝贵，洪秀全、杨秀清率大军围攻亦未能下，突然撤兵攻打岳州，罗大纲是先锋，攻克岳州后正式成立的水营，就是他招募大批船夫、纤夫而建，成为与陆师并列的劲旅；向金陵进发，水路先锋又是他，一路势如破竹，克九江，夺安庆，攻陷金陵……

湘军水陆两军连连告捷时，石达开率军杀来，夜袭九江，俘获曾国藩座船的就是罗大纲。截断湖口，将湘军水师分为内湖外江后，他本镇守湖口，后奉命支援芜湖，被大炮炸断腿，回到天京后，一说是难以忍受伤痛吞金自杀，一说是他因再也不能上战场，不忍见自己的预言成真而失望自杀。被追封奋王。

罗大纲的战略眼光非同寻常，洪秀全定都天京后，他力主大军北伐，而不是仅派出李开芳等，他认为那是孤军深入，无济于事，预言苟安天京的后果只能是坐待灭亡，到时候自己的尸骨都不知会埋在何处。他的外交眼光也不一样，与吴如孝攻下江苏镇江后，香港总督兼出使中国全权代表文翰来访，他和吴如孝发出照会，表示愿与外国建立平等互惠的关系。他认为英国人也"同拜天父，皆系兄弟"，劝其勿助清朝，不应再卖鸦片。

"罗大纲是长毛了不得的人才啊！"彭玉麟似乎有点为罗大纲伤叹，接着又说，"长毛已无罗大纲，我军水师有厚庵和雪琴齐心协力，共同作战，请涤生兄放心。"

他说的又是和杨岳斌……而且将杨岳斌放在前面。他真是不要朝廷封官也不争权啊！况且他说罗大纲若仍在湖口，他难以率内湖水师冲出和外江水师会合，毫不轻慢对手。还说罗大纲是了不得的人才，对敌军都毫不轻慢……曾国藩心里想道，这样的人不论在什么时候，皆能立于不败之境。

其时湘军水师仍是彭玉麟、杨岳斌二人统领，等于是两个一把手，这两个一把手在"沌口事件"前合作之好，令人赞叹，"沌口事件"后，两人还是配合得那么好，如同什么也没发生一样，以至于后来史家赞叹，难以用调解来解释。曾国藩判定，随着战局的发展，二人中有一人会被朝廷委以他用，要彭玉麟任安徽巡抚便是先声，但彭玉麟坚辞不受，如那安徽巡抚给杨岳斌，则会就任。杨岳斌日后定会他任，水师必专由彭玉麟统领。曾国藩还判定，平定长毛后，要对付的首敌是外寇，对内要应付的方方面面更复杂……听了彭玉麟的这番言谈，曾国藩认定他日后足以担当更重要的国家大任。

　　石达开曾说："曾国藩不以善战名，而能识拔贤将。"像彭玉麟这样屡立战功、能推心置腹的兄弟，曾国藩都要"考察"一番，他的用人之严谨，足以保证被提拔者不负所望。

　　后来杨岳斌果然被朝廷派往江西督师，不久被授予陕甘总督；彭玉麟专统水师。太平天国被剿灭后，杨岳斌"为朝旨强促西征"，被派往甘肃平乱，他到甘肃后，疏调各省援兵，无一兵一卒到来；请求协助粮饷，只得到少许接济以为应付而已。接着便因粮饷发生兵变……杨岳斌被革职留任，降三品顶戴。彭玉麟在坚辞安徽巡抚奏折里说："若改任皖抚……则必舍舟而登陆，似属弃长而用短。"彭玉麟这是说的他自己，杨岳斌却正应了这句话，任陕甘总督，"弃长而用短"了。史家为杨岳斌惋叹，是朝廷"用违其才，偾事损望"。后来彭玉麟又力辞漕运总督、两江总督，在请辞奏折中说："古人晚节之失，是由于不能自藏其短，且惜朝廷不善全其长。"金陵被攻克后，他和曾国藩共同制定长江水师营制报朝廷批准后，便回老家补行终制去了，为亡母完成那三年的守孝。再复出时决不"舍舟"，只领命巡阅长江，所授高官一律辞掉不就，专心于老行当，扬其所长，并实现他少年时"贪官污吏仇欲杀"的誓言，于污浊不堪的晚清官场中独树一帜，被后人称为玉麟风骨。后面有叙。

　　其时胡林翼称陈玉成之悍"近世罕有其匹"。曾国藩说陈玉成是"汉唐以来悍者"，还曾说杨秀清智谋最盛，石达开智勇双全，坚守九江达五年之久的太平军守将"林启容之坚忍，吾辈不能及也"。彭玉麟说罗大纲是"了不得的人才"……而石达开又曾说"曾国藩不以善战名，而能识拔贤将"。李秀成说清军不足为虑，所虑者湘军……湘军和太平军的统帅、高级将领可谓互知对手，他们在战场上是死对头，背后却能正确地评价对方，甚至予以溢美。棋逢对手的战局继续展开。

第五章 焦点安庆

一 "围魏救赵"，棋差一着

陈玉成和李秀成部在三河歼灭李续宾六千精锐湘军后的第二年，陈玉成又率部会合李秀成、李世贤部再破清军江南大营，并东征苏州、常州。

英王陈玉成、忠王李秀成声望空前。

然而，休整后的湘军通过一系列的军事行动，使得"二成"不得不又联合召开一次重要的军事会议。

会议地点在李秀成大营。随陈玉成而来的将领们坐在左侧，李秀成指定随自己与会的几个将领坐在右侧。

会议的主要议题是，如何解安庆之围。

对于湘军来说，安庆之围是胡林翼与曾国藩共同商定"四路图皖"之策后，历经苦战，实现的这一阶段战略目标。

安庆是屏障长江下游天京的西面门户，为太平军攻克天京定都后西征所得，据此为重要基地，若被湘军攻占，则天京危矣！

李秀成分析了湘军如何围困安庆，说曾国藩率一路人马由宿松、石牌攻安庆；胡林翼从英山、霍山取舒城；多隆阿、鲍超由太湖、潜山取桐城；李续宜由商城、六安攻庐州……

"这就是他们的'四路图皖'之策。"

陈玉成听后没吭声，心里说：事后才知道的马后炮，现在讲这些还有什么用。

"曾国藩是自湖北黄州巴河率水陆二师沿江东下，驻军宿松；胡林翼自领一军由黄州拔营东进驻军英山；曾、胡会合后，使得鄂东皖西一带湘军除水师外，陆军增至四万余人……"

"可我军其时在皖主力有十多万！"李秀成的弟弟、侍王李世贤插话说，"他们兵分四路，每路仅万余人。"

"是啊，当时原以为他们四路出击是犯了兵家大忌。"李秀成继续说，"曾国藩是循江而下，胡林翼是循山而进。胡林翼取道英山，那是一条艰险的山路，可没想到胡妖头竟……"

"据我所知，曾国藩和胡林翼在攻皖用人上各有打算，那个多隆阿与鲍超也互不买账，大战前夕，曾国荃还回他老家修理祖坟，李续宜待在湖南不动。可他们怎么又一致了？"李秀成身边的一人说。

"是啊，原以为他们内部不和，正是我军趁机扩大的良机，没想到……"李秀成又说没想到。

湘军"四路图皖"确有前线指挥事权不一、呼应不灵的问题，曾国藩和胡林翼在统兵将领人选上确有一些分歧，曾国荃、李续宜也确有故意离开之举，鲍超还以母病为由请假。但所有这些，都被胡林翼委曲求全、倾力调解而解决了。胡林翼能让官文都听他的，湘军内部他又怎能调解不了？诚如彭玉麟所说，湘军有胡林翼，而太平军无如胡林翼之贤人。李秀成之所以老是说"没想到"，是有他的心机在里面的。他就是要让陈玉成先说出如何解安庆之围。

陈玉成毕竟太年轻了，年轻气盛，虽有英王的封号，一些太平军老兄弟并不真心服他，韦志俊就是和他发生冲突后，认为他乳臭未干，竟也敢教训老子，老子跟着石达开都没受过这种气，老子的哥哥韦昌辉犯下那么大的事，洪秀全都没把我怎样，你算什么东西！一怒之下，投降了湘军。这个水战陆战皆厉害，也可称智勇双全的将领，成了湘军的悍将。后来陈玉成之死，也是因落入叛将之手被出卖。

陈玉成听李秀成老是说"没想到"，霍地站起：

"安庆十万火急，我们却在这里总结曾妖头的经验，他循江而下也好，循山而进也罢，各有打算也好，又一致了也好，总之已将安庆围困。我军以十万之众，却阻挡不了他的四万人马，只有一个原因，还是将领贪生怕死，不能像蛮子那样以死相拼。"

这个"蛮子"指的就是湘军，湘人有湖南蛮子之称。

听到陈玉成说"我军以十万之众，却阻挡不了他的四万人马"，李世贤心里觉得有点好笑，这话怎么由他自己说出来了呢，安徽可是你陈玉成的地盘，十多万主力也主要是你的部属，你自己的部属不为你拼命，难道不是你这个英王的过错？

李世贤自然不会直接说出来，若直说，又会爆发陈玉成和韦志俊那样的争吵场面。陈玉成打仗那是没得说，但如何让部属和他同心同力，确有欠缺，后来安庆失守，他就已经指挥不了部属，没人听他的了；他被困庐州欲突围时，已无他处可去，只得投奔寿州苗沛霖，结果被苗沛霖出卖。

"老弟，坐下坐下。再听我说。"李秀成故意喊陈玉成老弟，以煞煞他的脾性，仍是不急不慢地说，"安庆虽被曾国荃、彭玉麟等严密围困，曾、彭却未急于猛攻；多隆阿驻扎在桐城外围，为什么也不强攻？"

陈玉成身边一将领说：

"那是在三河镇被我们打怕了，不敢强攻。"

"错了。"李秀成说，"三河镇之仗虽让他们损失惨重，但他们已恢复元气，绝非不敢强攻。"

"曾妖头难道是在钓鱼，引诱我……"

"曾妖头用的是'围点打援'之计！"李秀成说，"他并不在乎城池得失，目的是损耗我精锐力量。我方援兵几次损兵折将，就是明证。石达开早就用过此计，他围南昌就是围而不攻。只可叹……"

他本要叹的是"天京事变"，但不愿说下去了。

李秀成判断的"围点打援"非常正确，但这不是曾国藩，而是胡林翼制定的战术。多隆阿曾多次提出要强攻桐城，说就凭他的军力，绝对拿下桐城。胡林翼坚决制止，只准他打援，不准攻城，违者军法处置。多隆阿是满人、副都统，他曾诉之曾国藩，曾国藩说一切都要听胡林翼的，我老曾也得听老胡的。多隆阿只好勉强服从。而随后连着几次重创太平军援军，缴获军火物资无数，遂使得这个满人大将对胡林翼佩服不已。

李秀成说的"援兵几次损兵折将"，使得陈玉成又激愤起来。

陈玉成说：

"我援军是分队进击，兵力不足，火力不猛，所以不能取胜反而折兵，这次只要我们集中兵力猛攻，安庆、桐城守军从内杀出，内外夹攻，定能大败曾妖头，解安庆之围。历来作战都是勇者胜，以少胜多的战例数不胜数，何况我大军多于清妖。莫非有怯阵者不成！"

说到这里，陈玉成停顿下来，目光扫视李秀成的将领。李秀成的将领皆看着李秀成。

李秀成不语。

"说谁怯阵，讲明白点。"李秀成一部将回了一句。

另一部将接着说："三河镇大捷，难道没有我们？破清妖江南大营，难道也没有我们？"

陈玉成不睬质问，说：

"刻不容缓，必须全力进攻，由我部打前锋！"

陈玉成这么一说，他的部将就跟着说，必须全力进攻，我们打先锋。

陈玉成和部将们的话意思明显，那就是不怕死的跟我们来。

李秀成的部将们被激怒，正要激昂而言，李秀成开口了。

李秀成知道陈玉成仗着自己的勇猛，打了不少胜仗，有点瞧不起他人，但所打的那些胜仗，除了三河镇大捷是真正打疼了湘军，至于其他什么的诸如江南江北大营，名号威武，其实是纸糊的大营，全是清廷绿营，根本不堪一击。真正的对手还是湘军！如果没有曾国藩拉出这支湘军，天国早已定了大局。而湘军吃败仗吃得多的对手还是石达开他们，天京事变，局势急转，天国已是颓势。再从决定长江大局的水师来说，湘军水师本已被石达开截断湖口，被分为内湖外江，罗大纲一死，石达开一走，湘军水师重新会合，日益强大，已在天国水师之上。如今曾国藩围安庆而打援，就是等着我大军去拼。陈玉成只仗勇猛，则危矣。但不能直言他要全军猛攻并率部打先锋不对，便说：

"英王这是用的激将法，是要激励众将斗志，他必定已另有破敌良策。曾妖头用围点打援之策，我们难道就不能以计破之？非得进他的圈套？大家再好好想想。"

"有什么好计，请忠王快说。"

"对啊，请忠王指明。"

陈玉成的部将们也知道直接猛攻必然损失惨重。跟着陈玉成说必须全力进攻、打先锋的话只是不能不说。

会议的趋势倒向了李秀成一边。

"那我就先讲，英王再作补充。"李秀成说，"我想到的这一计其实他人早已用过，那就是'围魏救赵'。"

"围魏救赵？！"

"若英王和我兵分两路西进，进攻湖北，包围武昌，湘军能不回援？安庆之围能不立解？"

"对啊，他围点打援，我围魏救赵，好！这是妙计。"直率的陈玉成立即赞成，并豪言，"看我西进直捣武汉三镇，只是请忠王及时与我会合，咱干脆联手将它拿下，看曾妖头如何狗急跳墙。"

陈玉成这话只能说是豪言而不是吹牛，他还真的很快就打通了通往武汉之路，可惜棋差一着。而这差一着的棋是李秀成所下。下面有叙。

李秀成早已想好"围魏救赵"之计，计确是妙计，但有着他自己的思路在里面，他知道陈玉成不可能听他节制，即使是天王下诏归他麾下，他也管不了陈玉成，只能各自带军；兵分两路，是非分不可；"围魏救赵"，能将"魏"围住，解安庆之围，自是天朝幸事，各有大功。万一未能达到目的，他的眼光一直没离开过江浙苏杭（他攻下苏州后，即在苏州建忠王府）富庶之地，尤其是上海。这是其一。其二，曾国藩湘军主力在皖，他率军西进，避开曾国藩的主力，专打清军软肋，捏绿营这个软柿子，可说胜券在握。他只有一点担心的是，别在关键时刻碰上蛮子湘军。

李秀成的这个担心后来成为现实，使得他那一步棋未能到位。

陈玉成说了"好！这是妙计"后，众将领纷纷叫好。

"好，忠王这计好！"

"忠王妙计安天下。"

"兵分两路，围魏救赵，咱们即刻出发！"

"打清妖一个晕头转向！"

将领们一个个摩拳擦掌。

…………

这次联合召开的军事会议看似圆满成功，陈玉成的"激将法"激励了众人斗志，李秀成定计"围魏救赵"，然而，就是这次会议后，陈玉成和李秀成再也未能会合，安庆之围也未解，"二成"最终被分而歼之。

如果按陈玉成先提出的战法，"二成"合力直接攻皖去解安庆之围，必将是湘军与太平军在后期最猛烈的一次大仗，其时的湘军已非早期湘军可比，因清廷嫡系部队的无能，绿营屡被"二成"轻易击溃，如彭玉麟预言，朝廷只能把所有的希望寄托于湘军，曾国藩已被授予战区最高指挥权，成为战区最高指挥官，可调度节制战区内所有的镇将大员，水师又已专属彭玉麟、杨岳斌，而以陈玉成之悍、李秀成之谋，两人若齐心协力，攻皖之仗，谁胜谁负，孰难预料。可以预见的是，湘军和"二成"所率太平军都必将损失惨重。李秀成的"围魏救赵"则能保全、扩展势力，占据地盘，对清军予以更大打击。但打击的是清军，并没对湘军造成更大打击，反而是湘军日益强大，尤其是湘军水师，很快就控制了长江，将天京的物资补给线切断。

二　下巴河；隔江相望而不能及

三月的长江，仍带有寒意的风在肆无忌惮地刮着，江岸的枯树虽长出些新芽新叶，但被风刮起的嘶叫却带有绝望，仿佛春暖花开的日子难以到来。

陈玉成之悍再次令清军望而生怯，他率部入湖北后，连克孝感、黄州、随州、黄安、黄陂，直指武汉。

长江岸边，已有"陈"字大旗飘扬。

与此同时，李秀成部也由江西入湖北，占领通城、蒲圻、崇阳。

曾国藩大营接连接到紧急军情报告：

"报，陈玉成部已攻入黄陂！"

"报，李秀成已占据崇阳。"

曾国藩下达的命令是，抽调人马，火速增援湖北，绝不能让陈玉成渡江南下和李秀成会合！也绝不能让李秀成渡江和陈玉成会合！

命令是这么下达了，可他在安徽接到从湖北传来的情报，即使是六百里快马加急，待他接到后再下达命令，各路将领接到他的命令再出发，恐怕陈玉成早已渡江南下，和李秀成会合了。

根本不用替曾国藩担心，在他还未接到紧急军情报告时，有两个人，已经率部赶往湖北。一个是彭玉麟，一个是胡林翼。

其时胡林翼已积劳成疾，重病咯血，他一得知李秀成由赣入鄂南，便派出一军助攻安庆，自率一军回保武昌。彭玉麟的水师本是配合曾国荃围攻安庆，主要任务是巡逻长江，随时截敌。一得到从水路传来陈玉成入鄂的消息，他迅即赶赴湖北。

陆师胡林翼、水师彭玉麟二人的厉害就在于此，不用曾国藩下令，他们就知道在关键时刻该如何行动。且行动之迅速，可用迅雷不及掩耳形容。

下巴河。

地处长江与巴水河交汇处的下巴河，紧靠黄州赤壁，与鄂州、黄石隔江相望。

一路势如破竹的陈玉成望着长江，正要下达渡江命令，哨马来报：彭玉麟抵达下巴河。

"什么？彭玉麟到了下巴河？！"陈玉成根本不肯相信。

又一哨探来报：湘军水师大营驻扎下巴河。

"是彭玉麟所率吗？"

"是彭玉麟。"

"不可能，不可能！"陈玉成自言自语，"他不是在围攻安庆吗？怎么能突然到了这里？"

"再探！"

素来敢打敢冲的陈玉成这回有点犹豫了，如果真是彭玉麟到了下巴河，强渡长江可就……难了。

"他娘的彭妖头难道真的来了？！"陈玉成狠狠骂了一句，旋即走出大帐。

"备马！"

陈玉成跨上战马，他要亲自去看看到底是不是彭玉麟真的来了。他心里还在念叨，我军进展如此迅速，彭玉麟能在这个时候就到了下巴河？

陈玉成亲自看到的是，"雪"字帅旗高扬在下巴河。

确认了真是彭玉麟到了后，陈玉成心里反而释然，既然真是他来了，那就只有和他硬拼一场了，强行渡江！

陈玉成立即定下了强行渡江的战术：分几路伪装强攻渡江，分散彭玉麟的兵力，选择一突破点，打开一个缺口……

"今天是几号？"他突然问身边随从。

"三月二十八日。"

"三月二十八日。彭玉麟就到了下巴河。"

陈玉成记住了这一天。他要打破彭玉麟防守难以被击溃的神话，他知道彭玉麟的防守往往是以攻代守，这一次，他就要抓住彭玉麟这一惯用战术，趁彭玉麟分兵进攻时，亲自率敢死队踹他的大营，活捉彭玉麟！

彭玉麟紧急布置如何拦截陈玉成渡江。

彭玉麟命令各将，严守各段江防，陈玉成派军从哪里渡江，你就将他赶回去便可，不准主动出击，不准乘胜追击，不要求杀伤多少长毛，不让他渡江便是你的大功。他自率"预备队"巡防，随时援助。

这战术有点像抗洪护堤，哪一处出现险情，立即支援抢险，护住堤坝，绝不容许溃堤。

这个命令令部将们感到有点不解，雪帅这次怎么不准进攻而只准守在原地不动了？难道一身是胆的雪帅也怕了陈玉成？

大胆敢讲的胡开泰说：

"如果陈玉成亲自来攻我营，我也只将他击退，不乘势杀过去将他击毙？不为湘军兄弟报三河镇之仇了？"

彭玉麟喝道：

"违令者，立斩！"

"遵令，遵令。"胡开泰赶紧说。

部将成发翔、王明山等皆不敢吭声了。

彭玉麟又说，我巡防援队以红旗为号，见红旗挥向何处，便是何处告急，凡险情不大者，立即抽出部分兵力前往。

"不论昼夜，将士不许解甲，尤其须防夜间偷袭，枕戈待旦！听明白了吗？"

"是！不许解甲，枕戈待旦。"众将领齐声回答。

彭玉麟又补充一句，不许聚而用餐，由火头军将三餐送到将士手中。说完，喊赵英听令。

赵英一听单独点他的名，以为有重要任务交与他，精神抖擞，高声应道，赵英在。

"你负责伙房事宜，所有火头军暂由你统管，三餐必须及时送到将士手里，不得延误。"

赵英一听，凉了半截，被派去当火头军了，给的"重要任务"是做饭送饭，但他立即答道：

"赵英遵命，三餐必须及时送到将士手里，不得延误。可有一事还需明示，如果他们正在和长毛交战呢，饭菜按时送到了，怎么送到他们手里，这该不算延误吧。"

赵英这话有着牢骚，彭玉麟竟没有训斥，而是说：

"你知道早年我在乡下体会最深的是句什么话吗？"

赵英感到愕然，其他将领也感到愕然，安排战法，下达命令，怎么突然问起乡下的一句什么话来？

彭玉麟说：

"我体会最深之话，乃'人是铁，饭是钢，一餐不吃饿得慌'。没饭吃、吃不饱的那个滋味，难受啊！别说干活，就是走路都走不动。眼下要和陈玉成交锋，将士们若不能吃饱吃好，能阻挡得住长毛最悍之将？故，赵英你所担负的实是重任，切不可轻视。我于众将面前将此重任交付与你，你等应已明白此战非同他战……"

彭玉麟的话似还未完，众将已齐声回答：

"决不让陈玉成渡江！"

将领们走后，彭玉麟望着浩浩长江，自言自语：

"陈玉成啊陈玉成，我军主帅说你是'汉唐以来悍者'，你之悍确也可谓'近世罕有其匹'，可这次你渡江不成，只能回师去救安庆，两头跋涉，疲于奔命，你的死期也就不远了啊！"

赵英受命后则想，雪帅什么时候临战布置过火头军的任务？没有，从来没有！自古以来，有几个为帅的在临战前特别叮嘱过火头军，也没有。这次我还真是重任在肩了。我也得干出些火头军从未干过的事来。

赵英对火头军下令，从即日起，挑饭菜上前线，将扁担改为长枪，用长枪不好挑的，挑者须佩带砍刀，反正每人都要带有武器，如有军士在值岗，则替换他们下来吃饭，这就保证了他们按时吃饭；如正赶上交战，则要作为援兵立即投入战斗。

火头军们听说作为援兵参战，皆兴奋不已，说要让他们也知道咱火头军的厉害。

陈玉成派出三支队伍，从三处渡江，只待彭玉麟的船队一出动，稍加接触便立即装败回逃，引他来攻，自己带精锐伺机而动，如敌军水师登陆追击，立即包抄将其歼灭，如不上岸追击，则趁敌军以为得胜之际，率精锐猛攻下巴河，直取彭玉麟大营。

然而，三支佯攻渡江的队伍，均只是被炮火击退，彭玉麟的将领并不驱船追击。

湘军水师其时多已配备洋炮。即使是佯攻的队伍转为真攻，也无法突破一个缺口渡江。

无机可乘。

彭玉麟不上当。

这个彭玉麟怎么不像以前的彭玉麟了，怎么只守不攻，他娘的缩着不出来了？陈玉成这么想着骂着，决定强攻。他不信突破不了彭玉麟这道防线。

"行，你不出来老子也不勉强了，你不攻我就来攻。"

陈玉成一边命令继续佯攻渡江，一边命令将火炮集中。

"将所有的火炮全给我调来！"

随着一声令下，集中的火炮齐朝下巴河猛轰。他的这个战法和现代攻坚战类似，以炮火开路。

霎时间，彭玉麟大营被炮火硝烟笼罩。

炮火一停，陈玉成命令敢死队冲锋。

敢死队如潮水般朝"防洪大堤"冲去。

自率"预备队"巡防的彭玉麟，一边令"预备队"火速支援下巴河，一边令军士挥动红旗。

将自己绑在彭玉麟指挥船桅杆上的军士将红旗左拂三下，右拂三下，然后指向下巴河。这有点像军舰作战打旗语。

分守各路的队伍见"下巴河"告急，立即各派出部分兵力作为援军，疾驰下巴河。

陈玉成的敢死队冲得那个凶，守军抵挡不住这股凶猛的"洪水"，眼看着就要失守，却突然爆发出一片欢呼声，援军来了！援军来了！

"预备队"援军赶到，敢死队并不畏惧，双方混战之际，陈玉成令第二队上。

就在陈玉成的第二队快和敢死队会合时，彭玉麟分守各路派出的援军第一队赶到，紧接着，第二队、第三队……陆续赶到，赵英带领的火头军也赶来了。

火头军一参战，士气更加振奋，这可是第一次见到火头军上阵啊，火头军都来拼命了，兄弟们还能不拼命……

火头军们高喊，冲啊，打垮长毛好吃饭！

湖南乡音喊出的"打垮长毛好吃饭！"顿时成了一句顺口溜口号，到处都是"冲啊，打垮长毛好吃饭！""打垮长毛好吃饭！"

…………

陈玉成的第一次进攻被打退后,他又令火炮集中猛轰。这次,他要亲自带队进攻。

又一次密集的炮火引起了彭玉麟的警觉,炮声怎么这样密集?怎么还能这样密集?

彭玉麟立时断定,陈玉成集中了炮火,定是设立了一个炮兵阵地。

与此同时,陈玉成在想,敌军的援兵为何来得这么快?来了一拨又一拨。

很快,彭玉麟发现了陈玉成的炮兵阵地。陈玉成也看见了彭玉麟指挥船桅杆上的红旗。

陈玉成骂道,他娘的,原来是学梁红玉擂鼓战金山啊。立即命令,炮火对准有红旗的船轰。

又是几乎同时,红旗指向了陈玉成的炮兵阵地。彭玉麟命令各战船火炮一齐开炮。

"轰——轰——"双方的火炮开始对轰。

战船是移动的,陈玉成的炮兵得打"移动靶";炮兵阵地不能移动,彭玉麟的战船打"死靶"。结局可想而知。

此后,陈玉成改换地段进攻,都以失败告终。

无法渡江。

陈玉成只能将希望寄托在李秀成身上,盼着李秀成早点渡江来和他相会。

其时,从江西杀入湖北,与陈玉成杀入湖北时同样势不可挡的李秀成,已在长江对岸。

极目相望,穿过浩浩长江、淼淼烟波,已隐隐约约可见陈玉成军的大旗。

李秀成却没有下令渡江。

难道是"郡邑浮前浦,波澜动远空",水势太大而无法渡江?

非也。

——长江已为湘军封锁。

摆在李秀成面前的只有两条路，一是突破封锁，如陈玉成一样强攻渡江，一是另谋他图。

突破封锁，强行渡江的问题是，长江不是被清军绿营封锁，而是被胡林翼调度的湘军封锁。

如若面对的是绿营，他早就下令冲杀过去，那些手下败军，他如同视之无物。

但这是湘军，湘军！

李秀成早就清醒地认识到，自己所打的那些势如破竹的仗，破江南江北大营，打的都是清军、绿营。

如今碰上的是湘军，湖南蛮子军。

唉，晚了一步。李秀成不由地叹了一声。

强攻渡江，即使能冲过去，自己的兵力也必将损失过半。况且，并无突破封锁的把握。

李秀成在踌躇时，哨探来报，英王被彭玉麟阻拦，无法渡江。

"以英王之勇猛，都无法突破彭玉麟的防线吗？"

哨探以为李秀成是怀疑自己禀报的消息不准确，忙说："确是在下巴河被彭玉麟拦阻，多次渡江，都未能成功。"

"知道了。再去打探，随时来报。"

李秀成当然不是怀疑这个消息的准确，他想了想，断定受阻的陈玉成会派人来要他火速渡江，与其他派人来，不如我先派人去，要他快点渡江和自己会师。只要陈玉成能渡江南下和自己会师，原定的计划仍能成功。

李秀成亲笔写了几句，说湘军封锁长江，自己渡江受阻，请英王大军火速赶来，前后夹攻，于长江北岸会师。

李秀成派人扮成百姓带信走后不久，陈玉成派人带信来了。

陈玉成派人带来的信自然是说他在下巴河被阻，请忠王速渡江来援，前后夹攻……

这就等于陈玉成对李秀成呼喊"向我军靠拢"，李秀成则对陈玉成呼喊"向我军靠拢"。都要求对方靠拢。

陈玉成是确实强渡不成，损失不小，希望李秀成来援；李秀成要陈玉成"靠拢"则是希望减少自己的损失。

这又被彭玉麟说准了，倘若是李秀成被困，陈玉成会拼死相救，如果是陈玉成被困，李秀成不一定拼死相救，因他心机多。这个"心机"，如从李秀成自身来说，当然也可理解为他是以天朝大局为重，为天朝大局着想，不能将老本拼光。

李秀成对来人说，长江被湘军封锁，自己遇到了极大的困难，要他转告英王，请英王突破彭玉麟防线，他则定会设法渡江。

陈玉成派来的人被打发走后，李秀成下令退兵。他知道陈玉成不可能渡江南下来和他会合了，他不和湘军死打硬拼，他得另谋他图，扩大天国势力范围，巩固后方。

李秀成要挥师向东，以攻下杭州为第一目标，尔后攻打上海。

三　错判"危难见人心"

陈玉成接到李秀成的信后，又不惜损兵折将，对彭玉麟发起猛攻。

很快，他就得知李秀成已退兵转而向东的消息。

"忠王退兵了？！"他先是一惊，"怎么能未交火便自行撤退呢！难道他另有渡江谋略？"

待到李秀成挥师向东的消息得到确认，他不能不长叹了一声：

"忠王挥师向东，他是要取浙江，置安庆不顾了啊！"

但陈玉成就是陈玉成，英王就是英王，他叹了一声后，说：

"罢，罢，我独自去攻武昌，以解安庆之围。"

陈玉成遂率军直攻武昌，他这胆量可比赵云赵子龙，说他一身是胆也不为过，然胆量是胆量，实力是实力，谋略是谋略，李秀成定下"围魏救赵"之计，本是要两军合攻武昌，如今李秀成已走，他靠一己之力能攻下武昌？只能是为了安庆尽力而已。

陈玉成未能到达武昌便已受挫，只得又回师去救安庆。彭玉麟说他"两头跋涉，疲于奔命，离死期不远了"的预言很快就成真。

于太平军而言的安庆保卫战进入白热化。

陈玉成回师集贤关，于菱湖北岸筑垒十三座，和安庆城内叶芸来等守军在南岸所筑的五座垒相呼应，并派吴定彩领兵千余入城助守。与此同时，洪仁玕、林绍璋、吴如孝率军前来，却遭多隆阿阻击。多隆阿原要攻打桐城而被胡林翼坚决阻止，诉求于曾国藩也无济于事，此时见安庆援兵果然到来，精神立振，一场激战，逼得洪仁玕等只得败退桐城；黄文金率部会合洪仁玕等又与多隆阿战于新安渡、挂车河等地，又大败。陈玉成遂亲赴桐城，和洪仁玕等合军三万多人，自挂车河至棋盘岭连营二十余里，分三路南下，却无法冲破多隆阿的防线，无奈退回桐城。陈玉成只得回天京搬救兵。

待到陈玉成重集兵力来援，菱湖南北岸的十八座营垒已被湘军攻毁，湘军直扑安庆城下。

陈玉成等三路大军并进，虽攻克集贤关，但无法攻破曾国荃的防线。尽管陈玉成身先士卒，冲锋陷阵，创伤累累，血染征衣，只是猛攻十余次，均告失利。安庆城内则已粮草告急。

陈玉成又在菱湖北岸构筑营垒，以小艇运粮入城，但均被湘军水师截获。

安庆城内粮食断绝。

咸丰十一年九月五日，湘军用地雷轰塌北门城墙数十丈，攻入城内，吴定彩当先率部守御缺口，被湘军杀死；叶芸来等与湘军巷战，全部阵亡。

安庆失陷。

安庆一失陷，已损失惨重的队伍士气低落，怨声四起，他们跟着陈玉成从安徽杀到湖北，从湖北又杀回安徽，目的就是一个，解安庆之围，结果安庆照样陷落，弟兄们却死伤过半……

可怜陈玉成，随他南征北战的弟兄们竟不听他的指挥了。投降、叛变者日众。

陈玉成无奈，只得带着尚愿跟着他的将士退往庐州。旋即被包围。

四处响起"活捉陈玉成""不要放走了陈玉成"的喊声。这喊声很快又变成了"不论何人，只要活捉陈玉成者，重重有赏！"

"不论何人……重重有赏"，可就使得陈玉成随时有被自己人出卖的危险。

在"随时有被自己人出卖"的危险中，陈玉成思虑再三，认为只有突围前往寿州最为安全，寿州有他上奏天王而被洪秀全封为"奏王"的苗沛霖。

陈玉成之所以奏请洪秀全封赏苗沛霖，是他被困庐州时，收到了杀入寿州后的苗沛霖派人送来的一封信，苗沛霖表白自己忠于天国天王，忠于英王，愿随时为天王、英王效命、效力。

陈玉成看信后大喜，"危难见人心"，苗沛霖在他危难时表忠心，那绝对是可靠之人。遂立即表奏苗沛霖攻克寿州的功劳，洪秀全在收到陈玉成奏表前，已收到苗沛霖表示绝对忠于天国、绝对忠于天王的信，既然是陈玉成上奏请封他，那就封他一个"奏王"。"奏王"之封，可见洪秀全昏庸到何等地步，封王之随意，几于儿戏；封王之多，超过两千，令军士都搞不清究竟谁是王，是个什么王。

只因这一封，英王落入奏王手。

陈玉成没想到，洪秀全连想都不会去想的是，苗沛霖同时已给率清军南下的胜保写了信，要诱捕陈玉成献给胜保将军，为朝廷立功。

苗沛霖原已为清廷赏封布政使。他家境贫寒，三十岁考上秀才，学南方办团练，拉起一支队伍，帮清廷打捻军，为胜保看中，向朝廷推荐，得到重用。英法联军进攻北京时，他以为大清要完了，转向太平天国，愿臣服于天王。后见清廷与英法等议和，大清还没完，又赶快向胜保进献金银，说他忠于朝廷，绝无二心……

《三国演义》中诸葛亮说魏延脑后有三根反骨，苗沛霖则有五根，他三次反清，两次投靠太平天国。陈玉成表奏他攻克寿州，使他被洪秀全封为"奏王"，苗沛霖其实是为了泄私仇而攻寿州，攻进寿州后，将被他视为仇敌的官绅孙家泰等灭族。

此时这个"奏王"却为陈玉成深信不疑。

陈玉成与部将们商议突围前往寿州。

一部将说：

"寿州苗沛霖乃反复无常的小人，英王不可前往。"

"是啊，寿州不能去。去不得。"另一部将也说。

陈玉成说：

"苗沛霖已受封'奏王'，且有私信与我，忠心已表，不可多疑。"

又有将领说：

"苗沛霖的话不能相信！"

"苗沛霖攻占寿州，拥兵自重，不能不予提防。"

"他如真是忠心，为何不率兵来解庐州之围？"

"他任清妖布政使时，清廷诏命他进京勤王，他都公然抗拒，这等人对清廷尚且如此……"

陈玉成说：

"他抗命清廷，正说明他忠于我朝嘛！不必多言，就这么定了，杀出庐州，前往寿州。"

陈玉成之所以决定前往寿州，还有一点让他放心的是，他已派有一个心腹在寿州，秘密刺探苗沛霖是否真心，心腹亦送信给他，说苗沛霖确是真心等候英王到来。陈玉成又没想到的是，这个"心腹"，已和苗沛霖勾结，两人共同设计，要诱捕陈玉成。

陈玉成派前军从北门杀出，自率后军冲出庐州，一路血战，到达寿州后，已仅剩两千多部属。

陈玉成率随从去见苗沛霖，一进入苗沛霖官邸，伏兵齐出……

四　面和心不和

在陈玉成回救安庆，队伍损折过半、士气低落，怨声四起时，李秀成东进攻取浙江节节胜利。

上一年，李秀成和陈玉成联手击溃清军江南大营后，乘胜横扫苏南，占领常州和苏州，李秀成于苏州建忠王府，且建一个苏福省。

"上有天堂，下有苏杭"，李秀成已有苏，要得杭，故他东进，志在杭州，并要攻下上海，将这富庶之地、繁华之都连成一片，用他自己的话说，是为了巩固天京后方。

李秀成从湖北退兵转而东进，除了他为避开和湘军死打硬拼，志在杭州，其实就是不顾安庆外，还有一个原因，安徽是陈玉成的地盘，而他和陈玉成在江苏时，部属为争夺战利品，几欲火并。两人也差点撕破脸皮。

天京内讧后，洪秀全开始重用"二成"，任陈玉成为正掌率，李秀成为副掌率，虽同主军政，但陈玉成在李秀成之上。李秀成当了副掌率后，因奏请严法令、肃朝纲、明赏罚、轻赋恤民、择才而用、罢黜洪秀全长次兄、仍用石达开等，被革爵，经朝臣力谏复职。后被升为后军主将，陈玉成为前军主将。三河大捷后，陈玉成被封为英王，李秀成被封为忠王。前军主将、后军主将，英王、忠王，两人都差不多了。正因为差不多了，谁管谁，谁服谁？以湘军水师而言，彭玉麟和杨岳斌两人也差不多，同率水师，但产生了矛盾能化解，因为除彭玉麟胸襟宽广、顾全大局外，有德高望重、善于调解的胡林翼，更有曾国藩曾大人曾主帅。"二成"产生矛盾，则如彭玉麟所言，太平军无如胡林翼之贤人。只有洪秀全能罩住他俩，可洪秀全会去调解、妥善处理这些事吗？洪秀全从天京事变所吸取的教训是，对谁都不能过于相信，故而他大肆封王，让王们相互牵制，封的王号是随手拈来，"侍王"就是该人的名字中有个相同的音，"贡王"就是贡献了东西给他，"奏王"就是有人保奏……尔后是抓紧时间享乐，唯恐享乐时光太少，甚或很快到头，没了。他才懒得去处理，也没有妥善处理的能力。

"二成"于江苏产生的矛盾，起于常熟。

苏州、常州富庶之地一被攻取，于军队来说，那就是获取粮饷财物的宝地。苏州府下辖的常熟县，顾名思义，就是粮仓。

常熟立时成了英王、忠王部属要抢先占领之地，谁先抢占，谁就能获得最多的粮饷财物。

陈玉成部属、定南主将黄文金一马当先，攻下了常熟。

攻下常熟的第一要务，就是抢囤财物，到处响起的是一片喊声：

"快，快，将大门砸开！"

"快，快，全部运走！"

一时实在运不完的，贴上封条，这是我们黄将军的，他军休想拿走！相当于"这是我们二十八军的，你三十六军别来打主意。"

"三十六军"还真就来了。李秀成的部下随后进城，一看，他娘的，财物全被"二十八军"夺去了，再一看，还有的大门被贴上了封条。气就不打一处来，老子们和你黄文金并肩作战，你吃完了肉连汤都不给老子们留一口……

"将封条撕了！再看看里面还有什么没有！"

封条立即被撕下，大门被砸开，呵，还有他娘的一点。

"搬走！搬到咱大营去！"

正搬着，黄文金的军士来了。

"大胆！敢抢我们黄将军的东西！"

"什么黄将军，我们是忠王的人马！"

一听对方搬出忠王，这边立即搬出英王。

"忠王怎么了？我们是英王的部下！城是我们最先攻下来的，轮得到你们来坐享其成！"

"没有我们苦战，杀退清妖援兵，你们能攻下这里，见鬼去吧！"

…………

大吵起来，继而横枪举刀，火并一触即发。

忠王部将钱桂仁赶到：

"住手！都给我住手！"

他那"三十六军"的军士立即向他诉苦，我们拼死拼活，可财物都被"二十八军"的搞光了……

"有事好好商议，不得妄为。"钱桂仁说，"待我去找黄将军，定能讨个公道。"

钱桂仁去找黄文金，两边的军士都跟着前去。

忠王部将见着英王部将，两人又争吵起来。

钱桂仁开始还说得温和，说这粮饷财物你们已经囤积够了，也得留一些给我们，都是自家人嘛。黄文金说自家人不错，我也没说你们是外人，但一家人也得"亲兄弟，明算账"，常熟是我们攻下来的，凭什么非得给你们留一些。

钱桂仁说：

"就凭这苏南主要是我们忠王打下来的，你就不能太小家子气。"

黄文金立即火了：

"老子就是小家子，怎么地？！"

…………

忠王部将和英王部将在营帐里争吵时，营帐外的双方又争吵起来，争着吵着，打开了，但都还克制，没动真刀真枪，只是拳脚，你推我一把，我推你一把；你打我一拳，我踢你一腿……

"他娘的，敢在老子面前动手。"黄文金喝道，"都给老子抓起来！"

钱桂仁还以为黄文金要抓打架的士兵，正要呵斥自己的士兵住手，他的双手却已被反扣。

"你，你敢抓我！"

黄文金说：

"老子不先抓你怎么平息暴乱。"

黄文金是个久经沙场的油子猛将，他打仗猛但为人油滑，忠王的部将能乱抓吗？他先给定个"暴乱"。

钱桂仁的部下一见自己的主将被抓，立即举刀执枪要去营救，只听得"嚓嚓嚓嚓"的脚步声响起,黄文金早已布置好的队伍齐出,将钱桂仁的军士包围。

"把他们的兵器统统给我收缴!"

钱桂仁的部下全成了"俘虏"。

黄文金哈哈大笑:"就你们这些草包,敢到老子门前闹事!"

钱桂仁气得大喊:"有本事你放开我,老子和你单挑!"

....

在双方拳脚交加时,已有钱桂仁的部下飞马报与忠王。

"打起来了,打起来了……"

李秀成一听,这还了得!带一队人马,飞奔黄文金大营。

"报,忠王到!"

黄文金没想到李秀成会亲自来,来得这么快,赶忙放了钱桂仁,迎出去,对忠王说开了他抓人的理由:为免殴斗升级,引发暴乱,给清妖以可乘之机,不得已暂时委屈钱将军,决无他意,钱将军的士兵全都安然无恙,只是暂时收缴了武器而已,以免伤了弟兄们。说他正准备护送钱将军及弟兄们回营,不料惊动了忠王,请忠王恕罪恕罪。

李秀成还能不明白黄文金的这点伎俩,这明明是"打狗欺主",将他这个忠王不放在眼里,但他一开口,却是严厉训斥钱桂仁放纵士兵,不向他和英王报告,竟自行抢囤物品,以致引起斗殴,发生了斗殴,又不及时制止,若非黄文金采取果断措施,事情闹大,后果不堪设想。

"你想过吗?知道吗?这难道不会牵连大局,影响我和英王两军的关系吗?"

这训斥的是钱桂仁,其实说的是黄文金。黄文金装作听不出,反而连连点头,说他还是处理不得当,惊动忠王亲自到来,甘愿受罚,受罚。

黄文金一说甘愿受罚,李秀成立即对他说:

"我也不罚你,你已经积囤的物品也归你,但你必须在十天内撤离常熟!以免再引起纠纷。"

黄文金听到前半句,心里高兴,可一听完,心里凉了,这常熟可不止城里这么一些油水，乡里人家、地里庄稼，全是油水，十天内怎么能搜刮得干净，但他并不争辩，还是连连点头，施展开了油嘴，说出各种理由，说十天内实在无法完成忠王所交代的"任务"，请求再多给十天，一定牢记忠王的时限，时限一到，立即完成"移交"……

黄文金的"态度"是如此之好，理由也还说得过去，但不能再给他十天，得打些折扣，便说那就给你加五天，半个月，半月之内若还未撤出常熟，休怪我军法无情！

李秀成带人一走，黄文金立即快马去向陈玉成禀报。

陈玉成一听，嘴里说待他去和忠王好好谈一谈，心里对李秀成大为不满，常熟是我的部下攻下来的，你却要限时退还给你，未免欺人太甚。还说什么休怪他军法无情，我的人轮得着你行军法……

陈玉成去和李秀成会谈，尽管各自都心里不满，但会谈开始的气氛还是很好，都对对方非常有礼。

寒暄之后，进入正题。

李秀成提出，黄文金必须退出常熟，他在常熟是个不安定的因素，势必影响两军精诚合作。

陈玉成说黄文金屡立战功，是率先拿下常熟之人，怎么反而说他在常熟是个不安定因素，会影响两军合作呢？此言不妥。

李秀成说黄文金打仗勇猛故而能屡立战功，但此人骄横跋扈，无爱民之心、抚民之策，如驻守常熟要地，会引起百姓反感，坏我天国名声，贻误大事，甚或引发百姓暴动，这都是我俩不愿看到的，让他随英王去攻城拔寨当先锋，才是人尽其才。

"让他随英王去攻城拔寨当先锋"这话，可就使得陈玉成来了火气："忠王的意思，是不是嫌我在江苏碍了你的大事，要我赶快去攻城拔寨，离开此地，返回安徽？"

陈玉成这话虽带有火气，其实说中了李秀成的心思，李秀成确是不愿意陈玉成再待在江苏，他要独自"耕耘"江苏，"卧榻之侧，岂容他人酣睡"，但攻打江苏陈玉成参了战，功劳有他一份，不好直言也不能直言，借部属和黄文金闹事之机，将黄文金赶出常熟则是必行的第一步，因为黄文金待在常熟，就等于在他腹部扎了一根钉子。

"英王误会我的意思了。"李秀成说,"我的意思是让黄文金去发挥他打仗的本领,请英王另换一人接替他驻守常熟,也就顺利地解决了他和钱桂仁的矛盾。"

李秀成见陈玉成来了火气,且又直接点中了他的"脉",便来了一个拐弯。

陈玉成听他这么一说,行,换一个人进驻倒也可以。他当然不愿为了一个部将而和李秀成闹僵,见李秀成拐了弯,他也得顺势拐弯,让他另派一人进驻,他安排的人仍在常熟,英王的部属并没撤出。

李秀成又提出一点,换来的人得管常熟最重要的事,那就是防务,防务乃第一要务;至于政务民事这些啰唆事嘛,应由他的部将钱桂仁管,因为钱桂仁是在常熟被黄文金羞辱,不让他进常熟管一个方面,他的威望就全没有了,以后无法带兵为天国立功。归纳为一句就是,双方共管常熟,英王的人管军,忠王的人管民。

李秀成这话说得似乎入情入理,陈玉成焉能不知其中的道道。由他的人管最重要的军事,说得好听,其实就是替你忠王守常熟,你的人管民则好抓财物收入。但黄文金也积囤得差不多了,余下的就由你搞吧。

为了齐心协力保卫天国,陈玉成表示同意。

会谈以大家的面子都顾全而结束,黄文金如果不撤出常熟,忠王的面子就全没了;如果不让陈玉成安排个人进驻,英王的面子没了;如果不让钱桂仁接手常熟,钱桂仁会没面子。这样一来,大家都有面子。

面子都顾全了,矛盾看似也化解了。其实两人都心存芥蒂。陈玉成也知道,他的人马驻在常熟,能长久待下去吗?弄不好会被李秀成吞并,全成了他的人马。暂时如此罢。

不久,陈玉成便率部回安徽去了。

由是,英王和忠王实际形成两个地盘,一安徽一江苏。李秀成得苏望杭,要将苏杭连成一体,从湖北转而东进攻取浙江取得节节胜利时,传来陈玉成被诱捕的消息。

五　"失我一人，已失大半江山"

　　陈玉成进入苗沛霖官邸，伏兵齐出，猝不及防，他被生擒，随从全部被杀。苗沛霖大概是因他那个"奏王"是陈玉成上奏洪秀全而被封的，心里还是有点那个什么的，不好意思见陈玉成，又可能是知道陈玉成的性格，一见面就会被陈玉成痛骂，总之根本就不和陈玉成打照面。

　　被捆绑的陈玉成怒骂："苗沛霖狗贼、龌龊小人，今日你害我亡，明日你必死于乱刀之下……"

　　躲在暗处的苗沛霖被骂得心惊眼皮跳，慌忙吩咐左右：

　　"快，快，将他押送胜保大营！一刻也不能停留。"

　　陈玉成被押走，他的骂声却在苗沛霖耳边萦绕，"今日你害我亡，明日你必死于乱刀之下"……苗沛霖像要拂去晦气，连声"呸，呸，疯子，疯子，胡言乱语。"

　　过了很久，苗沛霖仍心惊眼皮跳，且是右眼皮，越跳越厉害，"右眼跳祸"，他想，这个疯子如此咒我，难道会被他咒中？他娘的就该将他的嘴先封上。结果陈玉成的"咒"得到应验，一年半后，苗沛霖因自己的团练被清廷解散，又举兵反清，被僧格林沁包围，死于乱刀之下，宗族也被诛。

　　陈玉成被押入胜保大帐。

　　"跪下！"胜保帐内排列两旁的兵丁一队举枪，一队举刀，齐声喝喊。

　　胜保面露得意之色，等着陈玉成下跪。心里在说，陈玉成啊陈玉成，你也有今天！

　　陈玉成纹丝不动。

　　"给他松绑，松绑，松了绑才好下跪。"胜保想着只要陈玉成自动跪下，他屡败于陈玉成而曾为清军将领嘲笑的面子就全捞回来了。

　　陈玉成的手一被松开，就指着胜保：

　　"胜保你给我听着，我乃天朝英王，你不过是清廷一走狗，本王三洗湖北,九下江南,你与我交战四十一场,场场皆败,有何面目让我跪你!白石山一战,你全军覆没,仅率十余骑狼狈窜逃,惶惶如丧家之犬,是我见你可怜,本王不打丧家犬,以免污我英名,故止兵不追,你这条狗命才能活到如今。你也不想想,似你这般无能无用、无德无才之辈,怎配我跪,好个不知自重的东西!……"

陈玉成骂完,席地而坐。

陈玉成这一骂,胜保被骂得无话可回,陈玉成骂的都是实话,他与陈玉成交手,确没赢过一场,他带兵打仗确是个窝囊废,他这个帅窝囊,将窝囊,清廷让他带领的嫡系部队皆窝囊,在围攻太平军的一次攻城战中,他的将士挖地道埋地雷,安放火药桶,结果炸塌自己的大营,炸断胜保两根手指……

"动刑,动刑,胜帅,快动大刑!"胜保身边的人见陈玉成骂得"太不像话",赶紧要胜保对陈玉成动刑。

陈玉成又指着那人,哈哈大笑:

"明明是一败帅,你竟称他胜帅,无耻之尤,可怜啊可怜。败帅之屡败,和你们这些阿谀之徒也分不开。"

陈玉成这一骂,胜保也许是觉得他又骂了别人,倒觉得轻松了一些,同时也知道,对陈玉成动刑无用,只会激起他骂个不停,不如表示个大度,便对陈玉成说:

"陈玉成你也听着,本帅不和你这个阶下之囚计较……"

话还未完,陈玉成说:

"如不是我轻信苗沛霖,你当是我的阶下之囚,苗沛霖反复无常小人,今日害我,明日你也要丧在他手,他用了多少金银贿赂于你……"

"押下去!"胜保怕陈玉成再说出些什么来,赶紧下令。

胜保是道光二十年(1840)的举人,曾任光禄寺卿、礼部侍郎等职,江北大营设立后,任帮办军务大臣,太平军北伐,他任钦差大臣率军尾追李开芳等,因围攻李开芳军不下而被"逮遣戍新疆",后又以副都统衔帮办河南军务,他打仗确实不行,但会招抚,苗沛霖、李昭寿、宋景诗等就是被他招抚的,只是这些招抚的后来多又反水,苗沛霖则等于是他身边的一颗定时炸弹。

陈玉成说胜保要丧于苗沛霖之手这话果然又说中，苗沛霖诱捕了陈玉成后，胜保自然更看重他，要他率兵随自己入陕西平叛，以使清廷给他更高的官阶。胜保大概是因自己解决了陈玉成这个悍敌之故，进军时行动傲慢，招致朝廷不满。而苗沛霖一下投靠这边一下投靠那边的名声太差，朝廷内有人参劾他，亲王、清军名帅僧格林沁更有拿下他之意，苗沛霖为表自己对清廷之"忠"，便揭发胜保"骄纵贪淫，冒饷纳贿，拥兵纵寇，欺罔贻误"。结果胜保被清廷处死。

当下胜保将陈玉成关进大牢后，立即上奏朝廷。

清廷想看看这个"近世罕有其匹"的陈玉成到底是个什么样的人，令胜保将他押送北京。

陈玉成被押送北京途经河南延津时，传出一个消息，说捻军赖文光准备营救陈玉成。

这个说要营救的消息不知是真是假，说它是真，因陈玉成曾助过赖文光，和赖文光有不一般的关系，赖文光是有可能不惜代价营救；说它是假，有可能是有人惧怕陈玉成，希望他快点死，以免节外生枝，留下后患，故意放出消息。

清廷得知这个消息后，管它是真是假，总之不能再留，立即下令将陈玉成就地处决。

得知陈玉成被杀后，李秀成似要为他报仇一样，大举进攻，势如破竹，很快就攻下杭州，浙江巡抚王有龄悬梁自尽。李秀成将王有龄礼葬。李鸿章将太平军愿投降的八个王骗至营帐，营帐里挂着给八个王的官服，正当八个王高兴不已时，伏兵齐出，将八个王全部砍死，"给八王而骈戮之"，李秀成的做法与此形成鲜明的对比。

浙江大部分地区被太平军占领。

清廷大惊，没想到李秀成还这么厉害，但于湘军而言，攻下安庆，被曾国藩称为"汉唐以来悍者"的陈玉成已死，只剩下一个李秀成，他们按既定战略直捣金陵就要成为现实了。

尽管浙江大部失陷，曾国藩却已胜券在握，他对幕僚说：

"听闻陈玉成被捕后骂了胜保一番，又曾对胜保说，'天国失我一人，已失大半江山'。此话不知是真否？"

幕僚答："据说这话是胜保说出来的，有可能是胜保为了表明落到他手里的陈玉成'价值'之大，以获朝廷更大奖赏，似不可信。"

曾国藩笑道：

"不管是不是陈玉成所说，此话讲得一点不错，陈逆一死，伪天朝死期近了，单靠李秀成一人，维持不了多久。而伪天朝局势已全掌握在我军手里，实乃李逆所致，他进入湖北，不设法与陈玉成相会，实是与陈逆面和心不和，这点早已为彭雪琴看破；他不攻武昌而转攻浙江，自以为攻占杭州可稳定金陵后方，大谬矣！浙江虽已落入他手，实乃无足轻重，根本不必过虑。我军对金陵一合围，他不得不回救，那时他的死期也就到了。"

幕僚点头，不知是真赞同曾国藩的话还是并不以为然。在李秀成被俘后，他问李秀成，为何不攻武昌而转攻浙江？如果进攻武昌，安庆之围可解。李秀成开始说是因兵力不足，继而说他攻占杭州是为了确保天京后方。

幕僚于是益发佩服曾国藩。曾国藩则因彭玉麟判断形势发展之准确，断定"二成"矛盾无解，并且在军事行动上，于下巴河成功阻止陈玉成渡江南下，使得李秀成的"围魏救赵"功亏一篑，继而连克数处要隘，收复数州，在为朝廷奖掖时，自身进退有序，益发认为自己的这个好兄弟前程无量，日后还必为国家保长江流域无虞。

彭玉麟于下巴河成功阻止陈玉成渡江南下的战略意义非凡，其威名更甚，同治元年（1862），被授兵部右侍郎，节制镇将。是年，又立太湖水师十营，一并归他统辖。

湘军向天京的总攻拉开了序幕。

第六章 功成之后

一　寄希望十倍于湘军的优势兵力

长江江面，彭玉麟水师旌旆逶迤；岸上，曾国荃所部陆师战旗招展。

湘军由安庆出发，水陆并进，攻向金陵，一路斩关夺隘，克铜城闸，收复巢县、含山、和州，袭破雍家镇、裕溪口，夺东西梁山，进攻采石，又克金柱关……直逼天京。

曾国荃驻师城南雨花台，彭玉麟进抵江宁护城河口。

此时，李秀成正在攻打上海。

"天王诏令到！"

李秀成忙接诏。洪秀全令他立即回援天京。

李秀成想，上海眼看就要攻下，此时撤兵，前功尽弃，这定是洪仁玕的主意，他本就对我攻打上海不满……

其时洪仁玕为洪秀全封为天朝军师，天朝政事统属他管。洪仁玕的确是不同意攻上海，认为上海牵涉到洋人，而西洋各国原本和天国的关系不错，攻打上海会造成和洋人交恶，应用外交手段解决。

洪仁玕的见解于太平天国来说，应该是正确的，但李秀成有他的见解，江浙连成一体，再拿下上海，苏杭富庶的物产以及上海的贸易、港口，尽归天国，仅以物资供应来说，天京就不用发愁……洪天王又曾时而要他打，时而又说别打，停止攻打后，洪天王不知怎么地又对洋人大怒，喝令继续攻打……

上海城内的官员、商绅为守卫上海，与洋人商议，由洋人招募洋人建立了一支洋枪队，相当于雇佣军，成立时为三百人。清廷为保上海，令曾国藩驰援，曾国藩荐李鸿章，于是淮军迅速扩大。

洋枪队、淮军又成为太平军的劲敌。而李秀成"耕耘"江苏，建忠王府，又要将浙江连成一体，天京高层就有人怀疑他心怀不轨，受洪秀全猜忌。可以说，洪秀全从未真正相信过这位忠王。

在这种情况下，要李秀成立即回援天京的诏令又来了，认为这次定能攻下上海的李秀成还是决定加快攻打，先拿下上海再说。

加快攻打的军令还没发出，又一道天王诏令到了。

和第一道诏令一样，还是令他立即回援天京。

很快，第三道诏令又来了。

一日之内，洪秀全连下三道催逼回援的诏令，有点像宋高宗要岳武穆撤兵的"气势"。

李秀成只得撤兵退回苏州。

回到苏州，李秀成派出部分兵力赶回天京加强防卫，并运去大量物资。他认为，以天京的兵力，以自己这里对天京物资供应的保证，天京足可坚守两年，两年后再与湘军决战。如果自己立即回援，失去苏浙，天京也就失去了物资供应来源。另一方面，就算天京不能坚守两年，此时直逼天京的湘军锋芒正盛，只要天京坚守一段时间，湘军必然疲惫懈怠，在这段时间内，可将苏浙的物资源源不断地运进天京，再趁湘军疲惫懈怠，他率大军杀回，定能击溃围城湘军，解天京之围。

李秀成上奏章后，天京城内，说他抗天王诏命、图谋不轨之声日起。洪秀全对李秀成的猜忌愈发加深。

不久，宁国府被湘军攻破。攻破宁国府的主将之一，就是投降湘军的原太平军猛将韦志俊。从皖南赶回的太平军援军趁夜袭击湘军，亦被湘军击退。

又一道诏令到了苏州，怒责李秀成："三诏追救京城，何不起队发行？"这是洪秀全下诏常用的句式，押点韵。严厉催逼李秀成火速回援："尔意欲何为？若不遵诏，知朕法否？"

李秀成接诏后大惧，赶紧召集慕王谭绍光、孝王胡鼎文、航王唐正才、相王陈藩武、听王陈炳文、纳王郜永宽、补王莫仕暌、堵王黄文金、襄王刘官芳、首王范汝增、来王陆顺德、奉王古隆贤十二个王，商议回援天京的具体行动。

十二个王再加上李秀成这个忠王，一共十三王，都得"起队发行"。也就是立即发兵。

十三个王，何等显赫！然而"艄公多了打烂船"，虽说都得受忠王节制，但能不能齐心协力，是一个最大的问题。

李秀成最先提出这个问题，说要奋力一战解救天京，必须我等同为一心！

众王当然都点头称是，并表示为了天国，为了天王，一定同心杀贼。

表了态后，有人提出，为了一举击溃敌军，成功解围，侍王李世贤、护王陈坤书也应一起出兵。这样军力才更加强大。

此人虽说的是为了"一举击溃敌军……军力更加强大"，但李秀成一听就明白，这是要他以实际行动来表明"同为一心"，因为李世贤是他的堂弟。既然诸王都出兵，怎么不要侍王同时出兵？

李世贤曾随李秀成赴援镇江，救出守军，与陈玉成等攻克庐州，参与摧毁江南大营之役，"侍王"这个封号，就是摧毁江南大营之后被封。正是因为"跟随""参与"，被认为并不是英勇善战之人，其实他曾主持过皖南军务，歼灭过浙江提督邓绍良部，还进逼过祁门曾国藩湘军大营……说他不善战实属以偏概全。天京失陷后，他还围宁都，占于都，攻广东南雄，占领福建漳州。后兵败投奔在镇平的汪海洋，汪海洋曾是李秀成的部下，他以为值得信赖，却被汪海洋杀了。汪海洋也不是叛变投敌，几个月后，他在与清军作战中受重伤而死。李世贤之死，亦只能说是在危难中要有真正相助之人，难。

李秀成没有正面回答怎么不要侍王同时出兵，也没说护王陈坤书怎么没同行，因为这两个王正在准备之中，说出来的是，他已将自己的老母和妻儿全都送往天京。

这话一出，十二个王再无他话可说，忠王已将老母妻儿送往天京，等于以全家老小作为人质向天王表了忠心，天王可消除猜忌，诸王还能有什么疑虑，于是齐声要忠王下令，立即出兵。

"我等誓与曾国荃、彭玉麟决一死战！"

"我部愿打先锋!"

"忠王放心,曾国荃兵力不过两万,彭玉麟水兵几千而已,我大军一去,定旗开得胜。"

李秀成决定兵分三路,北路由他亲率主力进攻围京湘军,中路攻金柱关以断敌粮道,南路攻宁国以牵制敌援。

…………

从兵力上来说,太平军占绝对优势,从炮火来说,太平军亦占有优势,但李秀成一直担心的是与湘军硬拼,此时,他只能寄希望十倍于湘军的优势兵力,击退湖南蛮子,拯救天国。

李秀成督率慕王谭绍光、孝王胡鼎文等十二王(被称为"十三王救金陵",加上稍后出兵的护王陈坤书、率援兵前来的侍王李世贤,共有十五王),大军二十万,号称六十万,兵分三路,浩浩荡荡回援天京。

二 雨花台;金柱关

率水师一举攻克长江天险金柱关,接着又攻陷江宁头关,进抵江宁护城河口的彭玉麟接到紧急军情报告。

"李秀成率谭绍光、胡鼎文等十三伪王,朝雨花台杀来!"

"有多少人马?"

"号称六十万!"

六十万?!诸将一听都不免心惊。

彭玉麟捻须而笑,说:

"当年曹操还号称八十万人马下江南呢,以伪王各自所能率兵力,十三王至多十三四万,苏浙之军不会倾巢出动,李秀成直属部众也不过几万,不到二十万罢,号称六十万而已。"

诸将一听彭玉麟之话,暗想,雪帅倒是说得轻松,敌军就算只有二十万,可我军呢,陆师加上水师,才两万多人。况且还有城内守军，能不配合作战？敌军可是十多倍于我啊！"

彭玉麟接着说：

"孙刘联兵，有多少人马，三万余人，赤壁一战，大破曹兵。今我湘军水陆亦有三万，何惧之有！"

部将谢得胜说：

"孙刘赤壁破曹，是用火攻。雪帅莫非也有火攻之计？"

谢得胜是长沙人，由水师哨长干起，跟随彭玉麟攻武昌时，他自告奋勇当先锋，继而战田家镇，克九江等，累功被提拔为游击。又跟从彭玉麟攻克金柱关等要隘。

胡开泰、赵英跟着说：

"是啊，雪帅莫非也要用火攻？赤壁在长江，我们如今也在长江。周瑜是水军，我们也是水军。"

彭玉麟说：

"李秀成率十三伪王前来，此战，他主要的对手是我陆师曾帅，你们去问问曾帅，看他可惧怕。我倒是在李逆未来之前就问过他，我说倘若救援金陵的几十万长毛到来，你惧乎？你们猜他怎么回答。他说，几十万算甚，就是百万，我也要他们有来无回，正好替三河镇死了的弟兄报仇。他说李续宾是他的湘乡老乡，三河镇死于陈玉成和李秀成之手，陈玉成早已没了，只剩下个李秀成，只恐他缩在苏州不来呢！"

彭玉麟这些话，是为了提升士气，将只有两万多兵力说成三万，还假以曾国荃之话，但他接着说的，可就点中了李秀成的要害。

"李秀成虽有二十万之众，然分属十三王，难以齐心合力，以那个什么堵王黄文金而言，他本陈玉成部将，攻占常熟后和李秀成的部将发生冲突，被李秀成撵出常熟，结果却被封了个王，他能真心听从李秀成的号令？洪秀全之封他堵王，就是为了防范忠王，将李秀成堵住。"

"堵王堵住忠王。"众将听得笑了。

"若是李秀成一部前来，反而会给我军造成麻烦，兵不在多，而在精，这一下来了十三四个王，乡人有句俗话，'龙王多了天大旱'，各自为政，关键时刻相互观望，都想保存实力，这就害苦了李秀成呵！此必是洪秀全所令，他以为越多越好，其实就是壮他自己的胆，吓唬人而已。再以那些伪王的实际战力而言，除谭绍光还是有点战力外，余者，鼠辈！此其一。

"其二，双方交战，兵马未动，粮草先行，李秀成统率二十万人马，军需物资何来？今水路已基本为我所控，只有九洑洲尚未拿下，他的粮草弹药一应所需只能靠陆地转运，能供应得上吗？即使城内储备甚多，洪秀全是不会让出来的。他于九月中旬由苏州出发，如今已是十月，冷天转瞬到来，长江寒风凛冽，来兵绝无冬装可着。那时其军士饥寒难耐，尚能战否？我水师却能源源不断地供给陆师军需物资，故而尚未交战，胜负已定。李秀成之下场，可想而知，即使不亡于战阵，他的天王也不会放过他。"

这一番分析，使得众将信心倍增，无不摩拳擦掌，个个请战。

彭玉麟喝道：

"诸将听令！"

彭玉麟如此如此，这般这般，对各将领下达完命令。独剩下谢得胜未被点名。

谢得胜按捺不住，喊道：

"我谢得胜去干么子？"

彭玉麟说：

"你自有重任，非同一般，你随我攻下金柱关，想必已熟知金柱关地形。"

谢得胜说：

"我晓得了。"

"你晓得什么？"

"把守金柱关！"

"如何把守？"

"金柱关地势险要，不怕强攻，就怕偷袭，故须日夜警惕，枕戈待旦，不能有半点松懈。"

彭玉麟点头，却又说：

"你是长沙人，长沙人扯'宿嗑'（聊天）有一特色……"

彭玉麟话还未完，谢得胜答道：

"天上事知一半，地上事全知。他人若要长沙人办事，长沙人说没有办不到的。雪帅恐谢得胜言过其实，虽说出把守金柱关关键所在，到时却又忘了。雪帅常微服巡查，谢得胜立下军令状，若查得谢得胜部属有懈怠之处，谢得胜当即自裁。金柱关若有闪失，让人提头来见。"

彭玉麟又说："我断定李秀成的粮草弹药冬衣无法接续，他亦是想断我军粮道，故我将金柱关交与你，绝不可疏忽大意。"

水师彭玉麟激励士气，安排布置，陆师曾国荃可就真没把十三王放在眼里，以湖南蛮子之蛮劲，和十三王硬碰硬地干开了。

二十万太平军将曾国荃两万陆师三面包围，多次发起猛攻，湘军坚壁固守，曾国荃亲自在最前线指挥，还带队进行反冲锋。太平军攻了二十多天，湘军营垒岿然不动。

李秀成决定集中兵力攻湘军东路，以密集的炮火轰塌了曾国荃雨花台军营附近的营墙，炮声一停，太平军蜂拥而上，但很快就被湘军击退，太平军连攻五六次，始终无法攻入。

李秀成又采用"地道战"，命军士挖地道进攻。湘军早已熟知"地道战"，太平军挖地道，湘军也挖，以挖对挖，将你挖过来的地道挖通，一挖通要么是短兵相接，单兵对杀，要么熏烟、灌水，要么将洞口堵死。

太平军的"地道战"也全不奏效。

…………

为拿下金柱关，护王陈坤书率领四万太平军进击，奉彭玉麟之命守卫金柱关的谢得胜只有两千兵力。

谢得胜自对彭玉麟立下军令状后，在金柱关果真是"将军金甲夜不脱"，士卒枕戈待旦，不敢有半点松懈，他一是的确怕彭玉麟来巡查，彭玉麟巡查往往是突然出现，身着便服，军士又认不出，待到知道是雪帅来了，已经晚矣；二是他知道金柱关的重要性，自己立有军令状，那可是以脑袋担保的。

谢得胜焦虑的是，雨花台打得那么激烈，自己不能前去助力，守在这金柱关，却不见长毛来攻，他甚至有点认为，雪帅是不是判断错了，长毛根本就不会来。可彭玉麟又把赵英派到这里来了，还是像在下巴河一样，暂管火头军，餐餐饭菜管饱管好。管饱管好是让你白吃的吗？足可见雪帅对金柱关的格外重视。

谢得胜焦虑归焦虑，对金柱关的戒备愈发加强，就算长毛不来攻，就算雪帅不来巡查，士兵若有懈怠，那个赵英回去告上一状，自己的脑袋也得搬家。至于赵英这个暂管火头军的，是不是还兼有监视之职，谢得胜是个直人，没去想过。

后来谢得胜自己说，正是搭帮这个"不敢懈怠"，才保住了自己的脑袋。是夜，陈坤书派出的先锋部队，来了个偷袭。

先锋部队自以为神不知鬼不觉，突然出现在金柱关下，可以杀湘军一个措手不及，谁知将不解甲，枕戈待旦，连吃饭都在阵地上的湘军反而给了偷袭者一个突袭，太平军还没反应过来，守关的湘军已火炮齐轰，火枪齐发，箭矢如雨……接着冲出关来，人人向前，个个奋勇。

先锋部队损失过半，只得退回。

偷袭未成，那就强攻，陈坤书不信以四万人马攻不下两千人把守的金柱关。

次日上午，陈坤书开始了一波一波的强攻。

攻击越是猛烈，谢得胜越是兴奋，他振臂高喊，给我用炮轰，只管用炮轰，我们的弹药多的是，长毛打掉一发少一发。

谢得胜这话不止是说中了陈坤书的痛处，也说中了李秀成的痛处，战事进行了一个来月，军需物资无水路运输，陆路转运无法及时供应，炮弹打掉一发少一发，子弹打掉一颗少一颗，而湘军陆师的军需物资有水师源源不断地供给，太平军原本占有的优势炮火变成了劣势；还有个更大的问题是吃饭，几十万人，一天要吃掉多少粮食！粮食供应不上，也是吃掉一石米少了一石米。

连攻数日，陈坤书的弹药越打越少，粮食越吃越少；谢得胜的弹药越打越多，士兵餐餐管饱管好。

陈坤书派人去催粮催弹，李秀成又到哪里去催？陈坤书遂怀疑是李秀成分派不公，粮食弹药被其他王搞去了。

撤兵！

陈坤书四万兵力未能攻下谢得胜两千人把守的金柱关，围攻曾国荃的太平军同样无法击退劣势兵力的湘军，一十四个王除了忠王不能不振奋精神，其他的王都已泄气。

十一月，又来了一个王，侍王李世贤率兵六万来助。

一见来了生力军，诸王又打起精神，合兵再次向曾国荃发动猛攻。

然而，依然无法攻破湘军防线。

天气日渐寒冷，太平军衣薄腹空，无法再战下去。

李秀成只得率残部进入天京，李世贤率残部退往秣陵关。回援天京完全失败。

李秀成和诸王二十万大军，李世贤又来六万，还有城内出来助攻的兵力，至少三十万，以三十万对湘军两万多人，竟然败于湘军，损失惨重。昔日官渡之仗、赤壁之仗，都是以少胜多，这个雨花台之仗可与之齐名。

湘军真正的名震天下。

湘军大胜后，曾国藩令曾国荃不得强攻天京，又是围而不攻，以先肃清天京外围，消耗太平军兵力为要，彻底困死天京。而要彻底困死天京，非攻下九洑洲不可。曾国藩明确指出，九洑洲不克，断不能断洋船奸民之接济，接济不断，不能克金陵。

三　熊熊大火中突然冲出了水勇

浩浩江面，战船林立，彭玉麟座船上"雪"字帅旗高高飘扬。

雪帅船上却无雪帅。

一叶小舟，在摆成各种阵势的战船间穿行，小舟上有一面红旗，小舟穿行，犹如红旗流动。

彭玉麟自下巴河以红旗指挥各段水营及时援助"大坝出现险情"处，成功阻止陈玉成渡江南下后，"发明"了乘小舟、以红旗为标识的督战方法，红旗或在前，或在后，将士皆奋力冲锋陷阵。又因他已有节制镇将之权，不时进入陆军检查、视察军纪、战备等各种状况，或入民间，勘查冤情。他的检查、视察、勘查可不是先发通知，而是如同突袭，芒鞋便装，轻车简从，飘忽无定，一发现扰民、军营懈怠等凡有违军纪的情形，立即严处，绝不姑息。故无论水师陆师，都时刻保持"警惕"，做好准备，以防雪帅突然出现。

九洑洲大战即将开始。彭玉麟小舟红旗，督查水师备战训练。

哨探接连来报：

"长毛在九洑洲有重兵把守……"

"九洑洲筑有营垒数十，外面修建有大城，无数战船环绕守护……"

九洑洲与江宁互成犄角，彭玉麟凝视着地图，喝问：

"营垒数十究竟是几十？战船到底有多少？再仔细探来！"

"是！再仔细探来。"

彭玉麟命令再多派出些哨探，务必将敌情打探得清清楚楚，不容许再有"数十""无数"的含糊报告。

陆续又有哨探来报：

"拦江矶、草鞋峡、七里洲，都有长毛屯扎。"

"燕子矶、中关、下关都有长毛重兵。"

再接着报来的便是比较准确的敌军兵力、战船数量了，九洑洲上驻防了水军三万精锐，由伪贡王梁凤超统领……

梁凤超曾任太平天国天海关正佐将，也就是主要负责人，天海关是设于天京下关附近一带的海关，由天京直辖，这个海关除征税外，有的外事活动也通过它进行，所以梁凤超等于当过税官、外交官，他被升为江南省水师主将后，仍兼管海关税务。太平天国的江南省辖江宁郡、镇江郡、扬州郡等三郡十三县，江南省水师主将便是直接拱卫天京的，可见洪秀全对他的器重。但让一个征税的任水师主将，要么是脑壳短路，要么是的确无人可用了。

彭玉麟深知，这是比田家镇之仗还要激烈的一仗，若攻下九洑洲，等于砍断江宁的一只角，自己的水师将畅行江宁上下；若未能攻下，则会拖延攻克江宁时日。更主要的是，会让太平军士气重振。

太平军自然也知道九洑洲对天京的重要，故设防之固，比田家镇更甚，沿线皆有据点，可随时增援。

彭玉麟决定将所率水师分为三队，自率一队于上游，掌控全局，随时支援他队；南队主攻下关，北队主攻草鞋峡；杨岳斌率部攻打燕子矶。他特别强调，要有比破田家镇铁锁阵更难的准备，他将九洑洲比作长蛇阵，须先将长蛇斩为三节，使其首尾不能相顾，切断了这些据点对九洑洲的支援，九洑洲则成为一个孤岛。所以这三处必须拿下！

一声令下，各队同时展开攻击。

两天之内，捷报频传：

"下关被攻破！"

"草鞋峡已被攻占！"

"燕子矶被攻克！"

彭玉麟却无得意之色，而是连声问：

"陆师？陆师战况如何？"

在水师分队进攻时，陆师也分三队，一队掘开洲埂攻中关，一队从洲头进攻，一队从洲尾进攻。

贡王梁凤超虽说未以作战见长，但其忠烈之心可昭，他对将士说，人在洲在，人亡洲亡，我梁凤超誓与九洑洲共存亡。

三万太平军凭借修建的城墙，以及城墙外环布的战船，以猛烈的枪炮火力，使得湘军陆师无法前进。

一听说陆师进攻受阻，彭玉麟令水师立即转而全力攻打九洑洲。

湘军水陆对九洑洲的合攻开始。

梁凤超本盼着下关、草鞋峡、燕子矶等处的太平军来援，从外包围进攻的湘军，自己再从九洑洲杀出，里应外合，击溃湘军，孰知仅仅两天，三处皆失，来的是彭玉麟的水师。

梁凤超无援兵可来，只能凭一己之力拼死抵挡；湘军陆师见水师来助，士气振奋，不断地发起猛攻。

梁凤超抱着与九洑洲共存亡的信念，豁出去了，人一到了不要命的地步，可就要让对手吃苦头了。湘军没想到，竟碰上了这么硬的对手。

战斗从天明打到天黑，仍未分胜负。

水面上，彭玉麟小船红旗督战诸军，轮番夜攻。

九洑洲城内，梁凤超指挥太平军拼死抵抗。

一场生死相搏的夜战又展开。

这边彭玉麟下令：

"洲不破，各队不准收兵！"

那边梁凤超下令：

"后退一步者，立斩！"

枪声炮声、呐喊声、厮杀声混成一片，被炸起的水浪、洲上的沙石尘土与硝烟交织，燃烧的火光将夜幕烧破。

彭玉麟想起在下巴河时，陈玉成集中火炮轰击他大营的事，遂令炮船集中炮火轰击敌方营垒。

尽管一处处营垒被毁，梁凤超指挥军士，以残垣破壁为掩护，一次又一次击退了攻上来的湘军。

战至深夜，九洑洲仍未攻破。

彭玉麟想，梁凤超如此顽强，必先夺其士气方可。他想出一计。

彭玉麟挑选出一批敢死队员，将全身衣服浸湿，头顶湿布，令谢得胜率领，从洲上正在燃烧的火丛处登岸，一登岸便齐声呐喊："洲破了！"同时集中部分战船一齐进攻，转移敌方注意力。

谢得胜带领敢死队冲入火丛中。

正在苦战的太平军怎么也没想到，熊熊燃烧的火丛里突然冲出了湘军，接着便是一片喊声：

"洲被攻破了！"

"洲被攻破了！"

"洲被攻破了！弟兄们上啊！"

谢得胜和敢死队员们这么一喊，进攻的各路湘军也以为洲被攻破，顿时勇气倍增，齐声欢呼："洲被攻破了，冲啊！"一边喊，一边冲。

太平军兵士听得四处都是"洲被攻破"的喊声，立时大乱，无心恋战，争相溃逃，无论将官怎么督战，也无济于事了。

二更时分，九洑洲被攻占。湘军死伤两千多人，三万太平军无一脱逃。

然而，独独不见了梁凤超，死尸中没有他，俘虏中也没有他，在此役中究竟是死是活，不得而知。《中国近代史词典》记载为"后不详"。

至此，天京水路运输线全被切断。长江由湘军水师控制。

四 "如何吃粥就变心？"

李秀成解围天京失败，被洪秀全"严责革爵"。

李秀成刚被革爵，洪秀全又命他率兵进攻安徽，希图以进攻清军后方迫使包围天京的湘军撤兵。这和他与陈玉成分兵两路进攻湖北而后合围武昌，迫使湘军从安庆撤兵，以解安庆之围的战术差不多，只是不叫"围魏救赵"，而是叫"进北攻南"战略，从长江北岸进军安徽霍山、英山和武汉、荆州、襄阳，攻敌后方，再联合其他友军来解天京之围。这个战略目标就不仅仅只是"围魏"，而是目标诸多，其实只能相当于骚扰而已。但就是这个"骚扰战略"，也不可能是洪秀全亲自谋划制定，他不会去费这个精力，操那些个心，他最多就是说声可以或签两个字"同意"，由人去盖上大印。

李秀成觉得，此时要他进攻安徽，当初又何必"一日三诏"，乃至严厉催逼他回援天京呢？如果真能迫使包围天京的湘军撤兵，他直接从苏州进攻安徽不就得了。雨花台已损失惨重，元气大伤，却又要攻安徽……但已被"严责革爵"的他不敢分辩，只能遵令而行。

李秀成心里非常清楚，这次攻安徽想解天京之围，和谋划合围武昌以解安庆之围相比又已有几大劣势：其一，天京解围战未能取胜，反而损失惨重，已使得士气不振；其二，仓促攻打安徽，粮草储备不足，所到之处又正是青黄不接，无粮可筹；其三，长江已为彭玉麟水师控制，上下行动自如，湘军比围安庆之时的势力、战斗力更为强大。

李秀成不得已率兵出征，虽也打了几次胜仗，攻克了几处要隘，但当他派兵攻池州围住青阳时，彭玉麟挟得胜之威率得胜之师，不但迅速解青阳之围，而且乘势复高淳克东坝，很快又攻克溧水。天京所有物资补给的来源也全部被切断。……

洪秀全要李秀成"戴罪立功"攻打安徽的结果是，除去伤亡、被俘人数不算，仅因饥饿而投降逃跑的就达数万之多。

李秀成当年振臂一呼便招兵三十万的情景，只能成为回忆。

湘军对天京的包围日益加强，洪秀全又急令李秀成返回。

李秀成退回天京，他明明知道天京失陷已只是时间问题，况且洪秀全已不信任他，他本也不愿意攻安徽，粮草会是致命问题，但洪秀全的命令，他不能不从。这一下又急令他返回，他又不得不从。如同陈玉成进军湖北未能渡江南下，又赶忙回救安庆一样，两头跋涉，疲于奔命，途中又屡遭湘军拦击，死伤甚众，跟随他再进入天京城内的军士已不足一万五千人。

李秀成如在苏州时便不回天京，而是巩固、扩大江浙根据地，至少还可以和清廷对抗数年；或者就从苏州进攻安徽，虽说不一定能解天京之围，但至少不会遭受那么大的兵力损失；况且清廷绝不会容许江浙乃至皖被他控制，定会令曾国藩驰援，曾国藩不一定能顶得住朝廷的压力，或不敢抗旨，最起码也要从天京外围分一部分兵力救援。

以李秀成的才干、威望，攻打安徽损失惨重后，他还是能够恢复元气的，又遵令返回天京，是为了尽忠王之忠心，绝不离开天王。

被团团围困的天京内无粮草，外无救兵，危在旦夕。

李秀成想劝洪秀全离城别走，开始不敢直言，只是小心翼翼地对洪秀全说城内粮食告急，军心民心不稳……洪秀全说，这个不需你担心，朕只要下一道谕旨，军心自稳民心自安，你只要替朕守好城，将曾妖打退便是。

洪秀全又对李秀成说，以后这些事不要来烦朕，你也少操这些心，把精力放到守城退敌上，不可旁骛。记住了么？说完，进他的后宫与众嫔妃嬉戏去了。但他并未忘记下谕旨安军心民心的事，一边嬉戏一边想出了安军心民心的谕旨。他的谕旨不同于其他皇帝的谕旨，富有自己的特色，里边总要插上通俗易懂的七言诗，其实就是夹文言带俚语的顺口溜。

洪秀全这次下的谕旨中插的诗是：

……神爷试草桥水深，如何吃粥就变心？
不见天兄舍命顶，十字架上血漓淋！
不见先锋与前导，立功天国人所钦。
况且朝朝降甘霖，尔等只需张口饮。
更有苔藓与鱼草，朕自亲尝可提神。……

形势愈发紧张，李秀成心急如焚，直接劝洪秀全突围出城，再不突围就来不及了。李秀成说：

"离城别走，并非畏敌，而是战略转移，有我等全力扶助，定能再展天国宏图。"

洪秀全怒道：

"朕是奉上天的意旨、上帝的圣旨、天兄耶稣的圣旨作天下万国独一的真主，何惧之有？不用你奏政事，不用你理，你想要外去，想要在京，任由于你。"

李秀成赶忙说：

"请天王理解我扶助天国的一片忠心，实是曾妖头增兵不断，而我军外无援兵，坐困于此，情势危矣……"

话还未完，洪秀全打断：

"朕铁桶江山，你不扶，有人扶。你说无兵，朕之兵多于水，何惧曾妖！"

说罢，拂袖而去。

李秀成劝洪秀全离城别走，另图大业，"留得青山在，不怕没柴烧"。以当时天京城内的兵力，杀出一条血路，突围而出，完全有可能。曾国藩后来听说此事，不禁叹道，洪逆若听从李逆之言，伪天国难灭矣！又不知需多少时日。

李秀成的劝说和洪秀全的回答，归纳起来就是，你说粮草断绝，他说有天降甘霖，只需张口而饮。你说人心不稳，他说"如何吃粥就变心"。你说忠心扶助，他说你不扶，有人扶。你说无援兵，他说他的兵多于水。你说情势危急，他说是铁桶江山……

这么一个天王，就是姜子牙再现，孔明再生，也帮不了他。天国不亡，是无天理。

洪秀全依然沉湎于享受一天算一天。但在城中粮绝时，他还是又下了一道命令，下令军士百姓吃草团。说那是"甜露"。

天王如此，太平军将士却拼命守城，惨烈空前。

然而，传来的战况却不遂他愿。

——紫金山巅的天保城被攻破。

——曾国荃部进驻太平门、神策门外。

——湘军在朝阳、神策、金川门外挖掘地道。

——最后一批潜运（物资）船队被彭玉麟部击没。

…………

同治三年（1864）六月一日，洪秀全"升天"，一说他是因吃多了"天降甘霖"、苔藓鱼草，本希望长寿，却是慢性中毒，毒素积累过多而死，可谓病逝；一说他是因天国要亡了，自杀。他在死前还吟诵着当年为建立天国所发的诏令：

……男将女将尽持刀，现身着衣仅替换。同心放胆同杀妖，金宝包袱在所缓。脱尽凡情顶高天，金砖金屋光焕焕。高天享福极威风，最小最卑尽绸缎。男着龙袍女插花，各做忠臣劳马汗。钦此！

他激励跟随他的男将女将"同心协力放胆杀妖"，明确告诉他们，现在的衣着只是暂时的，装满金宝的包袱会有的，只要"革命"成功，到时候大家住的会是金砖金屋，最底层穿的都是绸缎，给了他们一幅天国最美好的画图。他大概是在回想着当初描绘的这幅最美好的画图中，"钦此"之后死去。

幼天王洪天贵福即位，将一切军政事务统交李秀成掌管。此时，离天京城破已只有四十九天了。

李秀成执掌天国，已无回天之力。

他一方面亲自部署指挥对付湘军的攻城，组织力量破坏湘军地道，构筑月城，城墙如被轰塌后，再凭月城抵抗；一方面鼓励士兵，相当于做士兵的思想工作，为了天国，战斗到底，决不让清妖踏入天京。同时发动市民支援、参与守城，与军士同心协力。

然而，自己的军士战死一个少一个；市民饥饿，难以"众志成城"。攻城的湘军则越战越多，援兵不断，水陆齐攻，气势如虹。

天京城外最后一个制高点龙脖子也失守了。

湘军一占领龙脖子，即修筑炮台，居高临下对城内轰击。

李秀成冒着炮火赶到与龙脖子接近点，只见湘军用马车运送着一车一车的芦苇、蒿草、沙石，将芦苇蒿草填入山麓与城墙间，再覆盖沙石，一层一层地往上填……

他们这是要铺出一条与城墙齐平的攻城道路。李秀成想，他们挖地道从下暗攻，填壑铺路从上明攻，如不破此二招，天京时日不多了。

李秀成决定做最后一搏。

深夜，李秀成挑选出来的一千名死士，全部穿上湘军服装，分成两队，悄悄出城，一队奔龙脖子，目的是纵火燃烧湘军铺路的芦苇蒿草，趁乱炸毁炮台；一队往太平门，将湘军挖的地道毁坏。

李秀成这一着如能成功，天京还可延缓一段时间。

然而，死士们虽然抱着赴死的决心，伪装成湘军，却很快就被湘军识破。

——他们不会说湖南话。曾经加入他们水师的洞庭湖畔的船夫、纤夫早就全没了。

"什么人？"湘军的岗哨喝问。

不好开口，开口便露破绽。

"哪一部分的？深夜去何处干么子（执行什么任务）？"

无法回答。干脆别搭理，只管走，闯过去。

"给老子站住，再走老子就不客气了！"

"砰砰！"岗哨的枪声响了。

湘军的暗哨、营帐内的士兵齐出。

没有办法了，只能二话不说，策马冲杀。

已经暴露了，能冲得过去吗？

好在是深夜，湘军没准备夜袭，最后的总攻时刻也没到，只是将他们击退便算。否则乘势抢攻，则已杀入城内。只是太平军再想伪装深夜出城，已不可能了。

七月十九日，天京最后的时刻到来。

清晨，湘军主攻部队向太平门发动进攻；中午，太平门城墙被轰塌，湘军攻入城内。

李秀成指挥太平军和攻入城内的湘军血战时，又接到报告：

"水西门、旱西门，已被彭玉麟攻占。"

由是，天京全城各门，都被湘军攻占。

李秀成赶回天王府，带着幼天王洪天贵福，在文武官员护送下，想由旱西门突围出城，没有成功，只得转上清凉山。

天京城内，太平军顽强抵抗，子弹打光，炮弹打光，点燃火药桶抛掷；阵地失守，转入巷战……

在血腥的拼杀中，夜幕降临。

趁着夜色，李秀成穿上湘军服装，带着洪天贵福，折回太平门，从城墙缺口冲出，往孝陵卫方向跑。李秀成的战马跑得快，耐跑，洪天贵福的马跑得慢，李秀成下马，将自己的战马让与幼天王，自己骑上幼天王的马，可跑着跑着，幼天王不见了。

李秀成忙寻找幼天王，四处已是捉拿他和洪天贵福的喊声。

李秀成只得独自奔逃。

三天后，李秀成在方山被俘。有一种说法，说他之所以在方山被俘，是他躲在方山时，随身所带的财物被山民发现。从天王府中逃出，能不带些金银财宝？另图大业也好，东山再起也好，隐居也罢，都离不了。此时这财宝却害了他，山民一发现那财宝，寻思，这人怎么会有这等好物？湘军正在悬赏捉拿一个叫李秀成的，莫非就是此人？遂告密，以得赏金。李秀成被包围，策马冲出，无奈胯下已不是他的战马，而是换乘的一匹劣马……关于他被捉的细节，也有不同说法，说发现他的是一个猎户，这猎户见他可疑，和其他猎户商量，哄骗他吃烧烤猎物，用酒将他灌醉，等他醒来时，已被五花大绑，几把猎叉架在他脖子上……总之有点像前辈李自成，李自成是在九宫山被锄头刨死，李秀成在方山被活捉，都是直接被"民"而非"军"所杀、所擒。可见就算都是打着为民的旗号，到了败逃时，那民也是信不得的。

太平天国的英雄，后为梁启超先生称为和李鸿章并列——"之用兵之政治之外交，皆不让李鸿章"的"近世之人豪"，成了曾国藩的阶下囚。

李秀成在写下数万字的自述后，被曾国藩下令处决。

从他被俘到被杀，不到二十天。亦可见曾国藩怕另生变故。其实还是对他有所畏惧，正是"留他不得"。

五　为避"狡兔死，走狗烹"

太平天国被剿灭，朝廷加曾国藩太子太保、一等侯爵；赏曾国荃太子少保、一等伯爵；彭玉麟以"创立水师为首"，加太子少保，予一等轻车都尉世职。

太子太保、太子少保、一等侯爵、一等伯爵、一等轻车都尉世职，何等了得！何等荣耀！

这三个"何等荣耀"的大员，此时的心理状态却各不同：曾国藩内心焦虑，如坐针毡；彭玉麟和曾国藩心心相印，知道也理解他的涤生兄，但并不担心自己；曾国荃则"以病开缺回籍"，反正大事有他哥哥做主，他才懒得操心，回老家"打点战利品"也。

曾国藩之所以焦虑、如坐针毡，是他耳边总回响着"飞鸟尽，良弓藏；狡兔死，走狗烹"。

"飞鸟尽，良弓藏"，还有个"藏"字；狡兔死，走狗就必定被烹而不能藏或走吗？

曾国藩知道，在他创办湘军之初，从衡州率湘军水陆二军出征的头一年，朝廷就有人对皇帝说他于乡间"一呼，蹶起从之者万余人，恐非国家福也"。当时若不是长毛气焰正炽，朝廷正需要他力挽狂澜，大祸便已临头。

天京内讧，杨秀清被杀、满门抄斩，他就由彼及己，不由地想到了自己以后的处境，倘若将长毛灭了后，朝廷还能容他湘军，还能容他曾国藩吗？那时他就时常告诫自己："得如履薄冰，小心翼翼，万万不可露出半点恃功自傲啊！"

他率领湘军征战多年，多次险些丧命，仍"屡败屡战"，转败为胜，但一直还是只能顶着些虚衔领着他的湘军拼命，直到咸丰末年，攻陷安庆后，朝廷才让他督办苏、皖、浙、赣四省军务，可节制这四省的巡抚、提镇及以下者。在这之前，还是对他不放心啊！

第二年初，同治帝即位，让他任两江总督协办大学士，曾国荃补授浙江按察使。

他两兄弟，其实已成为以湖广总督官文为代表的另一政争集团"众矢之的"。那句于乡间"一呼，蹶起从之者万余人，恐非国家福也"的话，咸丰帝是不会忘记的，所以直到咸丰末年才给他督办四省、可节制四省巡抚等的权力，咸丰帝将没将他的顾虑告诉同治，不知道，但同治帝即位，实际掌控朝政的是原西宫的慈禧，慈禧能将以肃顺为首的"顾命八大臣"都一下除掉，全部处死……

高处不胜寒啊！

一攻占江宁，伪天朝灭了，无能的官文竟然"战功居次"，成为仅次于他的第二大功臣，这是论功行赏吗？这明明就是制衡，为了制衡他曾国藩。

表面是官文和他"政争"，潜伏在官文后面的势力，才是最可怕的，如同长江水面下汹涌的暗流、致命的漩涡。

曾国藩不能不想到韩信。

刘邦夺取天下，韩信功劳至伟，最后却被安上个"谋反"的罪名杀掉。而他已风闻，说有人劝他自立为帝。这个"有人劝"，就可置他于死地。

…………

彭玉麟之所以不担心自己，是因为他自投军那天起，便将朝廷所有给他的实职官衔全部辞掉，从同知到巡抚，他辞得干干净净，一个也没要。掌管的水师他也要交出，水师提督由别人来干，他回老家为母亲完成守孝三年的终制去也。至于什么时候复出，那得看情况，看是干什么，总之不能违背"不要官"的誓言。但此时还不能走，他得为曾国藩、他的涤生兄分忧。

彭玉麟一出现在曾国藩面前，曾国藩又犹如当年在南昌见到彭玉麟一样，精神立振。要知道，其他的将帅都在欢欣庆贺自己升官加爵，来见他时说的都是些托朝廷洪福、蒙圣上恩宠、全仗大帅英明，我等方有今日之类的套话、废话，只有彭玉麟这一来，定是和自己共吐心声。

根本就不用先来些什么"你对当前形势有什么看法？""要如何才能更好地为朝廷尽力？"等试探性的开场白，彭玉麟坐下便说：

"涤生兄定是偶有'雅兴'，在想着越国范上将军（范蠡）写给文大夫（文种）那封信里的话。"

曾国藩笑了，说：

"雪琴知我啊！你的记性好，能否将《史记·越王勾践世家》中那段话背诵背诵。"

彭玉麟便背：

"范蠡遂去，自齐遗大夫种书曰：'飞鸟尽，良弓藏；狡兔死，走狗烹。越王为人长颈鸟喙，可与共患难，不可与共乐。子何不去？'种见书，称病不朝。人或谗种且作乱，越王乃赐种剑曰：'子教寡人伐吴七术，寡人用其三而败吴，其四在子，子为我从先王试之。'种遂自杀。"

曾国藩说：

"《史记·淮阴侯列传》韩信临死前云：'果若人言，"狡兔死，走狗亨；高鸟尽，良弓藏；敌国破，谋臣亡。"天下已定，我固当亨！'"

"然天下并未定，狡兔并未全死，飞鸟并未全尽，捻军势力尚大。"彭玉麟立即说。

"依你言，朝廷还必会派我去剿灭捻军。"曾国藩说，"然捻军又被剿灭后呢？"

"朝廷忌惮者，我湘军也。我湘军势日盛者，水师也。"

"你欲舍弃水师？！"曾国藩盯着彭玉麟。

"将湘军水师交给朝廷，改为长江水师。湘军水师的名号虽然没了，但水师仍在！如此，一则为国家保留了军事力量，无论对内对外，水师不可一日无。二则……"

"彭玉麟可脱身也。"曾国藩替他补上一句。

彭玉麟默而不答。

"雪琴啊，你不说陆师而先说水师，其意我岂能不知，你既已如此坚决，罢，罢，我与你一起脱身。"

"涤生兄，你若想脱身是不可能的，国家尚未安定，离不了你；朝廷内争未息，以彼制衡此，亦是以此制衡彼，同样离不了你。"

"以你所说，我连'藏'也'藏'不了喽。"

"真到须'藏'日，即已无处'藏'。"彭玉麟说，"涤生兄，你只是尚在犹豫而已。"

自古至今，有几人能"藏"而逃脱？商鞅、李斯父子……就连被民间称为"前有诸葛亮，后有刘伯温，掐指能算出前几百年后几百年事"的刘基，本朝的年羹尧，等等，或被五马分尸，或被腰斩，或被毒死，或满门抄斩……他们生前都是权倾一时，或重兵在握，或为主子、皇上视为左膀右臂，朝廷须臾离不得的顶梁柱……

彭玉麟说曾国藩只是尚在犹豫而已，曾国藩确是实在难以割舍啊！湘军是他心血所育，是他心血浇灌成长壮大起来的，是与长毛拼命杀出来的……他其实早已想好，当下只有二字，既可保湘军，又可保自己和各路将帅无虞。此刻彭玉麟既已点破，曾国藩想，且看他是否和我一样想到那"二字"。便说：

"雪琴啊，你说要将水师交与朝廷，却没说要将整个湘军交与朝廷，又说我不可能脱身。那么只有两个字可行。我俩不妨学学诸葛孔明和周瑜公瑾，将这二字各写出来，看是否相同，也不用纸张笔墨，就以茶水画于桌上。"

彭玉麟点头说好。

曾国藩和彭玉麟便各用手指沾茶水，在桌上写出两个字。

两人写出的都是：裁撤！

两人相视，却无会意之容，而是脸色严峻。不得已而为之呵！

还是彭玉麟先开口：

"水师交与朝廷，朝廷高兴；陆师大幅裁撤，朝廷放心，官文及其身后那些人也就无衅可挑了。"

…………

彭玉麟走后，曾国藩立即上疏，自请裁撤湘军五十营二万五千人。

曾国藩率初创的湘军水陆二师自衡州东征，总兵力为一万七千人，其中水师十营五千人。经历无数次恶战，由被动到主动、终于扭转战局，最后围攻天京，与李秀成二十万大军及城内配合的守军大战于雨花台时，不足三万人。若以湘军此战兵力计算，除去阵亡者，等于全部裁掉。

朝廷接到曾国藩这样的折子，能不高兴？能不放心？能不立即准奏？

朝廷的批复很快就下来了，准奏裁撤湘军二万五千人。时为是年八月，攻破天京才一个月。准奏之快前所未有，创"办事"迅捷之最，可见对湘军的忌惮，此时才算将悬着的心放了下来，自然也就对曾国藩放了心。

六　不用出钱而有长江水师，立即准奏

"长江水师""长江水师"……

彭玉麟在他的"舟家"中，启篷窗，铺画纸，挥笔作梅。

风平浪静。

案上画纸梅花绽放，他的嘴里却在念叨着"长江水师"。

湘军水师交给朝廷，改为长江水师后，如何制定长江水师营制，使得长江水师仍然能有湘军水师的战力，成为彭玉麟的"相思"之疾。

营制不定，水师不稳；水师不稳，则江防海防不稳；江防海防不稳，则国家内忧外患仍频……然要以什么样的营制才能让朝廷批准？

这里面的"学问道道"实在太多太复杂呵！仅以人员兵力而言，不能太多，太多了朝廷不会同意，依然是不放心；太少了又等于虚设，无济于事。究竟要配备多少兵力才能既让朝廷同意，又能真正起到确保五千里江防无恙？

彭玉麟思来想去，拟定了一个方案。如同写文章完成初稿，得将文章先搁进抽屉，放一放后再予以修改，他收起方案，铺纸挥毫画梅，欲完成对梅姑承诺的每日"作业"。

然而，这次他的思绪无法集中到画梅上，眼前也没有出现梅姑翩然而来的倩影；水面风平浪静，他的眼前，出现的却是汹涌奔腾的万里长江，长江上旌旗招展的战船，要隘处的兵营炮台……蓦地，战船乱成一团，兵营炮台全被拆掉，杂乱的喊声响在耳边：无营制，哪有什么长江水师？敌已袭来，我等如何防卫……

他的心一抖，手一颤，画笔落于案上。

不能再耽搁了！得立即去与涤生兄商量。

"雪琴此来，定是为长江水师善后事宜。"曾国藩一见他就说。

"何以能如此断定？"彭玉麟说，"难道我就不能有别的事来吗？抑或我是来告别的呢？"

"长江水师一日不定妥，你是一日不会离开的。"曾国藩说，"'无论对内对外，水师不可一日无。'你说过的这句话，我可是记得的呵！"

彭玉麟便说：

"雪琴此来，确是为长江水师善后事宜，自荆州至崇明五千余里江防，不可有一处疏忽，我意设提督一员、总兵五员，分以六标驻防；设营、哨官七百九十八员，兵丁一万二千人。待长江水师定妥后，再将江防海防连成一片，以御外敌。涤生兄以为如何？"

曾国藩思索了一会儿，说：

"提督一员、总兵五员、以六标分汛，营哨官七百九十八员，皆妥；至于兵丁一万二千嘛，我看也不多。"

"以此上奏，朝廷当不会有异议吧？"

"这些都不是主要问题，主要问题是……"

彭玉麟立即说：

"军饷！"

"是啊，一年需多少军饷？"

"岁饷六十余万两。"

"六十万两！从何而来？若要经过户部……"曾国藩没说出来的是，朝廷每年能拿出这么多银子来给水师吗？舍得拿出来吗？尽管他知道，这是个压缩又压缩了的数字，岁饷六十万两，除去提督、总兵、营哨官的月薪，每个兵丁每月仅二三两而已。

彭玉麟答道：

"不烦户部。"

不烦户部，就是不要中央财政开支。彭玉麟在制订方案时，就想到了这个最棘手的问题，靠朝廷拨给，那是不现实的。奏章上去，必然要交户部审议，户部一看，每年要六十万两银子，便会想出种种理由，说这个长江水师实无必要，就算非要不可，三五千人也就够了，至于那"自荆州至崇明五千余里"怎么布防，他们才不管也用不着去管。

曾国藩说：

"你难道又要像我当年办湘军一样，靠自筹？"

彭玉麟说：

"以长江厘税供支。"

曾国藩说：

"雪琴啊，你想到的以长江厘税供支，固然不失为上策，然以目前形势而言，军事未定，长江厘税恐难以为水师专用。你还有别的补济之法么？"

彭玉麟说：

"安徽另有一物，可供补济。"

"你说安徽另有一物，可供补济，看我猜的是否与你一样。这回不用书写，我俩同时说出。"

"淮盐！"两人异口同声，相视而笑。

曾国藩又说："当今淮盐积滞。"

彭玉麟旋接："正好捆盐自卖，以供水师月饷。"

"到底是当过账房先生的，会理财啊！只要渡过目前难关，我自当另有法子助你。"

这个"另有法子"到底是个什么法子，曾国藩没说，因为时机未到，说了也是白说。

"有涤生兄相助，长江水师军饷、费用不用愁了！"彭玉麟也不追问那个"另有法子"。

"就这么着，我俩共同上奏。这个奏本又会很快就被准奏的呵！"

"还有一点，"彭玉麟说，"水师提督由朝廷另行委派。事竣，我是要回渣江老家去的。"

"这个嘛，得由朝廷决定。"曾国藩想了想，说，"不过嘛，将这一点写上也好，湘军水师统帅不任长江水师提督，朝廷的批复会更快。"

彭玉麟当即执笔，和曾国藩共同上奏。

长江水师营制上奏后，不要户部拨银子，户部自然不会有阻碍，皇上和太后看了奏章，不要出银子而能有一支长江水师，这样的好事还能不同意？何况水师的创始人、统帅还自辞不就，由朝廷另委提督，长江水师尽在朝廷掌控之中。于是批复又和裁撤湘军一样快得很，准奏！

同治四年（1865年）五月，曾国藩奉命督办直隶、山东、河南三省军务——剿捻。也就是从这对捻军的作战开始，走下坡路了。

尽管他先后提出以静制动、坚壁清野、重镇设防、建立马队等策略，并主张东以运河，西以沙河、贾鲁河，南以淮河为防线，北自朱仙镇至汴梁和黄河南岸挖濠设防，以围困捻军，但全都失败，河防计划也破灭。尽管他的官职未受到影响，从督办三省军务到回两江总督原任，后又授大学士，但声望每况愈下，调任直隶总督后，碰上个天津教案，涉及洋人，其处理、交涉结果朝廷人士、民众均不满，社会舆论谴责，背上了骂名，连省馆所书楹帖都被毁，只差没在暗地里对他动手了。曾国藩只得自引其咎，重被调任两江总督。

同治十一年二月初四（1872年3月12日），曾国藩午后在西花圃散步，脚突然发麻厉害，儿子曾纪泽将他扶回书房，"端坐三刻逝世"。年六十一岁。他在这之前就经常脚发麻，舌蹇不能说话，其实就是脑梗。但那时似乎还没有脑梗一说。

曾国藩因脑梗死后，"中兴四大名臣"只剩下彭玉麟和左宗棠。彭玉麟继续着他的辉煌，巡阅长江，整顿长江水师，严厉惩贪反腐，威名日盛，被百姓称为"彭青天"，官吏称其"彭打铁"；继续着他的"辞官专业户"，漕运总督、两江总督一概辞掉，兵部尚书也不去上任，年近七旬却毅然受命督师边陲，抵抗法国侵略，取得"与外兵交锋始称战胜第一大捷"。下面一一道来。

第七章 军营迎检

一　送公文进军营也得行贿

　　一个公差模样的人策马在朦胧的月光下，沿着长江岸边疾驰，急骤的马蹄声由远而近，复由近而远，渐渐消失在夜空中。

　　这位差爷星夜策马疾驰，莫非携带的是"六百里加急"？军情刻不容缓！其时，日寇在侵犯我台湾后，已扬言要沿水路内犯，直取江宁。长江防线，岂不是重中之重。

　　就在这个夜里，长江一岔口处，有两条黑影抬着一个隐隐约约能看出的长条形麻袋往长江中一扔。江水一声"扑通"，天空中刚露出的圆月旋被一团巨大的乌云遮盖。

　　麻袋里装着的，是一个"大活人"。

　　日上三竿。长江岸边忠义营兵营内仍是一片懈怠景象，有士兵在打牌赌博，站岗的哨兵懒洋洋地打着哈欠。

　　连夜疾驰的那匹马在兵营大门停下，骑者杜贵从马背跳下。

　　他这一从马背跳下，便可知绝对不是"六百里加急"，若真是"六百里加急"，到得兵营门口，一声"六百里加急"，站岗的就得赶紧闪开，策马就冲了进去。可他为什么又连夜疾驰赶来呢？

　　跳下马的杜贵对站岗的哨兵说："快，禀报谭将军，有要事相告。"

　　"什么要事？这么早就来叨烦。"

　　"日头都这么高了，还早？我可是奉命星夜赶来。"

　　"你们那里的日头和我们这里的不一样，我们这里日头出得晚，鸡才打头鸣。"

　　这是军营站岗哨兵该说的话吗？这像是卖狗皮膏药的耍嘴皮子。

这军营又是军营吗？士兵还有打牌赌博的。岂止打牌赌博，吃空饷、买官卖官、偷鸡摸狗都是常事小事，没去公开打抢就算烧高香了。这就用得着清廷要已辞官回乡数年的彭玉麟"出山"、命他巡阅长江的诏令中的一句话了："自设长江水师，东南无事，将士渐耽安逸，事多废弛。"

杜贵许是见惯了这种场合，说："别开玩笑了，快去禀报。"

"我们谭将军很忙，你要我们禀报就禀报啊？全不晓规矩。"

挎刀的哨兵伸出左手，摊开。摊开左手干什么呢？要银子，得给小费。没有银子，谁去给你禀报，这年头，大官大贪，小官小贪，咱小兵不趁着站岗把门这机会捞几个，到哪里去捞？换句话说，也可叫有偿服务。

杜贵自然知道那意思，可这要小费竟然要到了他身上，心里的火便不由地往上飙："提督大人吩咐的要事，你们敢索费？敢不禀报？"

持枪的哨兵立即说："提督大人？你是提督吗？如果是提督大人，我们早就列队迎出十里外了。"

"对啊，你是提督吗？我们谭将军日理万机，是你想见就能见的？"

杜贵递过去一个信札。

挎刀哨兵接过看了看："呵，真是提督大人派你来送信的。送信就把信交给我们好了。"

"对，对，把信交给我们就行。您老请回，请回。"持枪哨兵故意说"您老"，明显的戏谑。

杜贵顿时大怒："老子连夜赶来，水都没喝到一口就要我回去，提督大人还有话要我亲自告诉你们将军，耽误了要事小心你们的脑袋！"

一听这话，挎刀哨兵对持枪哨兵轻声说："看来还真有要事，不能耽误。"

持枪哨兵便对杜贵说："好，好，那你就等着，我这就替你去禀报。兄弟，是和你开个玩笑、开个玩笑，不讲不笑，阎王不要。

只是……我可早就说了啊，我们谭将军日理万机，不知能不能立即见你。"

日理万机的忠义营总兵谭祖纶谭将军，此时还在抱着一个妇人睡觉。

"将军，将军，有人求见。"亲信家丁孙福轻轻敲门。

"什么人？不知道本将军还没睡够吗？"

"提督大人派人来了，说有要事。"

"提督大人派人来了？！"谭祖纶的话语立时转缓，"你快将他请到会客室，好好招待，给他准备一份礼金。"

谭祖纶从床上坐起，对妇人说："娟儿，你不用起床，我去一下就回来，咱俩继续。"

娟儿嗯嗯着翻了个身。

谭祖纶走出房间后，半裸的娟儿坐起，环视房间内豪华的装饰，脸上似有满足感，但突然又有几分惶惶不安。

被孙福请到小客厅里的杜贵饱餐一顿后，见谭祖纶还没来，一边不耐烦地踱步，一边嘀咕："这么久了还不见他来，在忙些什么？"

谭祖纶从妇人身上起来后，在忙着坐马桶。坐完马桶，由仆人服侍，他慢吞吞地洗漱、换衣。洗漱完毕，着装整齐，慢吞吞地吃完"特供餐"，又闭目养神……他是这么个不性急的"温吞水"吗？非也。他是故意要让来人多等一会儿，好显得他为军务忙得不行。

大清国的将军，并非谭祖纶一人这样，须知，将军睡个把女人算个鸟事，那是女人的幸福。当然，这都是被窝里的事，一走到外面，一对着下属、外人，那可就是将军相了。

这不，终于走进小客厅的谭祖纶，那一走进去的样子，可就是雷急火急赶来的样子，抑或是从百忙中抽身而来。

"让你久等了，贵信使辛苦，辛苦。"

杜贵应道："谭将军辛苦。"

"谭将军辛苦"这话使得谭祖纶不由地一怔，来之前在那女人身上是辛苦了，旋即回答："哎呀，军务太忙，实在太忙。"

谭祖纶朝后一挥手，孙福走进，给杜贵送上一个锁口小布袋："这是将军特送的一点辛苦费。"

杜贵抓起小布袋，掂一掂，响起银子碰撞声。这一有了银子，阴沉的脸立时晴朗："谭将军这么客气。"

"些小意思，些小意思，还望不要见怪。"

谭祖纶对一个信使怎么这样客气呢？论官衔，他是二品大员，但隶属提督管辖，对于提督大人派来的信使，不打点好能行？这可是一个重大的关系问题。关系关系，升官晋爵的主要途径之一。对于关系嘛，就连小处也不能马虎。否则，他能当上总兵？这不，他在送上"些小意思"后，还要"谦卑"地问"贵信使贵姓大名？"得知"贵信使贵姓大名"后，可就来了句"还望杜特使转达本将军对提督大人的问候"。

得了银子的杜贵忙说："这个自然、自然，我杜贵一定转达，请谭将军放心，放心。谭将军为军务忙得不亦乐乎，我可是亲眼所见。"

杜贵将信札递给谭祖纶后，又告诉谭祖纶，这送信本不是他的差事，也用不着赶夜路，提督大人之所以派他来，并要他连夜赶来，是事关重大，"提督大人要将军切切不可疏忽"。

提督大人所嘱切切不可疏忽、"事关重大"的大事，是彭玉麟已任长江巡阅使，这个昔日的雪帅，不日就要来到忠义营，要谭祖纶做好迎接巡检的准备，也就是迎检。

一得知是要迎检！谭祖纶立即将幕僚钱文放喊来商议。

钱文放一听说要来巡检的是彭玉麟，不由地惊诧："彭玉麟？！他不是已经辞掉了漕运总督、兵部侍郎，返乡养病吗？"

二　又辞漕运总督、兵部侍郎

彭玉麟会同曾国藩奏定长江水师营制后，为补济奇缺的军饷，将积滞的淮盐捆卖，度过了最困难时期后，曾国藩没有忘记"自当另有法子"相助的话。形势一稳定，江路大通，他即设立三省督销局，招商领票，水师获得大小盐票数百，这一下，长江水师不但有了充足的军饷，而且有额外可支付的款项。彭玉麟自己一文不取，将余银五分之一存入票号（即银行，又称钱庄）取息，以助水师公费，且备外患仓促之需。其余的资助云、贵军饷二十万，甘肃军饷二十万，他的老家办学兴教十万。对于水师将领有大功者则奖赏盐票。

长江水师全盘皆活，彭玉麟定下规章及详细财务制度后，思索着该回老家去了。

他正思索着还有什么事得在他手里办完，方可毫无牵挂地回老家——

"圣旨到！"

彭玉麟慌忙迎出。

"彭玉麟接旨。"

这道圣旨若是令他人接，内心定会欢喜若狂，表面则是诚惶诚恐，连呼谢主隆恩、谢主隆恩。可对于彭玉麟来说，又是令他脑壳痛。

圣旨令他出任漕运总督。

漕运总督，这可是最大的肥缺啊！辖区内的民政、财政、刑事、军事、水利、盐课，都由其负责，不受部院节制，直接向皇帝负责，可专折奏事，不但比巡抚的油水要大得多，辖区内的巡抚还得受他节制，不知有多少高官都在盯着这个肥缺，或自己想当，或想让自己的亲戚、门生、最信任之人去当，当上漕运总督，别说贪，就是刮些"边角余料"，也有用不完的钱。至于利用这个"平台"去广交关系，打通关节，行贿关键人物，等等的方便之处，那就更不用说了。知道他要任漕运总督的京城朋友则或为他高兴，或不无些许妒意，这样的好事怎么落到他身上……

朝廷之所以任命彭玉麟为漕运总督，大概是见他不要朝廷拨款，就将长江水师的军饷费用全部解决，不但解决了水师的经费，而且能助饷云、贵、甘，实在是善于理财、体恤朝廷、顾全大局之人，本人却又不取分文，要他当漕运总督，朝廷的收入靠得住，放得心。

彭玉麟却不肯接旨。

跪着不动的彭玉麟说自己既无经济之学，性情又偏躁，完全不是干漕运总督的料，恳请朝廷收回成命，另任他人。

传旨的人说，彭大人，你还是先接旨谢恩起身吧。

"臣谢恩，但臣难以接旨，臣已辞安徽巡抚、水师提督，只是在帮办长江水师善后事宜，今事已竣，臣要回老家去疗伤养病。为免延误国家大事，还请代为诉说，彭玉麟实难担此大任。"

"彭大人，你不愿就任，要回老家疗伤养病，那得由你自己去说，怎么能要我代说呢？我又怎么好代说？倘若我一说，朝廷认为是我捏造，我可担当不起这个罪名。"

这传旨的怎么没有厉声呵斥："彭玉麟，你敢抗旨吗？"

这传旨并不像戏台上演的大戏、电视剧里那样，太监公公一来，盛气凌人、不可一世，传旨的也并不都是太监公公，吏部、兵部官员，乃至地方官员皆可以受命代宣。代宣有个好处，如吏部、兵部官员正要去被宣人处出差，就便。况且宣旨的会对不愿升官、就任肥缺的发怒吗？你不愿当，不愿就任，空出那个位置、那个肥缺，正好让他的人有机会。再则，就算来传旨的是太监公公，他也要和外官搞好关系，会动辄怒斥吗？

传旨的那么一说，彭玉麟还是接了旨，但当晚便上疏坚辞，理由还是无经济之学，性情偏躁，身体又不好，时常晕眩，完全不适合当漕运总督，霸蛮去任漕运总督会误事……

又是像辞巡抚一样，上一道请辞奏折未予答复，又上第二道，"累疏固辞"，朝廷也就允了。

辞掉了漕运总督，彭玉麟还有个兵部侍郎的头衔。

这个兵部侍郎是朝廷准他辞掉安徽巡抚而改的，当时是改以兵部侍郎候补。

候补嘛，那就还得"候"，自然不用去上任，后来不用"候"了，将候补二字去了，他也没去京城上任，也就是没去上过一天班。

没去京城上过一天班，并不等于他没上班，他一天到晚是在水师"上班"，从湘军水师到长江水师，如今长江水师的事都已定妥，如再不请求朝廷让他走，说不定又会要他任别的什么高官，又会有诏命到来。

彭玉麟想着自己因为从戎，没有为母亲守满三年孝，军情军务，让他耽搁了一次又一次，这次无论如何也得回老家去守孝了。

他向朝廷上疏请求回籍补行终制，在奏折中说：

臣墨绖从戎，创立水师，治军十余年，未尝营一瓦之覆，一亩之殖；受伤积劳，未尝请一日之假；终年风涛矢石之中，未尝移居岸上求一日之安。诚以亲服未终，而出从戎旅，既难免不孝之罪，岂敢复为身家之图乎？臣尝闻士大夫出处进退，关系风俗之盛衰。臣之从戎，志在灭贼，贼已灭而不归，近于贪位；长江既设提镇，臣犹在军，近于恋权；改易初心，贪恋权位，则前此辞官，疑是作伪；三年之制，贤愚所同，军事已终，仍不补行终制，久留于外，涉于忘亲。四者有一，皆足以伤风败俗。夫天下之乱，不徒在盗贼之未平，而在士大夫之进无礼，退无义。伏惟皇上中兴大业，正宜扶树名教，整肃纪纲，以振起人心……恳请天恩开臣兵部侍郎本缺，回籍补行终制……

其中说了四条他必须回老家的理由，一是之所以从戎，是志在灭贼，如今贼已灭而不回，近于贪位；二是长江已经设立了提镇，自己如果还留在军中，近于恋权；三是如果改变了初心，贪恋权位，那么之前辞官之为，会被认为作伪；四是守孝三年之制，无论是谁都应该遵守，现军事已终结，如果还不补行终制，就等于忘掉了亲人。所以他必须回去了。而且恳请将他的兵部侍郎也一并免掉。此外还说了他伤病时发，需要疗伤养病，报国之日正长，断不敢永图安逸。

奏章上去，朝廷"优诏从之"，同意他回籍补行终制。

就这样，先后辞掉漕运总督、兵部侍郎，"无官一身轻"的彭玉麟，回到老家衡州渣江，修建了一座草楼，名曰退省庵。他住在草楼里，布衣青鞋，时往母墓，庐居不出。

在他隐居的日子里，日寇在侵犯我台湾后，又扬言要沿水路内犯，直取江宁。长江水师军纪松弛，贪腐之风盛行，出了很多问题，朝廷遂令彭玉麟巡阅长江，整顿水师，以御外敌。

彭玉麟这一遵旨出巡，比他率领湘军水师作战还要艰难，对付的都是自己内部的人。

三　将军府夜宴·"三好一高"

钱文放惊诧已经辞掉了漕运总督、兵部侍郎，返回老家的彭玉麟怎么又接受了一个巡阅长江的差事，不由地说："巡阅长江可是个苦差事，水路险恶，日晒雨淋，浪打风吹，他也那把年纪了。"

谭祖纶说："是啊，漕运总督那么好的一个肥缺，多少人想谋这个肥缺都谋不上，那经手的全是白花花的银子啊！这个雪帅，他却硬不要这个肥缺，不可理解，不可理解！"

"早就听说他是个怪人，有'三不要'之名：不要官，不要钱，还不要命。每次为朝廷立下大功，第一件事便是请辞官衔，也真的是不可理解。"钱文放摇晃脑袋。

"说起他那不要官嘛，就我所知，他请辞安徽巡抚是连上三本，请辞漕运总督是一月之内连递两次奏折，要他当兵部侍郎嘛，他根本就不去京城。人家是想尽一切法子往上爬，他倒好，有高官就是不当。人家是得到提拔感恩戴德，他是每遇提拔便找些什么病啊、伤啊的理由，辞职不就。这当官嘛，只要一当上，便终身是官，除非被朝廷罢免，他却好像是给朝廷打零工，干罢一桩差事，那官便不当了。可朝廷偏又给他当官的差事，而且越给官还越大。只是这次让他当个长江巡阅使，又让他天天在长江上颠簸，可就够他受喽，毕竟不是当年，岁月不饶人喔！"

谭祖纶对彭玉麟还有一点难以理解的是，辞官简直成了他的"专业"，且不说朝廷每次都是给他升官而不是降级或平级调离，就是那圣旨一下，谁敢不遵？可他就是不遵。似乎朝廷也拿他"就是不干"这一招没办法。此外，他不娶小老婆不纳妾，不进花楼不喝花酒，就连女色都不近，不打牌赌博不和人闲聊，唯一的爱好就是画什么梅花，要"狂写梅花十万枝"，献给他早已逝世的一个叫梅姑的情人。真不知他这样折磨自己是何苦、何苦。

"这位当年的雪帅，据说将自己的俸禄、朝廷的赏金，或发给士兵以补军饷，或周济穷人，或用于公益……"

钱文放还没说完，被谭祖纶打断："说是这么说。可若说他真不要钱，老子不信！"

岂止是谭祖纶这个"老子不信"，朝廷里诸多"老子"也不信，百姓们不相信，今日的读者可能也不相信，哪有每逢升官就坚辞不就的，哪有当官的不娶小老婆不纳妾不养"小三"的，哪有当官的不要钱！只有彭玉麟衡州渣江的老乡相信，他在老家地无一亩，瓦房都没有一间，只有一座草楼。

钱文放当然也不相信，说："是啊，是啊，不过，我说将军啊，这当年的雪帅，今日的巡阅使，可不能慢待呵！"

"刘提督也就是怕我慢待他，所以像有紧急军情一样派人连夜送信，还特意叮嘱要做好一切准备。你就给我说说怎么应付吧。"

钱文放想了想，说："这个有'不要官、不要钱、不要命'之称的彭玉麟，这次愿就任长江巡阅使，肯定和日军扬言要沿水路进攻江宁有关，看来是朝廷命他整顿长江水师，以阻日军……"

钱文放没说完，又被谭祖纶打断："管他那么多干吗，你只说如何应付他的检查。"

钱文放又想了想，说："彭玉麟这人打起仗来不要命，办事只怕也会认真到不要命，他这次来巡视，以当年的雪帅之威，第一肯定是检查军纪。将军，你得让部下立即操演起来，到时给他个威武之师看看。同时……"

"这个我知道。迎接检查嘛，样子肯定是要做的。你快说那第二。"

"第二嘛，对于军营的饷银、开支，有关册簿等等，也得把把关，万万不可有纰漏。将军得……"

谭祖纶立即说："这个我也知道。"

屡被打断的钱文放心里不满，你什么都知道还要我说什么。嘴上说的却是："将军英明，早就把一切都想好了。只是这迎接之事，须切实做好安排，让巡阅使满意。"

谭祖纶大笑起来："这个不用你说。总督、提督以前都来过，他们都是乘兴而来，'满载'而归。其实这个检查也好，视察也好，巡视也罢，还不就是走走过场。只要做到'三好一高'，让他们吃得好、住得好、玩得好，回去时钱袋鼓起老高就行，谁还能不高兴、不满意？检查结果还能不是优等、最佳、堪为典范？"

钱文放便跟着笑："将军说得是。'三好一高''三好一高'。"

"这'三好一高'也不是我的发明，朝廷上下、军队地方，无论哪里，他娘的迎接什么检查、巡视都是这套玩意。"谭祖纶一挥手，"操演的事，你传我的令，这段时间谁他娘的不表现出个威武之师的样子来，我要他的脑袋！迎接巡阅使、雪帅老头的事，我亲自部署。"

钱文放一走，谭祖纶便开始亲自部署，令人喊来亲信家丁孙福，要孙福再去将军府一趟，"昨晚那场热闹，可能还有没收拾干净之处。"

谭祖纶所说的"昨晚那场热闹"，是将军府的夜宴。

谭祖纶私自修造的将军府位于坪山，外表一般，里面却如同皇宫。

是夜，灯火通明。宴会厅里，众多官员、商贾、谭祖纶的关系户们大呼小叫举杯碰酒，有的已喝得东倒西歪。

一个家丁上前对谭祖纶说："将军，是不是该上'大菜'了？"

"上'大菜'，上'大菜'！"

这个家丁便扯开嗓子喊："上'大菜——'"

有正在举杯的一听，赶忙放下杯子："还有大菜？！什么样的大菜？"

所谓"大菜"，是将军府夜宴特备的最令客人惊讶的一道"菜"，是活人、女人、美人。

宴会厅旁边的一间房门紧锁的房子里，坐着十二个浓妆艳抹的女子，只是这些女子都显得恐惧不安。

"哐当"一声，房门被打开，如同打开牢门。

"家（家丁）爷，这次又要我们去干什么？"众女子立即惊慌地站起，惶惶地问。

"都到宴会厅去！跳那个'迷倒高朋舞'。"

十二个女子一听，似乎松了口气，赶紧排成长队，进入宴会厅。

"'大菜'来喽！"

这道"大菜"一来，众宾客的眼睛立时发亮。

十二个女子扭动腰肢，挺胸翘臀，形同艳舞。

一些宾客看着"艳舞"，嘴巴大张，蠢蠢欲动，但又不敢造次。

"谭将军，来迟了，来迟了。"又匆匆走进一富商，掏出一张银票，"这是孝敬将军的一点意思，请笑纳。以后还请多多关照。"

谭祖纶接过银票，看了一眼，觉得那个数目还可以，便收起。

这送银票收银票怎么也敢当着这么多人的面送和收呢，不是得悄悄地私下里进行吗？试想，朝廷体制内的官衔都可以用钱去买，军中买官卖官也是明码标价，相当于现代军队的一个尉官多少钱，校官多少钱，将军多少钱，谭祖纶是一个堂堂总兵、二品大员，收几张银票算个鸟，况且收了商人的银票，也就是让他的货物过关卡时顺利一点而已，并不会影响"国之大计""军之大计"。所以谭祖纶收了银票后就对那个富商说，以后你哪个关卡过不去了，找我！

"多谢将军，多谢将军。"

谭祖纶说："饭你肯定已经吃过了，再尝尝刚上的'大菜'。"

富商一时没明白，问："大菜？将军说的是什么大菜？"

谭祖纶哈哈大笑，以手指着跳舞的女子："喏，你看中了哪一个，就将她带进那边的房里去，任你享受。"

谭祖纶又指着一个官员："你呢？看中了哪一个？"

谭祖纶对众宾客挥着双手："你们吃'大菜'都可随意，随意啊，在老子这里只管随意。"

立时有几人各拉住一个跳舞的女子，搂抱着往外面房间走。

余下的女子则被一些人各拉到桌前，有的强行灌酒，有的一顿乱摸……

谭祖纶又哈哈大笑，指着那些宾客们："看来这'大菜'还太少了，还得多采办一些。"

有了这样的夜宴，有了这样的"大菜"，谭祖纶的关系户还能不铁？还能有他摆不平的事？故有言：只要进了将军府参加一次夜宴，没有不为他效力的，无论京官、钦差、总督、提督。

因为要迎检了，谭祖纶不得不将夜宴暂时停一停，所以要孙福再去一趟将军府，要他将夜宴收捡得不显一点痕迹，其他该收捡的好好收捡收捡，该封口的得把他们的口封住。将那些女子好好看管。最近这段时间，将军府不许任何外人进入。

谭祖纶要孙福将那里收捡完后立即回来，他还有迎检的任务分派。

谭祖纶又要几个亲信军士换上便衣，到沿江一带"游击游击"。这"游击游击"也是他迎接巡阅使、雪帅老头的一个部署。

…………

谭祖纶安排完一茬又一茬，从将军府到沿江，从军营外到军营内，就连距忠义营几十里的墟场集市都安排得妥妥帖帖。故而谁若认为他只是个大大咧咧的粗悍武夫，那就大错特错了。

谭祖纶忙到很晚才进屋。

他一进屋，娟儿忙迎上："将军，怎么这么晚才回？"

谭祖纶说:"彭玉麟要来巡视,得准备准备。"

"彭玉麟?!是不是那个被称为彭青天的彭大人?"娟儿忙问。

"你知道他?"

"平时听人说过,说朝廷有个彭玉麟,在军中也不时微服私访,凡有违军纪、骚扰百姓的,严惩不贷,百姓称他彭青天。"

"什么彭青天,什么微服私访,一个怪人而已。大官不当,辞职还乡,要他巡阅长江他又来了。睡觉睡觉,明天还得忙。"

娟儿赶紧打水为他洗脚。

娟儿为他洗脚,服侍他躺下,为他捶腿……然后自己卸妆、脱衣,小心翼翼地躺到谭祖纶身旁。谭祖纶已鼾声大起。娟儿却睡不着。

娟儿大睁着眼,神态惘然,满腹心事,彭青天要来的消息令她心情更加复杂,既有对目前舒适现状的欣慰,又有对往事的怀念之感,更有不知该要如何办的惶惶。

窗外的月亮忽隐忽现,月光从窗棂射进来,照见她眨巴着的一双大眼,眨巴着的大眼忽然充盈泪水;月光被乌云遮掩,室内一片漆黑,黑暗中传出她一声轻微的叹息。

这个年龄不但比谭祖纶的小许多,而且颇有几分美色的娟儿,不是将军夫人,也不是小妾丫环。那么,她究竟是个什么女人呢?

四 碰上个煞是奇怪的劫匪头儿

谭祖纶清早起来,立即召集"迎检"会议。

谭祖纶说:"这次长江巡阅使彭玉麟大人前来我地巡视,是太后、皇上的恩典。彭大人虽然已有多年未管长江水师了,但长江水师为他所创,雪帅之威名,你们应当都知道。雪帅之任长江巡阅使,既是钦差大臣,又相当于我等的统帅,故,当务之急,是把迎接彭大人、接受彭大人巡阅的各项事宜做好做细做到位，不能有半点疏忽，不能有任何瑕疵，不能有影响我忠义营形象的任何事情出现！我们正在创建模范军营，彭大人就来了，这是天大的好事，所以彭大人到来之后，你们要小心谨慎，不该说的话不要说，不该做的事不要做，说话、行事，都须按照本将军统一之口径、统一之部署，谁若是给本将军捅出些什么娄子来，休怪本将军不讲情面！反之，本忠义营若是得到彭大人的赞扬，弄他个褒扬的牌匾挂上，你们个个，重重有赏。"

谭祖纶的讲话不用讲稿，且简短，但已将迎检的重大意义、如何做好迎检工作讲得透彻。他的话一完，部下立即争相表态：

"请将军放心，我等一定为忠义营争光。"

"将军，我等一定将那个光荣牌匾给你争来。"

"将军，若有胡言乱语之人，我先废了他！"

…………

与会的人正在争相表态，参将陈峰来报："将军，营门外来了个老头，口口声声要见将军。"

谭祖纶不耐烦地一挥手："轰走轰走！"

陈峰应声"是"。刚转身，钱文放喊道："且慢，那老头叫什么名字？长什么模样？穿什么衣服？是不是本地人？"

陈峰答道："那老头说他姓宫名保。长的模样嘛，也就是个乡里老头，穿的是布衣芒鞋，但说的不是本地话，有种不同乡里老头的气质，像是见过大场面的，所以末将不敢擅自驱赶，特来禀报。"

钱文放说："姓宫名保？宫保！见过大场面的？"

谭祖纶厉声说："管他什么宫保宫卫，没见我们正在商议迎接彭大人的要事吗？轰走轰走！"

"将军，宫保这名字有点蹊跷啊！不会是彭大人彭宫保吧？"

钱文放这么一说，谭祖纶不由地沉吟，彭宫保？！——彭玉麟！难道他真的来了个微服私访？旋说道："不可能，不可能，他怎么能来得这么快？"

谭祖纶一说不可能，部属们立即纷纷为总兵大人"不可能"的"论点"寻找"论据"：

"是啊,他不可能来得这么快,绝对不可能。"
"除非他长了翅膀。"
"据哨报,彭大人的巡阅使船距此还有几天水路之程。"
"那巡阅使船,还在长江里逆水而上呢!"

巡阅使船队的确还在长江中逆水而上。

巡阅使船船舱内,一柄宝剑挂在舱壁上,赫赫显威;两幅题诗梅花分挂两旁,文墨生辉。上端则为彭玉麟书写的一横幅:

清吏治,严军政,端士习,苏民困。

彭玉麟一接到命他巡阅长江、整顿长江水师的圣旨,为什么便立即"出山"?且不说这长江巡阅使的差事远不如漕运总督,他难道不知道日夜在长江颠簸之苦、整顿水师之难吗?在老家衡阳养病疗伤、完成终制的彭玉麟,其实时刻关注着国家局势,其时西北形势紧张,俄国屡占我疆土;东南形势紧张,日本侵略我台湾,还欲沿水路内犯,扬言直取江宁。外寇为何如此嚣张?他认为乃在我自身不强。朝廷命他巡视长江,他之所以毅然受命,就在于江海之防必须加固,水师之威必须重振。

江海之防,和彭玉麟后半辈子相始终。"清吏治,严军政,端士习,苏民困"则是他认为朝廷自强御侮的根本之计。

彭玉麟曾屡向朝廷上疏,提出自强御侮须"清吏治,严军政,端士习,苏民困"。然要做到这四点,他又认为不能光靠朝廷,每个臣子得亲力而为,得先尽自己的职责。故而在他受命巡阅长江、整顿长江水师时,便立下誓言,在他力所能及的范围内,必清吏治,惩处贪腐;凡他所能涉及之处,必严军政,绝不容许玩忽职守、阳奉阴违、政令不通!他所能管辖的范围,必端士习、苏民困!即使险恶莫测,阻力重重,千夫挡道,也要一行到底,决不退缩。

彭玉麟这个惩贪反腐、严厉治军的誓言一下,在他巡阅范围内的大官小官们可就真得格外小心了,须知,他墨经从戎立下"不求保举，不受官职""不要官、不要钱、不要命"的誓言都能做到。这也就是刘提督派杜贵星夜送信给谭祖纶的原因，要谭祖纶提前做好各项迎检准备，万万不可出现纰漏。若有什么"差错"被彭玉麟抓到，那可就麻烦了。

谭祖纶断定彭玉麟不可能来得那么快，因巡阅使船还在长江里逆水而上。可彭玉麟早已离船登岸。

十天前的清晨，站立在船头的彭玉麟问李超："此处到忠义营还有几天路程？"

李超答："还需半旬。"

彭玉麟要赵武取来地图。

李超、赵武是彭玉麟从原来的亲兵中新选任的卫士，彭玉麟统帅湘军水师时的卫士，只要没死的，皆以战功提拔到各处当官去了。这个赵武和原在他身边的卫士赵英仅一字之差，但并非兄弟，赵英深得彭玉麟喜欢，曾几次被派去暂管火头军而立有大功。赵武被选任卫士是否和赵英的名字有关，不得而知。

彭玉麟察看着地图，说："你们看，岸上有一条小路可达忠义营，可就比水路近多了。"

李超说："大人，你的意思……是从陆地小路前去？"赵武则担心地说："大人，旱路艰辛，且恐有盗匪……"

彭玉麟说："巡阅使船威武而行，所能看到的仅江水江岸而已，一停靠码头，地方大员俱来迎候，簇拥上岸，应酬不暇，我还能看到、听到什么真实情况？如同聋瞎……"

说毕，要李超随他而行，由赵武掌管船队。

彭玉麟叮嘱赵武，船队只需缓缓而行，凡停泊处，不论何官员求见，一概拒绝。

由是，巡阅使船队的确还在长江中逆水缓缓而上，只是彭玉麟已不在船上。

彭玉麟下船上岸，俨然一乡下老头，布衣芒鞋，唯下船上岸仍是军人步态。李超亦是乡民穿戴，斜背一长形包袱、一油纸雨伞。彭玉麟要李超喊他三爷、宫三爷；他则喊李超为小四。

两人沿崎岖小路而行。

他俩的前方，出现了一座形似鹰嘴的小山。进山小路两旁，林木茂密而又显得阴森。

暮色苍茫。不时有一阵山风呼啸而来，掠过山冈，袭入丛林，令树木发出阵阵尖利的哀鸣；哀鸣声相互撞击、回荡，使得寂寥的山路不但愈发显得寂寥，而且充斥着几分恐怖。

行走着的彭玉麟和李超忽然止住脚步。

于山风的呼啸、树枝茅草的晃荡中，似乎有蹑脚潜行的野物，正朝他俩而来。

李超心想，难道真的碰上了劫匪？！

李超正这么想着，一声短促而又尖利的唿哨从小路旁树丛传出。

李超一听见唿哨，迅疾往前一步，将彭玉麟挡在身后，欲从长条包袱里取刀。彭玉麟却将李超的手按住，低声喝道："且慢。"旋即做出难以行走状，艰难迈步。

二人缓步前行，李超扶着彭玉麟，如同儿子搀扶父亲。

很快，又响起一声长长的唿哨。

李超想，怎么只听见唿哨没见什么人？他正疑惑间，出现了一个采药的年轻药农，背上背着个药篓子，药篓子里装着一些草药。

彭玉麟忙对药农喊："那位小哥，快走，快走，这里好像不太平。"

"什么不太平，我从山里一路过来，鬼都没见着一个。哎哟！"药农似乎受了伤。

"小哥，你是采药时不小心摔伤了吧？小四，快去帮小哥疗伤。"

"我是采药的，还用得着你来治疗？"

李超说："那，那我背你一程，你家住在哪里？"

药农支支吾吾。

彭玉麟上前："这位小哥，你既已摔伤，理应让我家小四背你回去。"

药农对彭玉麟说:"这位老伯,你自己都走不动了,不要你那小四扶你,怎么反要他背我。"

彭玉麟说:"我只是走路走得有点累了而已,并无大碍;你采药摔伤,难以行走,天又快黑了,说不定还有老母在盼着你呢。"

药农说:"你这位老伯,果然是个面善的好心人。可你看看后面,是不是掉了东西?"

彭玉麟转身一看,地上掉了块剪成三角的红布。

"小哥,那不是我的。"

"肯定是你掉的,这里没有他人。"

药农将红布捡起,塞给彭玉麟:"老伯,你心好,红布驱邪辟邪,往后在这一带行走,带了这块小小的红布,保你无事。"

药农说完,转身往后,飞快走了,不见踪影。药篓子却扔在地上。

李超说:"嘿,他怎么无事了!"

彭玉麟笑道:"他原本就无事嘛。"

李超蓦然大悟,说:"难怪他连药篓子都不要了。"

彭玉麟说:"你看看他药篓子里的药。"

——药篓里全是些杂草。

"他虽是个假药农,却还给了我们'护身符'。"彭玉麟将手中的三角红布朝李超一挥。

"我还是有点不明……"李超说,"那'药农'如果不是打劫的,怎么会响起唿哨?"

彭玉麟说:"他不但是打劫的,而且是个头儿!那第一声唿哨,是命令他的手下做好准备,听他的号令出手;第二声长唿哨则是解除,都悄悄地散了,不干这单生意了。他的手下,原先就埋伏在这四周。"

"他怎么会要手下散了,不干我们这单生意了呢?许是见我们没有什么货物吧?"

"你这话说对了一半。"

"另一半呢?"

"到时候你自然知道。"

李超只能在心里揣测,今儿个碰上的这个劫匪头儿煞是奇怪。

平日里热闹得很的登丰镇墟场显得格外冷清,只有几个小贩在和几个镇上的人聊天。

来到墟场口的彭玉麟问一小贩:"敢问小哥,你们这里是逢'三、六、九'赶集还是逢'二、五、八'赶集?"

"二、五、八。"

"今天是十五啊,怎么没见多少赶集的人?"

"最近出了鬼。"

一位年长镇民说:"鬼倒没出哩,是官方说要整肃市场,迎接什么巡阅使来巡阅检查。"

"巡阅使是干什么的?"有小贩问。

"巡阅使嘛,相当于八府巡按,钦差大臣,皇上派下来的,专门视察检查地方官吏。"

"那是大官啦!大官要来检查地方官们,跟这墟场有什么关系?"

"这位小哥说得在理,大官要来检查地方官们,跟这墟场有什么关系?"

年长镇民对彭玉麟说:"你们是外地来的吧,所以你们不知道。最近上头发下话来了,凡公众场合,不准聚众,以免滋事。这墟场不就是公众场合?可要墟场不准聚众,道理上说不过去,墟场不聚众还赶什么集?所以换个说法,叫整肃。整肃墟场。"

"上头发下来的话还有,巡阅使来时,只准说官方的好话,不准说不利于官方的话,谁敢说官方不好的话,等巡阅使走后找他算账。"

"以前是贴告示,贴告示我认得几个字;这发话,我在乡里没听到。现在怎么变成发话了?"

"贴告示是白纸黑字,怕被抓住把柄啦!发话谁能抓到把柄?到时候他说从没讲过这些话,是老百姓造谣,不但可在巡阅使面前推个一干二净，还要捉拿造谣者。"

小贩和镇民打开了话匣。

彭玉麟说："嗯，他们这么做倒是可以图个干净。"

"你说'图个干净'？"年长镇民说，"我们这镇上还真被要求清扫干净，不准乱摆摊、叫卖，好让巡阅使来检查时到处干净、整洁，夸奖他们治理有方。检查一过，又是原样。"

"还有呢，巡阅使一来，所到之处要封路，任何人都不准通过。"

"封路又是为何呢？"李超问。

"怕你我这等老百姓拦轿告状啦！"

"他们口头上说的却是为了巡阅使的安全。他娘的，来一个大官巡检，弄得老百姓不得安宁。再过几天，连门都不准出了。"

"这次要来的那个什么鬼巡阅使是谁？你们知道么？"

"听说是彭玉麟。"

年长镇民话刚落音，街上传来一片惊慌叫声。

墟场外的青石板街道上，几个提篮小卖的、挑蔬菜水果担子的边跑边喊：

"整肃的来了！整肃的来了！"

"整肃的进街了！快跑快跑！"

一个落在后面挑豆腐干的老头，跑到墟场口，被追来的差吏抓住。

"差爷差爷，放过我吧，我刚来，正要进墟场，没在街上卖啊！"挑豆腐干的老头不停地哀求。

"罚款！拿钱来！"

"差爷，我一块豆腐干都没卖，哪里有钱啊！"

"不交钱就连人和担子都带走！"

死死抓住豆腐担子不放的老头被一个差吏一脚踢倒，豆腐干散落一地。

老头一边哭喊："我的干子，我的干子！"一边在地上爬着捡豆腐干子。

趴在地上的老头双手拢住一些豆腐干，欲起身去抓担子，又被一脚踢开，踢他的那只脚往下一踩，碾磨着老头在地上拢住的那些豆腐干。

这场景，怎么让人看着觉得熟悉。

老头因不在墟场内做买卖，到街上叫卖扰乱秩序，要被罚款五百（文）。

李超顿时捏紧拳头，要上前为老头"说理"，被彭玉麟止住，替老头交了罚款。

彭玉麟替老头交钱时，墟场口对面的茶楼临街靠窗处，有两个穿便装但又和普通百姓有点不同的人在注视着他。

这两人，一个就是谭祖纶的亲信家丁孙福，另一个是万安。孙福完成将军府夜宴清点任务后，奉命和万安来到登丰镇。他俩这次的任务，一是暗中监督差吏们执行整肃，一是察看有没有可疑之人。这"可疑之人"，指的是有可能做出对迎检不利，甚或破坏迎检的人。

差吏们一开始走，孙福和万安也走出茶楼，跟在后面。

二人走过墟场口时，万安狠狠地盯住了搀扶老头进墟场的彭玉麟。

彭玉麟一回头，和万安的眼光猛然相撞。

万安的眼光犀利含有杀气，彭玉麟的眼光老辣深沉且威严。

远远地又传来了惊慌的叫声。

"走，走，再到前面看'热闹'去。"孙福催万安快走。

万安走几步，又回头看了一下彭玉麟。他的心里，已有狐疑。

卖豆腐干的老头则只顾对彭玉麟说："好人，好人，搭帮你救了我，可你帮我交的那么多钱我怎么还得清啊！"

老头是担心自己还不清彭玉麟替他交的罚款，不住地说："我确实是才进街，没在街上卖！没在街上卖……"

彭玉麟要老头坐下好好歇息歇息，要他放心，替他交了的钱是不要还的。老头赶紧说："我得赶快回去，回去告诉家人，告诉乡邻，我今天遇上了一个大好人。"

彭玉麟知道老头的心思，是怕他反悔不要还钱，便说："老人家，那你就慢点走。"

老头忙挑起豆腐干担子，边走边说："好人好人，真的不要我还钱。"

老头走后，一小贩拉着彭玉麟，说："那老头没讲错，你硬是个好人。来来来，坐下坐下，再和我们聊一阵。好人你贵姓大名？"

李超忙说，他是我三爷。

"这位三爷，是从外地来做生意的吧？"年长镇民问。

彭玉麟答道："呵，正是。"

"是沿水路而来？"

"搭帆船走了一段水路，尔后走旱路而来。"

"走旱路而来，你们可经过鹰嘴山？"

"是有一座形同鹰嘴的小山。"

"哎呀，那儿可是强人出没之处啊！你们……你们，从鹰嘴山过没遇到强盗？！"立即有人问。

"强盗没遇到，只遇上一个摔伤的药农，他还给了我这个。"彭玉麟拿出药农所给的三角红布，"只是他给了我这个后，却无甚伤痛，快步如飞。"

"他三爷，你这红布可否给我看看？"

年长镇民接过红布，仔细看了看，说："这红布，我也曾得过一块。他三爷，你们运气好，碰上的是心好的强盗。"

年长镇民此话一落，便有人惊讶："强盗还有心好的？！"

年长镇民说："我告诉你们吧，强盗也分几种，有穷凶极恶的，也有专抢富豪劫富济贫的，还有一见老人就心软的。梁山李逵碰上个李鬼，李逵本要一斧子劈死李鬼，可李鬼一说他家里有个八十岁的老娘，李逵那板斧就劈不下去了，还给了李鬼银子。"

"照你老人家这么说，我碰上的是李逵！"彭玉麟故意说。

"他三爷，你们遇到的那个假药农，是金满。"

"金满！"

"对喽，是金满。"

哼，还幸亏他有"好心"，若真来打抢，看他有几个脑袋！李超心里这么想着，还是忍不住问："这个金满究竟是个什么人？"

"难说，难说，"年长镇民捋着胡须，说，"他自己没有老父老母，可对别人的老父老母格外孝顺；你说他不打抢嘛，打抢是他的一种活计，但他又说过，孝子孝女孝媳妇的抢不得，若抢了他们的东西，被人讲白话骂都会被骂死……"

"不管怎么说，不是强盗也是土匪，只不过他这个匪盗，比一些将爷官兵还要好一点，官匪兵匪最可恨。"

这话又立即被人打断："别说那什么将爷兵爷了，小心惹祸上身。"

"对，对，别说将爷兵爷，将爷兵爷咱们千万别去惹。"

听着这些议论，彭玉麟心想：此地已距忠义营不远，他们是格外害怕忠义营。

在彭玉麟怀疑忠义营时，走到镇头的万安突然停住脚步，对孙福说："我总觉得在墟口见着的那两个人不对劲，特别是那个年长者。"

孙福想了想，说："是啊，他俩凭什么帮卖豆腐干的老头，还替那老头交钱。"

万安说："不是帮不帮那老头的事，而是……那个年长者的眼神……"

"他的眼神怎么了？"

"绝非常人。"

"万安你会看相？别瞎胡扯了。"

"我是觉得，那人……"

"你怀疑那两个人？！这还不好办吗？走，转去，将他们捆了。"

"不妥，不妥。"

"不妥就别管那么多了，我俩回去向将军禀报这市场整顿得很好就行了。"

"可将军还吩咐了我们……"

"那你说怎么办？"

万安便对孙福耳语，说如此如此……

镇街上，有人牵着一匹马在吆喝：

"卖马嘞，好马啦！日行千里夜走八百八，赛过吕布胯下的赤兔马啦！"

彭玉麟看看牵着马儿慢慢走过的卖马者，问年长镇民："既然整肃墟市，连个卖豆腐干的都不准在街上卖，怎么又还有能在街上卖马的？据我所知，贵地不产马啊！况且，那匹马像是战马，贩卖战马可是真的违法。"

"嘿，你这个三爷还有点眼力，以前是贩马的吧？我告诉你喽，什么能卖，什么不能卖，全由官府将爷军爷说了算。但只要给了钱，打通关卡，他们前脚走，你后脚就能卖，就算撞上，他们也装作没看见。别说卖战马，大烟也照样卖。还有暗地里卖军火的呢！战马、军火，都是军营里出来的。你想，别的地方哪有这些东西。"

彭玉麟便对李超说："小四，你去问问那马的价格。"

李超会意，寻卖马之声而去。

镇街西头，卖马的牵着马仍在吆喝："卖马嘞，好马啦……"只是吆喝声已没有先前那么响亮，有点软不溜秋了。

李超在后面喊："卖马的，让我看看你的马。"

卖马人一听有人喊要看马，停住，吆喝的中气又上来了："好马啦！赛过吕布胯下的赤兔马啦！"

李超走近，刚打量马儿，卖马人就说："客官，这可是地地道道的好马啦！你看它的毛色、体形，那四条腿、蹄子、胸膛、肌肉、'前山''后山'，你再看看它的牙口……到哪里去找这么好的马？"

李超不睬，伸手捋马毛，拍马腰，挤马鼻，晃马头，看牙口……心里赞叹：好马，真是匹好马。

"我可否赶它走一走？"李超对卖马人说。

"好马还能怕你赶，你就是骑上去试试也可以。不过，你可得小心呵，摔下来就别怪我哪！"

李超牵马转圈，尔后忽地跃上马背。

马儿如同被主人骑上去一样，扬起前蹄，嘶鸣声声，只待主人"下令"便奋蹄疾驰。

卖马人说："客官你是个行家啊！我也不瞒你，这选马嘛，得'远看一张皮，近看四肢蹄；前看胸膛宽，后看屁股齐；当腰掐一把，鼻子捋和挤；眼前晃三晃，掰口看仔细；赶起走一走，还得骑一骑。'"

"这马确实还不错，我也确实想买，不过……"李超跳下马。

卖马人问："不过什么？"

"这马，你是从哪里得来的？"

"这个，不能告诉你。"

"我想买你的马，你却连个来处都不肯说，我还敢买吗？若是你盗取而来，岂不连累我吃官司？"

"哎呀客官，怎么能这么讲呢？"

"你既然知道我是个行家，行家还能不弄清马的来历？只有二愣子货才会上你的当。"

李超说完，做出要走之势。

卖马人忙一把拉住："客官，你如果真的要买，咱们就谈价，买了后我可以告诉你。如果不买，那就只能免谈。"

李超说："也行，一言为定，你先开个价。"

卖马人说："咱按老行当的规矩来。"

老行当的规矩，这个可难我不住。李超一边想着一边说，"卖家请。"

卖马人说："买家请。"

卖马人将右手缩进自己的袖筒，李超将右手伸进去，两人在袖筒里以摸手指定价。

好一会儿，卖马人开口："这个价就这个价，成交。"

李超买下马后，卖马人将这马的来历说了出来。

李超在买马时，万安和孙福来到了登丰镇外僻静处山坡。

万安对孙福说："咱俩就到这上面去等着，等那两个可疑之人来时，一把抓了，好向将军请功。"

他说的那两个可疑之人，自然指的是彭玉麟和李超。

孙福说："你怎么断定他俩会到这里来？你小子不但会看相，还会掐指算啊？要抓就在那墟场口抓了便是，还走到这里来等着，多此一举，自找麻烦。"

万安说："老孙你只晓得在将军面前干些遛马拍须的事，别的不懂。"

孙福说："老子怎么不懂，老子懂的比你多得多。连'溜须拍马'都不会说，还'遛马拍须'。"

万安大笑，说："你不但会溜须拍马，还会遛马拍须啦，若在墟场口抓那两人，能不引起骚动？人家替那老头缴款，你就把他抓了？"

"怎么在这里又能抓？"

万安说："所以我讲你除了遛马拍须、溜须拍马，别的都不懂。这是什么地方？这条路是通往忠义营和将军府的必经之路，那两人若从此经过，不是想刺探我忠义营就是想打探将军府，将他们抓了送给将军，岂不是大功一件？"

孙福说："他俩若是不来呢？再说，想打探我忠义营、将军府的，除非是要来的那个巡阅使，可巡阅使船队还在长江里。其他的人，在谭将军的地盘上，谁敢刺探！"

"你敢怀疑我的判断！"万安突然变了脸色，"我一个人上去，到时候可别想从我手里分享功劳。"

万安说完便往山坡上爬，他身手敏捷，几下就爬了上去。

孙福只得跟着往上爬，好不容易才爬到万安身边。

爬得喘气的孙福对万安说："你……你他娘的怎么选个这样的地方？害得我老孙……"

万安霍地拔出剑，直指孙福。

五　送完礼的官员们都显得格外轻松

　　孙福说巡阅使船队还在长江里并没说错，此时，船队正在烈日高照的长江江面缓缓而行。
　　巡阅使船船头迎风招展的"巡阅使"大旗下，站立着佩剑的赵武。
　　"大人！前面是迎官渡。"和赵武要好的亲兵张召戏谑地喊道。
　　赵武说："你喊我什么，大人？我是什么大人。"
　　张召说："彭大人不在，命你统率船队，我不喊你大人喊什么？"
　　"喊我名字。要不，喊赵都统也行，但我这个都统可不是朝廷那个都统，朝廷的都统是个大官，我这个都统就是把你们都统管统管而已，而且得加个临时，临时都统。"
　　张召忙应道："是，赵临时都统，前面是迎官渡。"
　　赵武哈哈大笑，边笑边说："我们彭大人被称为打零工、短工的官，我成了临时都统，虽说也是短工，但这'官衔'中听。你说前面是迎官渡？这一路上迎官渡多的是，这是哪个迎官渡？距离忠义营还有多远？"
　　张召说："这是静冈迎官渡，照现在这个船速，到忠义营还需两三天。"
　　"大人临走时吩咐，只需缓缓而行。大人是要先到忠义营，再让船队赶到。"赵武自言自语。
　　"赵都统，你说什么？"张召大声问。
　　"怎么，你把我这'短工'变成'长工'啦！"
　　"喊赵临时都统拗口，难得喊。"张召笑着说。
　　"行，你就喊赵都统，我也当两天都统。本都统问你，有何事禀报？"
　　"禀报都统，静冈迎官渡码头上已站满迎候的官员，船队是否停靠码头。"

赵武侧身往码头方向看了看，略一思索："停靠。"

"是！我去传都统令，加速前行，停靠码头。"

"加什么速，急什么急，慢慢行，让他们在那里等。"

就因张召戏谑地喊赵武为都统，就因赵武说自己也当两天都统，下令停靠码头，几天后，差点掉了脑袋。

官渡码头接官亭外数百米，站满了衙役、捕快、兵丁，严禁百姓靠近，即使有"欢迎"的百姓，那也是装扮的，其实是些便衣安保。

接官亭内，聚集了一大群穿着袍服、戴着顶戴花翎的官员，一个个热得汗流浃背；亭外，被烈日炙烤的差吏、衙役们内心叫苦不堪，但不敢动，皆眼巴巴地望着江面。

知府禹盛说："巡阅使船怎么还不见来？"

"是啊，大人说得是啊，怎么还不见来？我们都等老半天了。"知州隆里答道。这回答，等于没答。

"这么热，再等下去，人都要晕倒。"知县肖贵说。

"你等不下去啦？你就先回去、回去。啊，你可以回去嘛。"禹盛对肖贵说。

隆里说："对啊，你可以回去嘛。"

这禹盛知府、隆里知州和肖贵知县，三人的关系不错，铁。换句官场上的话说，是知州知县都紧密团结在知府身边，工作上齐心协力，生活上相互关心，闲暇时嘛，也能相互开开玩笑，放松。这等巡阅使船等了老半天，能不等得有些无聊？无聊时能不来些无聊的戏谑？

肖贵说："我哪能先回去？我是怕热了大人。来人啊，给二位大人来两碗冰凉的凉粉。"

一差吏赶紧进入亭内，听令行动之快，可称迅疾，其实是好乘机躲一下太阳。

差吏说："大人，在这渡口码头，实在没有冰凉的凉粉。"

肖贵说："没有冰凉的凉粉你不会想办法？"

"小的已想出办法，小的这就进城去取。"差吏想，只要一进城去，就不会遭这热罪了。

肖贵说："进城去取？取来的不就变成了热粉？你是想去阴凉阴凉吧。"

"嘿嘿嘿嘿，小的不敢，大人明鉴。"

禹盛说："出去，出去，亭内这么多人了，还要来凑热闹。"

"出去，出去，别来凑热闹。"

差吏刚一退出接官亭，肖贵又喊："去找两把扇子来，给二位大人扇风。"

差吏忙回身："大人，大人已有令，不准带蒲扇、阳伞等扇风遮阴之物，以免有损迎候礼仪。这扇子，也得回城去取。"

肖贵说："去去去。"

差吏说："大人，是要我去取扇子吗？"

这都是些无聊打趣之话，但亦可见在禹盛治理之下的静冈，上下级关系还是和谐的。

亭外一衙役忽然惊喜地喊："来了，来了，我看见船了。"

禹盛说："在哪里？我怎么没看见。"

"来了来了，确实来了。得在亭外那个方向才能看到。大人，你要亲自去看么？"

禹盛看着亭外烈日，紧蹙眉头："我就不必亲自去看了。做好迎接准备。"

"好哩！"这话有点兴奋，终于来了，挨晒就快捱到头了。

巡阅使船终于来了的消息令亭内亭外一阵兴奋，但兴奋很快又变成焦躁。

出现在江面上的巡阅使船队由远而近，渐渐由小变大，只是那行进速度如在蠕动。

禹盛说："巡阅使船怎么走得那么慢？"

隆里说："不会是巡阅使大人的船出了故障吧？"

肖贵说："巡阅使大人的船如果在我们这地段出了故障，我们可要担责的啊！"

隆里说："是啊是啊，那可怎么办？"

禹盛说:"派只快艇,带上工匠去看看。"

"大人,没有巡阅使彭大人的命令,谁敢靠近?"

"是啊是啊,没有彭大人的命令,谁敢靠近。没准会被以擅闯船队治罪,当年那个雪帅,对于未遵军令之人,可是毫不留情。"

"是啊是啊,多少违法之人成了他的刀下之鬼。"

禹盛说:"你们就知道是啊是啊,是啊是啊,到底该怎么办?"

官员们面面相觑,是啊,谁知道该怎么办呢?

在江面上缓缓而行的巡阅使船队终于慢慢往岸边驶近。

接官亭内的官员齐集岸边码头。

张召对赵武说:"赵都统,你看那些迎接的官们,一个个像被晒蔫了的丝瓜藤。"

"活该!谁叫他们来迎接的,本都统可没下令。整天待在衙门里,有这么个好机会出来晒晒太阳,是他们的福气。"

船一靠岸,官员们齐喊:"我等恭候巡阅使大人!请巡阅使大人上岸。"

站在船头的赵武说:"本都统奉巡阅使大人令,转告各位,巡阅使大人身体欠安,正在舱内调养,概不会客。各位请回。"

官员们顿时相互交耳,叽叽喳喳。

"巡阅使大人不见我们,那我们怎么办?"

"我们等了这么老半天、晒得快死了,连个面都见不上。"

"唉,唉,我说这个巡阅使大人不喜见客,你们偏不信。"

"是不是,是不是我们没有先呈上礼单。"

"不许上船,怎么呈?"

…………

赵武喊道:"吵什么吵,还不快散了,散了!"

禹盛上前一步,说:"请都统转告巡阅使大人,我等备了薄礼,还望巡阅使大人念我等一片诚意,收下方好。"

赵武一听这话,想,大人虽然说过:凡停泊处,不论何官员求见,一概拒绝。可考察地方官员,正是大人巡阅的任务之一,他们这不正是将行贿的证据送上门来吗？

"既然如此，好吧，礼品可以送上船来，我替你们收下。别挤别挤，一个一个来。"

赵武又对张召说："哎，你会记账不？"

"记什么账？"

赵武轻声说："将他们送上的礼都记下来。"

"我说你这个临时都统，我们大人可是从不收礼的，你……"

赵武忙打断："清点清点，我自有妙计。"

张召听完赵武的"妙计"："行咧，我会记账，这事就交给我。"

张召招呼另一兵丁，搬来桌凳，拿来笔墨，铺开纸张。他端坐于桌前，准备记账。

赵武要兵丁放下便桥，对岸上喊："好了，你们排好队，按先后顺序上船。"

岸上的官员们赶忙排队。

"都听明白了，"赵武说，"规定两点，第一，不得拥挤，若是拥挤掉下河去，本都统概不负责；第二，上船后脚步要轻，不得随意窥探，若是惊扰了巡阅使大人，巡阅使大人怪罪下来，本都统亦概不负责，谁惹的麻烦谁领罪。"

第一个踩上搭板的当然是知府禹盛。

禹盛一走上船，张召便问："你叫什么名字，送的是什么礼物？"

禹盛大惑不解，看着赵武，问："都统，这，这是怎么回事？"

赵武说："这是我喊来记账的，好替你们一一登记清楚，免得搞混淆了。"

禹盛立时觉得好笑，这都统只会带兵，不谙人情世故，便说："都统，不须烦劳，不须烦劳，我们都带了礼单的。请都统过目收下便是。"

赵武这才觉得自己犯了一回"老土"，一边"呵，呵"应着，一边对张召说："我说了不用记，你给我找些麻烦。还不快撤了。"

禹盛将礼单交与赵武，对岸上一挥手："快抬上来！"

赵武展开礼单，照着礼单便高声而念。禹盛赶忙说："都统都统，可别这么高声，用不着念的，各家所送，不尽相同，还是有点隐私的，不宜张扬。"

"好，不念就不念。我亲自替你收管，面呈巡阅使大人。"

"多谢多谢，多谢都统大人。"

禹盛完成了迎候最重要的任务后，其他官员们依序往船上送礼单，差吏衙役们则忙着将礼品送上船。

或许有个别读者会问，送礼能排队去送吗？这你就也有点赵武的"老土"了，这还是"公差"迎候，若是到有空缺可让人跻身时，半夜三更都排长队。只是排队的仍不如关系硬扎的，得靠关系加礼金。二者缺一不可。

送礼在热闹而又有序地进行时，人群中有一个差吏抽身溜出。

这个差吏走到稍远处树下，解开拴马缰绳，上马、挥鞭，马儿朝忠义营方向奔去。

官员们送完礼，开始陆续散去。

送完礼的官员们都显得轻松，完成了一项最重要的任务。

天忽然阴下来，厚厚的云层把太阳遮掩得严严实实，起了凉风。

禹盛说："这大半天没白等，挨晒也没白挨。嘿，差事一完成，连太阳都没了，正好走一走，吹吹自然风。"

禹盛一说此话，其他官员便都不敢坐轿，跟着说："对，对，正好走一走，吹吹自然风。"

禹盛说："这迎候巡阅使大人的任务总算圆满结束，哎呀，这几天忙得我要命，得好好轻松轻松。"

隆里说："这就巡阅完了？！这位彭大人连岸都不上，倒也省了我们好多事。"

肖贵说："你还别说，开始我还真的担心这位彭大人不收礼金。"

禹盛笑了："我说呢，怪不得你们在巡阅使船未到之时那么担心，老是说怎么办怎么办。我就心里有数，我就从没见过真不收礼之人。"

"嘿嘿，嘿嘿。我们都没见过。"

"原以为这次碰上了一个可能不给面子的，谁知照单全收，自己还不出面。此招叫作什么，高人不露面，自有露面人。咱也得学着点。"

"怎么着，心都放下来了吧？先到我那里去坐坐，然后再去爽心楼，咱们也难得凑到一起，今儿个好好聚一聚，我做东。"禹盛说。

隆里忙说："我做东，我做东。"

肖贵赶紧说："该由我做东，我做东。"

隆里说："怎么，你要抢着做东？"

肖贵说："该让我尽点心嘛。"

"你们二位都争着做东啊，那就由二位去争啰。我就不争这个东了。"

禹盛这么一说，隆里紧跟："我也不争了，就让给你老肖算了。"

肖贵说："当然当然，得由我做东。"

禹盛、隆里大笑。肖贵跟着笑，只在心里嘀咕：明摆着就是要我出银子。

这三位官员，知府、知州、知县，与别的书上写的官员不一样吧？须知无论哪个时代的官，都是人做的，做了官的也是人，不能说做了官就不是人，无论什么时候都得打官腔，都得和常人不一样，是人就有人的本能、本性。三位是铁哥们，铁哥们私下在一起，当然也就会幽默那么几下，忙完了公事，去爽心楼爽快爽快、轻松轻松，应该的嘛。至于买单嘛，其实谁买都一样，还能不列入公款报销？

官员们散了后，赵武对张召说："本都统这回让你见识了大场面吧？大人若在船上，能见到？"

"这么多礼品啊！好多东西我是连见都没见过。"

"你没见过，我也没见过呢！"

"怎么有那么多人来送？"张召问。

赵武说："这个你都不知道？静冈府管辖那么多县，每个县的县太爷都得送，还有那些想取代县太爷的，想取代知府的，想得到提拔的，想今后得到好处的，想以后办事好办一点的，人能不多？"

"怪不得，怪不得。这回算是开了眼界。"

"所有的东西，好好保管，一件都不许动，一件都不能损坏！一见到大人，我便将东西和礼单上交大人处理。"

赵武说毕，又念道："大人现在到了哪里呢？"

六　失踪的军爷是总兵的好朋友

彭玉麟在登丰镇目睹了所谓的整肃墟场——差吏横行，强行罚款，却又可公开叫卖战马等"怪状"后，还在和小贩、镇民等交谈。

一直没吭声的王旺突然说："你这位三爷见多识广，可知道那个要来的巡阅使彭玉麟会破案不？"

"破案？你有什么案子要破？"

"我家主人突然不见了踪影。"

"失踪了？你家主人是干什么的？"

"我家主人是个军爷。"

"军爷？！……"

有人说："开什么玩笑，军爷能失踪？又没打仗。"

"是啊，军爷怎么能不见了，是开小差溜了吧，可军爷待在军营里，天天有好吃好喝的，又不用打仗，他怎么会溜？"

"你那位主人军爷在哪里干事？"彭玉麟问王旺。

"在忠义营。要说嘛，他还是个带'官'字儿的，又是总兵的好朋友。"

忠义营，带"官"字儿的，又是总兵的好朋友！竟然失踪……彭玉麟想了想，问："你那位失踪了的主人军爷叫什么名字？什么时候失踪的？"

"我家主人叫王浩忠。家里离军营近，平常只要不当值，就回家过夜。可十天前的晚上，有两个人来喊他。"

王旺说那天夜里，突然"砰砰砰砰"响起敲院门声。他忙去开开院门，走进两人。

一人问他："你家主人在家吗？"他一看，说："嗬，是你啊！我家主人刚好在家。我去替你通报一声。"那人说："老朋友了，还要通报什么，没你的事了，我们径直找他就是。"

两人直接走进王浩忠的房间。

王旺说他当时感到有点奇怪，这么晚了来找我家主人有什么事呢？

王浩忠和那两人走出房间。出院门时，王浩忠要他别关院门，说还要回来的，那两人是喊他去将军府喝酒。

王旺说："我家主人跟那两人一出去，就再也没有回来过，家人到军营询问，都说不知道。谭总兵说正要问他擅离职守之罪。家人便到处找，毫无踪影。"

立即有人说："可以到地方报案啊，要地方帮着找。"

王旺说："报了。县衙说一个小孩若不见了可立案，可能是被人拐骗。一个大活人不见了，谁知道他跑到哪里去了。要找人也是军营的事，不予立案。"

这话一出，又引起一番愤慨：

"说起报案，我有个亲戚家被偷了，去衙门报案，衙门说失窃的东西太少，立不了案。问要被偷多少才能立案？县太爷说起码得几百两银子。我那个亲戚家就算被抄家，连房子都卖了，也没有几百两银子。"

"确实，确实。我兄弟被人抢劫，到就近的知府衙门报案，知府衙门也不立案，说人又没死，抢劫的你又没抓着，怎么立案？要到衙门办事，一是得先送礼，不送礼他就不管。二是得在衙门里有关系。有关系就好办事。你们说可恶不可恶？"

"可恶的事还多着呢，报案不理、不予立案算什么，他只是懒得管事、难得麻烦而已，官场上叫什么怠政、不作为。他要真懒得管事还好，可想法子在百姓身上捞钱又勤快得很、手脚麻利！更可恶的是，纵容亲朋好友胡作非为、巧取豪夺……"

正说着，李超赶来了，对彭玉麟说已经将那匹马买下，请人照看，代喂马料。

彭玉麟便站起："各位，那我就不奉陪了。我听说这次要来的巡阅使的确是彭玉麟，还听说彭玉麟放出话来，有冤屈的、要告状的，他若是坐轿可以拦轿，若是骑马可以拦马，还可以检举不法官吏、不法之徒。彭玉麟说他为检举者保密。至于王旺问那个彭玉麟能不能破案嘛，我也不清楚，但我和这个侄子小四曾经帮人破过案，有一点点经验，王旺如果信得过我俩，可以先和我俩谈一谈，说不定能帮忙找到那位失踪的军爷。"

王旺忙说："谢三爷，谢三爷。我哪能信不过呢？只要能得知我家主人的下落，一定酬谢。"

李超说："那边有个茶馆，我们就到那里去相商，你看可好？"

茶馆里空空荡荡。

彭玉麟、李超和王旺在一角落桌子坐下，店小二送来一壶茶、几碟点心。

彭玉麟要王旺将他家主人王浩忠失踪之事从头至尾慢慢说来。

王旺仔细讲完后，彭玉麟对王旺说："你家主人失踪之事，我会尽力查明。"

"你放心，我家三爷，言必行，行必果。"李超又补一句。

彭玉麟见王旺仍有不敢相信之意，便说："无论如何，半旬之内，给你一个答复。"

王旺连忙站起道谢。

"还有一事，王旺，这些天你最好待在家中，不要外出。即使外出，也须两人以上同行。"彭玉麟又叮嘱。

王旺似不解，但还是连声应诺。

三人走出茶馆，王旺正作揖拜谢道别，一骑者策马猛然直冲而来。

骑在马上的正是在官渡码头、差吏衙役们忙着将礼品送上船时，抽身溜出、解缰上马、往忠义营方向急奔的那个差吏。

奔马眼看就要撞倒王旺。李超纵身一把拉住王旺，往自己身边一拖，马儿擦身而过。

王旺刚脱险，从茶馆前路过的一个女子只顾着看街旁的铺子，眼看又要被马撞上，李超奋力一扑，一手将女子往旁边一拨。

马儿从女子身边冲过，似乎也不愿踏倒路人，一声长嘶，扬起前蹄欲停。差吏却对马儿猛加一鞭，纵马直冲出登丰镇，冲出登丰镇后仍不停地加鞭，马儿奔到一岔道口，差吏将马缰一勒，马儿一声长嘶，往右，直奔忠义营。

当下王旺喊道："哎呀，好险好险，小四哥，幸亏你救了我。小四哥你好身手！"

惊魂甫定的被救女子看着李超："你，你叫小四哥？！"

李超无心思回答，只是恨恨地说："哪里有这么狂妄之徒，有驿道不走，要从镇街穿过？"

王旺说："肯定是忠义营的人从外赶回，穿街而过要近一点。只有忠义营的才敢如此。"

"又是忠义营！"李超不由自主地对彭玉麟喊道，"大人，这忠义营看来是……"

彭玉麟打断："忠义营看来是距此不远了。"

"大人？！你不是三爷么？"王旺疑惑地看着彭玉麟。

"是他的三爷、三爷，你记着我的话就行。"

彭玉麟、李超与王旺分手，朝镇西头李超托人照看马儿之处而去。被救女子则不住地嘀咕："大人、三爷、小四哥，小四哥……"

王旺这才仔细看了看被救女子，心里不由地说，原来是长得这么漂亮的一个小女子啊，险些香消玉殒。这是哪家的女子呢？

他倒忘了自己险被马蹄踏死，可见这女子的漂亮。

这个险些香消玉殒的漂亮女子是金满的表妹。

此金满非他金满，就是那个装扮成药农的劫匪头儿金满。

金满这名字并非作者杜撰，而是确有其人，史书有载，后为彭玉麟收服，成为一员勇将，跟随彭玉麟抵抗法国侵略，立下赫赫战功。彭玉麟逝世后，他写的挽联，讲述了自己为彭玉麟感化改邪归正的经历。

此时金满所干的这个行当，确和同行的有所不同，用他对自己小兄弟们的话来说，那就是："跟着我干的，就得遵守我的规矩，什么'生意'可做，什么'生意'不能做，我说能做的就做，不能做的就不能做。但凡不遵守我这规矩的，立即给我滚出去！"

他所立打劫的规矩是，凡老头老太不能劫，因为老头老太就等于老父老母，凡对老父老母孝敬的儿女媳妇不能劫，因为劫了他们的财，他们无法孝敬父母，也就等于劫了老父老母……

还有一点，相当于行动纲领，他对自己小兄弟们早就说过："咱们干那种活计，只是偶尔干干，贴补贴补，平常还得找些正当活计……"

他之所以立个打劫的规矩，因他本人是个大孝子，自己父母没了后，又孝敬朋友的父母。"行动纲领"则表明他的这支队伍类似于"亦工亦农"，有工打时打工，无工打时去捞些"农副业"收入，并非专业打劫。也正因为如此，没被官府列入必剿名单，当地百姓也没怎么去告官，反正是过路的偶尔被抢，与当地人关系不大。

金满虽非那个行当的专业首领，却有一身好武艺，天不怕，地不怕，唯独怕了一个表妹。而他的小兄弟们也怕那个表妹，小兄弟们爱到大哥家聚会，但得瞅着那个表妹不在，她若是来了，立马就会被轰走。

小兄弟们怕那个表妹好理解，因为她是头领大哥的表妹，大哥都怕她，小兄弟们还能不怕？但金满这位大哥怎么也怕表妹？他俩是一起长大的，更确切地说，是金满将她带大，两人的父母都先后亡故，金满虽只比表妹大几岁，但俨然尽着"长兄如父"的责任，这样一来，似乎就是因为娇惯了表妹而不得不时时处处让着她，久而久之就成了"怕"，其实不然，暂且不说他这位表妹各方面的过人之处，使得金满不能不服她，更主要的是，金满心里已经只有她，也就是深深地爱上了她，为了这个表妹，他什么事都愿意干。其实不光是他，他的朋友，前面提到的那个万安，也喜欢这个表妹，这就形成了三角，但不是三角恋爱，因为那个表妹压根儿就没将他俩列入"考察"范畴，对金满，她完完全全地看作自己的亲哥哥，对万安，她是鄙夷不屑，根本看不上。然而，又正是因为她，不久就发生了金满伏击彭玉麟，万安刺杀彭玉麟，她自己则被关在黑屋子里，差点饿死等一系列事件。而这一切，又都是因两个男人都真心爱她之故。事情有点儿复杂，弄得连彭玉麟都不好处置，后面会一一道来。

金满、万安都爱着的这个表妹叫玉虹，此时还独自站在茶馆前，心里想着的是李超。

玉虹眼前老是浮现着李超的身影，默念着"小四哥，小四哥，你是哪里的小四哥呢？"

"小四哥，你救了我，我连声道谢都没说出口。小四哥，你怎么就不问问我呢？小四哥，我得找到你啊……找到你后，你若问我为什么找你，我该怎么回答？我，我是向你道谢……"玉虹脑海里跑开了马。

情窦初开的玉虹那张漂亮的脸上，既显得迷惘，又充满憧憬，既羞涩，又渴望。她那楚楚动人的小模样令人难忘。

七　老子啥礼都不送，只送他一张纸

谭祖纶的心腹谭皖禀报谭祖纶："将军，往静冈的哨马回来了。"

"好，要他来见。"

回来的正是从登丰镇纵马穿街而过的那位差吏，谭祖纶问道："要你察看的事怎么样了？"

"禀将军，巡阅使船队在静冈官渡码头停靠，地方官员齐集码头迎候，可巡阅使大人没有下船……"

"我早就知道，早就知道，"谭祖纶说，"彭玉麟彭大人雪帅在中途是不会接见那些人的。你继续说。"

"巡阅使大人虽然没有下船，但放下便桥，让迎候已久的官员上船。"

"什么，彭玉麟没下船但在船上接见他们？"

"不是接见，是让他们把礼品送上船。"

"彭玉麟接礼品？！"

"巡阅使大人没出来，是他的部下接收礼品。他的部下要官员在岸边排好队，按先后顺序一个一个上去送礼。那些礼品多得不得了，有抬上去的，有扛上去的。"

谭祖纶大笑："那些地方官们，蠢，太蠢！送些什么礼品，彭大人会要他们的礼品？那么打眼的礼品，彭大人是会退回给他们的。你就等着下次去哨探啰。他自己不露面，先收了是不驳送礼人的面子，再退回说明自己廉洁；收礼是自己不知道啊，退礼时则可好好训诫一番这些官员，妙招妙招。至于退礼退多少嘛，退些什么，那就只有天知道了。"

谭祖纶又问："你还有什么要禀报？"

"将军，禀报完了，总之小的所见，巡阅使船对礼品是照单全收。"

"照单全收这些都是你亲眼所见？"

"小的扮成差吏，一直混在送礼的差吏衙役中，所有一切，都是小的亲眼所见。"

"好，给赏。你下去吧。"

哨马退下后，谭祖纶对谭皖说："老子什么礼品都不送，老子只送他一张纸。"

谭祖纶说只送彭玉麟一张纸，正走在登丰镇外官道上的彭玉麟和李超则正在说忠义营。

李超牵着买来的那匹马："大人，这匹马果然是忠义营卖出来的。有了这匹马，我们手上就有了物证。"

彭玉麟说："忠义营果然'忠义'啊，连战马都敢倒卖。"说完，又似自语，"倒卖战马他或可说是下属所为，自己不察；那私造将军府呢！"

李超说："是啊！王旺说总兵谭祖纶建有将军府，位于其老家，距王浩忠家不算太远。将军府那个规模，那个豪华，胜过侯府。"

彭玉麟说："此话如果属实，一个总兵竟然建有胜过侯府的将军府，那得多少银两……你记住将军府的详细地址了吧？"

"记住了。连王浩忠家的地址都记在这里了。"李超指指自己的脑袋。

彭玉麟说："王旺说他家主人王浩忠去将军府吃酒后便不见了踪影。去将军府吃酒，是有人喊去的……"

"是啊，王旺说王浩忠去将军府吃酒是两个人来喊的，一个是谭府的家人，另一个叫万安，是王浩忠的好朋友。"

"王旺说王浩忠和谭祖纶是好朋友，这万安和王浩忠又是好朋友，那么万安可能也是谭祖纶的朋友。"

李超说："肯定是。他如果不是谭祖纶的朋友，怎么会和谭府家人一起去喊王浩忠吃酒？王浩忠正是见好朋友来喊，才会在晚上出去，晚上去谭祖纶的将军府吃一顿酒，那会是什么了不得的夜酒？"

"三个好朋友，三角关系，这里面大有文章。就我们现在所知，一方面是偷卖战马，私造将军府，部属失踪；一方面是不准聚众、整肃市场，要封路、封百姓的口。看来这个忠义营的水很深，谭祖纶的根系不浅啊！再则，王旺说王浩忠失踪之前，王浩忠的妻子便不见了。你记得他说过这话吧？"

李超答道："他是这么说的。当时我还问他，王浩忠的妻子不见了，你在墟场时怎么没说？他回答说他家主母不见了，说出来恐让人往那什么不正经的方面去想，有坏王浩忠名声，所以没说。王浩忠家人怀疑这一切都与谭祖纶有关，但不敢吭声。"

彭玉麟"唔"了一声。

"王旺说谭祖纶那人仗着自己是总兵，又有提督刘维桢护着，骄横跋扈，想怎么着就怎么着，什么事都做得出来。"

"没错，他是说有提督刘维桢护着。"

"王旺怀疑是谭祖纶杀了王浩忠。"

"王浩忠是谭祖纶的部属，如果王浩忠违法违纪，他完全可以按军律处罚，公开处置，用得着偷偷杀掉？况且两人还是好友，事情不会那么简单，定然另有隐情。"

"难道是王浩忠知道太多谭祖纶的肮脏事，谭祖纶怕他捅出去，所以……"

"一切都得有证据。"

"大人，我们该如何取得证据？"

彭玉麟说："我去忠义营，你先去看看那什么将军府，以证王旺所说是否属实。"

"是！我去看将军府。"

"将军府如若似王旺所说，证明王旺的话不假。私造将军府、倒卖战马这两桩，谭祖纶就难逃罪责。"

"大人，那我就先走了。"李超将马缰交与彭玉麟，撩步便走。

彭玉麟喊道："且慢。"

"大人，还有何吩咐？"

彭玉麟说："你骑这匹马去。探看后立即赶赴忠义营。"

李超说："请大人骑马。"

彭玉麟说："此处已距忠义营不远，我走走无妨。"

李超说："我怎能骑马让大人步行。"

"要你骑马自有道理，毋庸多说。"

李超想了想，说："大人，我看这样，王旺说登丰镇出来二十里，有一岔道，右往石落塔，即忠义营所在地；左往坪山，即去谭祖纶将军府之路，到了将军府，不需原路返回，另有路碑指向石落塔。大人先骑马到岔道处，到那里再将马交与我。"

"也行，就依你罢。"彭玉麟说毕，跃身上马。李超要牵马，彭玉麟喝道："让开，我先疾驰一阵，松松这身筋骨。马儿在岔路口等你，我就不等了。"

彭玉麟双腿一磕，战马飞奔。

李超突然一拍脑袋："哎呀，大人只身前往忠义营，恐有风险。我怎么忘了这最紧要之点。"拔腿便追。

他俩所经之处，正是万安对孙福说要捉拿他俩的地方。

当孙福好不容易爬上山坡，万安霍地拔出剑，嘿嘿一声冷笑，把孙福吓一大跳后，万安将剑收了回去。

"老子拔剑出来看一下，你就吓得如打摆子。"万安说，"快瞧瞧，你的裤子湿了没有？"

孙福边喘气边说："我以为你小子要图谋不轨。"

万安嗤道："小人之心。"

孙福说："那你突然拔出剑来干什么？"

万安说："有一阵子没使这三尺龙泉了，手痒。"

"你那种剑也配称'龙泉'？"孙福往草地上一坐。

"你敢说我这不是好剑！"万安以剑指着孙福戏耍，剑尖在孙福眼前缭绕。

"快收起，快收起，小心失手，小心失手。"孙福忙说，"好，好，是'三尺龙泉'，是龙泉宝剑……"

"鸟样！若是我的猜测没错，今儿个就让你见识见识它的威风。"

"得，得，反正别在我面前乱晃那玩意儿，以后你得听我的使唤。"孙福见万安收了"龙泉"，口气又硬了。

"听你的使唤，你算什么！"

"我算什么？你知道我和谭将军是什么关系？"

"你又知道我和谭将军的关系吗？"

孙福说："我只要对谭将军说一声，你就得立马滚蛋，还想月月拿饷银供养老母，做梦吧。"

万安听孙福说自己的老母，心里的火腾地就上来了："你……"

孙福一看他那样子，赶忙改口："兄弟，兄弟，我说错了，你是大孝子，我怎么能对谭将军说你的坏话呢，你可是谭将军最信任的人。你如果对谭将军说我一句不好听的话，立马滚蛋的得是我。"

"给老子赔罪！"

"好，好，我老孙给你万安赔罪。"孙福做着赔罪的样子，心里思谋，别让我老孙逮着你的差处，只要一逮着，叫你滚蛋太便宜了你。

孙福作揖赔罪后，说："兄弟，先坐下歇息歇息，就等着你判断的那两人来吧。"

这话，又带有挑衅，但自己是肯定那两人会来的啊，万安只得坐下，希望自己的判断准确、那两人快来。只有抓了那两人，才能令孙福佩服。

终于，山坡下传来马蹄疾驰声。

彭玉麟策马而过。紧接着是追马的李超。

万安一看，对孙福喊一声："快，跟我来。"纵身从山坡跳下。

彭玉麟策马到岔路口，翻身下马，将马拴在一棵大树下，拍拍马儿："伙计，你就在这等着他吧，他这会的脚力，不会比你差多少，很快就会赶到，倘若长途，他当然就跑不过你喽！"

彭玉麟说完，甩开长腿，往右而走，迅即不见了身影。

李超很快赶到，见马不见人。

李超叹道："唉，大人已徒步走了，若去追赶，有违帅令。罢，我只能先去那什么将军府，速去速回。"

李超解开马缰，跨马往左，飞驰而去，扬起的灰尘被风刮向后面，遮掩岔路口。

万安追到岔路口，只见左边的路上还有扬起的灰尘。

他娘的，骑马的往左边跑了；那个徒步的呢？万安寻思，不对，骑马的在前，怎么能才往左边跑了不远？难道是骑马的在此等候那徒步的，两人一同上了马？两人一同骑马，追是追不上了，只有等孙福来再说。

气喘吁吁的孙福一赶到，万安就说："就你这脚力出来混，还想缉拿什么，扯淡！他们都往左边那条路跑了。我讲要带马出来，你说不用。"

孙福说："不是我说不用，是谭将军说了，去执行监视、察看任务，得学一学微服。算了，没追上就没追上，没追上有什么办法呢？"

"那两人不是寻常之辈，那个徒步之人，能跑那么快，连我都追不上；替卖豆腐干老头交钱的，更不寻常。"万安想到自己在墟场口和彭玉麟相撞的眼光，那眼光，老辣深沉且威严。

孙福说："那两人莫非也和我俩一样，是奉了谁的命令，来暗访？哎，你开始说什么，说他们都往左边那条路跑了，左路往将军府，他们难道是去暗中察访将军府？难道真是那个巡阅使的人？可巡阅使船队明明还在长江里啊！"

万安说："船队在长江里，他不会派人偷偷上岸啊？"

孙福说："你这么说倒也有点道理。得赶快去向谭将军禀报。我看这样，你脚力好，就去将军府，查实他们是不是为将军府而去，我回忠义营禀报。"

万安说："老子脚力再好，也追不上骑马的。何况又耽搁了这么久。"

孙福说："那边庄子里有我们'贷'出的马，谁敢不'借'与你！"

万安说："行！我这可不是听你使唤，我这是为了谭将军。为谭将军办事，老子不怕吃苦。"

万安说完就往左路走。孙福走右路。

万安快步走到一个庄子，要了一匹快马，往将军府疾驰。

走右路的孙福则择了一条近路，往忠义营的后门而去。

忠义营军营大帐里，谭祖纶正在召集"迎检"会议。

赶回来的孙福对谭祖纶耳语，说有重要机密禀报。

谭祖纶便对帐下人员说："你们先议一议，看如何把迎接巡阅使大人巡阅之事做得滴水不漏。"说完，起身往后帐去，孙福跟上。

进入军营后帐，孙福如此这般禀报后，说："将军，那两人往将军府方向去了，小的怀疑那是巡阅使大人派出的暗探，故急忙抄近路赶回禀报。"

　　孙福将功劳全归他自己了。

　　谭祖纶问："万安呢？"

　　"我要他直奔将军府，看那两人是不是真去了将军府。"

　　"如果那真是彭玉麟的人，将军府会惹出麻烦。"谭祖纶问孙福，"万安能截住那两人吗？"

　　孙福说："如若真是去察看将军府的，我要万安将他们就地解决。"

　　谭祖纶"嗯"了一声后，突然又问："你肯定那两人都往将军府去了？"

　　"小的敢肯定。"

　　"军营门外来了个老头，不会是你说的那两人中的一个——彭玉麟吧？"

　　孙福说："不会，那两人是共骑一匹马去的。"

　　"咱得防范在先。"谭祖纶说，"你速带人顺江前往静冈，途中看见巡阅使大船，即放快艇，将我这一张'纸'送上。"

　　孙福接过："将军，巡阅使大船不准快艇靠拢怎么办？"

　　谭祖纶说："你用公函封好，就说是忠义营总兵有急件呈上。此件必到彭玉麟手上。"

　　孙福退出后，谭祖纶自言自语："我这件礼物先达，其他谅也无妨。"接着又想，孙福说那两人是共骑一匹马去的……他的话还是不可全信，谁知道彭玉麟会耍什么新花样，军营门外那自称宫保的老头，我还是得去看看，以免疏漏。

　　谭祖纶走进大帐，便对部下说："你们候着，我亲自去大门口看看那老头到底是谁，本将军礼贤下士。"

八　为官若视百姓为鱼肉者，皆当杀

谭祖纶步出军营大帐，往军营大门走，钱文放忙跟在后面。

大门口的哨兵这次格外威严。

谭祖纶问哨兵："那个说要见本将军的老头呢？"

"禀将军，那老头在外面溜达。我们严守哨岗，没有让他进来。"

谭祖纶走出大门，见大门东侧有一老头在不紧不慢地踱步。

谭祖纶只能看见他的侧面，但那侧面、那踱步的姿态，已令谭祖纶心里一紧：

像他！像彭玉麟！

谭祖纶正欲紧走几步去看个仔细，彭玉麟已转过身来。

谭祖纶大惊失色，忙一边喊："大人、彭大人！"一边跑上前去。

谭祖纶不知是跑得急，还是故意，一个踉跄，险些摔倒在地，就势单膝跪地："末将不知巡阅使大人到来，请巡阅使大人恕罪！"

彭玉麟微微一笑，说："你这是干什么，起来起来，你军务缠身，何罪之有，倒是我贸然造访，打扰了。"

钱文放见状，以为彭玉麟没注意到他，迅疾折身往军营大帐走。彭玉麟的目光却已将他"锁定"。

军营大帐内，参加"迎检"会议的文员武官正趁着谭祖纶不在而说笑话、扯卵淡。笑话、扯淡的内容也就是男女之间的那点事，虽然只是那点事，却又永远讲不厌也讲不尽，哪朝哪代都一样。

匆匆走入的钱文放喊："快，各位，立即整装列队往大门迎接巡阅使大人！"

"巡阅使大人来了？！"

"外面那老头真是雪帅？！"

"嘿，你凭什么发号施令！谭将军还没来。"

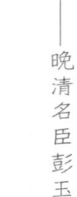

"哎呀，你们还啰唆什么，谭将军正在向巡阅使大人请罪，再挨延，看你们有几个脑袋。"

钱文放这么一说，文员武官急急忙忙地起身，"快走快走。快列队列队"。

文员武官们列队时，谭祖纶正小心翼翼地陪着彭玉麟往军营大门走。

一到大门口，谭祖纶怒斥哨兵："你们这些没长眼睛的，巡阅使大人来了，竟然不立即请进。"

彭玉麟说："怎么能怪哨兵，我这么一个乡下老头，能让进吗？我看你的这些哨兵倒还精神。"

谭祖纶摸不透这话是褒还是贬，转而骂值勤的参将："陈峰呢？他难道也没长眼睛？！"

原向他禀报过来了位姓宫名保老头的参将陈峰立即跑过来："禀将军，是我没长眼睛。"

"你是怎么值的勤，怎么管的哨，连巡阅使大人来了都不立即禀报！"

彭玉麟说："算了算了，我已经说了我这么一个乡下老头，他能知道我是巡阅使？这位少将军还是有礼有节，要我在此稍候，说进去禀报，出来后还要我稍候，客气得很。军爷能对一个乡下老头如此，不多见，不多见呵！"

谭祖纶听彭玉麟说陈峰"进去禀报"，显得有点尴尬，旋对陈峰说："巡阅使大人为你说话，你还不快跪拜。"

陈峰却只行了个拱手礼："多谢巡阅使大人宽恕，末将甲胄在身，就不下跪了。"

"你，大胆……"谭祖纶刚一训斥，彭玉麟说："谭总兵，你手下还是有些好将嘛，当年周亚夫就是'甲胄之士，不行跪拜'嘛。"

谭祖纶又摸不透这话，正不知该如何接话时，响起一片整齐的脚步咔嚓声。

钱文放领着文员武官，呈两列纵队走出。

两列纵队迅疾分开，一队向左，一队向右，左右各成一列横队。

如同操演熟练的仪仗队。

左列横队高喊:"迎候巡阅使大人!"喊声刚落,右列横队高喊:"迎候巡阅使大人!"

谭祖纶大喜,立即喊:"恭请巡阅使大人视训!"

"恭请巡阅使大人视训!""仪仗队"喊声整齐而又有力。

"迎检仪仗队"的迅速出现,确实出乎彭玉麟的意料,便顺势说:"好,好,你们要我说我就说点现场感受,你们操演有素,操演有素。"

此话一出,"仪仗队"官员们面面相觑,这是什么意思,难道他知道我们专门演练过"迎检"?

彭玉麟接着说:"为官,若视百姓为鱼肉而自己为刀俎者,皆当杀!"

这话使得"仪仗队"噤然,他怎么突然说出这样的视训!

谭祖纶也被这视训弄得一愣,但很快便说:"彭大人,请你继续视训。"

彭玉麟说:"我讲完了。"

谭祖纶又是一愣:"大人就讲完了?"

彭玉麟说:"讲完了,该你讲了。"

"好,好,我说几句。"谭祖纶迅疾来了个即兴发挥,"刚才巡阅使大人作了重要视训,话虽不多,但字字如金,一字值千金。我们要认真领会,照大人说的去做。当官,无论是文官武官,都要视百姓为己出,有鱼肉百姓者,本将军概不留情,立斩!"

谭祖纶还没说完,彭玉麟鼓起掌来:"谭将军说得好。"

"仪仗队"众官员立即跟着鼓掌。

谭祖纶示意停止鼓掌:"你们,待会要召集自己的部下,转达巡阅使大人的重要视训,好好议一议巡阅使大人的重要视训,对照检查自己,凡事都要按巡阅使大人的视训去做。"

"是,我等谨记巡阅使大人的视训。""仪仗队"众官员又回答得整齐而有力。

彭玉麟扫视着"仪仗队",突然指着钱文放问谭祖纶:"那位叫什么名字？"

"那是钱先生钱文放。"

"请钱先生近前。"

钱文放走出队列，心里打鼓，不知彭玉麟为何专喊他近前。

钱文放一走到面前，彭玉麟就说："钱先生，你这个幕僚很称职啊，会见机行事。"

"我，我……"钱文放心悸，他难道看见了我返回大帐？要治我见而不参、见而避闪之罪，这可如何应答？

"你替总兵大人排忧解难非常及时啊，难得难得。"

谭祖纶装作听不出彭玉麟的话中之话："巡阅使大人慧眼识人，钱先生确是称职之士。大人独自微服赶来，不责我等未能远迎之罪，我等在此叩谢！"

"仪仗队"的众官员立即说："叩谢大人不责未能远迎之罪！"

谭祖纶又说："大人不辞辛劳之精神，宽若长江之胸怀，乃当世楷模！"

"大人是当世楷模！"众官员的喊声比受检阅部队的喊声还要齐整。

"行了行了，各位就散了吧，该干什么干什么去。"彭玉麟对谭祖纶说，"谭将军，我还是先到军营走一走，看一看吧。"

"大人路途道辛苦，还是先歇息歇息为好。"谭祖纶担心士兵的操练准备不足。

彭玉麟说："我这是积习难改！谭将军只管去忙你的。我就是随便看看而已。"

谭祖纶能让他"随便看看"吗？凡是迎检的能让来检查的"随便看看"吗？都得去他事先安排、布置好的地方，这是"惯例"。谭祖纶忙说："我陪大人，陪大人视察，大人请，请。"

谭祖纶在"仪仗队"欢迎彭玉麟的"仪式"上要下属召集各自的部下，转达巡阅使大人的重要视训……对照检查自己，凡事都要按巡阅使大人视训去做的指示，本是不得已而说，也就是说说而已，应付当时的场面，可有一个武官却真的认真执行，立即召集人员转达彭玉麟的视训。

这个武官就是说自己甲胄在身，不对彭玉麟跪谢的参将陈峰。

陈峰说："巡阅使彭大人微服巡阅到了我们这里，他的视训就说了这么一句话：为官，若视百姓为鱼肉而自己为刀俎者，皆当杀！"

下属立时议论开了。

"微服巡阅！我们这里可是从没见过有微服巡阅的。"

"是啊，只听说过微服私访。这微服巡阅，彭大人可是第一人啊！"

"视百姓为鱼肉的为官者都当杀，这话险啊！"

"说是这么说啦，那么多鱼肉百姓的官，能都杀掉？"

"他自己究竟怎么样还不知道呢。"

"哪个大人物一出场，不讲些冠冕堂皇的话，爱民如子啊，鞠躬尽瘁啊，一心为公啊，不谋私利啊……"

…………

陈峰说："彭大人当年的治军之严，在他管辖范围内的治吏之严，我听人说过。他今天说的这句话我是亲耳听到，可谓振聋发聩。本人在此跟你们交一句话，本人若有视百姓为鱼肉而自己为刀俎者之举，你们皆可杀我。从现在开始，你们若有不法之举，我当以彭大人之话处置，绝不轻饶！你们再议一议吧。"

有下属就轻声说："彭大人治军之严我也听说过，但耳听为虚，眼见为实，且看他到底怎么样吧。"

"对啊，别又是嘴上说得严，其实还是和那些视察督察大员一样。"

…………

陈峰召集的转达、讨论会刚结束，在陈峰营中有参将衔的曹康就向谭祖纶密报了。

"禀将军，陈峰说他本人若有视百姓为鱼肉而自己为刀俎者之举，众人皆可杀他。从现在开始，他人若有不法之举，他当以彭大人之话处置，绝不轻饶！"

谭祖纶一听，心里想，他娘的，老子只是逢场作戏说了句要转达巡阅使的视训，他还当真了。这个陈峰，他想干什么？对着老子来？！且容一容他，待巡阅使走后再跟他算账。便对曹康说："你去吧，除密切注意他外，所有人都给我盯着，凡有异动异议，特别是谁和巡阅使接触，即来禀报。"

彭玉麟进了忠义营，李超则到了将军府近处，规模浩大的将军府令他不由地吃惊。他将马牵进树丛隐蔽处，将马缰拴于树上，向将军府大门走去。

"请问老哥，这是谁家的府邸，如此壮观？"李超向门卫拱手行礼，问道。

门卫老郑说："这是有名的谭将军府！你连谭将军府都不知道？快离开，离开，不得在此逗留。"

"是那位谭祖纶将军吗？"

"谭将军的名号是你喊的？"门卫老郑打量着李超，"看你是个外地人不懂规矩，饶你这遭。去去去！"

李超忙说："确实不懂还有不能喊名号的规矩。叨扰叨扰。"

李超离开大门，沿围墙往后走，见四下无人，纵身一跃，翻墙而入。

稍倾，在路上要了一匹快马的万安赶到。

万安急急地问门卫："老郑，有人来过这里吗？"

老郑说："万安你忘了规矩？！到这将军府，文官下轿，武官下马，念你是老熟人，交上酒钱，可不予追究，赶快下马，有话下马后再说。"

"好，好，会有酒钱给你的。"万安下马，"我只问你，有人来过这里吗？"

"明知故问，"老郑说，"这将军府怎么没人来呢？"

"有你不认识的人吗？"

"凡要进将军府的人，能有我不认识的？万安你今天怎么了，要和我老郑逗趣？"

万安说："不是和你逗趣，事关重要，有人来探听过吗？"

"事关重要？！"老郑说，"倒是有一个过路的，来问了一下这是不是谭将军府。"

"此人在哪里？"

"走了，我把他撵走了。"

"他往哪个方向走的？"

"这个我没注意，"老郑想了想，说，"反正他问了一下，我撵他走，他就老老实实走了。"

"他问一下就走了，离开了？"万安思索，明明是一马两人，那两人难道不是奔将军府而来？不可能。便又说："老郑我再问你，询问这是不是谭将军府的到底是两人还是一人？"

"已经告诉你了，只有一人。"

"骑马没有？"

"没有。"

万安说："定是将马藏了，一人来问，另一人则趁机溜进府去了。"

"溜进府内？有我在这守门，谁能进去！"

"你守门就没人能进？我得赶紧进府去看看。"万安牵马就要往里走。

老郑立即喝道："呔，万安你大胆，敢牵马从大门进去，先到那边，将马拴进马厩再来。"

万安说："这马，你替我看守一下不就行了。"

"嘿，好大的口气，"老郑拦住，"你知不知道，宰相门人三品官，我替将军看门，至少也相当个五品，你算几品？要我替你看马，除非拿出将军令来。再则，将军府门前不准停马，这是规矩，你难道不晓？就算你单人进去，也得先将马拴好再来。"

万安无奈，说："行，行，你算五品，我他娘的不在编制内，我就从马厩侧门进去算了。"

万安怎么说他不在忠义营的编制内呢，后面会有解说。

万安说从马厩侧门进去，门卫老郑就得意地说："马厩侧门的守卫不认识你，会让你进？你还得从我这里进。嘿嘿。转来时先交酒钱。"

万安牵马往马厩方向走，绕围墙转过一个弯，说道："这么绕来绕去的耽搁，老子懒得绕了。"说毕，将马缰拴在一株树上，站于马背，纵身一跃而入。

将军府内犹如迷宫，房间、画廊连环相接，曲径通幽，后院一花园犹似御花园，气氛又有几分阴森。

潜入将军府的李超隐蔽而行，见一女仆端着果蔬走过，便悄悄跟着。

女仆走到一房前，打开房门，进入，将果蔬放于桌上。

李超潜至窗户旁，往里窥探，房间里坐着一美貌少妇。但听得少妇对女仆说："将军将我移至此处，他自己为何多日未来？"

女仆说："这个我怎能知道，我只知道好生服侍你这位王胡氏。"

少妇站起往门口走，女仆忙拦住："王胡氏，你可不能出去！"

李超窥视着少妇，心里有点惊讶，这女人，怎么像王旺所说的他家主母？！

少妇叹口气："唉，在这府内走走也不行吗？天天关在这屋里，像幽禁。"

女仆说："那没办法，我只能听从吩咐，说是为了你的安全，你可别为难我。再说，你王胡氏在这里有吃有喝又不要做事，比我强多了。"

少妇又叹口气："唉，你不知道一个人待着多难受，你就不能陪陪我吗？和我说说家常话也好。"

女仆说："我可不敢多言，我得走了。"说完便走出。李超忙躲开。

房内的少妇一副幽怨哀怜之相，似有满腹心事想找人倾吐，却又无处也不敢诉说。

李超溜至围墙边，正欲翻墙出去，传来一声低沉的喝声：

"终于逮住你了，往哪里跑！"

　　发出低沉喝声的是万安，他拔剑逼近，想令李超束手就擒，李超退后一步，从背上的长条形包袱中抽出腰刀。

　　万安一剑刺去，李超以刀隔开，剑来刀往，一时竟不分高低。

　　万安欲独擒李超，不愿惊动院丁，只是心内暗道，此人武艺了得！李超无心恋战，要寻机而走。

　　战至数回，李超猛然喝道："嘿，你身后是什么人！"万安略一分神，李超跳出圈子，纵身一跃，立于墙头。

　　万安说："你用这等下三滥之策！"

　　话未完，真有听见刀剑声的数名院丁赶来。

　　李超说："我没骗你吧，恕不奉陪！"说毕跳下。

　　"想逃脱，没那么容易！"万安亦跃于墙上，跳下。

　　院丁齐喊："抓贼啊，抓贼！"

九　你以为你真是将军的什么人

　　将军府内喊抓贼，谭祖纶则在军营睡房里踱来踱去，琢磨着彭玉麟。

　　彭玉麟微服私访直接"访"到了老子这里，什么来意？要找老子的麻烦？！他说的那些话又究竟是什么意思？

　　他老是想着彭玉麟说的那些话：……我看你的这些哨兵倒还精神。……这位少将军还是有礼有节……你手下还是有些好将嘛，当年周亚夫就是"甲胄之士，不行跪拜"嘛。……你们操演有素，操演有素。为官，若视百姓为鱼肉而自己为刀俎者，皆当杀！

　　"哨兵倒还精神，少将军有礼有节"，难道是真夸他们？周亚夫是帅，难道是夸老子？可又明说是"你手下"。那"操演有素"呢？"若视百姓为鱼肉而自己为刀俎者，皆当杀！"吓唬老子？！敲山震虎？

谭祖纶琢磨过来琢磨过去，猛然以拳击掌：他说当年周亚夫就是"甲胄之士，不行跪拜"，周亚夫是在军营不向皇帝跪拜，他彭玉麟岂不是以皇上自居！行，老子就抓住你这句话，你若不找老子的麻烦，老子也不找你的麻烦，你若对老子不客气，老子就拿这句话告你！

谭祖纶兴奋起来，喊："娟儿，来陪老子睡觉！老子有心思和你玩了。"

守候在门口的亲信家丁说："将军，她不在。已奉令把她送到将军府去了。"

"呵，老子怎么忘了。你去给老子找一个来。"

"这个时候，合、合适吗？巡阅使大人来了。"

"什么这个时候合不合适，老的私事谁管得着。快去！"

亲信家丁应声"是"，赶紧去给他找陪寝的，却又不能不在心里嘀咕，你自己才下了命令，不准打牌，不准赌博，不准嫖娼，不准随便外出……那巡阅使还住在军营，你就要我去找……

甩掉了万安的李超从另一条路来到忠义营，亮出腰牌，卫兵领他到彭玉麟下榻处外，又有守卫在外面的一士兵喝问："什么人？敢靠近巡阅使大人住所。"

李超又掏出腰牌，再次报上姓名，说奉巡阅使大人之命赶来。

士兵看过腰牌，领李超到彭玉麟房间外。

"大人，我来了。"

"你辛苦了。"彭玉麟这话却是对领李超来的士兵而说，"你快去休息吧，夜里风大，可别着凉。"

这士兵一听，想，这个巡阅使大人倒是蛮和气，体贴人，只是他要我休息，我能休息吗，敢休息吗？有人来找他的事，明儿个还得向头儿禀报。

士兵离开后，彭玉麟示意李超说话轻声，以防门外有人窃听。

李超压低声音："大人，王旺所说属实，坪山确有谭祖纶所建将军府，那规模、气派赛过侯府。"

"王旺所说将军府属实，那么他所说的王浩忠之事也当不虚。"

"那府内有间房里还关了一个妇人，长得有点像王旺所说的主母。"

"像王浩忠之妻？！"

"是像王旺所说王浩忠之妻的那个模样，但听女仆喊她王胡氏而非娟儿。再则，若说她是被关在那里，她又有女仆服侍；若说不是被关，她想走出房门一步也不行。况且那女仆对她丝毫不尊。"

"唔。王胡氏。"彭玉麟沉吟。

"还有一事，我欲出那将军府时，遇上一人截杀，那人却不像府内之人，没喊院丁帮忙，我跳出围墙后，他也跳出，只顾单人追我。"

"他追踪到此吗？"

"我没走原路，照王旺所说从坪山另道而来。"

"好，你明天去办这件事。"彭玉麟对李超耳语。

李超听完便说："大人，我连夜去办。"

"不必。"彭玉麟对外面喊道："来人！"

领李超来的士兵赶忙跑来："大人，有何吩咐？"

"烦你领他去歇息。"

"是，大人。"

士兵和李超走后，彭玉麟自言自语："但愿此事非此人所为。如若真是他所为，休怪我军法无情！"

次日上午，彭玉麟在谭祖纶、钱文放、陈峰、曹康等陪同下步入会客厅。

会客厅墙壁显著位置挂有一块匾，上款：敬谢忠义营。中间四个大字：保民平安。下款：登丰石落坪山百姓同赠。

此外还挂有总督、提督等来视察后的留言，其中提督刘维桢所题为威武之师。

谭祖纶请彭玉麟上座。

彭玉麟说："我先看看，看看你们所得的'勋状'。"

彭玉麟看着大匾，念道，"保民平安"，又看着刘维桢所题，念道，"威武之师"。念完，彭玉麟说："这两句可以连起来，'威武之师，保民平安'。"

谭祖纶立即鼓掌："好，好，'威武之师，保民平安'，巡阅使大人说得好。"

其他人赶紧跟着鼓掌："巡阅使大人说得好！"

"恭请巡阅使大人墨宝。"谭祖纶又兴奋地喊。

"恭请巡阅使大人墨宝！"钱文放赶紧要人去取文房四宝。

"且慢且慢。"彭玉麟说，"我就爱写梅题梅而已，别的不习惯。"

"那就请大人赠梅！"谭祖纶说，"大人所写之梅，冠绝天下。"

"我写梅须有自己的文房，那可都在船上。不在自己的文房，我是写不出的呵。"

谭祖纶立即说："大人，我是否可派人去告诉船队，大人已经到此，要船队快速赶来？这样就可以早点得到大人的梅宝了。"

"行，你就派人去传我的话，要船队速速赶来。"彭玉麟正是想要船队快点到来。

"陈峰、曹康听令！"谭祖纶喝道，"你二人各率轻骑快艇，水陆并进，接请巡阅使船队速速赶来。不得有误！"

陈峰、曹康领命而去后，谭祖纶等陪同彭玉麟视察军营。这回是正式视察。

谭祖纶指点着各处汇报，彭玉麟只是"嗯嗯"点头。

各处都视察得差不多时，彭玉麟突然问："军营的战马养在何处？我想去看看。"

谭祖纶顿觉意外，他怎么提出要看战马？旋说："大人，马匹有什么好看的。"

彭玉麟说："我戎马一生，虽说曾弃马为舟，但依然对马有所偏爱。谭将军难道偏爱舟而不喜马了？"

"哪里哪里，军营之人哪有不喜马儿的。"

"我的随从李超在登丰镇买了一匹马，到时烦你去看看那马的成色，估一估是否价有所值。"

谭祖纶心里不安，支吾着："好，好。"

彭玉麟又故意说："此处距坪山不算太远，听说坪山的风景甚美，我欲一游，你看怎样？"

"这个，这个……"谭祖纶一惊，他难道已经知道了将军府？

彭玉麟微微一笑："当然，坪山不在我的巡视范围之内，若去坪山，等于我是借公差而行旅游之实。不过既然来了嘛，去看看也无妨，但得等你有空闲，以后再说吧。"

"我一定安排，安排，陪大人前往。大人，已走这么久了，是否去休息一下？"谭祖纶不是真想要彭玉麟去休息一下，而是自己实在不想再陪这位巡阅使大人了。

"我是得好好休息休息了。"彭玉麟说。

送彭玉麟去住处后，谭祖纶进入他的密室，这间密室，只有亲信心腹才能进入。

谭祖纶刚在密室坐下，想琢磨琢磨彭玉麟所说的战马、坪山……一心腹禀报，万安来了。

万安进来便说："将军，有人潜入将军府，被我截住，正要活捉他时，却被他施计逃了。"

"知道那人是谁吗？"

"有点像是从登丰镇出来往将军府去的人，但明明去的是两人一骑，在将军府却只见一人，和他厮杀时也没有第二人来助他，故不敢肯定。"

"你上当了。"谭祖纶说，"那两人中的一人早已到了我这里，就是彭玉麟。和你厮杀的是他的随从卫士李超。他的卫士，你一人能捉住？"

"怪不得那人武艺高超。"

"你没能拿住的那个李超，昨晚就住在咱这军营。"

"住在这里？！"万安惊道，"怎么不将他捉拿？"

"没长脑袋，"谭祖纶说，"他是巡阅使的卫士，就睡在巡阅使隔壁，能捉拿？这些都不打紧，我只问你，李超发现那个女人了吗？"

万安说："很有可能已经发现。"

"彭玉麟突然提出要看战马，又说要去坪山一游，他是要拿战马和将军府向我发难。"

"那怎么对付？"万安问。

"战马、将军府都不是什么大问题，在我看来都不要紧，只要孙福将那张纸送达，船队一到，他见了那张纸，最多是做样子训斥我一番，下不为例。只有那件事，万不可让他知道，你可是牵涉其中喔。虽说你不在军营内任职，官饷却是照样拿了的。那个彭玉麟若追究起什么来，可不分军内军外、当不当差。"

"将军，你说的那张纸能有那么大的作用？那是一张什么纸？不会是皇上亲赐的御书吧？"

谭祖纶嘿嘿一笑，不置可否。

"我明白了。"

万安刚说他明白了，谭祖纶说："你只明白了那张纸吧，我后面说的意思可明白？"

"明白！我未在军营内任职，却照样拿了官饷，那个彭玉麟若追究起来，不会放过我。"

"光明白有什么用，再说，官饷是小事，他彭玉麟就算断了你的饷银，我照样能供给你。当下，那女人已是个祸患，你再去一趟，将她带出……"

"将军放心，我会处理得干干净净。"万安说完便往外走，迈开大步。

"孙福怎么还没回来，难道是随彭玉麟的船队而回？"谭祖纶要人去外面看看。他是急着要得知那张"纸"被巡阅使船队收下了没有。

李超到了距登丰镇不远的王旺主人王浩忠家院，大门紧锁，问邻居，说王旺去登丰镇了，才走不久。

李超道谢，策马往登丰镇去追。一追上王旺，李超下马便把王旺拉到一边，说他在将军府看见一个女人，像你所说的你家主母模样，只是听人喊她王胡氏。

"王胡氏！"王旺惊讶不已："是我家主母啊，娟儿是她的小名。找到主母，就有可能找到主人，可她怎么会在将军府？不会是同名吧。"

"闲话少说，你随我去看看就知道到底是不是她了，快上马。"李超催道。

"我家主人有马，我去骑来。"

李超说："一起去，先上这马。"

李超、王旺正要上马，传来一个少女的喊声："小四哥，小四哥，我总算找到你了。"

喊话的是玉虹。

"你喊我小四哥？你是谁？"李超早已忘了这位姑娘。

王旺说："你在登丰镇不但救了我，还救了一个女子，忘了？！她叫玉虹，你们走后，她便向我打听你在哪里？这下可遇上了。"

"你找我有何事？"李超问。

"我，我……"玉虹羞怯地说，"你救了我，可还没向你道谢一声，你就走了。我是特来向你道谢的。"

这话，她已在心里默念了多次。

"那有什么可道谢的。见难不救，岂是男人！我们有急事，得走了。"

"你……"玉虹的少女自尊心顿时受挫。

"上马上马！"李超只顾催王旺上马。王旺上马后，他跃身上马，勒转马头，催马疾奔。

玉虹喊："哎，你到底叫什么名字？住在哪里？"

没有回答。

玉虹气得顿脚，失落、不无怨愤，反使得她显得更加动人。

更加动人的玉虹默念着李超的话:"见难不救,岂是男人!"

忽地,她脸颊泛上红晕,自言自语:"小四哥、男人……"

初恋少女犹如"关关"的"雎鸠"。

李超和王旺还没赶到将军府,"哐当"一声,将军府内娟儿所在的那间房门已被打开。站在门口的是万安。

坐在房内的娟儿不由地惊愕:"是你,怎么是你来了?"

万安说:"将军近日忙于接待巡阅使,特命我来接你出去。"

"接我去哪里?回忠义营吗?"

"这个不需多问,你跟我走就是了,有一个好的去处。"

"我不走,要他来!"娟儿赌气地说,"是他将我安置在这里的。"

"这可由不得你,"万安冷冷地说,"你以为你真是将军的什么人,跟我走,免得我动手。"

"你敢?!将军曾亲口许诺过我……"

娟儿还没说完,被万安打断:"你也应是个聪明的女人,却全不知自己几斤几两,你以为将军真会要你做夫人?好笑好笑。"

"你、你!……"娟儿气得说不出话来。

"实话告诉你吧,将军已视你为祸物。这其实也怪不得将军,是你自取其咎。"

娟儿一听,几欲晕倒:"啊!是我自取其咎,自取其咎……"

"嘿嘿,我没说错吧。"万安狞笑着说。

"他……他谭祖纶……"

"早知今日,悔不当初吧。"

"悔不当初……悔不当初……"娟儿不住地呢喃。

"再悔也迟了,你到底走还不走?!"

万安恶狠狠的口气,反而使得娟儿略微镇定下来:"你在外稍等,我要梳妆、换衣。"

"快点。"万安走出,随手将门带上。

娟儿梳妆换衣后,默默地跟着万安走出将军府。一出将军府,万安就用一块布塞进娟儿嘴里，将她横放在马背上，策马而走。

很快，出现一分路口，分路口立着一路碑，路碑上刻着"将军箭""左走和谷，右走石落塔"。

万安勒马往左。

到路旁荒山僻野处，万安下马，一手将娟儿夹着，一手牵马。

娟儿在万安手里如一只小鸡般挣扎。

走不远，万安将娟儿往地上一放，扯出塞在娟儿嘴里的布，说："王胡氏，你休怨我，我这是奉命行事。"

娟儿喘过气来："他为什么这样狠心？我死也要死个明白。"

"好，让你死个明白。"万安说，"如果那个巡阅使没来，你虽说当夫人是做梦，但锦衣玉食还是少不了的。你和谭将军之事，怎能让他知道，故将你转移至将军府暂避，可他一来，竟偷偷地派人侦查将军府，发现你藏身于内，你既已被他发现，谭将军还能留你做活口么？你做鬼后，要怨也去怨那彭玉麟。谁叫他多管闲事。"

娟儿哭泣着说："我只怨我自己，当初鬼迷心窍，我对不起我的夫君啊。"

看着泪流满面的娟儿，万安拔出了剑。

此时，往坪山将军府的路上，李超、王旺分别不停地催马飞奔。但他俩要想救下娟儿，是绝无可能了。

娟儿一见万安拔出剑，吓得紧闭双眼，眼睛虽然闭上，泪水却愈发奔涌。

紧闭双眼、泪流满面的娟儿仍然边哭边说："我只怨我自己，当初鬼迷心窍，我对不起我的夫君，夫君夫君，你能宽恕我吗？"

万安手里的剑朝娟儿刺去，却忽地垂下。

万安瞧着蜷缩的娟儿，想，我若杀一个手无寸铁的弱女子，日后万一传出去，岂不坏了我的名声？但转而又想，不行，不杀她不行。不杀她怎么去向谭将军复命？再说，她也不是什么好女人。

万安垂下的剑又挺直，正要刺时，又忽地收回。

万安喝道："王胡氏，我懒得杀你了。"

这一喝声对娟儿来说，如同突然得了道救命符，她睁开眼：

"你，你不杀我了？！"

万安说："我万安杀人不少，但从没杀过女人。"

娟儿立即跪倒，正要谢不杀之恩，却听得万安说："我不杀你，但你必须得死，你自己抹脖子吧。"

"当啷"一声，万安将自己的剑扔到娟儿面前。

可怜娟儿，刚得到的"救命符"顷刻变成"催命符"。

"快点快点，别磨磨蹭蹭，自己了断干净，我还得回去复命呢。"

娟儿战战兢兢抓起万安的剑，没抓稳，"当啷"，掉到地上。

"算了算了，"万安说，"你已经吓得连剑都拿不住了，让你自己抹脖子也不成了，还是我给你个痛快吧，反正我已经给了你机会，也怨不得我了。"

万安以脚将剑往上一踢，伸手接住，正要挥向娟儿的颈部时，传来一个喊声："万安且慢。"

喊的人是孙福。

孙福怎么又来到这里了呢？

孙福奉谭祖纶之命去巡阅使船队送了那张"纸"，一回忠义营，谭祖纶就急切地问："那'公函'礼物送到没有？"孙福说亲自交到赵武手里。谭祖纶长嘘了一口气，又赶紧问："那赵武是什么人？"孙福说："巡阅使大人不在船上时由他全权负责，是个都统。"

"都统？彭玉麟手下有都统？都统随他巡阅，他这次的来头这么大！"谭祖纶想了想，问，"那位赵都统说了什么？"

孙福说："我看那赵武不像个都统，对手下全无威严，有人还喊他赵临时都统。这都统还有临时的？"

"你管他什么威严不威严，临时不临时，你只讲他说了什么。"

"他说要我放心，一定转交到巡阅使大人手上。"

"好，只要船队一到，彭玉麟就能看到。他一看到，什么都好办了。没有那玩意摆不平的事！"谭祖纶突然又凶狠地问，"你讲那赵武不像都统，还有人喊他临时都统，你不是上错船送错了人吧？"

孙福忙跪下："将军，千真万确，那巡阅使大船上大旗飘扬……"

"起来起来。"谭祖纶口气蓦地又变得和善,"你是说那赵武不像个都统,你是这样说的吗?"

"是的是的。我是说他不像都统,确实不像。"孙福依然惊恐,不知这句话到底会让谭祖纶怎样。

谭祖纶右手在桌上一拍,不是发怒,而是笑了:"好,好,那赵武若是个假都统,彭玉麟又有一条罪状在我手里了。"

因为又有了彭玉麟的一条罪状,他觉得用不着杀娟儿灭口了,留下娟儿,另有用处,遂派孙福速去找万安。孙福已和万安做过几次这样的秘事,自然知道万安要下手的地方。

孙福一喊"且慢",万安的剑倏地收回。

"你怎么来了?"万安问。

孙福说:"将军只要你将她转至一安全之处,为何如此。"

"你……何出此言?"

孙福忙将万安拉到一边,低声说:"将军改变主意了,说这尤物还有用处。派我火速赶来,这不,还幸亏我来得及时。你且听我数落几句。"说完,喊道:

"万安,你还不快将她扶起。"

万安扯起娟儿。娟儿仍惊恐地说:"你,你这回真的不杀我了?"

"万安是吓唬你的。"孙福说,"将军怕他鲁莽,特派我来,由我护送你去绝对安全之地。"又对万安说:"万安你走吧,这里不用你管了。"

万安悻悻地离开:"他娘的,你孙福来做好人。老子得去问问谭将军,看你是不是假传将令。"

再说李超和王旺,二人赶到将军府不远处下马。李超要王旺将马牵至隐蔽处等着,他潜入府内伺机将王胡氏带出。

李超潜入将军府,到得娟儿所在房间,从窗户往里瞧,房内空空。

"这人到哪里去了?"李超正疑惑间,传来议论声。

"那个王胡氏在这儿由我看管得好好的，怎么又被人带走了？带走她的人还好凶。"说话的是服侍娟儿的女仆。

"那人是万安。今天我没当值，如果我当值，他就不敢那么凶。"接话的是门卫老郑，"上次他来，要从大门进，口气好大。我说你知不知道，宰相门人三品官，我替将军看门至少也相当个五品，你算几品？拿将军令来。他就只好乖乖地往马厩去了。"

女仆说："是啊是啊，我替将军看管王胡氏，也是有身份的，他带走人连声招呼都没和我打，哼！"

李超心中暗道："带走人的是万安！这名字有点熟，对了，是王旺说起过，说他是王浩忠的朋友。得速去追寻，以防不测。"

李超回到王旺等候处，王旺一见他便急急地问："我家主母呢？没能带出！"

李超说："王胡氏已被万安带走了。"

"被万安带走了！当初邀我家主人来这将军府喝酒的就是万安。他如今又带走了主母，这……"

李超说："我们得速去寻找，他有可能杀你家主母灭口。"

二人上马，来到刻有"将军箭""左走和谷，右走石落塔"的路碑分路口。

王旺说："万安如果往右走，是回忠义营。"

李超当即判定："不可能回忠义营。我们往和谷。"

两人又策马急奔。来到路旁荒山僻野处，李超见路前方豁然开阔，一马平川，勒住马跳下，王旺跟着下马，正要问为何停下，李超说："前方开阔，此处僻静，万安如要下手，定选此处。你跟在我后面，小心一点。"

李超拔刀在手前行，王旺随后。很快就发现有被人、马踩倒的草木。沿被踩倒草木的路径而行，一处被坐乱的杂草为李超注目。

李超说："他们来过这里。还有人在这坐过。前方草木皆未掠动。万安如若下手，定在这里。"

"人呢？怎么不见人？"王旺说，"也不见尸首？"

"连一点血迹也没有。难道只是在此歇息？为什么在此歇息？"李超思索片刻，说，"沿被踩乱的草木仔细搜寻，也许能发现什么。"

两人搜寻了一会儿后，王旺突然喊道："看，这里这里。"

灌木丛中，挂有一白绫手绢。

李超以刀尖挑起手绢。手绢上书：奴家王胡氏为谭祖纶诱污，夫王浩忠为他所害，今又要杀奴家，奴家死不瞑目。

这是娟儿的绝命书。当万安在将军府内娟儿房间催娟儿立即跟他走时，娟儿说要梳妆换衣，让万安在外面等着，万安出去后，她在房内取出身上的白绫手绢，刚写完，门外万安又催，喊快点快点。她忙将手绢塞入衣襟。到僻野处，万安一手将娟儿夹着，一手牵马，娟儿如一只小鸡般挣扎，灌木刺丛不时擦剐着她的衣裙，在挣扎中，白绫手绢被一丛刺藤刮出。

王旺一看大骇："我家主人被谭祖纶害了！主母又被杀了。"

李超将白绫手绢收好，说："未见王胡氏尸首，还不一定被杀。走。"

两人依原路返回，回到分路口，李超停下，看着刻有"将军箭"的路碑，问王旺，走和谷可去哪里？王旺说，往和谷方向可到提督府。

"提督府？！如若返回，还有别的路吗？"

"没有。只有这一条路。"

李超略一思索："王旺，你去忠义营找巡阅使大人，将所发现的悉数告诉大人。我在此另有安排。"

王旺催马往忠义营赶，彭玉麟却已经离开忠义营去码头上船。

当巡阅使船队由谭祖纶派曹康、陈峰"迎接"到码头后，谭祖纶对彭玉麟说，敬禀大人，所迎船队已到码头，请大人明示。彭玉麟说："这么快就到了，好，好，将军办事有方。我这就上船去。"

"大人，鄙处条件还是比船上要好，大人不妨在此多住。鄙处若有招待不周、怠慢之处，还望大人宽恕。"

这自然是谭祖纶的客套话，按理彭玉麟也应该回答些"哪里哪里"之类的客套话，可他却说："我当年天天在战船上，虽说离开了几年，但还是觉得在船上过得安稳啊！浪儿轻摇，江风习习，时有水鸟掠舱而过，美乎！而或江天一色，何其壮阔！至于'一江风雪夜漫漫，腊鼓惊人岁又残'，我就变成老夫喽。哎哎，老夫竟自说这些干甚，上船去也。"

说完，甩开大步就走。

谭祖纶忙带人跟在后面"恭送"。

到得码头，彭玉麟转身对谭祖纶等说："你们回去吧，去忙你们的。我得上船了，还是在船上过得安稳。"

围观民众见他徒步而来，感到惊异：

"原来那位老头就是彭大人啊！"

"不可能吧，彭大人怎么会不在船上？"

"总兵大人亲自相送，还能不是个更大的官？只是，他怎么连轿子都没坐，竟然走路。"

"这天下还会有走路的大官？！"

最后这句话可就有歧义，既可以说是大官出外不用走路，出门便有车，又可以理解为大官连路都不会走。

从分路口往忠义营的路上，万安策马不快不慢而行。

马上的万安情绪有点低落，心里不住地嘀咕：谭将军也真是的，派我去了结那个女人，却又突然变卦，派孙福来解救，孙福还说要由他护送那女人去个绝对安全之地……这是唱的哪一出？孙福这回做了好人，我他娘的落个不是……

万安又想到孙福说的"送那女人去个绝对安全之地"，什么绝对安全之地，孙福那家伙不会是见色起心，假传将军命令，将那女人带走，自行奸淫后再杀掉吧？不过，谅孙福也没有那个狗胆。老子回去后首先得问问将军，孙福若是假传将令，他的死期也就到了。

万安胡乱想着，后面，远远地，王旺在不停地催马快行。

万安的马蹄声较缓，王旺的马蹄声急骤。

弯弯曲曲的小道，静谧的山间，马蹄声传出很远。

万安听到了后面弯曲小道传来的马蹄声。

万安自语道："谁他娘的在后面急追？难道是孙福赶来？老子倒要看看是谁。"

万安下马，坐于路边。

王旺催马渐近。

万安一看，心里寻思：那不是王浩忠的家人王旺吗？他跟在我后面干什么？难道他是从将军府那里而来？当初我和孙福到王浩忠家，将王浩忠引出，是他开的门，他难道也暗地里在查访王浩忠和那女人？老子将他擒下，以免多一个祸患。

万安站起，对着奔驰而来的马大喝一声，飞身跃去，将王旺扯下马来。

第八章 剑拔弩张

一 娟儿成了送给高官的礼物

娟儿坐在一辆敞篷马车上,孙福骑马和马车并行。

孙福对娟儿说:"王胡氏,你刚才好险好险,受惊了吧?"

娟儿不吭声。

孙福又说:"你坐的这辆马车是我从将军府喊来的,你知道吗?"

娟儿仍然不吭声。

"嘿,我救了你,你连话都不和我说一句啊!"

娟儿还是不吭声。

"得,你不说话也行,正好可以加快行进。"孙福对车夫说,"快点走!越快越好!"

到了提督府大门外,卫兵拦住。

孙福说:"我奉忠义营总兵谭将军之命来见提督大人,我和贵府的杜贵是朋友。"

如果孙福只是说奉命来见提督,卫兵会要他拿出"公函"来认真"检验",否则就得交上"通融费",说是杜贵的朋友,卫兵立即说帮他去喊杜贵。

杜贵走出,一见是在忠义营拿赏银给他的那位,立即热情:"嗬,是老兄你啊,怎么还带了位美人?"

孙福对他轻语,杜贵便笑道:"好,好礼物。"

杜贵在前引路。孙福对娟儿说:"王胡氏,你一路上一声不吭,连我对你的救命之恩都没道谢,若不是我及时赶到,你已经成了万安的刀下之鬼。你看看,这是什么地方,提督府!我将你送进提督府,你就再也不用担心什么了,只管享受荣华富贵吧。"

娟儿依旧不吭声。

"你俩在这等着，我去禀报提督大人。"

提督刘维桢听杜贵说谭祖纶派家丁孙福带了一个女人来，只"喔"了一声。

杜贵说："那女人长得还有几分姿色。"

刘维桢还是只"喔"一声。

"大人，孙福和那个漂亮女人在外面等着。"

刘维桢这才说："你要孙福进来。"

孙福进来跪拜端坐着的刘维桢："提督大人，谭将军命我前来……"

"起来起来，近前说话。"

孙福爬起，走到刘维桢身边，拿出一信封双手递付。信封里是一张银票。

刘维桢接过信封，打开看一眼，说："带来的人呢？"

孙福忙答："就在门外。"

刘维桢慢慢起身，如同踱步一样慢慢踱到门口，往外瞧了一眼，娟儿依然秀美的模样立即被他看得真切。

刘维桢如同什么也没看到一样，又慢慢往回踱步，端坐于椅子上，对孙福说："行，你回去复命吧。"

骑在马上往回走的孙福，因圆满完成了谭祖纶交代的任务而格外轻松。他想，那尤物差一点就被万安杀了，幸亏我及时赶到，倘若已被杀了，我怎么向谭将军交差！谭将军此举确实高明，刘提督果然满意此物，别看他只对尤物瞧了那么一眼，那一眼，能瞒得过我！不过刘提督不是大方之人，他派个杜贵送信给谭将军，谭将军就赏了杜贵那么多银子，我受谭将军之派，给他送去一张大银票外加一个尤物，他连一个子儿都不赏我。唉，没法，只有自己犒劳自己，今晚住到将军府去，喊个小美人乐一乐。

孙福任马儿自由迈步，优哉游哉地往将军府而去。

隐蔽在路旁的李超看着骑在马上的孙福，觉得此人似曾在哪里见过。

　　李超暗暗自语：此人定是在哪里见过。猛然想起：在登丰镇！对，就是在登丰镇我为卖豆腐干的老头付了被强罚之钱，和大人扶着老头时，有一人狠狠盯着大人，另一人则狠盯着我，他就是盯着我的那个人。此人绝非善类，待我拦下他来，盘问盘问。

　　李超又寻思：王旺说和万安一块的叫孙福，掠走王胡氏难道和孙福毫无关系？我且诈他一下。

　　骑在马上优哉游哉的孙福从李超隐身处而过。

　　李超忽地跳出，大喊一声："孙福！"

　　孙福不由自主回头："谁？你是谁？"

　　李超说："果然是你！你不记得我了？我可知道你和万安……"

　　孙福见势不对，磕马欲逃。李超一把将他从马上拉下。

　　送彭玉麟上船后，谭祖纶等回到忠义营。

　　曹康对谭祖纶说："将军，那位彭大人在我们军营时说'还是在船上过得安稳'，为何在上船时又说了'还是在船上过得安稳啊'，他是不是对咱们这里存有戒心？"

　　谭祖纶说："管他说什么呢，他离开就好，在这里搞得老子提心吊胆。他不在这里，老子至少可以睡个安稳觉。"

　　曹康说："将军，我还有一事不明，将军怎么只送他到码头，而不陪同上船？"

　　谭祖纶说："船上是他的地盘，他不请我，我怎么上船？你放心，明天，最迟后天，他就会派人来请我的。"

　　"将军断定他会来请？"

　　"当然。他收了老子的礼，焉能不回请！礼尚往来嘛，不过他的回请最多是一杯清茶，老子可是花了大本钱。不对不对，他会送我一幅梅花。咱得实事求是地说，他的梅花那可是千金难求，多少达官贵人欲求而不可得，就连李鸿章李大人，也未求得。这么看来，老子的大本钱没白花。哈哈。"

　　曹康立即跟着笑："恭喜将军能得彭玉麟的梅图。到时能否赏给小人一观？"

谭祖纶说："没问题。咱得将它挂到会客厅，和总督、提督的题词挂到一块。有了彭玉麟的梅花，嘿，那真会满庭生辉、满营生辉。"

"是，是，满庭生辉、满营生辉。"

曹康逢迎的话刚一落音，谭祖纶突然问："陈峰呢，为何还不见来？"

曹康说："这个小的忘了禀报，小的和陈峰分路去迎船队，小的率快艇走水路先到，是小的迎来船队。小的上码头后，陈峰所率马队亦回，他对我说了句什么，好像说他要在码头布置守卫。小的急着赶来向将军禀报，接着又参与恭送巡阅使，所以就忘了转告他的话。"

谭祖纶说："我在码头怎么没看见陈峰？他竟敢不先来参见老子，真是狂妄至极。谁叫他在码头布置守卫任务的？他巡阅使自有卫队，要他多管闲事，曹康你去，将他的人马撤回。老子撤了他，由你接替。"

曹康大喜："遵令。小的谢将军提拔。"

曹康正要走，谭祖纶又喊住："罢，罢，老子先忍几天，待彭玉麟走后，将他那样的人一并清除，再由你接替。你还是先去盯着他。"

"是！小的这就去盯着他。"曹康口头应得好，心里却不舒服，出去后就暗暗地骂："他娘的，刚说好的由我替代，转眼又变了，人家说是朝令夕改，他是转眼就变。'罢，罢'，就罢了。得，我再寻陈峰一个差误，狠狠地告陈峰一状，看他还'罢不罢'。"

忠义营这边谭祖纶在等着彭玉麟回请，并要曹康盯着陈峰；巡阅使船上，赵武在向彭玉麟禀报。

"大人，我要船队在静冈停泊，诸多官员前来送礼，我照单全收，所有礼品都封存完好，无一挪动。送礼现场有张召作证。现将礼单呈上，请大人处置。另有一张银票，数额巨大，乃忠义营总兵谭祖纶派家丁孙福乘快艇送上船来。我本不让他上船，可他说是总兵将军公函急件。"

"谭祖纶用公函急件送来巨额银票？！他的点子不错嘛。"

"银票在此。"赵武将银票递上。

彭玉麟接过银票，看了看，随即收起："好啊，谭祖纶，你出手真够大方啊！"

彭玉麟话刚落音，赵武忽地跪下："请大人饶我擅自代为收礼之罪。"

"若在往日，不知你有几颗脑袋可砍！"彭玉麟"哼"了一声，"然此次，你算是长了个心眼，若不收下，如何能得知他们竟敢在光天化日之下排队行贿？你擅自代为收礼之罪，当斩！但让本帅得知污吏行径，故暂免你死罪。你速檄府司，令诸官员来见。"

二　站队到底站哪一边？

静冈知府禹盛一接到"通知"，便要知州隆里、知县肖贵速来商议。

"知道为什么急着要你们来吗？"

隆里说："是为了彭大人让我们速去见他的事吧？"

"不是为了这事，我急着要你们来干什么？他要我们一齐前去，不会是什么好事啊！"

肖贵说："我们礼也送了，他也收了，还会有什么问题？"

"我们虽然送了礼，但他也来这些天了，可我们还没宴请过他一次，问题恐怕就在这上面。"隆里说，"譬如我到肖贵那个县，你肖贵虽然送了点礼给我，却连一餐饭都没请，我心里舒服吗？"

"隆大人说得对啊，是得请他吃饭，禹大人先请，禹大人请了隆大人请，隆大人请了我再请。"肖贵说，"让他先吃知府，再吃知州，最后吃知县，一级一级全吃遍。这视察检查嘛，谭将军倒是有句话说得到位，只要让巡视检查的吃得好、住得好、玩得好，回去时钱袋鼓起老高就行，只要做到这'三好一高'，谁还能不高兴、不满意？检查结果还能不是优等、最佳、堪为典范？"

"你俩胡说八道说够了吧。"

"禹大人，我俩说的可是实话实情，没说错啊！"

"是啊，禹大人，我俩说的是实话实情啊！那'三好一高'是谭将军说的啊！"

"我说你俩是胡说八道，你俩还说是实话实情，这是官场潜规则，能说出来的吗？今儿个你俩是在我面前说，若是在别人面前这么说，你们这官还想当吗？"

"那是那是，禹大人说得对。但如果不是在禹大人面前，我们也不会说。这点原则我们还是有的。"

禹盛说："少啰唆这些了，快想想彭玉麟突然要我们一齐去，到底为了什么？"

这个"到底为了什么"，就是揣摸上级领导的意图，作为一个官员，如果不能揣摩出上级领导的真实意图，他那个官也就别想当了，至少是永无升迁之望。历朝历代都一样。

于是肖贵揣摩着说："是啊，我们送礼到他船上，他连个面都没露，他那船队就径直去了忠义营，这会儿要我们一齐去，难道是懒得来了，只要我们去禀报情况？"

这一说"禀报情况"，隆里便说："本州需要禀报的情况，我倒是早就要人写好了，背也背得差不多了。"

"本县需要禀报的情况，我也早就要人写好了，"肖贵说，"只是还背得不太熟，不如隆大人记性好。"

禹盛说："本府根据各州县报上来的情况，也已经要人写好。这个材料，是一定要搞好的，一定要做到全面而又重点突出，肯定成绩，总结经验，不足之处嘛，也得列那么一两条，下一步的打算，得有几条过硬的措施、响亮的口号。"

隆里说："这个请大人放心，材料我还是准备得可以的。"

肖贵说："请大人放心，搞材料我还是会搞的。"

禹盛说："可我总觉得，彭玉麟这么急着要我们一齐去见他，不是为了听禀报。听禀报怎么会要一齐去呢？"

"这倒也是，听禀报怎么会要一齐去呢？"隆里说，"应该是一个一个地去，这人今天禀报，那人明天禀报。"

肖贵想了想，说："禹大人，我倒是觉得，不知这个想法对不对啊？"

"你说，你说。"

"彭玉麟的船队径直去了忠义营，这次急着要我们一齐去，是不是他和谭祖纶有了什么芥蒂，要我们一齐去表态站到他那边呵！"

"你这话好像说到点子上。"禹盛点头，"我早就想到了这点，只是肖知县直接说出来了。一个是巡阅使，一个是总兵，他俩能不产生矛盾？他俩有矛盾，我这个知府不好说出来呀，不能说呀，弄不好还会给人以挑弄是非之把柄。可既然肖知县说出来了，我们就来好好商量一下，他俩不扯火，我们到底该站到哪边为好呢？"

禹盛这么一说，肖贵心里嘀咕：这一下可好，他俩若是没有矛盾，变成是我挑弄是非了。不过官和官，能没有矛盾？谁和谁没有矛盾？谁他娘的不是你搞我，我搞你。

隆里说："禹大人说得对，他俩不扯火，我们到底该站到哪边为好呢？这个队不好站啊！按理说，巡阅使是朝廷派下来的，应该站到巡阅使那边，可总兵也是朝廷任命的，站到总兵那边也没错。可如果巡阅使真的要求我们只能站一边，而且要当场表态，这事就真的麻烦了。"

肖贵忙说："是啊是啊，站队如果站错了，那就不光是我们的前程，弄不好还会掉脑袋。不过有一点我不会错，那就是紧跟知府大人、知州大人，知府大人、知州大人站在哪一边，我肖贵就站在哪一边。这个坚定不移。"

"我隆里是坚决跟着知府大人走，知府大人，你说站哪边隆里就站哪边。"

禹盛说："我知道，我知道，你俩和我是一条线上的。可在巡阅使和总兵这个站队问题上，我也不知该站哪边。唉！"

揣摩过来，揣摩过去，揣摩出个站队问题的府、州、县"一把手"带着"二把手""三把手"等进入巡阅使船舱内，只见已换上戎装的彭玉麟威严中透露出一股杀气，使得他们内心更加忐忑，巡阅使大人突然将他们全召来恐怕不是为了站队问题，而是有祸事降临。

彭玉麟指着舱内所挂"清吏治、严军政、端士习、苏民困"十二个赫然夺目的大字，说道："你们都看见我所写的这十二个字了吧？"

禹盛赶紧说："看见了，看见了。大人那是字字珠玑。"

知府回了话后，该知州了，隆里说："大人的书法，集古人之大成，创当今之新体。"

肖贵看着那十二个大字旁边铁骨铮铮的梅图，接着说："岂止是大人的书法，大人所画梅花古今绝无，我等想求之都不敢开口。"

肖贵这话犯了忌，令禹盛不快。我还没说那梅花你倒先说了，哼！他心里这么想着，朝肖贵横一眼。

肖贵忙补一句："禹知府隆知州早就赞大人的梅花古今绝无，今日得见，是我等的眼福。"

其他官员便一齐说："是啊是啊，是我等的眼福。"

"我是要你们来评论书画的吗？"彭玉麟喝道。

众官员噤然。

"我今天单给你们讲讲我所写那十二个字的前三字：'清吏治'！"

这话一出，众官员皆嘘了一口气，原来是要给我们上"政治课"呵！

"恭听恭听。"

"聆教聆教。"

彭玉麟说："清吏治之首要，当选拔好地方官。一府一州一县，全在统率之得人这上面，必须'广求循吏，久于其任，勿以委署为调剂之具'，吏治才能日有起色。"

"是啊是啊！"

"至理名言，至理名言。"

……………

"我在忠义营时,当着谭总兵及全体文员武官说过:'为官,若视百姓为鱼肉而自己为刀俎者,皆当杀!'"

彭玉麟这话可就使得众官大骇,旋即交耳议论、一片嗡嗡声:

"彭大人说的是什么意思?"

"怎么突然说到……都该杀?"

"他难道要开杀戒?"

……………

有人偷偷地看着挂在舱壁上赫赫显威的那柄宝剑,不由地战栗。

戎装挎刀的赵武喝道:"安静!不得交头接耳!"

"你们知道何谓循吏吗?"彭玉麟放缓语气。他这一放缓语气,众官员又嘘了一口气。

禹盛说:"我知道,知道。就是既务实有政绩,又清正廉洁之地方官,在任时管辖之域百姓富、离任后百姓仍然思念的官。"

隆里说:"循吏也就是良吏,老百姓喊清官、青天大老爷。"

肖贵说:"对,对,就是清官、青天大老爷。"

"你们既然知道是清官,我就先来清一下你们这些青天大老爷所送的礼。"彭玉麟说,"赵武,念他们所送的礼单。"

赵武展开礼单:"我按官阶大小来,先念正职的。"

赵武逐一高声而念:"知府禹盛送锦缎丝绸两匹,银票计一万五千两。知州隆里送芝麻片、各色名优产等十件,银票计一万八千两。知县肖贵送当地土特产四篓、银票计二万两。……"

赵武念时,官员们一个个面如灰土。

赵武念毕,彭玉麟说:"这些礼单可有念错的?混淆的?抑或数量不对的?"

"没有。没有。"

"全对,全对。"

回答的声音都是战战兢兢。

"你们这送礼很有学问啊,打眼的如芝麻片、土特产,都不值多少钱嘛,最贵的也就是丝绸,但也就两匹嘛,被人瞧见也就是些小意思嘛，可捎带的都是银票。还有一个怪事，官越小送的银子反而越多，为什么？官大的反正到了那个位置，官小的想得到提拔嘛。民间有云：三年清知府，十万雪花银。我只这么来巡阅一次，就差不多有十万两了。那么，那些把你们提拔到现在位置的人，该得多少？有没有一个明码标价？！你们的钱是哪里来的？不靠强取豪夺、鱼肉百姓、贪赃枉法，能有这么多钱送？！我早说了，若视百姓为鱼肉而自己为刀俎者，皆当杀！你们说，我该如何处理？"

众官员惊惧不已，齐齐下跪。

彭玉麟怒拍桌子："若按我治军之律，都该斩了！"

众官员不敢吭声。只有舱外的风浪声不断叩击着船舷。

众官员偷偷相觑。有的相互碰胳膊。突然不约而同地齐声说："请大人处置。"

"其实你们知道，都杀是不可能的，也杀不完的，所以齐声要我处置。"彭玉麟平缓地说完，猛然厉声，"但可杀一儆百，乃至杀十儆百！"

立时一片嗡嗡的议论声：

"他要杀一儆百，杀十儆百，会杀谁呢！"

"我……我可没犯死罪……"

"菩萨保佑，菩萨保佑……"

众官员人人自危，无人敢抬头看彭玉麟，各自把头伏得更低，似乎低得让彭玉麟看不清自己的脸就不会被点名遭戮。

彭玉麟的眼光扫视着跪伏的官员，像一把利剑从他们头顶一一掠过，良久，他才说："今日且饶了你们，暂作如下处置。"

此话一出，跪着的官员们都嘘了一口长气。

"第一，你们去把所送之礼、银票，悉数拿走，我彭玉麟容不得半点赃物。各自所收回的礼物，只准由你们本人带回，不准要下属、家丁帮忙。至于银票如何处理，你们自己看着办。"

众官员赶紧作答：

"是，是。我们自己拿，不敢要他人帮忙。"

"我将银票捐与贫穷山乡。"

"我捐与办学。"

"我捐与公益、做公益。"

"什么捐与，是退回！"彭玉麟说，"一分钱都不准截留。退给什么地方、何人，具表册报来。"

"照办，照办。"

"第二，你们回去后，立即贴出告示，晓谕百姓，凡有冤屈的、要告状的，都可来找我彭玉麟，彭玉麟若是坐轿可以拦轿，若是骑马可以拦马，还可直接来巡阅使大船，并欢迎他们检举不法官吏、不法之徒。彭玉麟定为检举者保密。地方官吏若有打击报复者，本巡阅使严惩不贷！"

"遵令，遵令。"

"无论大街通衢、穷街偏巷、乡村山里，都要贴有此告示。本巡阅使不但要派人检查，而且会亲自视看。"

"一定都贴，一定都贴。"

彭玉麟把手一挥："去把你们的那些玩意拿走。"

众官员忙爬起。

赵武说："一个一个来，排好队，按顺序。"

官员们提的提、抱的抱、扛的扛，从搭板下船，摇摇晃晃，站立不稳，有人掉入浅水中，岸上的家丁仆人忙下水，有的拉起该官，有的去拿东西，该官员忙喊："使不得，使不得，还是我自己来拿。"

那位送有四篓土特产的知县肖贵抱了一篓下去，又上船抱第二篓……四篓全部搬下船，还得一篓一篓地往回搬——将一篓搬移数步，返回搬第二篓，再返回，再搬……所有的官员全走了，他还在搬。

三　反抓他三大罪状

谭祖纶得知彭玉麟处置地方官们后，哈哈大笑，边笑边对钱文放等亲信说:"我早就知道,那些礼是要被退回的。你们还记得我说过的话吗,我说那些地方官们,蠢,太蠢!送些什么礼品,彭大人会要他们的礼品?那么打眼的礼品,彭大人是会退回给他们的。他自己不露面,先收了是不驳送礼人的面子,再退回说明自己廉洁;收礼是自己不知道啊,退礼时则可好好训诫一番这些官员。怎么样,狠狠地训了他们吧?还要他们自己搬,不准下人帮忙,让他们出尽洋相。我说了这是彭玉麟的妙招。"

"将军,听说彭玉麟将那些官们的银票也退了,这……"钱文放说。

"银票嘛,也许他是要退一些的,可你应该知道欠债这码子事吧?会欠债的高手他只欠一个人的,不会欠债的则欠起很多人的债。这收钱也是一样,收了钱就欠人家一个人情,收钱的高手亦是,他一次只欠一个人的人情,欠多了人情难得还。你懂吗?"

钱文放"唔唔"应着。

谭祖纶说:"我看你还是没完全懂。给你举个例子,有五个人给你送钱,每人一万,总共才五万,但已欠了五份人情。另一人送十万,你收了十万却只欠一个人的人情。你把那五万退掉,不但省却五份人情的麻烦,博得一个不要钱的好名声,而且多得五万。这下懂了吧?"

"懂了懂了。将军不但运筹帷幄之中,决胜千里之外,还是理财能手。"

谭祖纶又得意地笑。

"将军,万安来了,还抓了一个人来见。"心腹谭皖进来禀报。

"呵,还抓了一个人。"

万安抓的那个人就是王旺。

万安禀道:"将军,我按你的指令正要处置王胡氏,可孙福突然赶到,将王胡氏带走,说是你的命令……"

"没错没错,你们执行我的命令都执行得很好。"谭祖纶指着王旺说,"这人是谁?我怎么像在哪里见过?"

万安说:"此人是王浩忠的家人。"

"怪不得啰，是见过的。"谭祖纶说，"我去过王家，是他开门迎进。"

王旺忙说："谭将军，我是王浩忠的家人王旺，我也曾找过你，询问我家主人的下落，谭将军你说他擅离职守，正在追查……"

"还没问你，多什么嘴。"谭祖纶问万安，"你抓他干甚？"

万安说："这个王旺是从将军府那儿疾奔忠义营而来，紧紧跟在我后面，我认为他有嫌疑，故拿下。"

谭祖纶说："王旺，你现在可以开口了，我问你，你疾奔忠义营来有何事？"

王旺寻思，李超要我来见彭大人的事不能讲。便说："我是急着要见将军，想问一问是否追查到我家主人的下落。"

"急着来见本将军？可你到将军府去干什么？难道知道我在将军府？"

王旺说："我没去将军府啊，将军府岂是小的能进去之地。"

谭祖纶说："你是去寻找王浩忠的老婆吧。"

王旺说："小的已寻找我家主人多日，对于主母，倒没费什么心思去找，因为只有找到主人，小的才能继续有碗饭吃。至于主母，一个女人，即便找到，她也不可能有饭碗给小的。故小的并非专门去将军府，只是为寻找我家主人从那里路过。小的还是一心盼着将军能追查到我家主人。"

"看不出，你倒是蛮会说话。可惜不老实，想瞒过本将军。"谭祖纶喊道，"来人，给我严刑拷打，要这个蛮会说话的说出实话！"

王旺被人押走后，谭祖纶对万安说："万安，你这件事办得好，去领赏银。"

"谢将军。"

谭祖纶又说："这个月的饷，给你发双份，你领了赏银和饷银后，去看你老母，并代我问安。"

万安忙下跪："谢将军恩典。"

谭祖纶说："你看了老母后，即刻回转，随时听候调遣。"

万安答道："万某无以为报，随时听凭将军调遣。只要是将军吩咐之事，万某不惜粉身碎骨。"

"好，好，你快起来。"

万安拜谢起身，去领了赏银和双份饷银，立马看望老母去了。

万安一离开，钱文放说："将军，那个王旺有可能是来找巡阅使诉告他家主人之事。"

"巡阅使不在这里喽，他还想上船去找吗？去不了喽！这里是老子的地盘！他彭玉麟的地盘在哪里？他那舰船有多大？老钱，你说呢。"

谭祖纶说王旺去不了巡阅使船找彭玉麟，却没想到他的孙福也回不了忠义营见他。孙福被李超押着上了船。

李超对彭玉麟禀报道："大人，王胡氏已被带走，不知去向，但我捉了一个人来，他就是和万安一道引王浩忠去喝酒的孙福。"

彭玉麟对低着头的孙福喝道："将头抬起来！"

孙福抬起头，彭玉麟一看："这不就是我俩在登丰镇搀扶老头时盯着我俩看的二人中的一个吗？"

"大人好眼力。"

"这么看来，另一人必是万安了。"

"正是。大人，我还有一重要发现。"

彭玉麟要人将孙福带下，然后要李超快讲。李超拿出娟儿的白绫手绢："大人，这是王胡氏的绝命书，我和王旺虽在现场寻得，但未发现王胡氏的尸体，当时我以为你还在忠义营，故要王旺速往忠义营见你，禀报是如何寻得王胡氏绝命书的，他难道没来这里，不知道大人已回船上？"

彭玉麟说："王旺去了忠义营？恐怕已身陷囹圄。"

"那怎么办？"李超着急地问。

"王胡氏生死不明、王旺身陷忠义营、王浩忠仍不知下落，全都发生在王家，全都和忠义营有关，王浩忠全家危矣。不能再耽搁了，箭在弦上，不得不发。李超，你去审孙福。"彭玉麟说完，命令赵武："明天即传谭祖纶来见！"

第二天，谭祖纶见孙福还没回来，问钱文放："孙福怎么还不见回来？他去提督府办的那事不知办好没有？"

钱文放说："孙福不会出什么事吧？"

钱文放这话的意思是孙福有可能出了事，谭祖纶一听则不快，立即说道："他能出什么事，那混账，可能是到将军府厮混去了。"

话是说得这么肯定，他其实也有点担心，便立即命令心腹谭皖："你派个人，去将孙福揪回来。"

谭皖正要出去，一哨官来报："巡阅使大人派赵武来请将军去巡阅使大船商议要事。"

"呵，这么快就来请我了。"谭祖纶说，"行，要他稍等，本将军就去。"

"将军，孙福尚未回来，我还是担心他出事，他若出事，你此去恐有风险。"钱文放劝道。

钱文放话刚落音，谭祖纶说：

"什么风险？老钱你以为彭玉麟真的是来请我去商议要事啊，鸟要事，是我送的那银票起了作用，我早就说过，他收了老子的礼，焉能不回请！礼尚往来，他还是要应付一下的。"

曹康忙接话："将军率领我等送他上船后就断定他会来请，而且不过三日。这不，他就准时来请了。将军英明，英明。"

谭祖纶说："老钱你忘了，那天在这里，彭玉麟就有写梅与我的意思，当时你也在场嘛。"

"在场，在场。"钱文放说，"当时要请他的墨宝，他说墨宝在船上。是有回船上画梅之意。可将军你想，他的梅花会轻易赠送？将军别怪我说话直率，连李鸿章李大人求他的梅花都未得，他能赠送与你？！依我看，可能是个钓饵。"

"什么，你说他想钓老子！"谭祖纶说，"老子是条鱼吗，能让他钓？老子就算是条鱼，那也是能把金钩咬断的大鳌鱼。你说李鸿章李大人要他的梅花都没要到，这个还要你讲，我早就晓得。可李大人那是想白要，我这是等于花大钱购买，或者叫以物易物，彭玉麟呢，则可洗脱受贿之名，他是卖梅花所得。银票换梅图，都是一张纸。"

曹康又赶紧奉承："将军比喻精妙，都是一张纸，银票可比画的梅花还小得多。嘿嘿。"

曹康这个马屁没拍正，谭祖纶斥道："你懂个什么，银票比梅图小得多，那可是白花花的雪花银。"旋又说，"有个诗人叫什么，在咱这长江边写过什么'卷起千堆雪'。"

曹康发愣，他怎么突然说起了诗人？

钱文放答道："叫苏轼苏东坡，'卷起千堆雪'是东坡先生《念奴娇·赤壁怀古》中的一句。"

"对，老钱你不愧是个先生。"谭祖纶说，"是个什么叫东坡先生的人写的，什么'乱石穿空，惊涛拍岸，卷起千堆雪'。咱那银票兑出白花花的银子，可不也像'卷起千堆雪'。"

"原来他是在装，装作不知道谁写的。"钱文放心里说。

"我还得跟你们说说送银票的事。"谭祖纶接着说，"送银票嘛，你们也都送过，都知道一个起码的玩意，那就是知道的人越少越好，只能是送的和收的心里有数。照此，我送银票的事岂能让你们晓得？！当然，你们几位是我信得过的人，信不过的人还是不能让他们知道的。我就是要让你们知道，彭玉麟收了老子的银票。我这人有一条底线，只要他不碍我的事，我也就不碍他的事。你想往上升，我也想再升，你走你的那条路，我走我的这条路，彼此不妨碍。但这个彭玉麟有一点拿他没奈何，他不要高官，连漕运总督那么好的肥缺都不要，不按套路来，我就不得不另外防一手了。到时候他如果对我那个什么的，你们可以放出风去，说彭玉麟收了我谭祖纶二十万两银票。这是事实嘛，银票到了他手里嘛。"

钱文放等人暗自一惊：二十万！

"还有，我迎彭玉麟进军营时，陈峰未向他跪拜，我斥责陈峰，他竟说'当年周亚夫就是甲胄之士，不行跪拜'。周亚夫是在军营不向皇帝跪拜，他彭玉麟岂不是以皇上自居！老钱，周亚夫是在军营不向皇帝跪拜吧，是这样的吧？"

钱文放说："是的是的。将军博古通今。"

谭祖纶说："我什么博古通今，他才是以古喻今，仅凭那句以皇上自居的话，他彭玉麟就是死罪。"

"对，死罪死罪。"曹康等齐声说。

"这件事，陈峰可以作证。"谭祖纶说，"陈峰如不肯作证，还有哨兵。你们给我记住了。"

"是，记住了。"

"此外，孙福迎巡阅使船回来，说接见他的是赵都统赵武。孙福当时就对我说，那赵武不像个都统。这不，'巡阅使大人派赵武来请将军去巡阅使大船商议要事'。他如果真是都统，能来干这个传话的差使？彭玉麟私自任命都统，又该当何罪？"

"是啊是啊，又该当何罪？"

"是变朝廷法度为私己之罪！"谭祖纶右掌变"刀"，往下一劈。

"罪不可恕，罪不可恕。"

"彭玉麟刚来数日，便已有三大罪状在我手里。"谭祖纶得意地说，"其一，以皇上自居；其二，藐视朝廷法度，私自任命都统；其三，受贿，数额巨大。且不说他的罪状，就凭本将军堂堂二品，他能奈我何？所以你们放心，巡阅使大人派人来请，我焉能不去。我这就去。免得那个假都统在外面久等。"

谭祖纶做出就要动身的样子。

钱文放明白他又是装，但还是说："将军，我看还是等孙福回来再说，以防万一。"

谭祖纶就势立步不动，对谭皖说："谭皖，你干脆直接去提督府，看王胡氏已送到否。然后速速赶回。只要王胡氏到了提督府，就不怕老钱所说的'万一'了。那个娟儿，将她送给提督大人，我还真有点舍不得哩。"

谭皖应道："是。将军，我速去速回。"

"你出去时，顺便对那假都统说，就说本将军染上风寒，怕传染给巡阅使大人。缓几日再登船拜访。"

钱文放一听，在心里说，别看他貌似粗狂，其实精细，倒也不能不让人佩服。彭玉麟被他捏在手上的三个罪名，若是彭玉麟不为朝廷信任，任何一条都可置其于死地。那彭玉麟虽说是钦差，钦差最终为朝廷遗弃的也多得是，想当年林则徐钦差禁烟，结果被流放到新疆去了……

钱文放正想着，谭祖纶又对曹康说："传我的令，将陈峰部调出，开往静冈待命，前营由本将军亲自指挥，水师往石落塔方向前移百里，准备军事演习。"

曹康领命而去。

"老钱，这下你放心了吧。如果有人真要对我动手脚，老子水陆并举，统统拿下，再公布罪状，搅他个地覆天翻。哈哈。"谭祖纶挥手，"可以散了，散了。"

钱文放正要退出，谭祖纶喊："老钱，你留一下。"

钱文放站住，问："将军，还有何指示？"

谭祖纶说："老钱你对我忠心耿耿，时刻关心我老谭，我得单独给赏。只有孙福那个王八蛋，待他回来时看我怎么'发落'他！"

谭祖纶无论如何也没想到，孙福正在被李超审问。

"孙福，现在知道我是谁了吧？"

"知道了，你是巡阅使大人派出去的哨探。可我是忠义营谭将军的亲信家丁，我们是一家人啦！一家人抓一家人，定是误会，误会。"

"说得好，正因为你是谭将军的亲信家丁，我就抓对了。"李超喝道，"说，万安从将军府把王胡氏带出来后，干了什么？"

孙福一怔，他怎么知道万安从将军府带出王胡氏？便说："万安！什么万安，我不知道万安。"

"你不知道万安也不认识万安吧，王浩忠你也不知道也不认识吧，王浩忠的家人王旺你照样不知道也不认识吧？"李超诈道，"要不要我喊王旺出来和你相见？"

"这……这……"孙福心内恐慌。

"我来替你说吧，你曾去过王浩忠家。去干什么呢？喊王浩忠去将军府喝酒。喊人去将军府喝酒你有那个资格吗？没有，你是奉命。奉谁的命，不用我说。其时已是晚上，你和王浩忠无甚交情，难以喊出，故得另喊一人同去，此人得是王浩忠的朋友。这位王浩忠的朋友是谁呢？是万安！你和万安去王浩忠家，是王旺开的门，王旺带你和万安见到王浩忠，你俩将王浩忠从家里引出，王旺送到门外。然后的事嘛，又不用我说，全是你和万安合伙干的。怎么样？你还是不知道万安不认识万安吧？"

李超故意停顿片刻："我再提醒你，就在数日前，你和万安到登丰镇。到登丰镇又去干什么呢？不是去赶集，也不是游逛，你和万安没那个兴趣，就算有那个兴趣也没有那个空闲，你俩又是奉命。又奉谁的命呢？当然也不用我说。你俩奉命一方面是监视所谓整顿墟场，一方面是察看有没有可疑人员。你和万安察看到什么呢？看到差役逼一个卖豆腐干的老头交罚金，还看到有两个人竟然替那老头交了罚金。那两个人是谁？你应该知道了吧，一位是巡阅使彭大人，另一个就是我！"

"是……是……是彭大人和你。"孙福结结巴巴。

"接下来的事，还用我说吗？但就王浩忠和王胡氏给你提醒一二，王浩忠失踪后，王胡氏也不见了，王胡氏去哪里了呢？就在忠义营谭祖纶那里，后谭祖纶将她转移到将军府看管，不准迈出房间一步。再后来嘛，就派万安将她带出，于去提督府之路的荒山僻野处准备将她杀掉。再接着嘛，你孙福就从提督府往将军府的路上而来，落入了我的手中。怎么样？你依然不知道万安不认识万安吧？也不知道王浩忠和王胡氏的下落吧？"

李超说完，一把揪起孙福，喊道："来人，将他拉出去一刀砍了！"

四　两边都不得罪其实两边都得罪

静冈、登丰镇等大街通衢处，贴上了彭玉麟的告示。

围观的百姓中有识字的高声念："一等轻车都尉、太子少保、钦命长江巡阅使彭晓谕地方百姓，凡有冤屈的、要告状的，都可来找巡阅使。巡阅使亲诺：若是坐轿可以拦轿，若是骑马可以拦马，还可直接来巡阅使大船，凡检举不法官吏、不法之徒，巡阅使定为检举者保密。地方官吏若有打击报复者，巡阅使定严惩不贷！"

围观的百姓议论开了：

"凡有冤屈的、要告状的，都可去找他？！"

"是啊是啊，那上面写得清清楚楚。"

"还要我们检举不法官吏、不法之徒呢！"

"还可以检举？"

"是要我们检举哩，说巡阅使大人定为检举者保密。地方官吏若有打击报复者，巡阅使大人必严惩不贷！"

"说是这么说，谁知道会不会半夜被抓走。还是小心为妙，小心为妙。"

议论的百姓走了一拨后，又来一拨。

百姓们围观告示的事，立即有衙役禀报知府禹盛。

"报大人，大街通衢处都贴好了巡阅使晓谕告示，那告示一贴出去，围观的百姓就多得不得了。"

"多嘴。贴出去就行了，有没有人看，看的人多不多关你什么事。"

"是，小的多嘴。但小街胡同、穷乡僻地还没去张贴，还要不要贴？请大人明示。"

禹盛说："我说过要你去贴吗？"

"还没有。"

"既然还没有，你说什么废话！"

"是，废话。那小的就不去贴了。"

这个衙役正要退出，禹盛又说："我也没说不要你去贴啦。"

这个衙役一走出，另几个衙役便围上去轻声地问："哎，哎，还要不要去那些地方贴？"

此衙役说："搞不懂，搞不懂。知府大人开始说我去问的是些废话。"

"那就是不用去了啰，正好省了我等的脚力。"

"可他后来又讲……"

"讲什么？"

"他又讲没说不要我们去贴。"

"这就难办了，到底是听他开始那句话还是后来那句话呢？"

这些衙役当然不知道，禹盛知府不明确指示小街胡同、穷乡僻地贴不贴告示，是有他的为难之处。

禹盛的为难之处，通判知道。

通判对禹盛说："大人，巡阅使大人有令，无论大街通衢、穷街偏巷、乡村山里，都要贴有他所说内容的告示。巡阅使不但要派人检查，而且会亲自视看。如今只在大街通衢贴了，会不会……"

"派人检查，哼，凡朝廷来人，谁都说要认真检查；他会亲自视看？哼，那么多穷街偏巷、乡村山里，他能去遍看？在我等面前显示其躬亲而已。给他在大街通衢贴了告示就不错了，还去管什么穷街偏巷、乡村山里。"

禹盛这话看似说得硬，其实是要通判说出他的为难来。

通判说："我是担心大人两头受气啊，贴那要百姓去告状申冤、检举揭发的告示，是巡阅使大人的命令，不能不贴，可这事尚未得到谭总兵的发话，咱这州县，可都是谭总兵的地盘……"

通判一说出来，禹盛就叹口气："唉，这个我何尝不知。所以我就只贴大街通衢，不贴穷街偏巷嘛。贴大街通衢，是慑于巡阅使的威赫，不贴不行；留下穷街偏巷不贴，是好对谭总兵说话。巡阅使巡阅一阵，是要走的；谭总兵在这里可是根深蒂固。就咱俩说句不好听的，巡阅使好比强龙，谭总兵是地头蛇，'强龙压不过地头蛇'。但这个比喻于彭玉麟又不妥，说不定他真能压住地头蛇。所以我又不能说穷街偏巷不贴。咱还是等等看吧。"

"对，对！"通判说，"贴大街通衢是应付巡阅使，不贴穷街偏巷是应付谭总兵，咱两边都不得罪。"

禹盛又叹一口气："两边都不得罪其实两边都得罪。可没法呀！

谁叫咱夹在中间。"

"是啊，咱们送礼就被巡阅使彭大人羞辱了一番。可谁能不送呢？不送，又不知有什么后果。"

禹盛说："送礼被羞辱一番倒不要紧呵，'官不打送礼人'。别看他开始那么凶，后来还不是仅羞辱一番我们而已。他要我们贴出那个告示出去麻烦才大呢，刁民一看到那告示，能不告咱们的状？能不检举揭发？好在我还没有多么了不得的事。"

"是啊是啊，好在我们并没有多么了不得的事。"

"谭总兵那边呢，立马就会知道我们贴告示的事，贴这种告示没经过他的允许，他能不兴师问罪？就算用穷街偏巷没贴来搪塞他，他也不会善罢甘休。"

通判压低声音："跟大人说句悄悄话，我倒是希望巡阅使大人能那个什么的，占上风吧。这几年来，谭总兵对咱俨然太上皇，咱受他的气受得太多了。"

"点到为止。点到为止。"禹盛说，"今天没别的什么事了，去我那里喝几杯。"

"喝几杯喝几杯。"通判忙说，"我请大人，请大人去我那里，我收藏有一缸陈年好酒。"

在地方官员们等着看彭玉麟和谭祖纶到底谁输谁赢，好往哪边站队的时候，胜利的天平似乎倒向了彭玉麟。

当李超说要将孙福拉出去砍了，孙福忙说他认识万安，知道王胡氏在哪。他说谭祖纶派万安去将军府带走王胡氏，本要万安杀掉王胡氏，后又改变主意，要他将王胡氏送与提督刘维桢。他急急赶去，万安正要下手时被他止住，他已将王胡氏送到提督府。王胡氏现在刘维桢府中。

彭玉麟听李超禀报后，沉吟："王胡氏已被谭祖纶送与刘维桢，现在刘维桢府里，刘维桢身为提督，是谭祖纶的直接上司……"稍倾又问，"王浩忠的下落呢，他招了没招？"

李超回答："他说不知。"

"王浩忠去将军府喝酒是他和万安引去，王浩忠一去便不复回，他能全然不知？继续追问。"

无论李超怎么追问，也问不出王浩忠的下落。孙福早在心里想好，王浩忠的事绝不能说，说出来便是死罪。其他的事再怎么说也不至于死，要杀王胡氏的是万安，王胡氏还是我及时赶到救了她，救了后送给提督大人，将提督大人扯了进来，对谭祖纶有利。提督大人对那个女人很属意，提督大人也会为我说话。可是靠提督大人能靠得住吗？谭将军知道我被关在这里吗？此时又在干什么呢？

谭将军在听哨马禀报。

"禀将军，静冈大街通衢贴有巡阅使大人告示。"

"什么告示？"

"小人揭有一张在此，请将军过目。"

"念！"

哨马便念彭玉麟的告示，还未念完，谭祖纶喝道："行了！不要再念了。"

"再禀将军，不光是静冈，登丰镇、石落塔、坪山等地也贴有此告示。"

"这些地方官都反了，反了，竟敢不经本将军允可便粘贴此等告示，看老子怎么收拾他们。"

钱文放示意哨马出去，对谭祖纶说："将军息怒。巡阅使的告示，他们也是不敢不贴。"

"什么不敢不贴，至少要先请本将军过目，再做些删减嘛，那什么凡检举不法官吏，巡阅使定为检举者保密的话，他们难道就不觉得刺耳？那班蠢货、蠢货！"

钱文放说："有些话也就是官样文章，说给老百姓听听。提督、总督大人以前来时，不也说过类似的话，将军不必过于较真。"

谭祖纶说："那些蠢货，彭玉麟一来便有点不把老子放在眼里，惹得老子火了，老子也来个'检举'，先抓几个送给彭玉麟，他娘的，都有把柄在老子手里。"

正在这时，谭皖回来了，禀报谭祖纶，王胡氏确在提督府。

听说王胡氏确在提督府，谭祖纶火气小了一些："你亲眼看见。"

"小的亲眼所见。小的还和她说了话，说谭将军将你送至提督府，有提督大人庇佑，你什么都不用担心了。这是谭将军的一片好心。"

"她说了什么？"

"她一言不发。像个哑巴。"

"一言不发，像个哑巴？！那个女人……"谭祖纶似乎还想说什么，却挥了挥手，"行了，只要她在提督府，本将军就没有什么可顾虑的了。孙福呢，见到没有？"

"没有。小的问了杜贵，杜贵说他将王胡氏送到提督府，和提督大人说了几句，然后就走了。是杜贵将他送出门的，亲眼看着他上了马。小的回来时顺便又到将军府问了问，他没去。"

"是杜贵将他送出门的，那个混账，跑到哪里去了？"

谭皖说："孙福不会是携带银票跑了吧？"

"他有那么大的狗胆！派人去找！"

谭皖刚退出，谭祖纶又喊："再派些人出去，将那些告示统统给我撕掉！"

五　装病却已暗中调动兵力

对于谭祖纶以染了风寒，咳嗽喷嚏不断，怕传染给彭玉麟为由而不登船，赵武对彭玉麟说："大人，我看他是故意装病。他可能是知道孙福被擒，不会来了。"

彭玉麟说："此人虽骄横跋扈，其实心思缜密，定是在布置什么，布置完毕，他的风寒也就好了。他还想要老夫的字画呢。你派人放出风去，说老夫发怒撵走那些官员后，便只是待在舱内画梅。"

赵武正要出去，李超来报："忠义营的陈峰求见。"

"陈峰来了，好！"彭玉麟说，"你们都出去，让他单独进来。"

陈峰进来后，不是说"拜见巡阅使大人"，而是说："陈峰拜见雪帅。"

"陈将军快快请起。"彭玉麟说，"我已非统军之雪帅，陈将军是忠义营参将，何言老夫旧职？"

"陈峰是军人，来见雪帅是有军情禀报。此事如不禀报，陈峰于国不忠，于朝廷水师不义。"陈峰凛然而道。

"不管何事，陈将军但讲无妨。"彭玉麟要陈峰就座。

陈峰不坐，笔挺站立："禀雪帅，忠义营军事异动，总兵谭祖纶将陈峰部调出，开往静冈待命，前营由他亲自指挥，并已调动水师一营前移石落塔，名曰准备军事演习。陈峰认为此前从未部署过军事演习，此次异动有针对巡阅使船队之嫌，雪帅请看地图。"

陈峰展开带来的地图道："雪帅请看，此为船队所在处，下有忠义营水师上移，上有新调陈峰部于静冈，这里是前营，形成对船队水陆夹击之势。倘有令下，陈峰部不得不往巡阅使船队所在处进发，或于静冈拦截。陈峰不愿做不忠不义之人，故非报雪帅不可。"

彭玉麟说："何以非报雪帅不可？"

"如果真为演习，则是陈峰多疑；万一如陈峰所虑，总兵军令一下，陈峰不敢违令，即便陈峰敢抗总兵之命，所部当即会有人取而代之。雪帅深知军事之道，故请雪帅转告巡阅使大人，早早离开此地为安。"

彭玉麟哂然一笑："呵呵呵呵，陈参将想得周到，认为若报巡阅使，巡阅使仗有钦命，会不以为然；只有报与雪帅，雪帅深谙军事，一听便知形势险恶，能当机立断。然谭祖纶将陈峰部调至静冈，还有他的另一着棋，他是对陈峰留在忠义营部不放心啊，将其调出，可谓一箭双雕，不知陈峰明白否？不管陈峰是否明白，此刻站在我面前的，是一个人才难得的少年将军！彭玉麟就再当一回雪帅。"

彭玉麟说完便喊道："赵武、李超、林道元！"

赵武、李超、林道元应声而进。

"林道元听令，你将后哨五船改为前哨，开往石落塔之西，凡有水营兵船下来，即行拦截，一艘也不准通过。注意，西行之船，暂隐蔽而行。"

林道元领命而出。彭玉麟喊道："赵武听令，你带十人，装市民农夫于忠义营近处，密切注意忠义营动向。倘有变故，立即来报，并伺机行事。"

"遵令，明白！"赵武说，"倘有变故，要人速来禀报。赵武则伺机行事，擒贼王来见。"

"李超听令，你拿我帖子，速去提督府，要提督刘维桢来见。"

李超走后，陈峰说："雪帅，陈峰担心，以区区五船去拦截水师营，万一……"

彭玉麟说："若论水战，林道元跟随我多年，哪一战不是以一当十，如今的水师营能有多少战船？必定不足五十。"

"雪帅所言不差。"

"水师营在谭祖纶治下，已经腐朽不堪。本帅此行，就是要整顿水师，重振雄风。他若真敢忤逆，全部收拾后重建！"

陈峰说："岂止是水师营，整个忠义营不但买官卖官成风，而且虚报兵额，来人检查时雇人临时充数，吃空饷者比比皆是。"

彭玉麟说："谭祖纶陪本帅看操练时，本帅便已看出，队列中不少近似农夫。"

"雪帅洞察。陈峰再大胆问一声，雪帅令赵武率十人乔装于忠义营近处，那赵武扬言伺机擒贼王来见，是不是过于狂妄？狂妄之人恐误大事。"

彭玉麟说："你知道甘宁百骑劫曹营吧？曹操亲率四十万大军扎寨，甘宁率百骑在曹营中杀进杀出，未折一兵一卒。赵武不逊甘兴霸。谭祖纶的忠义营能与曹营相比乎？"

陈峰说："甘宁回营后，孙权道'孟德有张辽，孤有甘兴霸'。雪帅有赵武，令人钦羡。"

彭玉麟说："本帅如此布置，有备无患而已。要李超去请刘提督来，也就是不希望发生不愉快的事。谭总兵受刘提督统辖，刘提督一来，谭总兵当收敛。本帅决战岂止在疆场！"

"雪帅布置周全，陈峰可以告辞了。"

陈峰正要走，彭玉麟喝道："陈峰听令！"

陈峰不由地一怔。

装病却已暗中调动兵力的谭祖纶问曹康："巡阅使船有什么动静吗？"

曹康答道："如将军所料，彭玉麟待在船舱里画梅花。"

谭皖跟着说："是的，我所得知的消息也是彭玉麟在船舱里画梅花。"

谭祖纶大笑："我说嘛，彭大人他欠我的梅图。彭大人是从不欠债的。"

钱文放却问曹康："说彭大人待在船舱里画梅的消息是如何得知的？"

曹康说："我派军士装成渔民，在巡阅使船附近江边捕鱼；又派人装成市民在巡阅使船附近溜达，或听说，或亲眼所见。他们原本就是百姓，来应卯充数的，不用装也无人能认出。这叫用人时自有人。"

钱文放嗤道："恐怕都是听说的吧。"

曹康顿怒："你……你敢如此说我！"没说出来的是，"你不就是个幕僚吗，呸！"

"彭大人在巡阅使船舱内，'渔民''市民'能亲眼看见他画梅？将军，我担心这是彭玉麟故意放出来的风。万万不可轻信。"

谭祖纶说："老钱，你讲得有道理啊，本将军说感染风寒在养病，巡阅使就说他待在船舱里画梅花。呵呵，也算有趣。"

谭祖纶又问曹康："他离没离开过船，那些'渔民''市民'总能看到吧？"

曹康赶紧说："没有，他没离开过船。千真万确。"

"那么他待在船舱里干什么呢？"钱文放说。

"肯定是累了,睡觉、歇息,他也那么大的年纪了,能不累?"

庸将,庸人,谭祖纶怎么用些这样的无能之辈?!钱文放在心里说。

"发现他派人出去没有?"谭祖纶也知道这个曹康无能,但此人忠心啊!用人嘛,既要用有智谋之人,更要用对自己忠心耿耿的人。他没想到的是,这个"忠心耿耿"的人,后来是揭发他最多的人。

当下曹康想,他派人出去没有我怎么知道,但立即答道:"没发现他派人出去。我倒是派了好几路哨探出去。"

"你派出的哨探得来的消息在哪里?"钱文放又讥道。

曹康一听,几乎就要发作,但被人家抓住了"理",确实没得来什么重要情报,只得压住火,转而向谭祖纶表忠心:"将军,不管彭玉麟在干什么,只要将军一声令下,赴汤蹈火,我第一个冲上前去,不像某些人只会耍嘴皮。"

谭祖纶不理会曹康和钱文放的"争斗",这下属相互斗一斗,他才好掌控,下属相互间若都像兄弟,万一"反水",他岂不成了孤家寡人?他只是问道:"陈峰到达静冈了吗?"

曹康说:"这个,这个,哨探还没来禀报。"

钱文放说:"哨探如果来禀报了,将军还用问你?"

谭祖纶说:"哨探还没来消息,陈峰难道胆敢抗命没去静冈?他到哪里去了?"

谭祖纶没想到,陈峰在听彭玉麟之令。

六　尤物是这样落入将军之手

独自坐于提督府刘维桢内室的娟儿满面泪痕。

刘维桢带着醉意走进,喊:"娟儿,你在哪里啊?"

没有回答。

"娟儿，怎么还不掌灯？！"

在门口侍候的女仆说："老爷，天还亮堂着呢。"

"你是谁，敢对老爷说天还没黑，给老爷把门关上。本老爷要娟儿回答。娟儿，小美人，天黑了，快掌灯。"

女仆赶紧将门带关。刘维桢往坐在凳子上的娟儿扑去，娟儿忙闪开。

"你，你喝醉了！"

"什么，本老爷醉了？本老爷没醉，本老爷等不得了，白天就要变成黑夜。"

刘维桢又朝娟儿扑去。娟儿又闪开。

刘维桢大笑："哈哈哈哈，本老爷就喜欢躲躲闪闪的，本老爷跟你玩老鹰抓小鸡。"

话刚说完，刘维桢一把就将娟儿抓住。

"小鸡儿，你可跑不掉了。"刘维桢抱住娟儿，将嘴往娟儿嘴上凑。还没凑准，门外传来禀报：

"大人，总督大人派人来了。"

"小鸡儿，你等着，我去去就来。"刘维桢只得松开娟儿，整整衣襟，"唉，公事烦人，想找点乐趣都难。"

刘维桢走出门，对女仆说："给我好好服侍，她要什么就给什么。"

刘维桢走后，女仆进房对娟儿说："这位姑奶奶，你要什么请开玉口啊！"

娟儿说："你出去，我要一个人待着。"

"好，好，我出去，看你这位姑奶奶逞性子能逞到几时。"女仆说罢，补一句，"刚进来时都这样，到时候都乖乖就范。我见得多了。"

女仆将门虚带上。

房内，娟儿仍呆呆坐到凳子上，眼泪扑簌簌掉下。

发一阵呆的娟儿长叹一声："唉——我，我怎么到了这一步。"

娟儿的沦落之始，是因谭祖纶和万安来了她家一次。

那一天，身穿便服的谭祖纶和万安来到她家门外。王旺一听到敲门声，急急去开门，院门一开，万安指着谭祖纶，说："这是总兵大人谭将军。"王旺一听是总兵来了，忙说："哎呀，谭将军，失迎失迎。"

万安说："王浩忠呢，不来迎接将军？"

王旺说："我家主人还没回来，我赶快去叫他。"

谭祖纶说："不用了。我和王浩忠是朋友，万安也是他的朋友，偶尔得闲，出来走走，正好路过，顺便到朋友家看看。"

"快请进，请进。"王旺引二人到客厅，请他俩坐下，忙筛茶端果蔬，然后站在边上侍候。

谭祖纶问王旺："你主人家难道没有一个女仆？"

"回将军，原来倒是有两个，因主人父母年老多病，住在老家，主人请人照料，加重了负担，故已辞掉。"

"他可以将父母接到这里来一块住嘛。有困难可以跟我说嘛，只要不违背有关律令，是会给他解决的嘛。"

将军的话说得多么好啊！只要不违背有关律令，也就是不违反原则，领导是会为部下着想，替他解决的。

万安说："谭将军听说你家主母炒得一手好菜，本想来饱饱口福。如此看来，她一人是忙不过来喽。"

王旺忙说："我去和她说说。"

他们说话时，娟儿在隔壁房间门口听着，听到谭将军说可以替她家解决困难，心里着实感动，又听到谭将军夸她炒得一手好菜，便走了出来。这一走出来，可就"退"不回去了。她压根儿就不知道这是谭祖纶和万安设下的套。

走出来的娟儿说："将军来了，又是浩忠的朋友，怎么能让你们白来，炒几个菜我还能忙不过来？"

娟儿声音清脆，步履轻盈。

娟儿一抬眼，和谭祖纶的目光相遇。

谭祖纶的目光炽热。娟儿忙低头。

万安说:"嫂夫人越来越漂亮啊!"

"早就听说浩忠好福气,天天有美味菜吃,原来是美人当厨,哈哈,美人美味。只是委屈了美人。"谭祖纶笑道。

娟儿脸上立时泛红,说:"你们笑话,笑话。我下厨去了。"

"美人真要亲自下厨啊,王浩忠怎么搞的,毫不懂得珍惜,如此暴殄天物。"

谭祖纶这话,明显地带有挑逗,可这是从总兵大人、将军、大人物口里说出来的,能说是"挑逗"?只能是关心关爱。走进厨房的娟儿听后,脸愈发红得厉害,心竟怦怦直跳,以手捂心,不由地自言自语:"连将军都说我是天物,他王浩忠不懂得珍惜……"

娟儿一进厨房,万安就对王旺说:"你陪我打酒去,等下好好喝几杯。"

王旺忙说:"我家主人有酒,有酒。哪还能要你破费?"

"你家主人的酒能用来款待将军?能不买些好酒?走走走。"万安便要拉王旺走。王旺说:"那就我一个人去,你陪将军坐。"

"你俩去吧,我正好在此闭目养神。平常军务太忙,难得忙中偷闲、独自清静。"

总兵大人这么说了,王旺能不和万安一起去买酒?也就是不能不被支开。

万安和王旺一出去,谭祖纶站起,往窗口踱几步,看万安、王旺出了院门,便蹑手蹑脚到厨房门口。

看着正在切菜的娟儿,谭祖纶"嗯"一声。

娟儿回头看一眼,说:"将军,你来厨房干什么?烟熏火燎的,快去客厅坐。"

谭祖纶说:"我听见你的切菜声富有韵律,如同音乐,就把我给吸引过来了。"

娟儿扑哧一笑:"将军乱打比喻,奴家手笨。"

谭祖纶走到娟儿身后,探着脖子看娟儿切菜。

娟儿说:"将军快到客厅去,站到这里影响奴家切菜,奴家的菜会切不好了。"

谭祖纶说："你的菜切不好我也喜欢。"

"哎哟，差点切到手，你快走开。"

"切到哪里，让我看看。"谭祖纶抓起娟儿一只手，装作看切到哪里，另一只手就摸。

娟儿说："不行不行，你快松开。"话是这么说，但有几个人的手能被将军摸，自己的手能被将军摸着，福气啊！

谭祖纶边摸边说："这么细嫩的手，天天洗菜、切菜、涮洗锅碗、擦抹厨灶、打扫房间，还要缝补浆洗，糟蹋了，可惜可惜。"

娟儿似乎被说到心里，鼻子发酸，猛地挣脱被摸的手："你别这样，再这样我就喊人了。"

谭祖纶笑道："我也会切菜，我来替你切菜，总可以吧。"

谭祖纶夺过娟儿右手的菜刀，真切起来。

娟儿说："行了行了，你快去歇着吧，等下他们回来，见一个大将军在厨房切菜，成何体统。"

谭祖纶说："那有什么，大将军就不能切菜啊，谁定的规矩？刘备还是打草鞋的呢，打草鞋的能不自己切菜做饭？以后有空我来帮你。"

这话，够温馨、够接地气的吧。

娟儿说："好，好，你再切，这菜我就做不出样子来了。"

这话，不像是跟将军在说了。

谭祖纶将菜刀递给娟儿，顺势又摸了摸她的手。

谭祖纶回到客厅后，娟儿边切菜边想，这个谭祖纶，身为将军，毫无架子，还风趣又体贴。王浩忠回家，可是什么都不干，就知道吃现成的……

万安、王旺打酒回来，王旺说："就要吃饭了，我得去喊我家主人回来陪客。"

谭祖纶说："万安你骑马去喊，说本将军在他家等他回来吃饭。"

谭祖纶难道是真的要万安去把王浩忠喊回来陪吃饭吗？和他一道"戴笼子"的万安当然知道谭祖纶之意，应声"是"，迅即往外走。

娟儿将菜端上桌："浩忠还没回来啊，再等菜就凉了。这菜若凉了，可就没那个味了。你们先吃，先吃。"

王旺说："万安已骑马去喊。"

"不等了，本将军急着要尝美味了。"谭祖纶说，"来来来，你俩来陪我喝酒。"

娟儿说："我哪能上桌呢，我在厨房侍候。"

王旺便说："我替将军斟酒。"

谭祖纶说："这天气还有点热啊！"那意思，还是要娟儿陪，给他打扇。

王旺忙说："我替将军打扇。"

王旺"不懂味"，谭祖纶只得说："这么说来，只有我一个人吃喽。"

"将军请，将军请。"王旺还是"不懂味"。

"那就等王浩忠回来再吃。"谭祖纶刚说完，万安回来了，说："王浩忠有事去将军府了。"

娟儿说："这个人，唉，别管他了。万安你陪将军吃。"

万安便说："嫂子辛苦了，坐下一块吃。"

娟儿说："我在厨房留了菜。"

娟儿往厨房走去。万安对她背影喊："浩忠兄没回，嫂子不敢上桌啊！"

谭祖纶说："算了算了，我们吃。"

王旺忙斟酒。

谭祖纶说："你也坐下来吃嘛。本将军一视同仁。"

"岂敢岂敢。待会我到我那屋里去吃。"王旺斟完酒，为谭祖纶摇蒲扇。谭祖纶和万安喝完一杯，他又赶紧斟酒，斟酒后又摇蒲扇。

谭祖纶和万安边吃边故意高声夸娟儿的手艺。

娟儿在厨房听得高兴。

谭祖纶和万安喝完酒吃完饭，万安对王旺说："你去吃饭吧。"

王旺去他屋里后，娟儿出来收拾杯盏碗筷。万安就对她说："浩忠兄在将军府，嫂子何不跟我们到将军府去一玩？"

去将军府，玩一玩，这话该有多大的诱惑力？几个人能去将军府，娟儿能不想去？但说出来的是："听说将军府甚是了得，我怎么能去。去了只怕也不准进。"

谭祖纶说："你这是故意在敲打我吧，将军府是我的，我陪你去自己的府，还有人胆敢不准进！"

"是啊，有将军和我陪你一同去，还有什么不放心的。"

娟儿说："我倒是想去开开眼界，可家里有这么多事，浩忠晚上还得回来吃饭。"

谭祖纶说："他在将军府，晚上咱们就在将军府吃。也让你吃几个没吃过的菜。吃完晚饭后你和王浩忠一同回来。"

娟儿说："将军府的宴席那还用说，我自然连见都没见过。可，可我不会骑马。"

"你坐马车。将军府的马车。"万安立即说。

"将军府的马车？！将军府的马车会在这里？"

"来忠义营办事的。"万安说，"这回做你的专舆。"

"走吧走吧。"谭祖纶有点不耐烦了。

娟儿说："那，那我得和王旺说一声。"

"他还在吃饭。你对个家人也这么小心。"万安故意说。

"说来他也是浩忠的亲戚。浩忠一直留着他，等于给他个饭碗。他对浩忠也尽心尽力，"娟儿说，"非同一般的家人。"

谭祖纶说："你那位浩忠对父母有孝心，对亲戚有情义，唯独对你不知怜香惜玉。行了，你也趁此机会，去开心开心。"

"那，那我就去看看将军府，等于去接浩忠。"娟儿给自己找了个理由。

"对对对，既看了将军府又接了你的浩忠。"

娟儿遂跟着他俩出了门，也没对王旺说去哪里。这一去，便再也回不来了。

娟儿坐上马车，谭祖纶骑马在马车左边，万安骑马在马车右边，但保持在谭祖纶后面一马之距，前面则有四个士兵四匹马开道。

娟儿掀开车帘，往两边看，但见谭祖纶骑在马上，威风凛凛。万安则如同保镖。开道的士兵不断吆喝："闪开，闪开！"路上行人纷纷躲避。

娟儿想，将军出行真是非同一般，我今天算是当了一回贵妇人，王侯家眷出行大概也就是这样。

车马一靠近将军府，府内仆人在大门口列成两队迎接。

万安请娟儿下车。娟儿下车一看那迎接的阵势，忙往边上躲。

万安说："你躲开干什么？"

娟儿说："这是迎接将军，我哪敢去。"

"这是将军特意安排迎接你的呢！"

"迎接我？"

"是迎接你。"

娟儿真正的受宠若惊了。

娟儿由谭祖纶、万安等陪着进入将军府内鸿福馆。馆内桌上摆满各种食品果蔬。

一仆人抽动上席座椅，请谭祖纶坐。谭祖纶指着娟儿："那是这位贵客坐的。"

仆人忙请娟儿上座。娟儿忸怩不敢上座。

谭祖纶说："那是你的位置，你只管坐下。我在你家时你亲自下厨，到了这里还能不让我尽地主之谊？"说完，在娟儿旁边坐下。

端茶进来的仆人给谭祖纶上茶。谭祖纶说："不懂规矩，这是我的贵客，先给贵客上茶。"

仆人忙给娟儿上茶。

谭祖纶对仆人们说："你们听清楚了，今天的晚宴是专为我的贵客举办的，先后礼序，你们该知道。"

众仆人忙答："是。"

待到酒菜一上桌，山珍海味，娟儿连见都没见过，陪同人员又争着讲奉承她的话。别说是享受着这般待遇的娟儿，就是任何一个女人，也不能不"醉"得云里雾里了。

酒席散后，谭祖纶陪着娟儿观赏后花园。

娟儿惊叹："这是御花园啊！"

谭祖纶说："花为美人开嘛。当年武则天游园赏花，百花争相开放，唯牡丹不开，结果呢，牡丹被充军到洛阳。哈哈。"

"快别这么说，你这是要折杀奴家。"

"赏花嘛，焉能没有典故助兴。待会我再陪你去看看各种装饰不同的房间。"

谭祖纶引着娟儿看了一间一间豪华的房间后，又进入一间。

谭祖纶说："怎么样，看了不少房间，这间最豪华吧。"

"哎呀，我都看晕了，没有哪个房间不豪华，这得多少钱啊？！"

"以后这间房子就是你的了。"谭祖纶说完，将娟儿抱住。

"将军，你这，这……"

"美人儿，你都快让我想死了。"谭祖纶抱起娟儿，往床边走。

娟儿呢喃："放下我，放下我。"

谭祖纶将娟儿抛到床上，扑上。

娟儿半推半就……

事毕。躺在床上的娟儿气喘吁吁，面色红若桃花。

起身的谭祖纶看着面若桃花的娟儿，说："以后你就是这将军府的主妇。都交给你掌管，怎么样？"

娟儿似突然惊醒，猛然坐起，说："王浩忠呢，他若知道了怎么办？"

"你放心，一个小小的王浩忠我还能摆不平？他根本就没来将军府，我派他去外地办差去了。"

"你，你个鬼精。可他总要回来的啊，他一回来，王旺若说起我这大半日不见人，我怎么回答？"

谭祖纶说："原来你是天天被人盯着的啊，出门半天都得禀报，可怜可怜。你就说本将军接你来将军府赴宴，怎么地？他不怜惜你我还舍不得呢！以后你就跟着我尽享荣华富贵。"

"你，你不会……"

谭祖纶说："本将军一言九鼎，绝不负你！"

"一言九鼎，绝不负你"的话还在娟儿耳边回响，她此时才明白，那都是事先安排好的，安排好的……谭祖纶……是用计引诱我啊！只怪我自己，贪图富贵，我……我被他诱惑，我鬼迷心窍……我怎么能相信他的话啊！谭祖纶，你口是心非不说，竟派万安杀我，你太狠毒了啊！万安，你人面兽心，替谭祖纶设圈套害我无妇人之伦，又替谭祖纶杀人灭口。如今我虽苟活，其实已是死人、僵尸一具，这僵尸还是你们的玩物，被送与了这个提督，我还留着自己这具僵尸干什么！

　　娟儿想一死了之，她环视屋内，寻找可上吊之处。但又猛然喊出："我恨啊，我恨……我不能就这么死去！"

　　门外传来刘维桢的喊声："娟儿、小鸡儿，我回来了，咱们再玩老鹰抓小鸡。这回老鹰可就不会放过你喽！"

　　刘维桢刚一进屋，娟儿"扑通"跪到他面前。

　　刘维桢说："你这是干吗？原来喊你不应，此时突然下跪。"

　　娟儿说："只要大人答应我一件事，大人想要我怎样就怎样，我做婢女终身服侍大人。"

　　"一件事，什么事？"

　　"大人帮我杀了谭祖纶！"

　　刘维桢说："要我杀掉谭祖纶？！谭祖纶将你送与我，你反要我杀了他，难道是他不该将你送与我？"

　　娟儿泣诉："大人，我原是王浩忠之妻，谭祖纶将我诱奸，藏于忠义营，因巡阅使大人到来，恐被发觉，转拘于他的将军府，后索性杀人灭口，要万安将我带出，于荒山僻野处正要杀我时，孙福又传他的口令，将我送与提督。大人，他这是要嫁祸于你，他是个狠毒阴险之人啊！大人杀了他，不仅是为我，也是为大人你，更是为黎民百姓除害。大人，孙福说他归你管，你下令杀了他！"

　　听娟儿这么一说，刘维桢心里想道："总督派人来，说彭玉麟来此巡阅之际，要我防止谭祖纶惹出麻烦来。谭祖纶这个刺头，原来已经惹出了这么大的麻烦。"他看看跪着的娟儿，又想，"这个尤物，他谭祖纶已经用了再转给我，虽可鄙，却也是煞费苦心，希冀我庇护。我平时得了他那么多好处，今日他却有大把柄在我手，日后使唤他愈发得心应手……"

"你起来，我知道了。"刘维桢对娟儿说，"本提督自会为你处理。你到了我这里，尽可放心，再不会有人谋害你了。"

"大人，奴家的夫君已被他杀了。"娟儿跪着不肯站起。

"唔。你可亲眼所见？"

娟儿摇头。

"你可见他尸首？"

娟儿还是摇头，说："奴家虽未亲眼所见，也未见他尸首，但谭祖纶派万安、孙福于夜里将奴家夫君从家里引出后，便再也未见夫君踪影。定是被谭祖纶杀了。"

刘维桢想，谭祖纶如真杀了她丈夫，在彭玉麟手里定是死罪，难怪他送这个尤物来时还送了一张大银票。他旋说道："这个我也知道了。你起来起来，我会一并为你处理。"

跪在地上的娟儿忙叩头。刘维桢扶她起来。

刘维桢扶她起来时，见满面泪水的娟儿反显得更加楚楚动人，如带雨梨花，寻思道，这个尤物，既然已被送来，不用白不用。况且她已说了任凭我怎样，这下不会抗拒了。他便一边替娟儿揩泪水，一边说："哎哟，小可人儿，这伤心样儿令人心疼啊！"

娟儿不动。

刘维桢顺势开摸。

娟儿还是一动不动。

刘维桢正要解娟儿衣带，门外来报："巡阅使大人派李超持帖来请大人速去巡阅使船商议巡阅要务！"

刘维桢大扫兴："唉，当这个提督不得清静，不得清静。"

刘维桢往外走，又回头说："娟儿你的事我会找机会的，你安心等消息。小可人儿，可别伤了自己的身体。"

七　房内全是白银黄金

　　刘维桢到了巡阅使船队停靠码头，在李超等护卫下登船。
　　"刘提督，别来无恙。"彭玉麟从船舱迎出。
　　"哎呀彭大人，我来迟来迟，还请宽恕。"
　　"快进来，进来，我俩好好叙一叙。"彭玉麟拉着刘维桢的手进舱。
　　坐下后，刘维桢说："彭大人日夜在这船上，风吹浪打，太辛苦了。"
　　彭玉麟说："既受钦命巡阅，此身便已许国，何言辛苦。"
　　"钦佩钦佩。"
　　彭玉麟说："今日请提督来，是想和你及谭总兵共同商议有关巡阅之事。"
　　"说来也巧，今日我正在下文令谭祖纶竭尽全力协助彭大人做好巡阅，彭大人就派人来了。"刘维桢说。
　　"呵，这么巧。"
　　"还有呢，我正欲动身，李总督派人传信来了，要我督促谭祖纶为彭大人的巡阅提供各种便利。"
　　彭玉麟笑道："呵呵，李总督、刘提督都在为我彭玉麟着想。"
　　"应当，应当。"刘维桢说，"李总督在信中还说，谭祖纶这人有点狂妄，要我防止他这个刺头惹出麻烦，给彭大人添乱。李总督的信在此，彭大人请看。"
　　"信就不用看了，彭某表示感谢。是否就烦刘提督派人请谭总兵过来一块商议？"
　　"彭大人派人去喊他一声不就行了。"
　　"刘提督是直接管辖谭总兵的，还是你喊为好，一条线嘛。"
　　"好，好，我派人去喊。"
　　刘维桢便要杜贵速去忠义营通知总兵谭祖纶，要他来会商巡阅使大人巡阅事项。

杜贵走后，刘维桢轻声问："彭大人，谭祖纶还没给你添什么乱子吧？"

"乱子倒没添什么，有些小问题而已，"彭玉麟说，"我查明他曾倒卖战马，还私自修了个将军府。这些事，刘提督不知道吗？"

刘维桢立即说："这个谭祖纶，胆大妄为。待他来后，看他怎么辩白。凡违法乱纪之事，本提督绝不留情！"

忠义营大门值勤哨官禀报谭祖纶："将军，刘提督到了巡阅使大人船上，提督大人派人来请将军去会商巡阅使大人巡阅事项。"

"提督到了巡阅使船上？！"

"正是。"

"来人是提督大人的人吗？"

"禀将军，是来过这里的，叫杜贵。"

"是杜贵！提督大人那就真的到了巡阅使船上。"谭祖纶说，"提督来了，我可放心去。"

钱文放问哨官："杜贵为何不进来？"

"杜贵说他得立即回去复命，就不进来了，他在外面等着。"

"将军，何不喊杜贵进来一问？"钱文放不放心地说。

"老钱你也忒多心了。"谭祖纶说，"杜贵我见过，还给了他赏银的。杜贵传提督的话要我去，我能不去？！"

钱文放说："我是对'提督大人派人来请将军去会商巡阅使大人巡阅事项'这句话有疑问，提督大人传话，要将军去就行了，怎么还要加上'会商巡阅使大人巡阅事项'这么具体的话？"旋转问哨官，"杜贵的原话是什么？"

哨官回答："杜贵说，刘提督到了巡阅使大人船上，特派杜贵前来，要谭总兵去会商巡阅使大人巡阅事项。"

"行了行了，就是要我立即赶去的意思。再拖延，提督大人会怪罪于我。"谭祖纶对哨官说，"你去吧，要杜贵稍等。"

钱文放又说："将军，提督大人在这个时候赶来，又没事先通知将军，我还是觉得有点蹊跷。"

"这个你就不懂了，"谭祖纶说，"提督大人和我是什么关系，一条线上的，既是上司又是老朋友，用不着提前通知，他来了，自然要喊我去作陪。况且，提督要我去会商巡阅使巡阅事项，我能不去吗？"

　　谭祖纶说他和提督是一条线上的，彭玉麟要刘维桢喊谭祖纶上船会商时也说他俩是一条线的，这个"一条线"有着两重意思，只是侧重点不同而已，彭玉麟说的"一条线"是指垂直管辖，弦外之音才是非同一般的关系；谭祖纶说的"一条线"则是绑在一起、利害相关，其次才是管辖和被管辖的关系。

　　听谭祖纶那么一说，钱文放认为还是小心点为好，便说：

　　"将军，还是由我去喊杜贵进来，将军亲自认一认，再问一问。"

　　"行，本将军亲自问一问也好，但要喊也用不着老钱你去喊嘛，曹康，去请杜贵进来。"

　　姓钱的吃多了没事干，想出这些事来，谭将军怎么老是宠他，喊个传话的也要我去。曹康心里这么想着，步子还是迈得快。

　　曹康去喊杜贵后，钱文放对谭祖纶说："将军，不是我多心，还是小心为妙。"

　　谭祖纶说："没错，'小心走千里'嘛。老钱，我信得过你。"

　　钱文放又说了些不可不防的事，正说着，曹康领着杜贵走进来了。

　　谭祖纶问道："刘提督已到巡阅使船上？"

　　"当然。提督大人不在巡阅使船上，要我来此干甚。"

　　"是要我去会商巡阅使大人巡阅事项？"

　　"提督大人是这么说的，他和巡阅使大人谈得正欢。"

　　"好，好。"谭祖纶旋命令谭皖，"你带杜贵去领赏金，我略整装便去。"

　　谭祖纶准备动身时，钱文放还是不放心地说："将军此去，还请小心。"

　　谭祖纶说："老钱你是诸葛一生唯谨慎啊，这么着吧，我去后，这里就由你做主，该如何办，你知道的。曹康，你留在这里听从老钱指派。"

谭祖纶要曹康听从钱文放指派，是他认为曹康忠心，钱文放足智多谋，他又已调动水营，料定即使是去赴"鸿门宴"，船上有刘维桢，水路、陆路皆是他的人马，彭玉麟不敢拿他怎么样。

谭祖纶带两名亲兵动身，随杜贵前往。

谭祖纶走后，钱文放自言自语："谭将军说他去后，这里就由我做主，该如何办，'你知道的'。这话不吉利啊！这，这如同交代后事。"

钱文放略一思索，对曹康说："曹参将，你速带一队精锐，化装成百姓，暗藏兵器，悄悄布置在巡阅使船周围，发现情形不对，立即杀上船去，我随后带人接应。"

谭祖纶大大咧咧走上船，进入船舱，见刘维桢坐在彭玉麟旁边，正欲行礼。彭玉麟喝道："将他拿下！"

李超率人突入，将谭祖纶按倒在舱板。刘维桢惊得站起："这，这怎么能拿下总兵？！"

舱外，谭祖纶的两名亲兵被卫士擒住。

杜贵慌得不知所措，卫士喊道："不必惊慌，与你无关。"

这边抓了谭祖纶，那边，曹康带领一队装扮成百姓的人往巡阅使船而来。

离巡阅使船尚有数箭之遥，曹康命令队伍停下。

曹康想，钱文放要我埋伏于巡阅使船周围，他算个什么东西，竟然指派本将，还说发现情形不对，要我立即杀上船去，他随后带人接应。巡阅使船是能杀上去的吗？他娘的姓钱的是要借刀杀人，借巡阅使大人之手取我人头。老子没有那么傻。再说谭将军上船，有提督大人在那里，会有什么风险？就算有风险，提督大人如果救不了他，我去送肉上砧板啊？老子将队伍停到这里，可谓两全之策，既遵照了谭将军要我听姓钱的指派之话，又不会冒犯巡阅使大人。

曹康往地上一坐："老子歇息。"

曹康话刚落音，响起一片喊声。

赵武率装成市民、农夫的兵士出现。

曹康还没站起，赵武的刀已指着曹康的脑袋："要他们统统放下刀剑！"

"放下，赶快放下！"曹康喊。

曹康的人放下刀剑，赵武的刀也收回。

曹康看着同样像百姓的赵武及士兵，说："误会，误会，我们都是忠义营的，我是谭将军特派营官参将曹康。"

"我是巡阅使大人麾下赵武！"

曹康顿时浑身发抖，被赵武一把拎起。

"别杀我，别杀我，我把所知道的悉数相告。"这个被谭祖纶认为忠心耿耿的曹康立即惊恐地喊。

赵武"哼"一声："你也配当参将！去对巡阅使大人说。"

"我去说，我去说。"

赵武对曹康的人喊："没你们什么事了，只抓为首的！"

曹康的人一哄而散。

赵武要两名士兵押着曹康上船，自己脱下便装，率八名士兵往忠义营而去。

忠义营内，钱文放正召集文员武官紧急议事。

陈峰率部挺枪亮剑进入。

文员武官顿时哗然。

钱文放一看，知大事不妙，赶紧偷偷溜走。

陈峰登上台阶，说："谭祖纶已被巡阅使大人拿下，现正在接受彭大人和刘提督的审问。陈峰奉巡阅使大人令接管忠义营，暂行代理总兵之职。"

众官无不惊愕。

陈峰展示彭玉麟手令，仍有官员怀疑，交头接耳：

"不可信，不可信。"

"他这是谋反。"

"那手令，谁知是真是假。"

……………

正在这时，赵武赶到，亮出腰牌，喊道："不得喧哗！我是巡阅使大人麾下赵武，谭祖纶图谋不轨，由陈参将代任，有不服从者，按叛逆惩处！"

陈峰立即发布命令："代理总兵陈峰令所有人员一律奉守原职，胆敢抗令者，军法从事！"

看着赵武等人和挺枪亮剑的陈峰军士，众官员只得应声："愿听从代理总兵之令。"

陈峰说："各位多知道谭祖纶劣迹，巡阅使大人早已贴出告示，欢迎检举揭发。曾助纣为虐者，只要从今日起恪守职责，既往不咎。"

陈峰说完，令身边一部将："你立即带一支队伍赶往石落塔，沿西去会水师营，传我命令，令水师营返回原地。若水师营执迷不悟，向巡阅使战船进逼，你于岸上以弓弩火箭助战。"

陈峰又令一部下："你速去寻找王旺，找到后严加保护。"

与此同时，彭玉麟派出的四轻骑正往将军府疾驰。

在长江石落塔西边，张召登上林道元战船，对林道元说："谭祖纶已被拿下，彭大人令你率战船西下，迎头拦截水营，逼其退回原处。"

林道元回答遵令后，问："倘若水营不退反向我进攻，该作何处置？"

张召说："这个我就不知道了，彭大人没说。"

"彭大人没说那就是任我处置，水营那班伙计就休怪我了。"林道元又问张召，"你是立即回去复命还是跟我出发？"

"这个彭大人也没说。彭大人没说那就是由我自作决定。"张召说，"我不亲眼看着你的处置结果，如何回去复命？"

林道元一笑，旋即命令："出发！"

林道元指挥五艘战船往西急下。

五艘战船与水师营船只越来越近。

林道元立于船头，两旁弓箭手箭在弦上。

林道元喊："来船听着，我是巡阅使大人手下林道元，谭祖纶命你等移船东上乃叛逆阴谋，谭祖纶已被巡阅使大人拿下，命陈峰代理总兵一职。你等原为奉命行事，并无罪责，巡阅使大人命你等速速掉转船头，返回营地。若再往前，后果自负！"

陈峰部将率队赶到，对水师营船队喊："代理总兵陈峰令船队立即返回，若不从命，军法处置！"

水师营领队急忙与人商议：

"返回吧，我原就觉得此行有异。"

"巡阅使大人之命，能不听？"

"本无战事，东进干甚。"

领队便高声回话："遵巡阅使大人和代理总兵之命。"

水师营船队慢慢掉转船头。

彭玉麟派出的四轻骑奔至将军府大门，勒住马，马扬前蹄，齐声嘶鸣。

门卫老郑拦住："你们是什么人，到将军府者，文官下轿，武官下马，你们竟敢纵马嘶叫……"

老郑话未完，轻骑领队查敏亮出腰牌："奉巡阅使大人命令搜查此府！速速打开大门！违令者即行逮捕！"

"哎呀，巡阅使大人之令！"老郑忙打开大门。

查敏喊道："府内所有人都出来，到此列队。"

老郑壮着胆子问查敏："谭将军他，他出了什么事？"

"谭祖纶已被捕，正在接受审查。"

老郑一听："哎呀，他被巡阅使大人抓了！他一被抓，这将军府肯定被封，我可得另找门路了。"

查敏问老郑："府内有兵丁吗？"

老郑说："没有。将军府谁敢来惹，但不少仆人配有刀枪。哎，搜查这么大的一个府，该多来些人啊，就你们四个？"

"巡阅使大人办事，从来不在人多，你们不都是可以帮助搜查的人嘛，你们熟悉，不比我们动手快得多？"查敏说，"你就当个办员，指挥他们。"

"我来指挥他们，行。"老郑应道，"不过事后可得给我个好差事干干，我还要养家糊口呢。"

查敏说："那就看你的表现了。"

老郑这人为何变得如此快呢？别说他只是个看门的，那曹康身为谭祖纶的特派营官、准参将，变得比老郑还快，大凡贪官，只要一出事，手下的人大多如是。不信，读者可去查查贪官出事后的境况。当然，死士还是有的，如钱文放、万安、谭皖等，他们为救谭祖纶，不惜身家性命，后面有叙。

当府内男仆们陆续走出时，查敏对老郑说："你先去命令他们，有刀枪的立即将刀枪交出来，省得我们动手。"

老郑便对走出来的人喊："你们都听好了，谭将军，不不不，谭祖纶已经被巡阅使大人抓了，这将军府不是他的了。你我都是在这里混碗饭吃的，没必要将自己赔进去。凡有刀枪的，将刀枪丢出来，免得丧了自己的性命。"

有人丢出带在身上的刀，也有人不愿。一个将刀拿在手里的仍在犹豫。

查敏掏出飞镖，随手一扬，只听"哎哟"一声，刀落地上，那人用手捂着手腕。

查敏喊："还有胆敢不放下的，我可就不是射他的手了。"

立时有好几把刀剑落地。

查敏令老郑去安排搜查。老郑说："这个还要搜查什么，要他们统统交出来就行了。"说完就对着那些人喊："你们再听好了，凡是你们掌管的东西，统统将清单交出来，以让巡阅使大人派来的搜查大员检查核对；没有上清单的，将实物搬出来，搬不动的，禀告这位搜查大员；如果有你们打不开的库房，也禀告搜查大员，他们自有法子打开。干得好的，不但可免处罚，还有奖。我老郑是守门的，现在就将大门钥匙交出。"

老郑将一串钥匙恭敬交与查敏。

"说得好，带头也带得不错。你从他们中间挑选几个副办员，归你管，去监督清查。"

查敏很快惊愕，有人带出一队年轻女子。

老郑禀报说："报搜查大员，这十二个女子都是谭将军，呵不，是谭祖纶从各地或选、或抢来的，专供他请来的贵客、上司享用。"

一"副办员"来报："搜查大员，有个库房小的们都没有钥匙，无法打开。"

查敏问："管钥匙的人呢？"

"副办员"说："小的问了许多人，都说没有。大概是谭、谭亲自掌管。"

"走，带路。"

"副办员"等带着查敏走进一地下室，发现一库房。

查敏喝道："砸开！"

库房门被砸开，一片惊讶：房内全是白银黄金。

第九章 假人行刺

一 搜出的钱可供长江水师两年之用

彭玉麟要刘维桢和他同审谭祖纶。

"彭大人请自便,"刘维桢说,"谭祖纶是你抓的,自然归你审问,我在此反有碍事之嫌。告辞告辞。"

彭玉麟说:"刘提督莫非是说我抓谭祖纶易,放谭祖纶难?一个堂堂总兵就这么被抓了,看你彭玉麟怎么收场?即便如此,你也该留下来看看我究竟如何收场嘛。"

"本提督尚有诸多军务等待处理,恕不奉陪。"

"本巡阅使要审问的就是你军务中目前最重要一项,此事不审理清楚,你想走?休想!"

"你,你……"刘维桢没想到彭玉麟竟敢如此。

彭玉麟喝道:"将谭祖纶带进来!"

被带进的谭祖纶一副满不在乎样。

"刘提督,本巡阅使先请你看一样东西。"彭玉麟掏出谭祖纶送的银票,"刘提督,这是你下辖总兵谭祖纶送给我的二十万两银票,请你过目。"

刘维桢接过一看,心内惊怵,谭祖纶真他娘的舍得送啊,可你怎么送给这个不识好歹的彭玉麟呢!他旋即说:"这是谭祖纶送给你的,关我甚事。"

"刘提督这话说得好啊,这是谭祖纶送给我的,不关你的事,可我觉得还是与你有那么一点关系。"彭玉麟说,"我给你算一笔账,你和谭祖纶都听好了。"

"什么,什么,你忒大胆,竟把本提督和谭祖纶并称。"

彭玉麟不理睬刘维桢的话,说道:"听好了,彭玉麟和曾国藩大人初定长江水师之时，营制为：自湖南岳州、湖北荆州至江苏崇明县五千余里，设提督一员、总兵五员；以六标分汛，营哨官七百九十八员、兵丁一万二千人；月饷、杂费岁需银六十余万两，以长江厘税供支。"

彭玉麟停下话，目光扫视着刘维桢和谭祖纶。刘维桢正要说这些又与我何干，彭玉麟说："你俩再给我听好了，我长江水师一万二千兵丁，营哨官七百九十八员，官兵一年的军饷、杂费合计才六十余万两，每个官兵每月才有多少银子，你们摸着良心算算。可一个总兵，一次就有二十万两白银出手。"

彭玉麟拍桌子喝道："这钱，从哪里来的？是你刘提督发给谭祖纶的吗？谭祖纶是你的属下，难道和你毫无关系？！"

刘维桢的口气立时软了："彭，彭大人，我可没有这么多钱发给他啊！这事，还是跟我无关。谭祖纶，本提督也得问你，你哪里来的这么多银子？"

"刘提督，你总算问了谭祖纶这么一句话。我长江水师官兵，含杂费开支，每人每月才四两一钱银子啊！除掉杂费开支，除掉总兵、营哨官的月薪，每个士兵能有多少？才二两多银子一个月啊！这二两多银子还是账面上的，真正能到士兵手里的，恐不足二两。"

彭玉麟稍停后，说："我长江水师一年六十万两银子从何而来？全靠长江厘税供支，你谭祖纶仅一次送给我彭玉麟就是二十万两，送给他人的更不知多少，岂不是五千余里长江地段所收厘税还不如你个人用来送礼行贿之钱。"

"彭大人，你这也有点言过其实了吧，"刘维桢说，"证据可只有你手上这二十万两啊。"

"刘提督，别着急，银子的证据还会有的，待会就到。你还有句没说出来的话是，这二十万两银子看你彭玉麟如何处理。彭玉麟现在就处理：全部充为军用！为重振长江水师之经费。"

"好，好，彭大人处理得好。"

"刘提督，我倒是真想感谢你手下这位总兵啊，二十万两，解决我长江水师四个月的费用。再过一会儿，说不定能解决全年的费用呢。"

刘维桢说:"能解决全年的费用?彭大人手里难道还有银票?"

彭玉麟说:"恐怕不是银票,而是真金白银。"

"喔,还有真金白银!那真金白银又从何而来?难道也是谭祖纶所送?"

彭玉麟不理会刘维桢所言,转问谭祖纶:"谭祖纶,你可建有一座将军府?"

谭祖纶说:"哪里有什么将军府,一座茅舍而已。"

彭玉麟说:"原来是一座茅舍而已,你那茅舍建在何处?是不是建在坪山,由坪山则可直达提督府?"

刘维桢因彭玉麟对他说过已查明谭祖纶私建将军府,此时一听可直达提督府,便立即喝道:"谭祖纶,你建的那什么将军府,谁人不知,还能瞒得过去?招摇狂妄,竟题名将军府!谁替你题的'将军府'三字?"

谭祖纶说:"就是个茅舍一样的院子嘛,有什么了不得,要说'将军府'三字,是总督大人所题。不信,你们就去问总督大人。"

彭玉麟说:"好,这大概是句实话,把总督大人搬出来了。"

刘维桢说:"虽是总督大人题字'将军府',但将军府之名还是与你谭祖纶脱不了干系,你不请总督大人写'将军府'三字,总督大人怎么会给你题。彭大人,你说呢,对不对?建个院子就建个院子嘛,却要命名将军府,还请总督大人题词,自己觉得风光,是不是?"

刘维桢心里得意,把总督牵扯进来,才好让你彭玉麟这个麻纱扯不清。

刘维桢话刚落音,查敏兴冲冲走进:"报巡阅使大人,末将带人搜查谭祖纶将军府,搜出黄金白银不计其数。"

谭祖纶闻言变色,旋即镇定,哼,还没到我揭你彭玉麟罪行的时候。

彭玉麟却对查敏喝道:"什么不计其数,到底多少?"

"太多了,数不过来啊,"查敏说,"黄金还得折算啊,至少在百万两以上吧。"

"你敢保证在百万两以上？"

"末将以脑袋担保，若无百万两，让人提头来见。此外，还有十二个年轻美貌女子。据府内人说，这些女子都是谭祖纶从各地或购买、或抢来的，专供他请来的贵客、上司享用。"

彭玉麟说："还有十二个女子，这倒是我没想到的。查敏，你再领十名兵丁前去，切实保护好赃银和那些女子，并派人运些黄金过来，让刘大人过目。否则刘大人不会相信。"

"不用不用，我就不用过目了。"

彭玉麟说："也罢，刘大人说他不用过目，就免去运输劳累。"

"是，末将遵令。"查敏说，"末将是否能问上那么一句？"

"问什么？"彭玉麟要查敏说。

"刘大人虽说不用过目，但末将还是认为耳听为虚，眼见方为实，末将派人回来禀报具体数目时，可否要他带上一两块黄金给刘大人看看。这样也无运输劳累。"

"这要看刘大人认为是否可以。"彭玉麟对刘维桢说，"刘大人，你认为呢？"

"我说了不用就不用嘛。"

"还是尊重刘大人的意见。改日我陪刘大人去看现场。刘大人，这就不是解决我长江水师一年的费用，而是两年啊！"

刘维桢说："喔，对，对，那是好事，好事。彭大人，近日我腰疼，不宜久坐，是否先走动走动，过会咱们再审？"

"呵，刘大人，你愿意和我一同审这位总兵了。行，不急不急，走动好了咱们再一件一件地来审。"彭玉麟对舱外喊道，"要杜贵进来。"

彭玉麟对杜贵说："烦你送刘大人去贵宾舱内走动。"又喊道："来人，让谭祖纶也到甲板上走动走动，以便他好好想一想如何应对后面的审问。"

要走动走动的刘维桢由杜贵陪同进入"贵宾"舱内，一进去便坐下。

杜贵轻声对刘维桢说:"大人,那彭玉麟太过分了,虽说是个巡阅使,可大人你是提督啊!我知道,大人这提督不是他举荐的,所以他就……"

"住口!你知道什么。"

"反正我是看不下去了,"杜贵说,"他借大人你之手,将谭祖纶骗上船来,谭祖纶即使有罪,也得由大人你主审啦,可他……呵,我知道了,他是钦差。但钦差能当得了一辈子?"

"烦人。你出去,我要独自坐坐。"

"是,大人。"杜贵说,"我还有个主意,大人让我先回去,我去找总督大人告他。"

"说你只知道跑个腿、送个信,你还总以为自己有能耐。此时他能让你回去?连我都走不了。就算让你回去,那也是故意的,你前脚走,后脚就有人跟着。快出去!"

"我出去,出去。"杜贵说,"我们这不等于是被软禁了么。"

杜贵出去后,刘维桢在舱内踱步。

刘维桢边踱步边想,彭玉麟这矛头,明显地也对着我啊!谭祖纶这混账,自作聪明,将银子送给他,将自己送至刀下,若送给别的巡阅使,什么事也不会有。自作自受。我可不能受他连累,得把自己撇得干干净净。

想到这里,刘维桢"呔"一声,我有什么要撇干净的,他送的银票也好,将军府藏的财宝也好,都与老子无关。只是他送我的那几笔钱……谅他也不敢说,他还指望着我救他呢!

刘维桢不踱步了,站住思虑:接下来彭玉麟要审的是什么呢?他说他已查明谭祖纶倒卖战马、私建将军府,那将军府已是铁证,倒卖战马只有那么大个事,会不会,会不会他已知道那个娟儿的事?如若知道,那女人现在我府内,倒是真会把我和谭祖纶沾上。他娘的,女人,女人,真是祸水,惹不得惹不得……

二 抓到的总兵到底是真是假？

刘维桢和谭祖纶都去"休息"后，陈峰向彭玉麟禀报道："陈峰奉大人令，已全面接管忠义营，要所有人员一律奉守原职，同时分路到各营巡查，现前营、中营、后营皆安稳。"

彭玉麟问："王旺可已找到？"

"已找到，他被拷打致伤正在治疗，有专人守护。"

"你接管忠义营时，全无异动之事？"

陈峰说："有，谭祖纶家丁谭皖等密商营救谭祖纶，被前来协助的赵武发现。"

彭玉麟说："呵，赵武又去帮你了。"

陈峰说："密谋之人已被控制，只是走了谭皖。"

彭玉麟说："谭皖定是在赵武手里脱逃。"

陈峰说："不能怪赵武，因谭皖非官兵穿戴，赵武不识他是谭祖纶的家丁，故被逃脱。"

彭玉麟说："谭皖在赵武手里逃走，你反而为他开脱。"

陈峰立即答道："陈峰不是为赵武开脱，实情如此。"

彭玉麟喝道："竟敢顶撞！"

"陈峰并非顶撞，只是据实而言。若究责任，是陈峰未能事先告知，当责陈峰。"

彭玉麟说："大胆！你才任职，不怕我撤了你的代理总兵？"

陈峰说："撤掉我也是据实而言，走掉谭皖非赵武之过。"

彭玉麟说："真的不怕刚上任就被撤？"

陈峰说："大人若追究我走掉谭皖之责而撤，应当。谭皖出走肯定会去找关系，必然干扰谭祖纶案，后果严重；若因我为赵武辩护而撤，不服。"

彭玉麟大笑："好你个陈峰，这性子有点似我啊！"

正是因为陈峰敢于担当、直言不讳，使得彭玉麟益发信任。这时一亲兵匆匆走进，禀报说，有消息，船上这个谭祖纶是假的。真谭祖纶早已逃跑，到京城找关系去了。

陈峰一听，不由地大惊："什么，被抓的这个谭祖纶是假的？！不可能。"

亲兵说："消息如此。故急忙禀报。"

彭玉麟问："你这消息是从哪里得来的？"

亲兵说："我随赵武装扮成百姓，赵武擒获曹康后，率我等奔忠义营协助陈峰，又发现密商营救谭祖纶等人后，赵武派我仍扮百姓，去侦探是否有漏网之鱼，我混入百姓中，在百姓中听得这个消息。"

说被抓的谭祖纶是假的，真谭祖纶早已跑到京城找关系去了的消息，是钱文放要万安"播放"出去的。

钱文放从忠义营溜出去后，到了万安家里。

万安在家里服侍老母，尚不知忠义营变故，听钱文放说谭祖纶被彭玉麟抓了，不由地大惊。

"谭将军怎么这么快就被抓呢？他是二品大员，彭玉麟要抓他也得奏明朝廷啊，朝廷就算准奏至少也得要几个月……"

钱文放说："彭玉麟设了个套，将刘提督请到他船上，由刘提督派人来喊谭将军去议事，我劝他别去，他说有提督在那里不会有事，谁知一去就被拿下。"

"当着刘提督的面敢抓总兵？！总兵可是直属提督管辖，"万安说，"无怪乎彭玉麟又被称为'活阎王'，他可真敢下手。钱先生，那现在怎么办？谭将军于我有恩，我不能见谭将军有难不顾。"

万安所说的谭祖纶有恩于他，就是除了有事喊他去办外，不要他"上班"、不用"打卡"而照发工资，不但薪水丰厚，而且时有奖赏。万安是个孝子，谭祖纶又常发红包派人送给他老母……

万安一说"不能见谭将军有难不顾"，钱文放就说"当今之计，只有除掉彭玉麟，方能救出谭将军。"

"刺杀彭玉麟？！"

钱文放说："除此别无他策。你既已知彭玉麟又有'活阎王'之称，落入他手里的，能有活命？别说他当着提督的面抓人，就是总督在他面前，他也照抓。想要他放人，李鸿章李大人来都无用。万壮士，谭将军只能靠你了。"

万安立即说："我对谭将军说过，只要有用万安之时，万安不惜粉身碎骨。"

"万壮士义薄云天，令钱某钦佩。但你不需亲自去，彭玉麟可能已经知道你，万一失手，会牵涉到谭将军，说是他指派。你最好能找个人去。则尽皆兼顾。"

万安便想到了金满，说金满是他的拜把兄弟，义字当头……钱文放问他怎么去说服金满。万安说金满是个孝子，父母早亡，对他老母就如同自己的老母，如今谭将军被抓，他供奉老母的生活来源没了，金满岂能坐视不管。

钱文放想，万安之所以为谭祖纶尽心效力，就是为了让他老母的日子过得好，是为尽孝而奉谭祖纶为恩人，金满也是个孝子，以孝子之心去说服孝子，定能成功。

两人商议妥当，钱文放又要万安先派小兄弟们放出风去，说被抓的谭祖纶是假的……

钱文放的目的是要造成混乱，一则，说被抓的是个假的，真的已跑了，会让百姓，特别是各级官吏不敢太靠近彭玉麟，怕谭祖纶回来后算账。二则，说真谭祖纶跑了，能激励谭祖纶的死党，威慑他人。三则，尽管他知道这个假消息不可能瞒过彭玉麟，因为彭玉麟在军营和谭祖纶打了那么久的交道，还能认不出个真假？况且还有陈峰。但他断定彭玉麟会调动兵力加强对将军府的警戒，以防搜出的财宝被劫，他则可乘机实行暗杀之策。

万安说服了金满，又放出被抓的谭祖纶是假的消息后，和钱文放等聚集在金满那个普通的家院里，商讨下一步行动。

"老钱你是个军师啊，我要弟兄们将你说真假谭祖纶的消息一传出去，嘿，立马见效。"万安兴奋地说。

一个小兄弟传来消息：那个彭玉麟已往将军府调兵了。

又一个小兄弟传来消息：彭玉麟下船，住到新设的行辕去了。

"要说这个彭玉麟也真是，那么大的官，硬要住在船上。"金满说，"只有渔民没办法才住啦，这不，到底熬不住了。但他为什么不直接将行辕设到忠义营呢？"

钱文放说："他是对忠义营不放心，虽说忠义营已被陈峰接管，陈峰原是谭将军的部下，能放心？他往将军府调兵，调的肯定是他的亲兵，调忠义营的兵仍然是不放心。他身边的人一少，金壮士的行动便多了几分把握。他住进行辕，金壮士进出可就比上船方便多了。"

金满大笑："老钱你放心，管他在水边的船也好，陆地的什么行辕也好，我金满都进出自如。"

又一消息传来，彭玉麟乘轿子出来安抚民心。

金满觉得可趁此机会动手。钱文放说："他初次乘轿出巡，必定警卫森严，我料定他绝不止这一次，他这是出来试试风，见这一次安全无事，下次就会松懈戒备，我们先埋伏于他所经之处，再派一人假装拦轿告状，然后，金壮士你就可以让他试你的利剑了。或者，乱箭齐发。"

正说着，玉虹猛然闯了进来，兴奋得脸颊通红，喊："表哥，表哥……"一见有外人，忙打住。

金满对钱文放说："这是我表妹。"然后问玉虹，"你这么兴奋是怎么了？说说不要紧，这都是我的朋友。"

玉虹说："我看见巡阅使彭大人了！"

金满说："喔，他下轿了？"

"没有。哎，你没出去怎么知道彭大人坐轿？"

"我没出去就不知道他坐轿啊，他没下轿你又怎么看见他了？"

玉虹说："告诉你啰，先前我见过这位彭大人！"

"你见过这位彭大人，什么时候？"钱文放赶紧问。

"对啊，你什么时候见过他？"金满说。

玉虹说："前些天在登丰镇，我差点被一个官差纵马撞倒，是彭大人手下的小四哥救了我！如若不是小四哥，你就见不到我了。那时的彭大人和小四哥，一个像做生意的老头，一个像他的小伙计，谁也不会想到竟然是巡阅使大人和他的武将。小四哥如果不是武将，能在那么危险的时刻，将奔马一把推开，将我拉到一边？"

金满说："你怎么早没告诉我？"

"我寻小四哥去了，人家救了我，还没得到我一句感谢的话。"

"寻到了吗？"金满问。

"有一次碰上了，可我还没说什么，他就急匆匆地骑马走了。不过，他肯定就在巡阅使大人身边，只是我今天还是没看到他。只要巡阅使大人还在这里，我就不愁找不到他。"

"你说的那位小四哥叫什么名字？"

"不知道。"玉虹摇头。

"不知道名字你怎么去找？"

"这个我有办法，哪天我直接去找彭大人，不就能找到他了。今天彭大人的轿子好威风呵，像个真正的大官了。"玉虹说，"在轿子背后还有人喊，说要捉拿一个什么什么，不记得名字了，反正是个姓钱的。"

一小兄弟脱口而出："军师，喊要捉拿的不会是……"

钱文放忙岔开："金壮士，我们还有点事，先告辞。"

钱文放和万安走出金满家院，钱文放见四下无人，问万安："那小女子真是金满的表妹吗？"

万安说："是的。他两兄妹感情很好。"

"她恐会坏事……"

"不行！金满是我兄弟，他表妹即我表妹，怎能伤她？"

"好，好，万壮士讲义气，那就将她'保护'起来。"钱文放说，"你让她消失一段时间，在大事成功之前，不能让她再出现。最主要的是，你没注意到吗，金满这个表妹对救她的那个小四哥，有爱意啊！小四哥是假名或别号，彭玉麟手下有两个须臾不离之人，一为李超，一为赵武，我估摸定是李超。"

万安一听玉虹对那个小四哥有爱意，妒意顿生，对啊，绝不能让她见到那个什么小四哥李超！但又担心地说："金满最喜欢这个表妹，两人常在一起，若金满找她，如何应对？"

钱文放说："我有一计，可令金满行动更快更坚决。至于完成大事后，那就任凭你怎样处置了。我已看出，你比金满更喜欢这位表妹，这不正好给了你一个绝佳机会么？那个小女子，长得倒是真的让人怜爱。"

万安说："她，她岂止是让人怜爱。"

钱文放说："你在这等着，她一出来，你寻机行事。"

在院子里的玉虹要金满的小兄弟们出去，她有话要单独对金满说。那些小兄弟们本就怕了玉虹，赶紧"遵命"。

玉虹问金满："你开始说的那两个朋友，除了我曾见过的什么万安，另一个是不是姓钱？"

金满说："你问这个干吗？"

玉虹说："别以为我不知道，我说彭大人的手下喊要捉拿一个姓钱的。你那个小兄弟就说'军师，喊要捉拿的不会是……'那个先生模样的赶忙打断，说他有事要走。我看那个先生就是要被捉拿的姓钱的，叫钱，钱……钱文放！对，就是钱文放。你那小兄弟本要说出来的是：'军师，喊要捉拿的不会是你吧？'那个钱文放是你们的军师？"

"别瞎想，他不姓钱，是万安喊来的，邀我一起去做笔大生意。"

"那他姓什么，叫什么，你告诉我。再说，万安喊来的人，能是什么好人！"

"怎能这么说我的兄弟。他平时没少送礼给我。"

"他那些钱哪里来的？靠的是狐假虎威，替官府办肮脏勾当得来的。我最看不起那种人。"玉虹鄙夷地说。

"你这么说不把哥也牵进去了，哥可没替官府办什么肮脏勾当的差事。"

"你说万安和他邀你一起去做笔大生意，你这不露了马脚？你会做什么生意？做过什么生意？还邀你做大生意！哥啊，我是为你着想啊，彭大人要捉拿的人，肯定是坏人。你不知道，我在登丰镇见到的彭大人，对老百姓可好了，还救了我。"

"你不是说救你的是个小四哥吗？"

"哎呀，小四哥是彭大人的手下，大人不好，手下人能好吗？彭大人将谭祖纶抓起来了。谭祖纶是什么人，你不知道？"

"万安跟我说，他老母的抚养费，全是谭祖纶供给，他老母有病，谭祖纶格外关照，谭祖纶是他的恩人。他老母就等于是我的老母。就这点来说……"

"万安的话，你能全信？"

"我去万安家见了老母，老母说谭祖纶确实经常派人来看望她。好了好了，不讲这些了。"金满说，"你真要去找那个小四哥？"

"当然啦！人家救了我，我能不感谢？"

"理是这个理。可你说已经碰到过他一次了……"

金满还没讲完，玉虹打断："哎呀，我不是说了吗，碰见他后，我还没说什么，他就急匆匆地骑马走了。"

金满说："见了面匆匆便走，救了人不图回报，确是真男子。你把他的模样告诉我，我也好帮你找找。"

金满寻思，到时候动起手来，以免误伤了救玉虹之人。

"好啊好啊，哥你也帮我找找，找到了，请他到这里来，我做菜，你陪他喝酒。"

金满说要帮着找"小四哥"的话令玉虹满意，她从家院走出。

已近傍晚，玉虹要到哪里去呢？玉虹是还要去找一找她的"小四哥"，她想，上次"小四哥"和王旺正要骑马走，自己不就是突然遇上的吗？这次说不定又能突然遇上呢。初恋少女那颗炽热的心，是相信随时能发生奇迹的。

玉虹边想边走，躲在僻静处的万安看着她走来，心里说道，不能让她发现是我！不能让她知道是我！我不会伤害你，不会，不会……

玉虹快走到躲着的万安面前时，万安拾起一块石头，往玉虹后面扔去。

石头落地"砰"的一响，玉虹吓一跳，不由自主地回身："谁？"

玉虹回身的一刹那，万安跳出，将一块黑布往玉虹头上一蒙，扛起便走。

三　强龙究竟能不能压住地头蛇？

知州隆里和知县肖贵赶到静冈知府衙署，一见着知府禹盛，肖贵顾不上先得由隆里发话的规矩，抢着说："大人，我那个县乱套了。"

"我那个州也乱套了。"

禹盛说："你们那里乱套了，我这里不也同样乱套，你俩先说说，看乱的是不是同一个套？"

肖贵说："谭将军谭祖纶被巡阅使彭大人抓了，谭将军，唉，也不知是不是还该喊谭将军。"

隆里说："是啊，如若他会被治罪，再喊谭将军可就是个不小的问题。如若他没被治罪，没喊谭将军也是个问题，他一被抓，我们就连谭将军都不喊了，他若知道，能放过我们？"

肖贵说："他被抓是在鄙县。鄙县的麻烦可就多了。"

隆里说："你那个县不就是我那个州，你那个县有麻烦，我这个州能撇得开？"

两人同时偷觑禹盛。禹盛不吭声，面无表情。

"他被抓后，可又传出个消息，"肖贵说，"说抓着的是个假的，真的他跑了，跑到京城找关系去了。"

隆里说："是啊，我那个州也传有这个消息。"

"禹大人，你说这消息是真还是假呢？"肖贵问。

禹盛说："是真的怎么样，是假的又怎么样？"

肖贵说："如果是真的，我们是该去帮巡阅使大人贴告示捉拿呢还是不帮？帮吗，他到京城找好关系杀一个回马枪，我们不就完了；不帮吗，巡阅使大人能饶我们？"

隆里说："是啊，肖知县若贴了捉拿告示，我隆知州能不贴？肖知县若没贴，隆知州贴了，岂不是为难肖知县？"

"所以嘛，我和隆知州商议，来请示知府大人，知府大人站得高，望得远，善解乱套，我们听知府大人的，知府大人说如何解这个套，我们就如何解。"

禹盛说："同一个套，同一个套。本知府听到的也是这个消息。你们说，抓到的那个到底是真的还是假的？如若是真的，这事好办；如若不是真的，这事也好办。"

三人围绕被抓的谭祖纶到底是真还是假进行了一番商议。禹盛说具体事件就出在肖贵那个县，要肖贵找个由头去亲眼看看，看看那个谭祖纶到底是真还是假。肖贵说他一个小小的知县，如没有巡阅使大人的召唤、命令，怎么能见到谭祖纶？即便见到了，如何称呼就是个大问题，若是个真的，还喊谭将军，彭大人听见了，他的乌纱帽就休想戴了；若直呼其名，谭祖纶日后出来，他这脑袋只怕都保不住。禹盛说，如若是真的，你就别喊，看一眼转身就走。如若是假的，你当然就不用喊了。肖贵说，不和他交谈几句，焉知是真是假，光看一眼，看错了呢，怎么办？……

这个问题没商议出个结果，隆里小心翼翼地说：

"禹大人，这屋外不会有耳吧？我们这商议的可是机密，不能让下人知道，如若泄密……"

肖贵立即说："是啊是啊，如今这年头，凡事都得注意保密，别说鄙县常有泄密之事，就说知府大人召集通判、经历、知事、照磨、司狱、库大使、仓大使等商议一件要事，还没商议完，外面就知道了。"

禹盛喝道："大胆！竟说到本府的事了。"

隆里说："肖知县说的是实情。本州也如此。这年头，商议事情也就是会商吧，想保密确实不易。"

"当然，我也知道，"禹盛缓和了口气，"从上到下，都是那么回事，开会讲话，你还没讲完，小道消息出来了。座下的人说去撒泡尿，你能拦住不让他去撒？那一撒尿，消息就出去了。噫，这怎么又扯到开会保密去了。"

肖贵说："是我打个比方扯开的，恕罪恕罪。"

"你一说是打个比方扯开的，这倒扯出我一个想法，"隆里说，"假谭的消息，莫非就是巡阅使内部的人传出来的？若是他内部传出来的，那就真的是个假谭。"

肖贵说："彭玉麟，呵，不不，彭大人抓人不可能抓个假的吧，他那两只眼睛，有时看人如同利刃一般，还能认不出真假谭？"

隆里说："这么说是个真的啰。"

肖贵说："这个我又不敢肯定。"

隆里说："说来说去还是搞不清。"

肖贵说："只有听知府大人的。"

"对，对，只有听知府大人的。"

禹盛叹口气："唉，不久前为了贴巡阅使大人要百姓去告状申冤、检举揭发的告示，就被弄得左右为难，不贴嘛，巡阅使大人说要亲自视看；贴嘛，其时尚未得到谭……也就是他的发话。想来想去，来了个只贴大街通衢，不贴穷街偏巷。贴大街通衢，是应付巡阅使；留下穷街偏巷不贴，是好对谭……说话。如今又出了个真假谭。还是那句话，我们两头不好做人。不瞒二位，我倒希望是个真谭，不知你们二位意下如何？若是真谭，那些没贴巡阅使告示的穷街偏巷，立马可派人去贴上，谁知道巡阅使什么时候会来亲自视看？"

隆里立即说："和知府大人的意思一样，希望是个真谭，那样可省却许多麻烦。"

"和知府大人的意思一样，一样。的确可省却许多麻烦。"肖贵立即跟上。

"这碗官饭不好吃啊！"禹盛说，"原来以为巡阅使大人巡阅一阵，就要走的；真谭在这里可是根深蒂固。'强龙压不过地头蛇'。可强龙硬是以迅雷不及掩耳之势，把地头蛇给抓了。抓了好啊，我们可以尽心尽力办理巡阅使大人所交办的差事了啊，谁知又节外生枝，出了个什么真假谭。唉，还是只能观望，观望，以不变应万变。"

"多谢知府大人教诲。谨遵谨遵。"隆里、肖贵齐声说。

禹盛说："今儿个可只有我们三人在这里说啊，如有泄漏，我就唯你们二人是问。"

"大人放心，我俩守口如瓶。"隆里、肖贵又齐声说。

禹盛说："没别的事了吧？"

"打扰大人了。我们告辞，告辞。"隆里、肖贵走出府衙。

一出府衙，肖贵对隆里说："隆大人，我怎么觉得还是没得出个究竟该怎么办的办法啊！"

隆里说："禹大人不是已经说了还是观望观望，以不变应万变吗。"

"这观望观望，若被巡阅使大人追究，至少也是个怠职、不作为之罪啊！"肖贵叹口气。

万安"处理"了玉虹后，和钱文放来到金满家院。

院内无人，房里也无人。

钱文放问万安："门未上锁，怎么无人？"

万安说："金满定是有什么事出去了。他出门从不上锁，历来如此。"

"他会很快回来吗？"

"应该很快会回。他只要不出远门，不会在外耽搁。"

钱文放压低声音："那个小女子藏好了吧？"

"藏好了，无人能知。"

"以后她就是你的了。"

万安说："她性子很倔，还得用计方能让她顺从呢。你有军师之才，帮我想个妙计。"

钱文放说："一办完大事，即帮你想一'鸳鸯共谐'之计。"

"'鸳鸯共谐'，这个取得好！军师真是了不得，计还未出，便先出了计策之名。三十六计里没有这一计吧？"

钱文放说："没有没有，哪里有这么一计，是知你钟情甚深，感动了我的灵思。"

"军师出口便是妙句，不佩服不行。"

两人正悄声说着，金满急步走进。

"金兄回来得正好，"万安说，"我们已探明，明日上午，彭玉麟巡视会经过老虎坳，钱先生已算好他到老虎坳的时间，当在巳时三刻。老虎坳最适宜埋伏……"

金满说:"那地方是个下手的好地方。可我表妹怎么不见了?"

"你刚才是找玉虹去了?"万安故意问。

"是啊,说好她要来的。怎么回事?"

钱文放说:"令表妹没来,不等于不见了嘛,也许到什么地方玩去了。"

"不,她从不失信,说什么时候来就什么时候来。"

"我也知道玉虹是不会失信的。"万安补一句。

钱文放故作忧虑地说:"照此说来,恐有意外,这几天乱得很啊!"

话刚完,一个小兄弟跑了进来,着急地对金满说:"大哥,我到处找你都没找到,你又回来了啊!"

"有什么事还用到处找我?"

"早先我看见玉虹了。"

"在哪里?"

"在离此不远的路上,见她和一个年轻军爷交谈。"

"年轻军爷?"金满疑惑地说,"难道就是她说的那个小四哥?"

"可能是。我见他俩开始还说得好像热乎,可不知怎么地吵了起来,而且越吵越凶,好像是因为玉虹不肯答应他什么事。见此情景,我想过去劝开,可正要跑去时,只见那个军爷不知是扇一巴掌,还是一推,玉虹倒在地上,那人抓起玉虹,横放到马上,策马跑了。我去追,可哪里追得上。"

"那人打了玉虹还将玉虹抓走了?!那还了得!"万安顿脚。

"他往哪个方向跑了?"金满问。

"往江边跑的。"

"不好!"钱文放失声而叫,"那肯定是将玉虹掳到船上或行辕去了。"

"你看清那人的模样了吗?"金满又问。

"看得不太清,但觉他身高臂长。"

"是玉虹说的那个小四哥。可她说小四哥是救了她的好人,怎么会打她并掳走？"金满说，"你没看错吧？"

"玉虹我绝对没看走眼，至于那军爷是不是什么小四哥，我就着实不知。我对大哥可不敢说假话。"

"金壮士，那什么小四哥是个假名别号，据我所知，彭玉麟手下有两个跋扈之人，一为李超，一为赵武，令妹在登丰镇遇见的应是身高臂长的李超，他所谓救令妹之举极有可能是个圈套，见美起心然后来一个救美以获得美人之心。真实情况应该是这样的……"钱文放说，"令妹因为长得漂亮，那天在登丰镇被李超一看见，便心旌摇荡，想着要如何才能勾得到手。此时有差使骑马而来，站在街边的玉虹并未察觉，而马儿所走直线距站在街边的玉虹尚有一人之隔，根本就不会撞到玉虹，李超却趁机猛地冲上前去，将玉虹拉入怀中，马儿正好从他俩身边跑过，玉虹遂以为是李超救了她，感激不已，李超则故意撒腿便走，那是要放长线，好让玉虹去找他。不然，怎么又那么巧地很快被玉虹碰上？"

钱文放略停顿，又说："金壮士，你的这位小兄弟亲眼见令妹被打并被掳走，肯定是令妹在向他表达感谢所谓的救命之恩时，他向令妹提出非分之求，令妹是何等纯洁之人，岂能答应非分要求，定然严词相拒，以致他恼羞成怒，现出本来面目。人心难测啊！"

"金兄，管他什么小四哥、李超，玉虹被打、被掳走已是事实。"万安喊道，"我带人去，将她夺回来！"

"此前表妹还跟我说，救了她的小四哥是彭玉麟的手下人，彭玉麟如果为人不好，手下人能好吗？故此我还要表妹告诉我那个什么小四哥的样子，以免在动手时误伤他，谁知竟是如此一个人面兽心的东西！"被激怒了的金满说，"老子先去宰了他！再找彭玉麟算账。"

金满迈步就走，钱文放喊："此时万万不可！"

万安故意问："为什么？"

钱文放说："李超那厮定是将玉虹掳上了他的船舱或进了彭玉麟行辕，他那里戒备森严，此时这般鲁莽而去，不但救不出玉虹，反会被他尽掳。只要明日伏击刺杀了彭玉麟，对方必然大乱，而后乘乱救人。依我之计，金壮士你明日带人携强弩硬弓，埋伏于老虎坳，见彭玉麟轿子一到，乱箭齐射，彭玉麟必死无疑。我则和万安带人去救令妹，定将令妹送到你手里。"

万安说："金兄，令妹即我妹，我若救不出玉虹，金兄你亲手劈了我！"

"也只好如此了。只是今晚怎么能忍得下这口气。"金满恨恨地骂道，"官匪、强盗！"

金满这么一骂，那个小兄弟心里高兴，钱文放要他说的假话奏效了，答应给他的银子就能到手了。他想，这比跟金满干强得多。

其时，被关在山脚下一独屋里的玉虹已扯掉蒙住头脸的黑布，走到门后，使劲拉门，拉不动；使劲捶门："放我出去，放我出去！"

玉虹的喊声在屋内回响，传到屋外，空旷的四野低沉地、无助地回应：放我出去，放我出去！

四　套中套，计中计

第二天上午，金满带人手执武器肩挎硬弓，从小路往老虎坳潜行，准备伏击彭玉麟。

往老虎坳的大路上，巡阅使的轿子缓缓而行，跟随的是一些衙役。

金满家院里，万安和几个带着刀剑的兄弟正整装待发。

双手撑剑而坐的万安想，他娘的老钱真是足智多谋，眼看着金满有点犹豫了，立马又想出个"表妹被掳"的计策来，不但令金满坚决行动，而且能让我得到玉虹。只要等到金满一得手，我立马去"救"玉虹，将玉虹从那山脚的屋里一放出，我就成了她的救命恩人。太妙，太妙。

万安不禁遐想：

山脚独屋内，玉虹在屋内捶门喊："放我出去，快放我出去！"

门突然"吱嘎"开了。

玉虹吓得连连后退。自己忙喊:"玉虹!玉虹!"玉虹的第一句话肯定是:"万大哥,是你?!"自己则说:"玉虹,我可是找遍了所有的地方啊!"

玉虹便立时扑过来,抱住自己的脖颈:"万大哥万大哥,是你救了我啊!从今后,你要我怎样我就怎样……"

万安揉揉眼睛:"他娘的,我这不会是大白天做梦吧。只是我这个梦很快就要实现了。哈哈。"

到达老虎坳的金满命令小兄弟们:"快,都埋伏好,别出声响,到时听我命令,所有的箭全往轿厢射。"

等了很久,却不见巡阅使的轿子到来。

埋伏的小兄弟们忍不住埋怨起来:

"是不是那个什么军师算错了,轿子没往这里来。"

"是啊,都等这么久了。"……

金满看看天,内心也产生怀疑,那个姓钱的说的是巳时三刻,这已经过了啊!再等等,得耐心。他对埋伏的人说:"不准出声!你们难道忘了吗,钱军师答应事成之后,每人赏银十两。不想要银子了吗?"

一听到赏银,小兄弟们立即说:

"好,好,不出声了。"

"谁不想要银子,没银子咱就不来了。"

在金满家院里的万安也等得有点不耐烦,老钱怎么还不来呢?他干什么去了?

打探消息的一个弟兄跑进,对万安说:"巡阅使轿子果然往老虎坳去了,离老虎坳已经不远。钱军师还真算得准。"

万安问:"护卫的兵丁多不多?"

"没有兵丁,全是些衙役。路上还有人拦轿告状。"

"好,好!你继续去探听消息,这回骑马去,一有消息就速来告诉我。"

万安寻思，都这个时候了，老钱还不到，不是被抓住了吧？他若被抓，给金满那些弟兄们的赏银就得归我出，老子哪有那么多钱？老子不当冤大头，只等金满得手的消息一来，老子立刻去"救"出玉虹，带老母和她远走高飞。

万安正担心老钱是不是被抓了时，钱文放疾步走进。

"老钱你总算来了。"万安迎上，"刚才我的人来报，巡阅使轿子已经离老虎坳不远，而且没有士兵护卫，只有些衙役。"

万安的几个弟兄忙说：

"军师你真是神啊！算得这么准。"

"只有些衙役，金满他们轻而易举就能拿下。"

"军师，那功劳都被金满他们抢去了，我们怎么还不行动？"

钱文放得意地嘿嘿笑："别急，别急，有你们显身手立功的时候。"

钱文放刚说完，突然问万安："你刚才说彭玉麟的轿子已经离老虎坳不远，而且没有士兵护卫，只有些衙役？"

万安说："是啊！我派出去的人看得清清楚楚。"

"哎呀！不好，中计了！"钱文放说，"彭玉麟不带护卫，只带些衙役，他这是故意设的圈套！轿中坐的定然不是彭玉麟。我疏忽了，疏忽了。"

万安说："不会吧，路上还有人拦轿告状呢。"

"定是圈套无疑。快，去叫金满撤回。"

"来不及了。"万安说，"金满那里可能已经动手了。"

"金满可能全军覆没。这……这……"

万安急问："这怎么办？"

钱文放勾头转圈，忽地立住，盯着万安："这也无妨，反为妙着。彭玉麟不在轿子里，此时定然正坐在行辕等好消息，毫无防备。他的主要兵力、注意力都在老虎坳，行辕必定松懈，你可趁机潜入，将彭玉麟刺杀。"

万安说："老钱你堪比诸葛孔明啊，这叫什么来着，计中计，声东击西。"

万安的几个弟兄齐声说:"我们跟大哥一起去!"

钱文放说:"不可,人去多了反而会被察觉。"

"你们在这里听军师调派。"万安说完,纵身而出。

巡阅使轿队进入了金满伏击圈。

"对准轿厢,放箭!"金满一声令下,乱箭朝轿厢飞去。

轿队"衙役"立即伏倒在地。

放箭的突然都惊愕不已:箭射到轿厢只听得"当当"响,全往下落。

一人朝金满惊喊:"大哥大哥,那箭怎么都射不进去?"

正以剑指挥放箭的金满放下剑,将自己那张非同一般的硬弓拉成满月,对准轿厢一箭射去,仍然是"当"的一声,落在地上。

轿厢门推开,赵武跳出。

金满见猛地跳出来一员猛将,大吃一惊。

赵武哈哈大笑,以手抚轿,喊道:"贼寇,知道我这是什么轿厢吗,老子这是铁箱。"

赵武将剑一挥:"给我杀啊!"

"衙役"们顿成久经沙场的士兵,呐喊着朝金满等冲去……

金满仗剑直迎赵武。

赵武说:"看来你便是头头,报上名来,老子不杀无名之辈。"

金满不答,挺剑便刺,剑剑凶狠,赵武一边招架一边说:"你这人还有些功夫,但为何剑剑如此狠毒,巡阅使彭大人说你们是受人蒙蔽,听人唆使,要我不伤尔等性命,你再如此,我就不客气了。"

"少啰唆,你们官府的话有几句是真话,全是哄骗,今日不是你死就是我活!"

赵武一边挡剑一边思量,此人大概是上官府的当上得太多,连我们彭大人的话也不相信了。我倒要让他信一回真的。

赵武的剑突然变招,剑剑直取金满要害,但仅点到为止。

金满一边忙于招架,一边大喊:"你要杀老子就杀个痛快,何必这样!老子和你拼了!"

金满全不顾挡剑，只是拼死相搏。
　　"你是想拼个同归于尽啊，我可不想死，也不能让你死，你若死了，我怎么向彭大人交代？"
　　赵武卖个破绽，金满用力过猛，一个踉跄跌倒在地，赵武一脚将他的剑踢飞。
　　两个军士欲捆金满，却被金满就地打到一边。
　　赵武的剑横压着金满的喉管。金满反以喉管去就剑刃。
　　赵武忙将剑挪开："看来你是条好汉，你已无剑，我若用剑也不算英雄。"
　　赵武将剑扔给一军士，喝道："你起来，起来，站稳了来和我打。"
　　金满一个"饿虎扑食"，扑向赵武，赵武闪开，喝令军士："你等不得相助。"
　　金满说："只要你我两人相搏，你若能赢我，我便服你。你若输了，得依我一事。"
　　"什么事？"
　　"将我的弟兄们全都放了。"
　　"一言为定。先通名再斗。我叫赵武，你叫什么？"
　　"金满。"说完便是狠狠一拳。赵武架住。
　　金满剑术不如赵武，但蛮力颇大，拳法凶猛，起初似乎略占上风。赵武激他："金满你不过是程咬金三板斧罢了，还有什么，快使出来。"
　　金满大怒，只顾拳拳进逼。
　　赵武趁他下三路空虚，一个飞脚，正中金满左膝外侧，金满哎哟，痛苦单腿跪地。
　　赵武说："起来，起来再斗。"
　　金满挣扎欲站起，但刚一站起又痛苦跪下。

　　万安混在人群中往行辕方向而行。
　　行辕渐近，行人开始减少，万安折身往另一小道，很快不见了人影。

独自端坐在巡阅使行辕里的彭玉麟，手捧所写奏章，念道：

"……防江必须防海，两江、两广、闽浙、天津海防打成一片，则外侮自难兴患。"

接着换另一奏章："……将才宜慎选，积习宜力除，军政宜实讲。"

彭玉麟放下奏章，沉吟："长江利弊承清问，薄海筹防敢直陈。"

潜入行辕的万安见彭玉麟独自端坐于案前，心里暗道："老钱真是神机妙算，彭老倌子果然在等老虎坳的好消息。我只要一剑，便能杀了他，一杀了他，便能得到一大笔钱，有了这一大笔钱，便可安置老母晚年无忧，带着玉虹去江陵过好日子了。玉虹玉虹，你还得在那黑屋子里委屈一时……"

万安正欲动手，忽听得彭玉麟朗朗而诵：

赋性髫龄便笃纯，岂因老大敢欺人；愧无广厦能容客，愿布金沙普济贫；污吏贪官仇欲杀，贤人君子敬如神……不敢为官知憨拙，勤于治事怕因循；文章学问终惭我，功业勋名愿让人……

这是彭玉麟年轻时所作的明志诗。万安只听清后面几句，觉得好笑，他竟然还在说什么"贪官污吏仇欲杀，贤人君子敬如神"，还"功业勋名愿让人"，却不知死期已到！彭老倌子，你到阎王爷那里可别怪我。

万安忽地跃出，挺剑便朝彭玉麟刺去。

彭玉麟略一躲闪，万安刺空。万安手中剑顺势横扫，彭玉麟又躲过，两人眼光猛然相撞，一盯着万安那犀利含有杀气的眼光，彭玉麟便想到了在登丰镇看着他的眼光，当即喝道："万安！你我在登丰镇见过，忘了吗？此时还不就擒！"

万安一怔，旋即朝彭玉麟又是狠狠一剑，但听得"当"的一声，万安的剑被刀砍得一震，险些脱手。

李超站在万安对面。

"万安，还记得我吗？咱俩在你主子的将军府可是交过手，你屡屡助纣为虐，真要一条黑道走到头吗？快快跪下求饶！"

"跪下！"四周军士齐喊。无数长枪直逼万安。

万安环顾四周，他想到的是："我得杀出去，倘若被擒，玉虹关在那屋里会被饿死。"

万安奋力拼杀，被李超的刀缠住。一军士一枪刺中他的腿。李超对他手中的剑加一刀，剑落地。

万安站立不稳，跌坐在地，大腿鲜血直涌。

万安双手捂住伤口，连连自语："完了完里，老子完了，玉虹也完了。"

彭玉麟说："将他抬下去，包扎疗伤。"

两军士来抬万安，万安突喊："且慢，我有话说。"

"你说！"彭玉麟指着万安。

万安却指着李超："我要跟他讲。"

彭玉麟示意李超听万安讲。李超便以刀指着万安："你有什么话就快说！"

万安说："我是中计，并非败于你。我已无法走动，你得替我赶快去一趟双钩山。"

李超大怒："胡言乱语！竟敢要我替你跑什么双钩山。"

"你且听他说。"彭玉麟要李超将刀收回。

万安说："有个叫玉虹的女子被关在双钩山下一间独门独院的屋里，你不快去，她会饿死。"

"玉虹？！这名字似乎听人说过。"

"她是金满的表妹。"

"金满？哪个金满？你为何要我去救他的表妹？"李超旋即思索，难道是鹰嘴山那个药农金满？

彭玉麟说："待我来问。李超你速去，料他说的不会有假。"

李超领命而去。彭玉麟问万安："你说的这个金满是什么人？"

万安说:"什么这个金满那个金满,总之也是要取你性命之人,只是也中了你的计。彭老倌子,你太厉害,你这才是真的计中计,死在你手里无憾!"

彭玉麟说:"你喊我彭老倌子,你是湘人?"

万安说:"是湘人又怎样!"

彭玉麟看着他的伤腿,命令军士:"抬下去,先疗伤再说。"

领命而去的李超纵马疾驰,来到双钩山脚下,果见一废弃的独门独院。

李超从马上跳下,走进院内,只有一间屋子门上挂着一把大锁。

李超拔刀,一刀将锁砍开,一脚踢开门。

屋内黑暗,从外刚一进入的李超什么也看不清。

李超喊:"有人吗?"

传来轻微声音。

"是玉虹吗?"

"你,你是谁?"玉虹已虚弱不堪。

"我是巡阅使彭大人麾下李超。"

适应了屋内光线的李超看见了蜷缩在角落的玉虹,上前欲扶。玉虹看清了李超:"你,你是小四哥!"

李超还没反应过来,玉虹一把搂住李超脖子,嘤嘤地哭了起来。

李超忙拉开玉虹双手,玉虹软瘫在地。

李超说:"你,你能走动吗?"

玉虹未答。

"我去给你找点水来。你先喝口水。"李超从屋内找到一破碗,出外,见一小溪,从溪中舀上水端回。

喝水后的玉虹说:"小四哥,你,你叫李超,又是你救了我。你怎么知道我被关在这里?"

李超说:"先别多问,我带你去彭大人那里。"

李超欲扶玉虹走,玉虹迈不动步子。

李超略一迟疑,忽地将玉虹托起。

李超长臂托着玉虹走出黑屋。

马儿"哒哒",似为玉虹庆幸。

彭玉麟命令将万安抬去疗伤、清理行辕后,又命人"请出"刘维桢。彭玉麟拉着刘维桢的手,说:"刘提督,此次暂不审谭祖纶,请你与我合审几个你也许不熟悉的人。审完这几个人,你就可回提督府忙你的事去。让你在此操心了两天,不好意思。"

"哪里哪里,这一则是本职应当,二则李总督特意吩咐我多多协助。"

彭玉麟和刘维桢坐下。彭玉麟喊道:"带曹康!"

曹康一被带上便自行跪伏在地:"二位大人,不用审我都全部招供,在碰上赵武将军时我就说要把所知道的悉数相告。"

"现赵武不在,你就向我和提督大人'悉数相告'吧。"

"是,是!两位大人,容我从头细说,谭将军,不,不,谭祖纶奉提督大人贵使杜贵所传出营,上了巡阅使大人船后,是钱文放要我带一队人装扮成渔民百姓,埋伏于巡阅使船周围,还说发现情形不对,要我立即杀上船去,他随后带人接应。我带领人走到半路,便下令原地不动,并未按钱文放所说行事。赵武将军一来,我就命令统统放下武器。这个赵武将军可以证明。"

彭玉麟说:"钱文放系一幕僚,他能指挥于你?"

曹康说:"谭祖纶临走之时,令我等都要听从钱文放的调派,故不能不按钱文放的话行事。我素与他不和,意见相左,曾多次提醒谭祖纶,说钱文放是阴险小人,他便趁此机会,故意让我冒天下之大不韪,好让巡阅使大人杀我。我知道这是钱文放的借刀杀人之计,所以在半路就断然终止他指派的行动。"

刘维桢听曹康这么一说,心里寻思,这等事情发生,我不说几句狠的不行了,便拍案问道:"你既知钱文放是借刀杀人,为何还要带人前来?"

曹康说:"提督大人,这就是我的苦衷啊!若全不按钱文放所指派,那就有违谭祖纶之令,谭祖纶岂能饶我。我只有带人佯装而来,却于半路终止，才能既不得罪谭祖纶，又不会冒犯巡阅使大人。我只有这个死里求生之策啊！"

"我再问你一句，你若有半句不实，本提督立即将你正法！"

"是，是，我已到了这个地步，只求保命不死，哪还会有半句不实。"

"我问你，钱文放要你带兵行事，是不是谭祖纶授意？"

曹康说："这一点我以脑袋担保，还有其他在场的可以作证，谭祖纶只吩咐我等听从钱文放的调派，未说半句其他的话。至于他是不是在暗地里授意钱文放，那就不知道了。"

刘维桢松了一口气，只要没有谭祖纶授意的证据，谭祖纶就难判死刑。也只能想办法保他不死了，刘维桢遂对彭玉麟说："彭大人，我的问话完了。"

"好，刘大人问完了，我也就不必问了。带下去。"

曹康被带下后，赵武进禀："大人，老虎坳伏击巡阅使轿队的全部抓获，已带回来了。为首的叫金满。"

"带他进来。"

金满一被押进，彭玉麟一看，果真是鹰嘴山那个"药农"。

军士对金满喝道："跪下！"

金满说："我这双膝盖只跪父母，可惜父母早已亡故。"

军士欲踢金满膝窝使其跪下。彭玉麟止住："你说只跪父母，此话也无错，父母既已亡，不跪也罢。你且抬起头来看看，可记得曾见过我？"

金满不由地抬头，看着彭玉麟，疑惑地说："我曾见过你？我什么时候见过你！"

彭玉麟说："真不记得了？你再仔细看看、想想。"

金满说："不用看也不用想，我金满从不和当官的打交道，当官的没一个好东西。"

彭玉麟说："我给你提醒提醒，可还记得鹰嘴山！"

"鹰嘴山？！"

"没错，鹰嘴山！有个药农，采药时不小心摔伤，看似难以行走，他的伤却突然好了，飞快地走了……"彭玉麟说，"这下该想起来了吧。你送我的那块红布，我还保存在这里呢。"

彭玉麟拿出所送的三角红布："我得感谢你啊，有了你送的这个'护身符'，后来果然一路无事。"

"你，你是那个……"

"对啊！"

"唉——"金满长叹一声。

彭玉麟说："我猜你此时叹气的心思，绝不是后悔在鹰嘴山放过我。"

"我金满从不对老人下手！"

"你不但不对老人下手，对孝子孝女孝媳妇也不下手，你曾说过，若抢了他们的东西，被人讲白话骂都会被骂死。"

金满惊愕地说："这些，你怎么知道？"

"我还知道，你已没有老父老母，可对别人的老父老母格外孝顺。"

"你，你，你竟然调查过我？！"

"调查嘛，谈不上，但凡人做过的事，无论好事坏事，不可能无人知道。"

"少扯这些淡了，今日既已落入你手中，要杀要剐，随便。"金满将头偏到一边。

彭玉麟说："想死也不是那么容易的，得看你犯到哪一条。我且问你，为何要在老虎坳伏击轿队？"

"你们官府卑鄙无耻，为什么要抓我表妹，她在哪里？"

讲义气的金满，到此时还不愿连累万安。

赵武一听，怒道："胡说！什么抓你表妹，谁要抓你表妹！"

彭玉麟示意赵武息怒，说道："你表妹名叫玉虹，是那个小四哥、真名李超之人在登丰镇救下的姑娘吧？"

金满说："是叫玉虹，但你们在登丰镇不是救她，而是设下的一个圈套。"

"喔，这是谁告诉你的？"

"钱文放为我破解的,他是军师,会掐会算会破解。"

"呵,钱文放又成了你的军师,他还是万安的军师。"彭玉麟说,"如此看来,说你表妹玉虹为我们掳走,老虎坳设伏,万安来此行刺,都是钱军师的计谋喽。"

"快说,是不是谭祖纶安排你于老虎坳设伏?"刘维桢故意问道。

"什么谭祖纶,"金满说,"是钱军师安排的,可那万安来此行刺,我怎么不知?难道是我在老虎坳,他就到了这里?"

彭玉麟说:"不错,你们的钱军师安排你去老虎坳后,断定这里空虚,派万安趁机行刺。可叹啊,你做了他的牺牲品尚且不知。"

"废话少说,我表妹现在哪里?如果不是为她,我也许不会去老虎坳中了你们的奸计。"

彭玉麟说:"你放心,待会你就能见到你的表妹了,到底是谁抓她,你问她便知。你表妹和你见面后,便能回家。至于你能不能和她一同回家,那就得看你是否如实交代、改过自新了。"

金满说:"只要我表妹无事,我任凭处理,还是那句话,要杀要剐,随你!我若皱一下眉头,也不算好汉!"

"好一个表兄对表妹之情。"彭玉麟旋对赵武说,"你去看看李超接他表妹来了没有,若还未到,派人往双钩山去接。"

"哼,又当着我的面说假话。"金满根本不信。

此时刘维桢寻思,这个金满所说又全是钱文放之为,未牵涉到谭祖纶,我得抽身了,遂对彭玉麟说:"彭大人,这审案审到了表兄表妹之事,我在此似乎已不宜……你看……"

彭玉麟说:"刘大人是挂念提督府事情太多吧?"

"是啊是啊,恐怕又堆积一大批公文了。"

"刘大人那就请回,我派人送你。"

刘维桢说:"不用不用。"

"那么我就送你到行辕外吧。"

赵武陪同彭玉麟送刘维桢到行辕外。刘维桢说:"彭大人留步留步,案犯还在那里等着呢,我只是还想对彭大人说一句,不知该说不该说？"

"刘大人请说。"

"对罪犯可不能存妇人之仁，该严办的，必须严办！"刘维桢以严厉的口气说。

"刘大人说得对，该严办的必须严办。但我也不瞒你，我是要向朝廷参劾你一本的。"

刘维桢心中一惊："彭大人这是开玩笑吧，要参劾我？！我有什么可参劾的？"

彭玉麟说："我是明人不说暗话，非参劾你不可！至少参劾你一个对谭祖纶不察之罪。"

"彭大人开玩笑，开玩笑。告辞，告辞。"刘维桢故作镇定地说。

"刘大人走好，走好。"

刘维桢一走，赵武不解地问："大人，你既要参劾他，怎么还直接告诉他？他一回去，定是商量对策，大人岂不被动？"

彭玉麟却答非所问地说："刘维桢是陆路提督，谭祖纶只是在他所辖范围，要彻底整顿长江水师，水师提督才是最要紧的啊！"

第十章 沆瀣一气

一　过生日不准"声张"

长江水师提督府其时设在安庆，提督为黄翼升。

这天，中军副将周国兴走进提督府便喊："干爹，干爹！"

"嗬，国兴来了。"

"国兴特来给干爹拜寿，祝干爹寿比南山，福如东海。"

"今天是我的生日，是我的生日吗？"黄翼升说。

"干爹只顾操劳军务，连自己的生日都忘了。"

"呵，呵，今天还真是我的生日啊！"黄翼升似乎这才想起。

周国兴说："干爹忘了，孩儿可没忘。"

"好，好，我没白认你这个儿子。孩儿快起来，快起来。"黄翼升说，"国兴啊，你这一来给为父拜寿，倒让为父想起来了，前些日子，你提醒为父，说我的生日临近，是否该摆宴庆贺。我当时便叮嘱：如今正值国家励精图治之时，况且边境不宁，西北隐患尚在，台海形势紧张，日酋还扬言要沿水路内犯，我身为水师提督，怎么能为自己的生日铺张……"

"干爹是这样训示孩儿的。"周国兴低头恭敬地回答。

"所以，我要你替为父严守这个'秘密'，不得让他人知道。如若他人知道，那送礼的、道贺的，不知会有多少，别说此时不应庆寿，就是那些个接待，也够烦人的。"

周国兴说："没有告诉他人，没有，一个人都没告知。"

黄翼升说："这就好，这就好。你知道为父最烦那些个排场。"

周国兴说："干爹一心为国，一心为长江水师，堪称当世楷模。"

"你去忙你的吧，为父已领你的心意。"

"是，孩儿告退。"

一离开黄翼升这个干爹，周国兴立即变了一个人。他走入自己的秘密居所，独自发笑，有趣有趣，我的个干爹，黄大提督，我竟称他一心为国，一心为了长江水师，堪称当世楷模，哎哟，笑死我了，却又只能憋到这屋子里才能笑。

周国兴止住笑，他要我不得将他的生日告知他人，他的心思我还不知道？不过，我确实没有告诉他人啊，我这说的是真话啊！

数日前，周国兴就约了水师二营营官周凯，说要请周凯吃饭。

周凯姓周，当然可说是周国兴的家门，但他自己说是周国兴的亲戚，一听说周国兴要请他吃饭，便知是有"要事"交他去办，当即带了副营官封锡、邬柄前往酒楼。

一进酒楼，周国兴已坐在包间。周凯忙说："哎呀周将军，怎敢烦劳周将军请客。"

封锡、邬柄也忙说："周将军请客，不敢当，不敢当。""周将军，应当是我们请你啊！"

周国兴说："咱们多日没在一起了，小聚小聚。"

这一小聚小聚，开场白自然便是三位下属先后向上级领导表示千恩万谢，说周将军日理万机，还从百忙中抽出时间来关心我等……接着说周将军是黄提督黄大人的左臂右膀，有周将军辅佐，才有水师今日的兴旺……

周国兴说："我们都是黄大人的部下，理应为黄大人竭尽全力。光靠我一个人有多大能量？"

"周将军谦虚。周将军说得好，我们都是黄大人的部下，理应为黄大人竭尽全力。"

"我等向周将军学习，定为黄大人竭尽全力。"

"行了，不说这些了，店家，上酒上菜。我们边喝边聊。"周国兴说，"小聚嘛，咱们不受拘束。"

酒菜上桌，但只有一壶水酒、几碟普通的家常菜。

周国兴说："黄大人曾有令，当值的不能喝酒，你们几个没当值吧？"

"没当值，没当值，若是当值谁敢来。"

"尽管没当值，我们也不能喝高了，倘若军营突然有事，喝高了怎么应付？军人嘛，还是得以军务为重。"周国兴说，"所以今儿个咱们只喝点水酒。"

"对对对，不能喝高了，喝点水酒最好！"

周国兴说："黄大人还力倡节俭，反对大吃大喝，我们这些头儿，也当身体力行，所以我只点了几个家常菜。"

"理应节俭，理应节俭，家常菜好，好。"

"周将军想得周到，且正对我的口味，我就只喜欢吃家常菜。"周凯尽管自称是周国兴的亲戚，这营官也是周国兴一手提拔的，但这酒楼他是暗地里的老板，只点几个家常菜，酒楼怎么赚钱？他原想着能来一桌大菜，尽管这买单得由他买，但可公款报销，招待上级。不过也无碍，过后要酒楼开一桌大菜的单子便是。

周国兴说："那咱们就开吃开喝。来来来，随意随意。"

周凯第一个举起酒杯："周将军，我先敬你，咱们在这里只说真心话，我得先跟你说说，说错了可别怪我。"

"只管说，只管说。"

"周将军，我能有今天，靠的是你提携，所以这第一杯酒，不能不先敬你。我先干为敬。"

"周将军，我之所以能'进步'，也多亏了你。""周将军，你给我的恩惠，我没齿不忘。"封锡、邬柄赶紧跟着举杯。

"好好好，同饮同饮。"周国兴喝完，放下酒杯，"我说过不要提这些，你们怎么又提起来了？怎么能归到我的名下？那全是黄大人的恩惠。"

周凯说："咱得有一句说一句，如果不是你周将军，黄大人能知道我们，能提拔我们？"

"对对对！没有周将军，哪有我们的今天。"

"都是兄弟，都是兄弟，彼此照应。"周国兴说，"喝酒喝酒。"

才喝完一杯，周国兴突然故作神秘地说："哎，我知道黄大人的一件重要之事，但他不准我说。可我不说出来嘛，心里又不好受。"

"这个，这个，你就别憋在心里了，说出来心里就舒服了。"

"我们都是你提拔的，跟我们说说无妨。"

"周将军，还是说出来的好，我们定为周将军保密。"

"你们可不能说出去啊！"周国兴叮嘱。

"不说不说，绝对不说。"

"保证守口如瓶。"

"用铁棍也撬不开。"

"唉，还是别说，以免有忤黄大人的叮嘱。"周国兴又卖个关子。

周凯想，有什么鬼重要之事，又来糊弄，我还不知道你肚子里的弯弯？但若不替他圆场，这喝下去的水酒他会要你吐出来，便说："让我猜一猜，周将军，看我能猜出来不？"

周国兴说："你猜猜倒是可以，猜对了，我多喝一杯。"

"要说近期的大事么，"周凯装作思索后，说，"依我猜啊，是不是黄大人的寿辰快到了？"

"我可没说，我可没说啊！黄大人只说如今正值国家励精图治之时，况且边境不宁，西北隐患尚在，台海形势紧张，日酋还扬言要沿水路内犯，黄大人说他身为水师提督，怎么能为自己的生日铺张……况且，黄大人最烦那些个排场。"

周国兴刚一说完，三位正副营官立即同声："周将军，黄大人是一心为国，一心为长江水师，堪称当世楷模。"

"他娘的，他们也会说这句话。"周国兴心里想着，端起酒杯，对周凯说，"你猜对了，我只好把这杯酒干了。"

周国兴一口喝完杯中酒，将酒杯口朝下一亮："提督黄大人的大寿被你们猜对了，你们可别告诉他人啦。黄大人之所以不让我说出去，就是为了免去那些收礼接待之麻烦。"

"知道知道，不会告诉。"

"周将军放心，绝不走漏风声。"

"周将军吩咐了的，我们能不照办？"

"好，能照办就好。你们慢慢吃，我得先走一步，恐我干爹又有事唤我。"周国兴说完就起身。

周国兴一走，周凯就说："他这明明就是要我们送礼，要我们告诉他人。"

封锡说："还要我们别忘了。"

"这么个'大事'我们敢忘吗？"

"黄提督今年是第几次过生日了？"周凯又问。他是正营官，和副营官们说话的口气就是老大的口气了。

"至少已有四五次了，他夫人过生日，儿子过生日，女儿过生日，外孙过生日……全得送。"封锡这副营官排在邬柄前面，所以老二得在老三前面说。

老二说完老三得说，邬柄就说："送就送吧，不送能过得了这个坎？反正我们送的也是别人送给我们的，送了不愁收不回，只是……"

"只是什么？还有不敢说的啊？"这自然是老大周凯的话。

"他夫人过生日，咱可直接送给他夫人；儿子嘛，可以直接送给他儿子。这若是直接送给黄大人，他又真的说过不收礼金的话。"邬柄才被提拔不久，有些套路还不懂。

周凯立即说："傻屌，谁要你直接送给黄大人，送给周国兴就行了，他是提督的干儿子。提督不出面，全由他操办。"

邬柄忙说："对对对，大哥，我到任不久，还不太熟悉这些个礼数，以后请多指教，多指教。"

很快，水师各营送的礼物都到了周国兴的密室里。

周国兴看着屋子里的礼物，从抽屉里取出厚厚的一沓银票："黄大提督又要大发一笔了。我得留下些'手续费'。"

周国兴从银票中取出一张，看看面额："这张得由我留着。"又取出一张，看看面额："这张嘛，我留着合适。"……

选完给自己留下的银票，周国兴打量着那些礼品。一边翻看，一边说："得看看有没有老子感兴趣的。"

周国兴选出几件后，说："黄大提督，我的个干爹，余下的可全是你的了。你的储藏室早就装满了，又来这么多，往哪里放呵！"

周国兴做出没地方放了的无可奈何状，忍不住笑："我这真是淡吃萝卜咸操心，呵，不对，是咸吃萝卜淡操心，还操心他有没有地方放。可到底是淡吃萝卜还是咸吃萝卜呢？"接着他得意而又戏谑地反复念，"淡吃萝卜，咸吃萝卜；咸吃萝卜，淡吃萝卜……"他蓦地喊道："黄大提督啊我的个干爹，待会我得去你家，真正地给你拜寿了。"

二　如此巡逻

长江宽阔的水面上，水师一营一艘兵船在转着圈儿。

这是正在执行任务的兵船，但兵船上的士兵却像在观风景。

新兵阿发问坐在身边略年长的士兵："老哥，咱这是在干什么？"

"巡逻啊，例行公事。"

阿发不解地说："巡逻就这么转圈儿啊？！"

"巡逻巡逻，'巡'就是走一走、看一看，'逻'就是箩筐的'箩'，箩筐是圆的嘛，所以我们的巡逻就是转圈儿。再说，咱不转圈儿还有什么可干呢？这年月，又没打仗，没什么可巡可逻的。"

"那要是真的打起仗来呢？"

"怎么，你还盼着打仗啊！"略年长士兵说，"真的打起仗来，最先死的就是你们这些新兵。"

阿发说："所以我寻思，我们这些新兵，还是得像真的打仗那样训练训练才好，免得一上战场先送死。"

"像真的打仗那样训练训练？谁来训练？"

"不是有将官老哨勇吗？"

"将官倒是不少，老哨勇嘛，就没有几个喽。"略年长的士兵眯缝着眼睛，看着宽阔而又寂寥的水面。

"老哨勇怎么没有几个了呢？"阿发愈发不解。

"都被裁掉了。"

"怎么会被裁掉？"

"爱顶撞将官。"

阿发想了想，说："爱顶撞将官也是不对呢。"

"你知道什么，"略年长的士兵斥道，"那些新提拔的将官，有几个真正上过战场？有几个晓得打仗？可他们有关系啊，关系硬啊，还有叮当响的送啊，他们当上将官，那些老哨勇会服？能不顶撞？可你顶得过吗？人家不把你裁掉，他怎么发号施令？怎么当将官？老弟，别看我只比你大这么几岁，我也可称为老哨勇，老子当年……"

"你这个老哨勇怎么没被裁掉？"阿发忍不住问。

"我嘛，比他们灵泛，老子会见风使舵，所以大小还是个巡逻队的临时队长。"

"怎么是临时队长？"

"不巡逻就不是队长了啦！虽说老子当不上将官，可老子会糊弄那些'二百五'，你看，咱们这巡逻，多省事，等于兜风。"

"若是有将官来检查，怎么办？"

"真有来检查的，咱一看就知道，咱这船，早躲得让他们看不见了，再向他们开去时，可就是严格执行任务喽，还装模作样要去检查他们。"

"老哥，这我就不明白了，你怎么知道来了检查的将官？"

"那些傻蛋，一来就坐他们的'特号'，还能不一眼看出？再说了，他们一般不会来，懒得来，他们相信自己的部下嘛，是他们治军有方、管理得当嘛。"

"原来是这样啊！"阿发似乎明白了。

略年长的士兵说："嘿，老弟，我跟你说的这些，你不会去告密吧？"

"不会不会，我有几个脑袋敢去告密。"

"我之所以敢跟你说这些，是我不怕你去告密。你再说一遍，你会去告密么？"

"哎呀，我不会去告密，我绝不是那样的人！我跟着老哥这么兜风，有福不会享啊！"

"这就对喽，以后你就跟着我，包你不会吃亏。"

"我听老哥的，听老哥的，老哥要我干什么我就干什么。请问老哥贵姓大名？"

"什么贵姓大名啰，你喊老哥就得了。"

"老哥本是老哨勇，我最敬佩的就是老哨勇，喊你老哨勇行不？"

"老哨勇喊不得，犯那些将官的忌。"

"那我就喊老哨。"

"喊老哨倒可以，你也蛮灵泛嘛。"

阿发笑起来，笑着笑着，突然指着前方："哎，老哨，你看，那边来了兵船。"

一艘兵船缓缓而来。

老哨说："接班的来喽，咱该回去吃饭、睡觉喽。"

三　代表提督大人来征求意见

周国兴走进提督府，这回是真有公事禀报。

"干爹，彭玉麟任长江巡阅使，听说已巡阅到了忠义营。"

"嗬，到了忠义营。"

"干爹早就知道嗬。"

"能不知道吗？"

"他这一巡阅，会不会对干爹不利啊？"

"胡说，彭大人、雪帅原本是长江水师提督，他卸任后由我接任，我俩的关系，堪比兄弟。他乃兄长，我为小弟。"

当年接任水师提督的事，闪现在他眼前：

"雪帅，你这一离开，水师提督这一重任，我可有点难以担当啊！"这话，他当时不得不说。

彭玉麟说："朝廷既然将长江水师交付于你，自然是对你的信任……"

"还得感激雪帅的提携。"

彭玉麟却说："我可没提携于你。"

"雪帅过谦过谦。"他心里想，人说此人直率，竟直率如此，我说些客套话，他连客套话都不回。

彭玉麟接着说："在我离开之际，有一点，得叮嘱于你。"

"请雪帅指点。"

彭玉麟说的是："长江水师，久经战阵之老哨官、老兵勇尚多，你得善待他们，但又不能让他们懈怠，以他们这些中坚力量，培养新生力量，长江水师战斗力方能不断增强。"

"谨记谨记。"

"此外，为帅者，励精图治，以身作则，廉洁奉公，就不用我说了。愿黄提督别辜负朝廷的信任就好。"

这话，能不让他心里反感？他便说道："这些，何需老兄提醒，黄某日日自省，若不励精图治，何以壮大水师；若不以身作则，廉洁奉公，何以治理水师。"

"你这样一说，我就放心了。咱们后会有期。"

这是彭玉麟临走的最后一句话。当时他就想，彭玉麟要我善待老哨勇，想得倒好，那些老哨勇都是他的人，不将他们革掉，不用我提拔的人，我的威信如何树立？再则，将那些老哨勇革掉了又怎么的，长江照样日夜不息，奔流向东，我这水师出什么事没有？什么事都没出，更加稳定。

黄翼升正想着，周国兴问："干爹在想什么？"

黄翼升只是"唔——"了一声。

"干爹，我说彭大人这一巡阅，会不会对干爹不利那话，只是胡乱说一说而已。干爹别放心里去。"

他这话是在提醒我，得防着彭玉麟的巡阅，这个干儿子不错，时时为我着想，我将他破格提拔为中军副将，还真没白提拔他。黄翼升心里这么想，说出来的却是一句严厉的话："胡乱说也不行。"

"是，是，孩儿再不乱说。"

"彭大人巡阅长江，必定会来此处。"

周国兴连声应"是"后，黄翼升来了这么一句连傻瓜都知道的话。但他说的不是傻话，而是后面有话。

"是，是，干爹，必定会巡阅到我们这里。"

"对于彭大人的巡阅嘛，我们首先得来个自检。"

"对，对，干爹，我们先得自检。"

"这自检嘛，先得检点我们自己的所作所为，是否有不当之处。"

"先得检点自己的……"这"先得检点"可不能再应"是，是""好，好"，周国兴还没想出该如何回答，黄翼升已喝道：

"国兴。"

周国兴忙答："孩儿在。"

"你乃中军副将，我先问问你，你看自我任职长江水师提督以来，可有什么不当之处？"

这话就好回答了，周国兴立即说："没有，没有。干爹，没有任何不当之处。"

黄翼升严厉地说："此时我问你话，乃是公务，不要喊干爹干爹。"

"是，大人。大人自任职长江水师提督以来，无任何不当之处。"

黄翼升说："我亦自思，自我任职长江水师提督以来，水师安定平稳，的确未出过什么意外之事。"

周国兴说："大人为长江水师夙夜辛劳，掌控有方，安排得当，指挥正确，令出必行，从来没有意料之外的事出现。"

"你这是一面之词。"黄翼升说，"偏信则暗，兼听则明，我还得问问其他将官，听听他们的意见。必要时，还得问问百姓。"

"大人，不如由孩儿……由末将代大人去听取其他将官的意见？"

"为什么要由你代去听取？"

"大人，我是这么想的，大人亲自去听取将官意见，那些将官能不畏惧？能不有所顾忌？有些真实想法就不敢讲出来了。"

"你这话倒也有点道理。"黄翼升说，"行，周将军，你就代本提督去问，要广泛征求意见，啊，得听各方面的意见，不能只听一面之词。得让他们畅所欲言，'言者无罪，闻者足戒'，《诗经》里就有这么句话嘛。是《诗经》里的哪一篇啊？你知道吗？"

"这个这个……孩儿实在不知。"

周国兴这句话是真的，《诗经》里的哪一篇，他能知道吗？他有那个闲心去读什么《诗经》，还得记住？

"又忘了，这是公务！"

"是，是，末将实在不知。还望大人指教。"

"不学无术！"黄翼升说，"告诉你吧，出处是《诗经·周南·关雎·序》。原文是"言之者无罪，闻之者足以戒"。这个都不知道？去吧，以后没事多看看书。"

"我以后一定多看书，多看书。"

周国兴退出后，黄翼升转了一圈，又定了个听取意见的方案：本提督再发个内部通知，要下面以书面意见上呈，可摸清究竟还有多少与本提督不同心的人。

身着便服的周国兴一到二营，就对率队迎接他前来检查指导、敬请他督促教诲的营官周凯说："本将军此次前来，是奉提督大人之命，代表提督大人来听取下属及有关方面的意见，不是来检查指导的，也不是来督促教诲的，这个迎接嘛，就免了，大家散了吧。"

周凯令兵丁散去后，对周国兴说："周将军，请先到里边歇息歇息，再听取……"

周凯的话还未完，周国兴说："什么歇息，你以为我是来玩的吗？去，把那几位喊来，一起到江上去谈。"

"是！末将这就去把他们喊来。末将再调派警卫，以确保周将军的安全。"

"朗朗乾坤，太平时节，在咱自家的地盘上，搞那些干什么，"周国兴说，"你没见我都是便服，这是为了表示亲和。统统便服，咱们好随意而谈，好让你们畅所欲言。"

"是，是，统统便服，到江面去谈，畅所欲言。"

周凯喊来副营官封锡、邬柄，陪同周国兴上了"特号"船。这所谓的"特号"船原本是指挥船，外表加了"伪装"，以防"敌特"发现，舱内摆设舒适，形同游船，专供上司来检查、视察或顺便观景使用。

三位全是便服的营官围坐在身穿便服的中军副将周国兴身边，一边喝茶，一边开始谈公务。

周国兴说："本将军代表提督大人来征求意见，是提督大人要求在巡阅使彭大人来巡阅之前，主动进行一次自检。这是对钦差巡阅使的尊重，更是对巡阅使使命的负责。提督大人再三叮嘱我，要广泛征求意见，得听各方面的意见，不能只听一面之词，得让你们畅所欲言。提督大人说'偏信则暗，兼听则明''言者无罪，闻者足戒'。提督大人饱览诗书，博学多才，他说的是古人的名言，'偏信则暗，兼听则明'，你们应该知道是哪位古人最先说出来的，'言者无罪，闻者足戒'的出处，你们知道吗？"

"这个这个，实在不知道。"

"确实不知道。"

"请周将军指教。"

按级别高低依次而答的三位都知道：知道的也只能说不知道。

周国兴学着黄翼升的口吻："不学无术！告诉你们吧，出处是《诗经·周南·关雎·序》。原文是'言之者无罪，闻之者足以戒'。这个都不知道？以后没事多看看书。"

三人齐答："是是是。"

"本将军代提督大人来听取意见，知道本将军为什么首选你们几个吗？"

"是周将军对我们的信任。"

"是周将军看得起我们。"

"是周将军对我们的器重、关怀。"

"行了,"周国兴说,"还是说说你们的意见吧。"

周凯说:"这个,这个意见嘛,意见还是有的。但……"

"但什么但,有意见就说!"

"周将军硬要我说,那我就只好说了。"

"说!"

周凯说:"我确是对提督大人有意见,提督大人日理万机,夙夜辛劳,全不注意保重自己的身体,长此下去,若积劳成疾,长江水师怎么办?我等怎么办?故,请周将军一定要将我的意见原原本本予以转告。"

封锡一听周凯提出的是这么一条"意见",立即接话:"提督大人确实太辛苦了,不保重身体不行啊!"

"是啊,提督大人一定要保重身体。"邬柄忙跟着说,"周将军也一样,太辛苦了,得注意保重身体。身体若垮了,什么也没了,我等也没希望了。"

三人同时站立齐声:"请提督大人注意保重身体,这是我们众将士的意见,请周将军转告!同时请周将军保重身体,天天健康。"

"好好好,这个意见我一定替你们转告。"周国兴说,"但还要听你们说说军务上存在的问题,还有哪些做得不周到、欠缺之处。"

周凯说:"在提督大人和周将军的统率下,到目前为止,我等实在没发现什么不周到、欠缺之处。日后我等一定多注意这方面的问题。"

"问题总是有的,十全十美是不可能的,人无完人,金无足赤嘛!"周国兴说,"你们再好好想想,好好想想。"

三人于是皆做极力去想状。

周凯对封锡说:"你想出来了吧?你就说一说。"

"没想到什么。"封锡说完,要邬柄说,"你肯定发现了问题,你只管先说。"

邬柄说："我如果想到了问题，我还能不说？在周将军面前，什么都可以说。"

周国兴说："都没想出来，是吧？我告诉你们，不说一些问题出来是不行的，不说一些问题出来，我怎么向提督大人交差？"

无人吭声。

"要你们提意见你们说没有，背后里却又嘀咕，那叫什么？口是心非，口是心非。"

三人齐说："我等不敢，我等绝非口是心非。"

"行啊，你们都不提，都不吭声，我自有办法，喊几个你们的下属、兵勇来问，他们自会讲出存在的问题，他们讲出的问题，首先就和你们脱不了干系。"

周凯说："周将军，那我们就回军营，回军营去喊几个兵勇，问问他们。"

"用不着回兵营，这船上不就有吗？去喊两个来。"

周凯想，这一喊士兵来问，不就会捅出娄子？一捅出娄子，还不得拿我们是问？忙朝封锡使个眼色，要他快想出个拖延之计来。封锡又朝邬柄使眼色。

邬柄很快就想了出来，说："周将军，我倒是想到了一个问题，应该提出来。"

周国兴说："那就先听听你提出的问题。"

邬柄说："我想到了我们坐的这条船。"

"这条船，这条船有什么问题？"

邬柄一说到这条船，周凯立马就想出来了，说："我们坐的这条船，本是一条指挥船，但指挥船一出现，目标太显眼，为了便于隐蔽，故在外面加了伪装……"

封锡立即接话："就以咱们坐的这条船而言，这条船改得好啊，如若真有敌情，能防不测，能蒙蔽敌人，以为里面坐的是游人。"

邬柄说："敌方以为里面坐的是游人，必疏忽大意，我们正好趁其不备，打他一个措手不及。"

周凯说："这个将船伪装的法子，是周将军亲自提出来的，没有周将军提出这个法子,我等不可能谋及。"

周国兴说:"是要你们提现存的不足,以便日后改进,不是要你们提做得好的。"

周凯说:"周将军说以便日后改进,要说这船还需改进的地方嘛,那就是还要做得更能蒙蔽敌人一些。"

话刚落音,舱外一片吼声:"不准动,你们全都被捕了,都他娘的老老实实待着!"

四 "指挥船"突然遇袭

将周国兴、水师二营三个营官全抓获的是水师一营老哨率领的巡逻兵船士兵。

巡逻兵船开到江中心,又转着圈儿。

"这天气,待在江面还是舒服。"一士兵说。

"待在这江面,吹着这江风,我想哼小曲。"

老哨说:"你那小曲就别哼了,哼得人起鸡皮疙瘩。巡逻的规矩还是要的,小曲是哼不得的。"

"不哼小曲我干什么?"

老哨说:"可以扯卵淡。扯卵淡不违反规矩。"

士兵们遂扯卵淡。

新兵阿发突然拉老哨,指着远处出现的周国兴等坐的船说:"老哨,你快看,那艘船是不是你说的'特号'?"

老哨一看:"没错,是'特号'。"

阿发说:"'特号'来了,你快要咱们的船躲一躲啊!"

"躲什么躲。"老哨说。

"你不是说过,如果真来了检查的船,咱一躲,它就看不到了。"

老哨说："那艘船是'特号'没错，但我看它不像是来检查的。"

"它不是来检查的，那是在干什么？"

"谁知道他们在干什么。"老哨说完，想，船上坐的肯定是那些"二百五"，他娘的，"二百五"会享受。

"把老子的放（望）远镜拿来。"

阿发将老哨自制的形同伸缩望远镜但不能伸缩的"放远镜"递给老哨。

老哨以"放远镜"仔细观看，见"特号"船船舱外驾船、服侍的士兵全为便服，便不由得自语："他娘的是有些奇怪，平常那些打杂的还是会穿兵服，今儿个怎么连兵服都没穿？"

"老哨你在说什么？让我也看看。"阿发想要"放远镜"也看看"西洋景"。老哨说："别乱碰。"他以胳膊将阿发的手挡开，继续看。看着看着又自语："对了，那些'二百五'肯定是在船舱内玩姑娘。故而连服侍的都不穿兵服，以免吓着了卖笑的。"

老哨想了想，说："老子今天要替我那些老哨勇弟兄们出口气！老子只说是去抓走私犯。"

"进入战斗准备！快，开过去，搜查那只船。"老哨猛地发令。

"去搜查？那可是'特号'。"有士兵担心。

老哨说："什么'特号'，我说是走私船就是走私船，肯定是只走私船。"

"对对，肯定是只走私船，只是那走私船里，坐的可都是将官。"

老哨说："少啰唆，走私船里都是走私犯。"

阿发说："老哨，是不是先打探清楚……"

"你小子害怕了是不是？有我在，你怕个鸟？出了事老子担当。"

老哨这么一说，士兵们便纷纷说：

"有你队长担当，我们怕个鸟呢！"

"见了'走私犯'不抓，还要我们巡逻干吗？"

"去抓他几个'走私犯',开开荤。"

"开荤开荤,让'走私犯'也给咱爷们纳点贡。"

…………

巡逻兵船便朝"特号"疾驶而去。

十多个全副武装的兵勇从巡逻艇跳上"特号",刀枪直逼着舱内的中军副将周国兴、营官周凯、副营官封锡和邬柄。

舱内人慌做一团。

周国兴吓得哆嗦:"这……这……造反了?哗变!"

巡逻士兵们喊道:

"不准动,我们缉拿走私犯!"

"谁敢动,老子一刀砍了他!"

"你们这些走私犯,总算落到了爷们手里。"

周凯回过神来,说:"什么,你们是缉拿走私犯?"

老哨说:"给我听好了,我们是长江水师一营巡逻队!你们这些走私犯去问问同伙,咱一营巡逻队有铁网之称,想逃过铁网,做梦吧你。老老实实把走私货物交出来,省得爷们去搜。"

封锡一听说是水师巡逻队,胆子壮了:"你们是一营的巡逻队?!知道我们是什么人吗?"

老哨说:"嗬,走私犯还敢如此嘴硬,不知道你们是走私犯还能来抓你们?"

邬柄说:"大胆!长江水师中军副将周将军周大人在此,你们还不跪下。"

"什么,中军副将?周将军?"老哨说,"我在水师一营这么久,怎么没见过?拿身份证明出来!"

"对,拿身份证明出来。统统都得拿出来!"

"想蒙混过关,想从我们水师一营铁网巡逻队手里溜走,休想!快点将身份证明拿出来!"

周凯嘟囔:"在咱自己的水面上,谁还带那劳什子出来。"心里埋怨周国兴,什么统统便服,显示亲和,好畅所欲言,这下碰上了认死理的兵勇。

老哨说："你们都没有身份证明，竟然还敢编造一个周将军，周将军我们倒是听说过，他是我们水师大提督黄大人的干儿子……"

周国兴说："我就是大提督黄大人的干儿子。"

老哨故意打量，将周国兴看过来看过去："你就是黄大人的干儿子周大将军？！我怎么看着不像呢！黄大人的干儿子周大将军我虽然没见过，但听人说过，那可是堂堂正正、威风凛凛，坐有坐相，站有站相，满腹经纶，文武全才，哪里像你这么个窝囊样，一见我们就吓得直哆嗦。如若是真的周大将军，我们这些小兵勇一冲上来，喊抓声一起，他连眼睛都不会眨一下，出手就会撂倒我们三四个。别说我们这小小巡逻队，就是千军万马，他也能杀个七进七出，比大戏台上那个常山赵子龙还要厉害。"

周国兴哭笑不得地说："我确是中军副将周国兴，提督黄大人的干儿子。"

"我还说我是黄大人的小舅子呢！你信不信？拿凭据出来。没有凭据，那就押往中军，请真正的周大将军来辨认，请提督大人来辨认，倒看是真是假。若是真的，我们请罪赔罪，若是假的，提督大人会喝令将你斩了！我们提督大人治军，那就是一个严字，岂能容一个假周大将军。即使是我们搞错了，将真的当成假的，提督大人也不会治我们的罪，因为我们是严格按照水师军律行事。提督大人制定的军律，谁敢违抗！若是不将你们带至中军辨认，我们就是玩忽职守，违犯了提督大人的军律。"

封锡说："你说你们是水师一营的巡逻队，对吧？"

"对啊，我们水师一营巡逻队一贯依法办事、严格执法，我们如果不依法办事、严格执法，提督大人能饶了我们？周大将军能饶了我们？"

封锡说："这样好吧？喊你们一营的营官来，我们认识。"

老哨说："要喊也只能由你去喊，由我派两个弟兄押着。若是由我们去喊，你们就会趁机逃了。"

封锡说："你可以派一个人去喊啦。"

老哨故意问巡逻士兵："你们有谁愿意去喊我们的营官？"

"替个走私犯去喊我们的营官,我才不去。"

"就算去喊,我们营官会见走私犯?我们营官一天到晚忙不赢,抓几个走私犯的事才懒得管。"

阿发觉得新鲜,也故意凑趣:"我倒是愿意去喊,可我不熟悉水路旱路,怕迷路。再则,见了我们营官,他不会信我的话,还会责我擅离职守,将我关进黑屋子。被关进黑屋子,我就出不来了。"

邬柄说:"欺人太甚,他娘的一营闯入我二营的地盘,还……"

"啪",一个耳光扇在他脸上。

"你个走私犯还敢骂娘,来人,将他绑了,扔到江里去!"老哨心里说,"我的老哨勇兄弟们,我总算能为你们出一出那口冤枉气了。"

"别,别,这位兄弟,我还有个法子……"封锡说。

"什么法子,干什么用的?"

"可喊这船上的士兵来作证。"

老哨说:"这船上哪有士兵?都是些和你们一样的。"

周凯说:"他们确是士兵,他们有兵服证明。"

老哨想,这玩意也得见好就收,再玩下去恐连累其他弟兄。便说:"行,要他们进来,验证兵服。"

服侍周国兴等的两个便服士兵被巡逻士兵押着走进船舱。

周凯对自己的士兵说:"这些一营的巡逻弟兄误会了我们,你俩将兵服给他们看看。"

原来这服侍的士兵本是穿着兵服的,周凯要他们换上便服,"以示亲和",服侍的士兵换衣已来不赢,急急忙忙地在外面加上便服,此时将便服一脱,兵服便露了出来。

露出兵服的士兵说:"兄弟,这三位确是我们二营的官长。"又指着周国兴,"这位大人,的确是中军副将周将军周大人。"

"嗨,原来都是真的。这么看来,是我们搞错了,大水冲了龙王庙。"老哨对抓着邬柄的巡逻士兵说,"还不快将这位官爷放了。"

邬柄一被松开,立即扑到周国兴脚下:"周将军,周大人,你可得狠狠惩罚这些不法之徒啊!"

封锡来了威风，喊道："来人，将他们拿下。"

又进来两个便服士兵，但看着老哨他们人多，不敢动手。

周凯指着老哨："先只拿下这个为首的，其他的回你们营去。"

老哨的巡逻士兵皆不动。

封锡喊："怎么，还不动手，将这个为首的拿下！"

便服士兵欲上前抓老哨，见巡逻士兵一个个怒目，还有的已横刀挺枪，又退回。

"你们，你们难道真的反了！"邬柄气急败坏。

老哨对周国兴说："既然你是真的周将军，请问真的周将军周大人，我等严格按照提督黄大人的训令，水上巡逻缉拿走私犯是巡逻任务之一，我们发现疑似走私船只……"

封锡说："你凭什么说这是走私船只？"

老哨说："形似游船，却又停在水面不动，定是发现了我们的巡逻船，正在想法如何应付。"

"胡说，你们以前难道没见过这种船？"

"见虽见过，但以往见的，船上有卫士担任警戒、护卫，今日全无，焉能让人不疑！"

"你们上了船，为何仍不听解释，难道不是目无官长，故意滋事，恣意妄为……"

"你们拿不出身份证件，我们能轻易相信吗？"

"大胆！此刻还如此放肆。本官立即回营调兵去。"邬柄说着就要走。

老哨说："你去调兵，我们就去请提督大人定夺。走啊，去提督府，面见提督大人去。"

"且慢。"周国兴指着邬柄、老哨，"都给我站住！"

周国兴寻思：此事只能冷处理，他们若真的闹到提督府，丢脸的是我们，我那干爹也不好下台，他确是制定了巡逻要律：打击走私要毫不留情、缉拿走私犯不得徇私情、对不明身份的要仔细盘查……

周国兴想着老哨的那句话：即使是我们搞错了，将真的当成假的，提督大人也不会治我们的罪，因为我们是严格按照水师军律行事。提督大人制定的军律，谁敢违抗！若是不将你们带至中军辨认，我们就是玩忽职守，违犯了提督大人的军律。"

周国兴想，这家伙是个二愣子、刺头。我得暂时来个"宰相肚里能撑船"，这不就在船上嘛。

邬柄说："大人，还是由我去调兵……"

"多嘴。"周国兴斥道。

"是，是，请大人吩咐。"

周国兴对三个营官说："我曾说你们不学无术，果然是不学无术。一营的巡逻兵勇如此之作为，正是体现了他们警惕性高，恪尽职守嘛，也正说明提督大人治军有方嘛。倘若各营之巡逻都像他们这样，走私犯还能有机可乘吗？"

"大人，这……"周国兴的话令邬柄大感意外。

周国兴说："给赏！所有参与缉拿的统统给赏。"

巡逻士兵们也感到意外。

"还是周大将军赏罚分明。"

"还是周大人明察秋毫。"

老哨故意说："周大将军周大人英明、英明。周大将军周大人是大人不记小人过，是宰相肚量。我们定将周大将军周大人的英明告诉所有的弟兄。"

"免了，不得宣扬。你们领了赏后，该干什么还是干什么去吧。"周国兴又对三位营官说，"记住了，不得追究他们的任何责任。"

老哨带着人走了后，邬柄对周国兴说："大人，怎么能让他们就这样走了？"

周国兴竟叹了口气："唉——我怎么把你给提拔上来了，硬是蠢得像头猪。他们能让你去调兵吗？他们能不闹到提督府去吗？闹到提督大人那里，有你好果子吃？况且正值彭玉麟要来巡阅之时，此事如果闹大了，几个替罪羊是要抓的，抓的就是你！"

邬柄说："那……那也不要给赏啊！"

"几个赏钱你心疼？"

"不心疼，不心疼，只是觉得不能这样便宜了他们。"

"蠢猪！明日派人去一营一查，不就知道是哪些人了，再慢慢地一个一个收拾。"

邬柄忙说："大人高明，高明。"

周国兴说："那个为首的，别看他年龄比其他人大不了几岁，可能是个老哨勇。"

"大人说得对，肯定是个老哨勇。"邬柄赶紧说。

"如此看来，老哨勇还是没被彻底清除。"

"必须彻底清除，就是那些个老哨勇，专和大人作对。"邬柄又立即说。这些个话，邬柄之所以没按级别顺序来，是他想取代周凯当正职，至少也要将位置排到封锡前面，故在周国兴面前得表现他的紧跟速度比周凯、封锡快。

周国兴说："你们再仔细清查清查，但凡有怀疑对象，立即禀报于我。"

周国兴没说要继续开征求意见会，周凯遂和封锡、邬柄陪着周国兴回营。

快到二营驻地时，周凯说："请周大人进营训话。"

"还去训什么话，今日够他娘的晦气。"周国兴这话一出口，觉不妥，转换了口气，"当然，征求你们意见的这件事嘛，也完成得不错，你们所提的意见都很好，我稍加整理，然后向提督大人禀报，再由幕僚刊印，发给全军，以期掀起一个大家提意见、提建议、出谋献策的高潮，将我水师打造得更好，迎接巡阅使的检阅。"

邬柄这回不敢抢紧跟的速度了，待周凯、封锡依次回答了"大人所言极是"后，才回答"所言极是"。

周国兴说："行了，我得回去了。"

"大人，吃了饭再走。"

"是啊，大人，哪能连餐饭都不吃便走呢？"

"请大人赏脸，让我们也来做个东。"

周国兴说："饭就不吃了罢。"

"饭还是要吃的嘛，大人在我们这里，吃饭也是公务嘛。"

"就请大人在我们这里吃顿公务饭。"

"请大人让我们聊表心意。"邬柄说了这话后,见周国兴还是没表态到底吃不吃饭,发了哈气(方言,意思是傻里傻气),说,"大人,到了我们的地盘,这饭是不能不吃的,吃饭这事得听我们的。"

周国兴立即在心里说,娘的,这是你的地盘?到了你的地盘得听你的?老子立马向我的干爹报告,让你滚回你的"地盘"去。

邬柄前面的紧跟这就算白跟了,抢"速度"抢得太快翻了车,正应了那句"欲速则不达"。

"好好好,就听你们的,吃饭就吃饭,不就是吃顿饭嘛。但我有言在先,就是吃个公务饭啊,节俭第一,节俭第一。"

周国兴这话又使得邬柄误解,以为是他那句话起了作用。

五 虎口滩关卡

长江虎口滩两岸险峻,江水汹涌。

险峻的山像一列紧紧地挤在一起的卫士,守护着长江,透出肃杀之气。

来了一队闯滩的商船。

领头的船如从天边飞下,霎时间就到了虎口滩。

领头的船老大全身赤光,只在下身处缠一条汗巾,双脚分立,手执篙杆,瞅准了那块虎口石,任凭船儿直朝虎口石撞去,就在船儿要撞上岩石粉身碎骨的一刹那,船老大手中的篙杆倏地点出,直抵着虎口石,借助于旋转水流的冲力,嗖的一声,贴崖而过,化险为夷,直入平缓的河滩。

一入河滩,船老大将篙杆往船上一丢,仰面躺下,双手抱臂,眼望蓝天,左脚儿搭到右腿上,右脚儿点着船板轻轻儿敲,自自在在地哼哼呀呀,唱:

过得滩来我好舒畅，
　　闯滩如同走小巷。
　　前面平坦如大街，
　　可有我的冤家倚门旁？
　　…………

　　一艘一艘的商船相继闯过。
　　船队一过虎口滩，船上的人皆欢呼庆幸。
　　一撑船小伙计打断领头船老大的哼唱，喊："老大老大，前面有关卡。"
　　"关卡有什么大惊小怪，那又不是我的事，我只管闯滩。"船老大说，"你去告诉老板，由老板去通关。"说完继续哼唱。
　　小伙计走入舱内，对老板说："老板，前面有关卡。"
　　"有关卡？！"商船老板一听，惊讶地说，"上次从此处过，没有关卡的啊！"
　　小伙计说："那就是新设的卡啰，你快出来看看。"
　　商货老板急急走出，一看，果然新设了一个关卡。
　　关卡上，士兵对着船队喊："靠边停靠，靠边停靠。快，统统停靠！"
　　"要你们老板上岸，其余的待在船上，等候检查。"
　　小伙计对站在船头的老板说："老板，怎么办？"
　　"只有靠岸啦，还能有别的办法？"
　　小伙计忙对仍在哼唱的船老大说："别哼哼唧唧了，关卡军爷命令靠岸，老板说只能靠岸，没别的办法。"
　　船老大爬起，说："正是好走的水路，却又碰上了拦路的，什么军爷，明摆着是打劫，不纳贡休想过去。老板又要损失一大笔了，唉，也不容易。"
　　船队靠岸停泊，停泊处水虽不急，浪花仍一阵一阵拍打着船舷。浪花拍打船舷声中，老板上岸和哨官交涉。这位老板许是急了，开口竟说："你们这是私自设卡。"

哨官说:"私自设卡?我们这可是奉了大将军之命。"

"哪个大将军?"

"这可不能告诉你。"

老板说:"朝廷从没在这里设卡。"

哨官说:"现在可不就设了么?"

老板说:"我们一路而来,已损失了几条船,好不容易到了这里,侥幸闯过险滩,你们还让不让人活了?"

"怎么能不让你活呢?只要交出这个数。"哨官亮出一巴掌。

老板喊:"天啊,你还不如直接要了我的命。"

"没有这个数目,你就待在这里吧。"哨官命令士兵,"将所有的船扣留!"

商船老板是个犟人,一见要扣他的船,对哨官吼出了一句话,就因这句话,哨官忙亲自去找周国兴。

周国兴正由周凯、封锡、邬柄陪着,在距二营不远处的酒店包间吃"公务餐"。

这个"公务餐"可就不但有各种大菜,还有陪酒女,陪酒女给周国兴不断嗲声嗲气敬酒。旁边还有一女子轻抚琵琶,献唱。

虎口滩关卡那个哨官在酒店门前下马,走进便喊:"周将军!"

周国兴见来人竟直接进入喊他,不高兴,说:"你来干什么?不在原岗位守着。"

哨官说:"有要事禀报,不敢耽搁。"说完便示意到外面去讲。

"唉,吃顿饭也不得安宁。什么时候能摆脱烦人的公务就好喽。"周国兴边说边起身,和哨官走出酒店。

二人走到店外无人处,周国兴轻声却又严厉地说:"什么事?跑到这里来找我。"

哨官轻声说:"二舅,我们在虎口滩截住了一队商船,可那老板死活不肯交出那个数。"

这个哨官原来是周国兴的外甥。

周国兴说:"这么个小事也来烦我,我要你守着那个关卡让你吃干饭？"

外甥哨官说："本没有我们制服不了的，只是那老板说，说巡阅使彭大人已颁令，不准私设关卡，违者严惩。他拿出了彭大人的这道令，故只得来请示将军二舅你。"

周国兴说："这彭玉麟还没到来，就多了这么多事，一些人就好像硬气了不少。"

外甥哨官说："是啊，那老板口口声声彭大人，说不怕我们没收货物，彭大人一知道，会要我们加倍还给他。还寻死觅活……"

周国兴说："他要寻死你就让他死，他一死不就完事了。"

外甥哨官说："可在这个时候，不太合适吧……不过，只要二舅下令……"

周国兴说："我下什么令，我下了什么令，你小子不要胡说啊！嘴巴给我牢一点啊！"

外甥哨官说："知道，知道。可你得给个……要我到底怎么办啊！"

周国兴说："你回去，先稳住那个老板，说正在请示上面，上面说免收就免收。得等上面发话下来。等下我去找我干爹，这分成他占大头。"

周国兴打发外甥哨官走后，又进酒店去喝酒，他的干爹在水师提督府内室则不停地踱步，说："干儿子怎么还不来？"

家人说："大人，该去吃饭了。"

黄翼升说："他不来，我这饭也吃得乏味。"

家人说："周将军在外忙公务，大人就别等他了。"

黄翼升说："再等等，他就要来了。他来，吃饭才有趣。"

刚说完，外面响起脚步声。

黄翼升说："瞧，他回来了吧。"

进来的却是一亲信部下。

黄翼升说："要吃饭了你来干什么？想来蹭饭啊？来蹭饭也行，多摆一副碗筷。"

亲信部下说："大人总是这么亲和。小的不是来蹭饭，是来送意见书的。"

"嘀，你也写了意见书。好，好。"

亲信部下说："大人，不是小的意见书，大人于昨日发下内部通知，命下面提意见，今日就有不少人送了意见书来。"

"好，好，你给周国兴看，让他先看。"

亲信部下上前一步，轻声说："大人，这些意见如同检举，全是针对周副将的。"

"全是针对他的？！"黄翼升立即拿过意见书，翻着看了看，说，"这个龟儿子，瞒着我干了这么多……"

他不说了，只在心里想，周国兴你胆子比我想的要大很多啊，对你这个干儿子我也得掐住你的软肋！

"吃饭，吃饭。"黄翼升不等干儿子了。

周国兴到晚上才去水师提督府内室，中午喝多了一点，下午睡觉醒酒。

周国兴向黄翼升禀报了虎口滩关卡的事，说："干爹，那个商人说巡阅使彭大人已颁令，不准私设关卡，违者严惩。他就是以彭玉麟的这道令纠缠，不肯交那个……"

"你说那个卡设在虎口滩，闯过虎口滩后就是你说的那个卡，是吧？"黄翼升似乎根本就不知道关卡这件事。

"是，是，干爹，闯过虎口滩后就是。"

"这么说先要闯滩，好。"

"是要先闯滩，那个虎口滩着实险恶。"

"着实险恶，好。"

"闯过滩后他们喘息未定，就是关卡。"

"喘息未定，好，就是关卡，好。"

周国兴这下完全懵懂了，想，今儿个他怎么尽说好、好、好呢，到底是什么意思？我只有先试试他的口风："干爹，既然彭玉麟已颁令，不久又会来咱这里巡阅，是不是先避避风头，把那关卡撤掉？"

黄翼升说："撤什么撤。"

"不撤？"

"不撤。"

"干爹，有了你这句话，孩儿心里就踏实了。"

"你懂得什么，不懂就不要装懂。"

今儿个他究竟怎么了，跟往常大不一样啊，往常……周国兴还未想完，黄翼升说：

"不但不撤，而且要准备茶水、果蔬，凡闯过滩来的船只，请他们喝茶，好生招待……"

"我知道了，知道了，干爹，孩儿真是愚笨之至，孩儿待会就去办，再传出话去，让彭玉麟知道我长江水师在虎口滩设有关卡，他必定会来查看，他一来，一看，嗬，是个接待站。"

黄翼升不吭声，微闭眼睛，如同养神。

"干爹，还有一事得请干爹教诲。"

黄翼升略睁开眼，"唔"了一声。

周国兴说："这次拦下的商船要如何处理呢？"

黄翼升又微闭眼睛："那是你拦下的，你不知如何处理？"说完，进入养神状态。

"干爹要休息了，干爹劳累，孩儿明日再来请安。"

周国兴退出后，心里不由地呸道："老狐狸，说是我拦下的，分成时一文都少不了你的。"转而一想，今日他怎么像变了一个人，竟然把我给搞糊涂了，先前到底是我蒙他还是他蒙我呢？

周国兴没想清楚，但觉得那个计谋不能不佩服，到时候会让彭玉麟哑口无言，见到的是个招待站！嘿嘿，彭玉麟彭大人雪帅，你何时来查看呵，你此时又在干什么呢？

第十一章 行辕风云

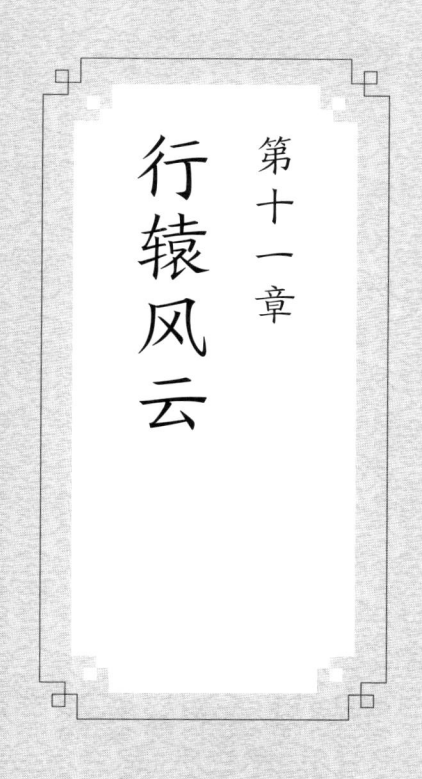

一　马背上的缱绻

彭玉麟此时在等着李超带玉虹来行辕。

李超和玉虹正在从双钩山往行辕的路上。

显得羸弱不堪的玉虹坐在李超身前，李超既要护着她，又不敢太贴近，还不能催马快跑。

玉虹虽显得羸弱不堪，但那双大眼睛透露出的，却是惬意。

李超突然勒住马，对玉虹说："你是饿得虚脱，此时却只能吃粥，对面正好有一粥铺，我先扶你去喝碗粥，你看可好？"

玉虹点头。李超说："你坐稳了，我先下去，再扶你下马。"

玉虹想，这个小四哥不但英武，而且心细。

李超扶玉虹走进粥铺，选一桌子，让玉虹坐下。粥铺伙计赶忙过来："客官，要什么粥？"

李超说："一碗白米粥，给这位姑娘。多放点糖。"

"好呢！"

粥铺伙计端来白米粥，放至玉虹面前。

李超对玉虹说："你慢慢吃，你虽饿极，但也只能吃这么一碗，待身体舒缓，再进硬食。"

玉虹朝李超瞥去一充满感激而又柔情的眼神。

玉虹低下头，用调羹一勺一勺慢慢吃着，突然端碗大口喝下。李超忙欲抢碗："慢点慢点，虽是稀粥，也不能过急，小心呛着。"

玉虹莞尔一笑："不要紧呢！"

"还是慢点为好，慢点为好。"

玉虹喝完粥，对李超说："小四哥，我还要三个馒头。"

"还要三个馒头？！不行不行，你此时不能多吃。"

玉虹嗔道:"我现在不吃,带到身上嘛。"

"好,好,带到身上可以。"李超对伙计喊:"再拿三个馒头,烦你包好。"

粥铺伙计拿来包好的馒头,递与玉虹:"姑娘,你这位小四哥对你可真是好啊!有句什么话来着,体贴入微。姑娘你好福气。"

玉虹显得幸福而又羞怯。李超赶紧说:"别乱讲别乱讲。"

李超付钱后,看着玉虹,不知是不是还要扶她。

"哎呀,喝碗粥就如同大补了元气。"玉虹站起,"我自己可以走了哩。"

玉虹自己走,但似乎还是有点走不稳。李超又扶着她,走到马前。

玉虹说:"小四哥,现在我可以坐后面,能坐得稳了。"

"我叫李超,别再喊小四哥了。"

"就要喊!谁叫你那时叫小四哥?谁叫你那时不告诉我你是李超?"这话,可就是娇嗔了。

"好,好,你爱喊就喊吧。"

"小四哥,我要坐后面,你先扶我上去。"

"你要坐后面,又要先上去,扶你上去后,我怎么上马?"

玉虹说:"那我就不知道了。"

"只有请店小二来帮个忙,我上去后,由他扶你上马。你上来后,可要抓紧我啦!"

"不要请他,不要请他,你先扶我上去,我自有办法让你上来。"

李超将信将疑,将玉虹扶上马。玉虹一上马,身子忽地往后一仰,几与马背相平。

玉虹喊道:"你快上啊!"

"你怎有这么一招?"李超跨上马后,问。

玉虹坐正,笑嘻嘻地说:"我跟我表哥金满学过骑马。若不是身子还虚,你看我驾马飞奔。或者和你来次赛马。谁输谁赢,不一定呢!"

"少说废话,抓紧了。"

"放心吧。"玉虹搂住李超的腰,"我就是还想吃馒头。"

李超轻轻一磕马,马儿前行,马蹄"得得"。

站在门口看着的店小二羡慕地说:"这两个,真是天生的一对。"

李超急着赶路,催马快行。玉虹故意喊:"哎呀,不行不行,马跑太快我受不了。"

李超只得让马放慢速度。

玉虹将搂着李超腰的手搂得更紧,脸颊贴在李超背上。

玉虹寻思:若是到了彭大人那里,这个李超又不知要忙什么去,我又难得见到他。趁着这么好的机会,要如何向他表白一下才好。

玉虹想了想,说:"小四哥,上次在登丰镇你救了我,这次又是你救了我,你说怎么这样凑巧?"

"这只能说我是个背运人,你从碰上我之后就接连出事。"

"你是个背运人,那我就是有福之人,每次出事,就有你来救。"玉虹咯咯地笑道。

"我说姑奶奶,你少说几句行不行?我急着载你去见彭大人,他在等着啦!"

"你叫我姑奶奶,那我就是姑奶奶,姑奶奶又饿得不行了,要吃馒头。吃了馒头有劲,才经得住马儿颠簸。"

李超只得说:"好,好,你就吃,快点吃,吃完我好任马驰骋。"

玉虹拿出馒头,递两个给李超:"你吃两个,我吃一个,你就不用担心我吃太多了。"

李超说:"我不吃。"

"你不吃我也不吃,哎哟,我要下马歇息才行了。"

"好,好,我吃我吃。"

玉虹扑哧一笑:"你就会说好,好。别的都不会说。"

"碰上你这么一个人,我有什么办法呢?"李超接过一个馒头,大口啃。

玉虹想,我怎么尽说些不着边际的话,反令他烦我。可我,我到底该怎么说呢？

　　李超啃完手里的馒头，伸出手："另一个，快拿来。你可是说好了的，吃完馒头就能任马儿颠簸。"

　　"哎，你知道《宋太祖千里送京娘》吗？"玉虹突然想到听过的戏文，"你这么送我，有点像那个戏文呢！宋太祖和京娘开始是以兄妹相称，我也当你的妹妹，好不好？"

　　李超心里一热，这个小女子……说出来的却是："吃完了没有？我得快马加鞭了。"

　　玉虹似乎很委屈地说："我当你的妹妹你都不肯啊，我要下去、下去，我还回到那黑屋子里去，是生是死，不用你管。"

　　"好，好，你就当我的妹妹，行了吧？"

　　"这还差不多。你催马啰。"

　　李超双腿一磕，马儿飞奔。

二　少女成了主审官

　　行辕内，被审问的金满冷笑。

　　赵武喝道："你笑什么？"

　　"我笑你们这些官府人，大白天竟然睁着眼睛说瞎话，什么李超又去救我表妹了，什么待会我就能见到表妹了，什么表妹和我见面后，她便能回家。还要你赵武派人去接……说得真像，做得也真像啊！"

　　"你……阶下之囚还如此张狂！"

　　金满吼道："这么久了，怎么还不见我表妹到来？"

　　彭玉麟说："我告诉你吧，你表妹被人关在双钩山下一独门独院，双钩山离这里有多远，你难道不知？再则，你表妹定然被饿得虚弱不堪，总得先让她喝点水，寻个地方让她进点食，能不耽搁？你难道希望见到的是个被饿死的表妹？"

"这……这……她被关在双钩山下一独门独院，谁告诉你的？"金满问。

彭玉麟说："你最要好的朋友、兄弟，万安！"

"万安？他怎么知道？"金满大惑不解。

"对啊，无人知道，只有他万安知道，万安怎么知道？原来你也会有疑问呵！"

"如果万安说的是假话，我表妹不是被关在双钩山下，那，那怎么办？"

彭玉麟说："我相信他这回说的话，他说你表妹被关之地，绝不会是假话。"

金满说："我还是那句话，只要我表妹无事，被杀被剐，随便。"

彭玉麟想，这金满对那女子绝非单纯表兄妹之情，只要表妹无事，他愿被杀被剐；那万安负重伤，担心的却是被他关在黑屋的女子会饿死。凶手也有柔情之处啊！而那个叫玉虹的女子，分明又是对李超有意，"小四哥小四哥"到处追寻。这就麻烦了，单就情事而言，一个女子，三个男人，这个可就连我老彭都不好处理了。

正在这时，李超载玉虹赶到。

赵武迎上，问："怎么这时候才到？大人一直在等着。"

李超说："她已被饿得有气无力，我在路上候她吃了一碗稀饭。你快扶她下马。"

赵武要扶玉虹。玉虹自己跳下。

"我吃了稀饭，还吃了馒头，有劲了，不用你搀扶。彭大人呢？"

玉虹说完就往里走，边走边喊："彭大人，彭大人！"

赵武对跳下马的李超说："你救来的是这么一个疯女子啊！"

李超说："那有什么办法，大人之令。"

玉虹一眼看见金满，也不顾要先向彭大人行礼的礼节，直跑到金满面前。

"哥，你怎么成了这副样子？"

金满说："唉，总算又看见你了。"

玉虹说："你是没听我的话，和那姓钱的去干了坏事吧！"

"姓钱的倒没和他去，是他听了姓钱的话，在老虎坳设下埋伏，乱箭齐射巡阅使大人轿厢，被我捉拿到此。"赵武说。

"哥，你真的是去杀害彭大人？"玉虹转身喊，"彭大人，彭大人，你没被伤害吧？"

彭玉麟说："承你牵挂，不止是你这位表哥在老虎坳设伏，你哥的好兄弟万安还直接潜入此处行刺。"

"哥啊，你若是伤了彭大人，我和你拼命！"玉虹说完，伸手打了金满一个耳光。

"哥，我恨你，恨你，恨你不听我的忠言，我早就告诉你，是彭大人和小四哥，也就是这个李超在登丰镇救了我，如果没有他俩，我早已被马踩死。我还跟你说过，说彭大人手下人喊要捉拿一个姓钱的，当时我就怀疑那个姓钱的，我问你，那个钱文放是你们的军师吗？你对我撒谎，说他不姓钱，是万安喊来的，邀你一起去做笔大生意。我对你说，万安喊来的人，能是什么好人！"

玉虹在对金满说时，彭玉麟要李超近前，对李超耳语。李超轻声应"是"，匆匆离开。

李超离开后，玉虹还在对金满说："我劝你可千万别再去干坏事，我说我要去找小四哥谢他救命之恩。你当时还说那个小四哥救了人不图回报，确是真男子，要我把他的模样告诉你，你也好帮我找找。可是你，你，你全是骗我。我一走，你就干坏事去了，还竟然去害彭大人。"

玉虹呜呜哭起来。

玉虹一哭，金满忙说："那是因为，因为你不见了后，一小兄弟告诉我，说看见你在和一个像小四哥的人说话，说着说着吵起来了，他扇了你一巴掌，将你打倒在地，然后将你抓起横放到马上，策马跑了。说是朝江边跑。钱文放就说肯定是将你掳到巡阅使船上或行辕去了。"

"你那个什么小兄弟呢，在哪里？把他抓来！当面对质。"

金满说："已和我一起被抓到这里了。"

"是不是总爱跟在你身边的那个罗阿甲？"

金满点头。

玉虹指一军士："你去把罗阿甲带来！"

彭玉麟对赵武轻言："这个玉虹，在当主审官啊！"旋对军士说，"去，把罗阿甲带来。"

罗阿甲一被带进，金满就对他说："是不是你说一个像小四哥的军爷打了我表妹又把她掳走了？"

玉虹说："不要喊我表妹，我没有你这么一个蠢表哥。"说完指着罗阿甲，"说！是不是你说的？是不是这样说的！"

"是，是钱文放给了我银子，要我这么说的。"

玉虹又指着金满："他这么说，你就相信了？"

金满说："我开始也不怎么相信，说小四哥是救了玉虹的好人，怎么会打她并掳走？钱文放说小四哥是个假名别号，真名应是身高臂长的李超，他在登丰镇所谓救令妹之举是个圈套，是见美起心然后来一个救美以获得美人之心。"

"小四哥，李超，你来说说，当初是不是见美起心，是不是以救美而获得美人之心？"玉虹环顾四周，不见李超，"噫，李超哪去了？刚才还在这里。"

赵武说："他执行公干去了。"

"唉，我早就知道他没有一下闲的，又走了。"玉虹转问金满，"钱文放呢？钱文放抓来没有？罪魁祸首就是他！"

金满说："没有，他没有参与我们的行动，他只是幕后指挥，是个幕后军师。"

"呸！什么幕后军师，是个狗头军师！他现在哪里？"

"可能还在我家院里。"

"那就快去抓他呀！"玉虹一看金满那样子，"不行，你不能去抓，你一去，说不定自己先跑了。"玉虹急急地对彭玉麟说："彭大人，请你快派人去抓钱文放。要罗阿甲带路，他知道地方。"

彭玉麟说:"好一个女审官,还能当将官,指挥得当。赵武,你派人去抓。"

玉虹说:"谢彭大人夸奖。"这话一从小嘴吐出,她才感觉自己占了主角位置,立即转话,"彭大人,小女子一时激愤,竟不知礼俗,真像在当什么女审官了,请大人责罚。"

彭玉麟说:"你审得很好嘛,继续,继续。"

玉虹想,他说我审得很好,要我继续。继续就继续呢,反正已经审了这么久,反正小四哥不在,如若小四哥在,我得文静些,便对金满说:"金满,你还有什么话说?"

"我只有一句话要问,到底是谁将你掳走后又关进双钩山下的黑屋?"金满不敢喊表妹了。

"这个,这个……那天我从家院走出不远,到一僻静处,忽然有块石头丢到我身后,我被吓一跳,刚要转身,有人用黑布蒙住我的头……等到我能扯下蒙头的黑布后,才发现被关在了那里。那人是谁,我也不知道。"

"我来帮你弄清是谁。"彭玉麟说,"金满,你其实也已经知道。将万安带进来!"

"是他?!"玉虹惊道。

包扎着腿的万安一瘸一拐走进,一见玉虹就说:"玉虹,你总算出来了,我,我以为你会被,被……"

"住嘴!玉虹是你喊的吗?你以为我会被饿死,是吧?"

万安说:"我是怕你被饿死,所以才对彭大人说出关你的地方,请彭大人派人去救你出来。我对你,绝没有加害之意啊,我是想着钱文放那句话,先将你关起尔后再将你救出,以救美来获得美人之心。我,我实在是太喜欢你了啊!"

玉虹赶忙捂住耳朵喊:"呸!呸!呸!"

金满大怒,用脚去踢万安,被军士拉住。

"你这个卑鄙小人!我还将你当好兄弟……"

万安说:"都是钱文放,都是钱文放的诡计,许以重金收买……"

彭玉麟说："哼，没有这么简单。"

万安说："彭大人，我受伤你还命人为我包扎治疗，我一定将我所知道的都讲出来。"

玉虹说："彭大人，你将这个万安交与我来审问吧，我知道他过去的一些事。"

彭玉麟说："万安更多助纣为虐的事，非你所知，此时也不宜审问，留待日后和多人一并审问。万安，你暂时一边疗伤一边思考，看哪些可以如实交代，哪些不能交代，不能交代的如何掩饰过去，一切都由你自己决定。带下去！"

玉虹说："彭大人，他是刺杀你的凶手，你还对他这么客气，还让他一边疗伤一边什么思考，一切都由他自己决定，这未免有点纵容吧。"

彭玉麟说："你表哥不也同样是凶手吗？我倒要问问你这位女审官，该怎么处理？"

金满扑通跪下："我早说过，只要她无事，要杀要剐，随便。"

"玉虹，你听清楚了吧？这是你表哥自认的刑罚。你可愿为他辩护？"

"这……这……大人，按他设伏谋害大人之罪，该斩！可他也还有些缘由，是受钱文放和万安蒙骗，但这也不能减免死罪，最多是给他个利索一点的，死时少些痛苦。大人既然要我替他辩护，我就说些他在这之前的事，此人本性不坏，好仗义助人，打抱不平，在江湖上是条好汉。对我则是从小呵护关爱，我父母早亡，他是兄长，长兄如父，故而他误信我被李超掳走，便不顾一切，以致犯下死罪。大人，若念在他对玉虹呵护关爱的情义上，能饶他一死，玉虹愿做大人奴婢，跟随大人，以赎他罪。"

彭玉麟说："呵呵，我可是从来不使女婢，也不带女眷。"

玉虹说："那，那我女扮男装，当大人的书童，替大人研墨铺纸，大人好写字画画。"

玉虹此话触动彭玉麟最敏感处，令他立即想到梅姑，当年……梅姑……笑盈盈地为他研墨铺纸……

他赶紧摇了摇头，拂去眼前的幻觉，看着金满玉虹这表兄表妹，猛然喝道："金满听判！"

金满伏地不敢抬头。玉虹紧张不已。

彭玉麟判道："金满之罪，本应处斩，但如你表妹所言，本性不坏，好仗义助人，打抱不平，在江湖上是条好汉。我在鹰嘴山和你相遇之事，可证明此点，且有登丰镇年长镇民说你是个孝顺之人，且孝顺他人老母，亦可佐证。此次乃受人蒙蔽，误信奸言，念在玉虹份上，饶你不死。还有一点，你从前干的那个勾当，不可再干，否则按律治罪。你和玉虹回去吧。"

玉虹惊喜，赶忙跪下拜谢："彭大人，我将他带回去后一定好好管教他！请彭大人放心。"

听的人忍俊不禁。

金满却仍伏地不起，说："彭大人，我不愿被赦免，请大人处斩。"

"呵，还真碰上个求死之人。说，为何不愿被赦免？"

金满说："我罪太大，她，她都不认我这个表哥了，我活着还有什么意思？"

彭玉麟说："这个我就没有办法了，这是你们两人之间的事。我既已宣判，焉有收回之理。来人，将金满撵出去。"

一军士拉金满，金满仍不肯起。

玉虹说："表哥，起来走吧，别在这里出丑了。"

金满立即爬起，低头跟在玉虹身后走。刚走几步，猛地回头转身跪倒在地：

"彭大人，我不走了，请大人收留我，让我跟随大人鞍前马后效犬马之劳，若有人向大人射箭，金满以身去挡。大人若不答应收留，金满跪地不起。"

彭玉麟说："金满啊，我说你这人确确实实是头倔驴，饶你不死，你跪地不起要求死；要我收留，又是不答应便跪地不起。行了，起来吧。"

"大人收留你了！还不快起。"玉虹赶紧说。

"大人还没说收留啊。"

"表哥啊表哥，你硬是一根筋啦，大人已经说行了，那就是答应了啦！"

金满忙叩头："谢大人收留，金满此生，就听凭大人驱使了。"

金满自此跟随彭玉麟，以勇猛著称，在彭玉麟抗法战争中屡立战功。彭玉麟逝世后，其挽联中云：当年革面自新，曾仰汾阳威望；此日伤心永诀，难忘召伯恩光。此联将彭玉麟喻为唐代名将郭子仪，中国最早、最大的清官西周召公。

三　又一个高官骗子

再说那刘维桢，回到提督府一进内室，娟儿迎上就问："大人，你可回来了，奴家所托之事……"

"你所托之事……喔，喔，是说那谭祖纶吧。"

"大人临走时说过，说你会找机会的，要我安心等消息。"

"没错，本大人说过的话，那是一言九鼎。"

"那谭祖纶，他现在……"

刘维桢说："谭祖纶啊，被彭玉麟抓起来了。"

娟儿一听，惊喜交加："他被彭大人抓起来了，谢天谢地，谢天谢地，奴家和奴家夫君的仇终于可以报了。大人，是你要彭大人抓的吧？"

刘维桢说："当然。我不去，彭玉麟能抓住他？"

娟儿立即跪下磕头："谢大人，谢大人。"

刘维桢说："就这么谢我啊，你可是说过要如何报答我的。"

娟儿说："任凭大人。"

刘维桢想，谭祖纶给我送来这个尤物，我可还没尝试，虽说这尤物留在身边是个祸物，但此时顾不得那许多，先玩了再说，便要娟儿起来：

"起来，快起来，你知道该怎么做。"

娟儿默然，默默解衣，再替刘维桢解衣……

事毕。娟儿下床一边穿衣，一边说："大人，谭祖纶既已被彭大人抓了，我得赶到彭大人那里去告他。若无人告他，彭大人又将他放了，那可如何是好？"

躺在床上的刘维桢说："好，好，我也正在帮你想这件事，要如何才能不让彭玉麟放了谭祖纶。明天我就派人送你去，你当原告，背后有本大人撑着呢！"

"谢大人，谢大人。"娟儿忙下跪。

娟儿真把刘维桢当作替她报仇的恩人了。

刘维桢满足后，走进书房，他得静下来好好思索思索，彭玉麟太厉害了，看来谭祖纶已成了他手里的死老虎，如若真是只死老虎倒好了，死老虎不会开口。他想，如今只有两个办法，一是让谭祖纶立即死，他一死就再不可能开口，可要他死没那么容易，他被关在彭玉麟那里，在他食物里下点毒什么的不可能。

刘维桢在房里边踱步边想，要么再给他添几条罪状，让彭玉麟快点处决他，可处死一个总兵也没那么容易，得报朝廷，朝廷批下来还不知得多久。况且彭玉麟似乎并不急于处置他，要我陪他审了那么一次，就搁置起来不提了，彭玉麟这是耍的什么名堂？

彭玉麟难道是要等谭祖纶开口咬人？谭祖纶若开口把我扯进去，那就麻烦大了。他娘的，谭祖纶还没开口，彭玉麟就说要参劾我，参劾我不察之罪。谭祖纶若开口咬住我，参劾我的罪名不就更大了！不能让谭祖纶开口！那么，只有救他出来。救他出来又谈何容易！落在了彭玉麟之手，唉！

刘维桢叹口气，坐下又想，看谭祖纶那毫不在乎的样子，他好像也抓住了彭玉麟什么把柄，他到底抓住了什么把柄呢？

刘维桢又站起，踱来踱去，得摸清谭祖纶抓住了彭玉麟什么把柄，得让他知道，只要他不扯出旁人，就能保他不死。

刘维桢猛一击掌，对，这是上策。只是要行这上策，得请总督大人出面。要如何才能请得李总督出面呢？谭祖纶肯定也给李总督送过厚礼，他难道就不怕谭祖纶牵涉到他？！对，得去请李总督，一则将谭祖纶可能牵涉到他的事告知，二则将彭玉麟要参劾我的事也告知，彭玉麟要参劾我，同样牵涉到他，彭玉麟说我对谭祖纶不察，那么，李总督同样对我不察嘛。咱们都是一条线上的嘛。只是在去请李总督之前，还得给他送一份厚礼，礼先到，人再去，才好说话。送什么呢？

刘维桢又击一掌：有了，就将谭祖纶给我的礼品送给他，娟儿这个尤物再加上那张银票！这样我又没花费一两银子。唉，银子虽没花费，送走那个娟儿，还是有点舍不得呵！尤物，尤物，真正是个好尤物，今晚上还不能放过她，得再享受享受。

刘维桢坐下，喊："来人。"

"大人，有何吩咐？"杜贵赶忙走进。

刘维桢说："明天你去趟总督府……"

安排完毕，天色便暗下来了。

内室中，娟儿一直在想着去彭玉麟那里告状的事，怎么去，去了怎么说……盼着刘维桢快点来，好向他请教。好容易等到刘维桢进来，她忙起身："大人，你忙到这个时候。"

刘维桢说："公务繁忙啊！一大堆事，都得我亲自处理。"

娟儿说："大人，我想好了，我明天一早就去石落塔，去找彭大人。"

刘维桢说："不用赶早，我派杜贵送你去。"

娟儿说："大人，不要派人送了，你这么忙，留着人手好帮你。你只需告诉我……"

娟儿还没说完，刘维桢就说："你去石落塔就能见到彭大人吗？巡阅使大人的行辕，可比我这提督府戒备森严得多，说不定把你当作刁民抓起。只有派杜贵领你去，他能带你直接见到彭大人。"

"那太烦劳大人了。"娟儿忙叩谢，想，这个提督大人虽说……

但还真是为我着想。

刘维桢说:"还给你派顶轿子,你坐轿子,省得劳累。"

"不要不要,我是去告状,哪有坐轿去告状的?"

"那么远的路,我是怕你走不动,快到石落塔时你就下轿嘛,再走嘛。这个都不知道?要不,坐马车。"

娟儿说:"大人为我想得这么周全……我……"

"谁叫你是个小可人儿呢!"刘维桢说,"哪能委屈你。还有,你一见到彭大人可别顾什么礼节,开口就直接告谭祖纶,告他如何如何,知道吗?像彭大人,像我这样的官,日理万机,哪里有多余的时间听小民唠叨,一见到,不赶紧直接说,可就又要忙别的事儿去了。"

"多谢大人教诲。我记住了。"娟儿说,"我不但要告谭祖纶,还要告万安、孙福,他们没有一个好的!"

刘维桢说:"好了,记住就行了,给我更衣。上床上床。"

娟儿说:"大人,你别太累了。只要杀了谭祖纶、万安、孙福那些畜生,娟儿愿终身做大人的奴婢,服侍大人。"

"不累不累。看见你我就有精神。"刘维桢想,这尤物报仇心切啊,倘若知道了我在糊弄她,睡觉时会给我一刀,喝茶时会下药,还是早点送走为好。

第二天早上,娟儿坐上马车,杜贵骑马在后。娟儿满心欢喜,以为真是送她去见彭玉麟。

走着走着,娟儿看着路两边,左边为悬崖,右边是高山,觉得有点不对劲,这不像是往石落塔的路,

"你停下,停一下。"娟儿对车夫喊。车夫便停下马车。

杜贵说:"停下干吗?"

车夫说:"是这位夫人要停下。"

杜贵"哼"一声:"什么夫人!"

娟儿说:"这走的方向好像不对,是不是走错了?"

杜贵说:"已经到了这里,我就告诉你吧,你以为刘大人真的要

送你去彭玉麟那里告状啊，是让你去享更大的福呢！"

娟儿大惊："要去哪里，要去哪里？！"

杜贵说："是要送你去总督府，跟着总督大人享福。"

娟儿顿时如雷轰顶，喊："骗子，骗子，又是一个骗子！我不去，不去！我要去彭大人那里告状！"

杜贵说："这就由不得你了。不过我也不会怎么着你，你成了总督大人的人后，若对总督大人说我的坏话，我担当不起。你也别怪我，我现在是执行提督大人的命令，走！"

车夫正要扬鞭赶马，娟儿说："我要小解，让我下车。"

车夫看着杜贵。杜贵对娟儿说："你要小解，你就下来吧，我还怕你趁机跑了不成？"

娟儿下车，说："你们都走开，别看！"

车夫赶紧跳下，走到一边，背对马车。

"他娘的，女人多事，有什么不能看的，还以为自己是个淑女，老子还怕看了倒霉呢！"杜贵看了看四周，"这地方无处可逃，任由她去畅快一下。"

杜贵策马走到稍远处，大声喊道："快点啊！"

杜贵一走开，娟儿立时泪流满面，在心里喊："天啊天啊，你太不公平啊！我一个弱女子，只是走错了那么一步，你就这么惩罚我啊！谭祖纶骗我，还要杀我，你刘维桢又骗我，你们都是禽兽，连禽兽都不如啊！万安、孙福，帮凶，帮凶！那个什么总督，焉知又不是和刘维桢一样的畜生！我还有什么活路，我没有活路了啊！"

"我只有变成厉鬼去杀谭祖纶，去缠住刘维桢……"娟儿猛地大喊，跑向悬崖边，双眼紧闭，往下一跳。

娟儿猛地一喊，惊得车夫连忙回头，旋即惊喊："不好了，她跳崖了！"

杜贵策马跑来："什么，什么？"

"那妇人跳崖自尽了！"

"人呢，人呢？"

车夫跑到悬崖边："从这里跳下去了，我看见她跳的！"

杜贵赶紧下马:"他娘的,这怎么去向提督交差。"

车夫惊慌地说:"出人命了,我得赶快走,千万别连累我。"

杜贵说:"走什么走,下去找找看,也许没摔死呢。摔死就算了,没死的话,把她救上来,也是我们积了德。"

车夫看看悬崖,说:"太险了,这,这我不敢下去。"

杜贵说:"我去找根绳子,拴到你腰上,慢慢放你下去,再把你拉上来。只要下去一趟,就是尽了我们的心意。"

车夫说:"这倒也是。车上有绳子。"

车夫拿来绳子,将绳子在腰上拴好。杜贵拉着绳子,将车夫慢慢往下放。

杜贵边放绳子边喊:"看见什么没有?"

车夫在下面答:"还没看到。"

"再下去一点。"

车夫说:"这里有个'平台',我先歇一下,绳子你还得拉着别松啦!"

杜贵探头往下看:"有个平台?!她不会落在平台上吧?"

"没有!"车夫打量"平台",但见层层叠叠突出的岩石,绕成一个很长的半圆,左侧稍远处,有开凿出的浅浅石阶,可沿石阶上去,可见有人来过这里探险。

杜贵喊:"你再下去看看,再没看见就算了。"

车夫喊:"你得把绳子拉紧了啊!"

杜贵说:"知道。你放心。"

车夫抓住"平台"边缘,探身往下。杜贵将绳子一丢,车夫摔了下去。

杜贵拍了拍手上的灰,走到马车后面,赶马车往悬崖边走。

马儿一到悬崖边,扬起前腿,"咳——咳",不肯往前。杜贵猛抽马儿,马儿反而转身。

杜贵一边猛抽马儿一边骂:"你他娘的也怕死啊!"

马儿转过身来,要拉着车"逃跑"。

马儿虽躲过了悬崖,拉着的车一边轮子陷空。

马儿拼命想躲过此劫，车子却已侧翻。

"轰隆隆"，车子将马儿带下悬崖。马儿发出绝望的叫声。

"他娘的，不出个车祸，我就没法交差了。"杜贵骑上自己那匹马，朝提督府返回。

到提督府大门外，杜贵一下马，便故意慌慌张张跑进提督府，边跑边喊："大人，大人！不好了，不好了。"

刘维桢说："什么不好了，总督大人不要那尤物？所以你这么快就回来了。"

杜贵跪下："是，是那尤物没了。"

"尤物没了？！一个女人在你手里跑了？"

"不是跑了，是死了！在去的路上，马车翻了，车夫、马儿、女人全摔到悬崖下，全没了。"

"全没了，都死了？！"刘维桢想，死了倒好，车翻人亡，跟我没有什么关系了。只是去请总督大人那礼金，可就得加倍了。

跪在地上的杜贵抬头瞅着刘维桢的脸色，说："大人，是全没了，都死了，是小的该死，小的该死。可那马车不是小的驾驶啊，小的只会骑马不会赶车啊！"

"你说你该死，这话没错，押送个女人竟然还翻车，你就不会要车夫慢点赶车？路途险恶之处就不会叮嘱小心一点？你自己说，我该怎么处罚你吧？"

杜贵说："任凭大人处罚。我是大人的人，大人对我恩重如山，就是要小人的性命，小的也绝无半句怨言。"

"就念在你这句话上，我不会取你性命。"刘维桢说，"可如今送给总督大人的活礼没了，你说该怎么补偿？"

杜贵一听便明白，心里想，该我出银子了，这个小气鬼，自己的银子舍不得拿。罢，罢，我只得将别人送我的银子拿出一些来了。想罢忙说："小的还是那句话，任凭大人处罚，就是要小人的性命，小的也绝无半句怨言。"

刘维桢说："娟儿已经死了，你的命能补偿吗！这样吧，你拿些银子出来，凑足给总督大人的活礼份额。至于该拿多少，你自己去掂量。再跟我去见总督大人，我就说那礼金有你一份，也给你个日后为总督大人提携的台阶。如果总督大人看上你，你就到总督府去。人才嘛，我是乐于输送的。"

"谢大人，谢大人！我这就去准备银子。"杜贵出去后，心里说，"要我'出血'就'出血'，还说那什么给我个台阶，还人才、输送。只是到底该拿多少银子出来呢？唉，唉，娟儿那尤物，害得老子破财。"

四　炮台筑在爽心楼

彭玉麟派去抓钱文放的亲兵扑了个空，只抓到几个万安的小兄弟。万安的小兄弟说钱文放在万安去行刺后就走了，不知道去了哪里，他们之所以还待在这里，是钱文放要他们等万安，说万安一回来就发赏金。

一说到赏金，这些小兄弟反而诉开了"苦"：

"是啊，是啊，我们就是为了得赏金所以没走。可万安到现在还没来。谁知道来了你们。"

"姓钱的骗了我们。我们上当了。"

"这下赏金没了，人也会没了。"

…………

赵武对彭玉麟说："大人，那个钱文放诡计多端，不将他抓获，必定还会生出许多事端。"

彭玉麟说："不妨。此人肯定已投奔什么新主子去了，还正好可以为我们牵出大人物来。李超执行所派任务，一时不会回来。趁这个空当，你随我去外面跑一趟。"

作平民装扮的彭玉麟和赵武来到静冈，这回两人都是骑马。下马后便牵着马儿慢慢走。彭玉麟是要来看他的告示到处张贴了没有,也就是检查落实情况。因为他说过要亲自察看。

进静冈的要道处贴有告示。

一些外地路过的百姓在看告示。

有人边看边念:"一等轻车都尉、太子少保、钦命长江巡阅使彭晓谕地方百姓,凡有冤屈的、要告状的,都可来找巡阅使……"

念告示的是个高个,他一念完,一中年人便说:"哎呀,这位巡阅使不知会不会去我们那里,我们那里虽然恶人不少,但都没有最近出的一个这么凶恶,还是个将官。"

高个问:"你是哪里人?"

中年人说:"安庆。"

"从安庆来到这里啊,做生意?"

"我哪会做什么生意,是有亲戚在这里。"

"呵,走亲戚。"

中年人又问高个:"你好像也不是本地人吧。"

高个说:"我是合肥人。我们那里有个恶少,他那个家世,显赫得都不敢说,朝中有一人之下万人之上的大官啊!他就是仗着这点,无恶不作。"

"唉,到处都是恶人当道。要是这个巡阅使大人能到安庆去就好了。"

"要是能去合肥就更好。"

在旁边听着的彭玉麟示意赵武去问一问。赵武走上前去问:"请问你们二位,刚才你们说的安庆有个恶人,还是个将官;合肥有个恶少,仗着显赫的家世无恶不作。那恶将官、恶少叫什么名字?"

"这个不敢说,不敢说。"

"说不得,说不得,要是被他得知,我这脑袋就没了。除非见着巡阅使大人。"

赵武说:"巡阅使彭大人的行辕在石落塔,你们可以去那里把知道的详细告知。"

"不行不行,这里与合肥隔着一个省,彭大人还能隔省处置?"

"是啊，隔着一个省，见着彭大人也没用，还担风险。"

赵武说："彭大人会去安庆、合肥的。到时候你们可以告状。"

"你怎么知道彭大人会去安庆、合肥？"

赵武说："巡阅使彭大人巡阅长江，能不去安庆、合肥？"

高个说："这倒也是。我得走了。"中年人也忙说："我也得走了。"

两人一走到离赵武稍远处后，高个就对中年人说："刚才我俩是不是话说多了？那人老是问。"

"是啊，我也这么觉得，我俩没说漏什么吧？还是赶快走，各走各的，离那人越远越好。"

彭玉麟看着走远了的高个和中年人，对赵武说："一个恶将官，一个恶少，到时候真得去查一查，倒要看看他们无法无天到了什么地步？！"

赵武说："我帮大人记着，一个在安庆，一个在合肥。"

"安庆的那个将官会是谁呢？只有那么几个啊，难道会是……"彭玉麟思索。

赵武说："大人无须费神揣测，日后去了便知。大人，此处要道虽贴有告示，那些偏巷不知张贴没有？待我去看看，以免被地方官们耍了'障眼法'。"

彭玉麟说："我曾说过要亲自视看，一起去。"

两人走到一条偏巷入口，未见贴有告示。

彭玉麟说："进去看看。"

一条巷子走完，没有一张告示。

彭玉麟有点恼怒，对赵武说："你再多走几条巷子看看。我去府衙。"

只这一去府衙，后世传出了彭宫保拳打知府、脚踢知州的故事。

当下彭玉麟一到府衙，值班衙役慌忙跑到府衙后室，报知府禹盛：

"大人，大人，彭大人来了。"

喝得醉醺醺的禹盛说："哪个彭大人？"

"是那个巡阅使彭大人。"

"什么？是巡阅使大人彭……彭……"

禹盛的酒被惊醒大半："他，他怎么突然来了？！快，快请他进来。不，不，我立即迎接。你们，都，都去迎接。"

"是！我们都去迎接。"

这个衙役刚转身，又一衙役来报："大人，彭大人已经到了大堂。"

禹盛慌慌忙忙走进大堂："卑职叩见巡阅使大人。"

彭玉麟闻着浓烈的酒味，问道："禹知府，你可知现在是什么时候？"

"这个，这个，"禹盛朝外看看天色，说，"彭大人，现在是下午了。"

"呵，你还知道已是下午了，你还没醉嘛，既然没醉，又没什么公事，你可以继续喝嘛。"

"这个，这个，卑职因中午接待总督大人派来的一位贵使，多喝了几杯。还请彭大人见谅，见谅。"

"哪位贵使？现在何处？"

禹盛说："禀大人，是李总督委任主持长江防务的赵继元赵防务。他刚走不久。"

"赵防务刚走不久？！他何时来的？"

"今天上午。"

"他一个人来的吗？来的主要公干是什么？"

"带了三四人，说是督造长江两岸炮台，以防日本入侵，还令卑职喊来知州隆里、知县肖贵等作陪。"

"他去长江两岸看了没有？"

"这个，这个，卑职不知。"

彭玉麟大怒："他带了三四人，你这个知府喊来知州、知县等作陪，知州、知县等每人至少得带三四人，你府内作陪的人又得好几个三四人，上午来，中午大吃一顿便走了，这是来督造炮台还是来赴你的酒宴？！"

禹盛支支吾吾地说:"这,这也不是我要设的酒宴,是他,他要卑职安排……"

禹盛不能不回想中午的酒宴,以为自己辩白。

中午的酒宴定在爽心楼。

一匹一匹的马儿在酒楼外"嘘"住,侍从、护卫、捕头等下马,拉起警戒线。

一乘一乘的轿子落轿。一个一个的官员走出。

禹盛陪着赵继元走进酒楼。隆里、肖贵等跟在后面。

酒楼里,专门请来的"女招待"服装艳丽、花枝招展,扭动腰肢,引领上座入席。

上茶的拎着长嘴茶壶展示隔空泡茶功夫。上菜的穿梭般来来去去。

禹盛请赵继元作"指示"。

赵继元说:"各位,本人承总督李大人委任主持长江防务,特来贵地。各位知道,日本扬言要沿长江犯我江宁,本人既主持长江防务,长江两岸炮台乃防务之最,本人第一要事,即督造两岸炮台,只要炮台修筑坚固,我长江之防便固若金汤!日本人要进犯,那就只能是有来无回!禹知府,你说呢!"

"对,对,有赵大人督造炮台,长江之防定固若金汤!"

其他官员附和:"赵大人主持防务、督造炮台,乃长江之福!"

禹盛端酒杯站起:"我等齐敬赵大人。"

赵继元说:"坐下坐下,我还有两句话说呢。"

赵继元清清喉咙,说:"长江两岸炮台既为防务之最,督造炮台既为第一要事,这造炮台可是要钱的,没钱是造不起的,对不对?这就需要大家齐心协力,禹知府,不知贵府属下最富裕之地的知州、知县来了没有?"

禹盛说:"来了,来了。"

隆里、肖贵忙站起,心里忐忑,这忐忑倒不是害怕,而是知道是问他们要钱,又来了个搜刮的。

赵继元说:"好,好,二位请坐下。二位所掌富足,可得多尽点力啊!来来来,我先敬禹知府和二位。"

赵继元举杯,一饮而尽,而后亮一下空酒杯:"咱们不拘礼节,随意尽兴啊!"

"随意随意,尽兴尽兴。"

杯觥交错间,隆里和肖贵交头接耳。

隆里说:"朝廷拨有修筑炮台的专款,怎么又来找我们要?!"

肖贵说:"是啊,怎么又来找我们要?"

隆里说:"刮地皮也不是这么个刮法嘛。"

肖贵说:"他打着总督大人的牌子,不怕咱不给喔。"

隆里说:"要是真用到炮台上,咱们捐一些也无话可说。问题是,瞧他这架势,主持长江防务,修筑长江炮台,连长江边都不去打个转,专来这酒楼修炮台,唉!"

肖贵说:"打着防务这幌子,谁敢不从?今年可真是多事之秋,多事之秋。那巡阅使大人还没走,这又来了个赵防务……"

隆里说:"没法子喔,咱们也先别管他那么多,吃了喝了再说。"

"吃了喝了再说,来来,咱干杯!"

禹盛对赵继元说:"赵大人,那歌舞可以开始了吧?"

"开始,开始。"

禹盛拍拍手:"各位,爽心楼专为赵防务大人准备了歌舞表演,望赵大人在爽心楼爽心悦目。"

"望赵大人爽心悦目。"官员们齐喊。隆里和肖贵虽然也跟着喊,但喊不出那个劲儿来,担心赵大人要的钱太多。

歌舞表演起,唱的是:

颂盛世国泰民安,处处繁花似锦;望长江如带似玉,莺飞蝶舞。看云霞朝飞夕卷,呀——牵几线雨丝,沁润了晨钟暮鼓。

赵继元醉眼蒙眬，盯着漂亮舞女，不时拊掌："好，好。"

"赵大人，要不要去轻松轻松？"禹盛凑近他耳朵说。

"唔，唔，好好。"赵继元装醉态醉语。

禹盛暗示一侍者。侍者扶赵继元上楼，进入一类似包厢的密室，密室内两个穿着透明衣服的女子起身接扶。

赵继元一上楼，酒席间气氛更加活跃。

一片互相敬酒、干杯声。

隆里和肖贵走到禹盛身边敬酒。

隆里说："禹大人，为长江防务干杯！"

肖贵说："禹大人，为长江炮台干杯！"

禹盛说："'重任'可在你俩肩上啊！"

隆里、肖贵苦笑一下，同时一饮而尽。禹盛也一饮而尽。

隆里、肖贵、禹盛皆喝得醉醺醺，东倒西歪。

"彭大人，那酒宴、歌舞都是赵防务要亲信点的，说是赵大人请客，他吃了走了，买单的还是我，买得我心疼啊！隆里和肖贵更是心里有苦，得为摊派的银子奔走啊，我们这，这实在都是不得已为之。请大人宽恕，宽恕。"

彭玉麟怒道："赵继元这笔账我给他记下了，隆里、肖贵何在？"

禹盛说："这个，这个，就在后面睡觉。"说完叹口气，"唉，要他俩去驿馆不去。"

彭玉麟喝道："把他二人叫来！"

一衙役忙跑去喊。

彭玉麟气得在跪着的禹盛身边转圈。禹盛说："大人，求你别转了，我这头越转越晕。"

酒还没完全醒的隆里、肖贵跟跟跄跄走进，一见彭玉麟，跪下，却跪得歪倒。

彭玉麟说："那个赵继元要你们带他去长江边看了什么没有？"

隆里说："没，没有。只，只要我们陪他喝酒。"

肖贵说:"赵,赵防务在爽心楼筑炮台,要我们出钱,我,我们着实不太情愿。"

隆里说:"他说他……他督造的炮台定然固若金汤,日本若打来定然有来无回。大人,你说他这话……"

彭玉麟将对赵继元视防务如儿戏的怒火发到禹盛身上,猛地一把揪住禹盛头发:"李宗羲瞎了眼,委任这么一个混账东西主持长江防务,长江还有何防可守,何险可固!"

醉眼蒙眬的隆里对禹盛说:"他,他骂总督大人,还骂赵防务。"

肖贵说:"赵防务可是李鸿章大人的大……大舅子。"

被揪着头发的禹盛忙示意他俩别做声。

这时赵武来报:"大人,我跑了数条小巷,都未见贴有一张告示,倒是发现……"

赵武话还未完,彭玉麟的怒火被赵武说出的话点燃,挥拳将禹盛打倒在地,旋一脚将隆里、肖贵二人踢翻。

彭玉麟还欲拳脚相加,赵武对禹盛等三人喊:"彭大人早已谕示你等,检举不法官吏的告示须到处张贴,穷街偏巷为何不见?"

被彻底打醒、踢醒的禹盛、隆里、肖贵回答:"我等怕谭祖纶……"

彭玉麟收回拳脚往外便走,边走边对赵武说:"要他们明日来行辕听审谭祖纶。"

"你们听清楚了没有?明日来行辕听审谭祖纶!"赵武喊。

"听清楚了,听清楚了,明日来行辕听审谭祖纶!"

彭玉麟、赵武走后,禹盛、隆里、肖贵爬起。

隆里说:"知府大人,你没被打伤吧?"

肖贵说:"知府大人,知府大人,你不要紧吧?"

禹盛说:"没事,本府晕晕乎乎的,倒觉得清醒了。你们呢!"

隆里说:"和大人一样,没事,只是腰子疼,哎哟。"

肖贵说:"我也没事,也只是腰子疼。明天去听审谭祖纶,倒也能出一口平素被他欺压的恶气。"

彭玉麟打知府、踢知州知县的事，很快在静冈府城、长江沿岸传开。

第一个把这消息传开的是静冈府的一个衙役，此衙役在回家的路上，见着一朋友，将朋友拉到一边，轻轻地说："告诉你一件奇闻，你可别对他人讲。"

朋友说："你快讲，快讲，我听了就让它烂到心里头。"

衙役说："今天在知府大堂，巡阅使彭大人揪住禹知府头发，一拳将他打倒在地，又飞起一脚，将知州隆里、知县肖贵两人全踢翻在地。那肖贵听说要升知州了，岂不是一拳打倒静冈府，一脚踢翻两知州？"

朋友说："一拳打倒知府，又一脚踢翻两知州啊？！彭大人有这等功夫？！"

"可不是？彭大人是当年的雪帅，那功夫，不减当年。"

"为了什么事？"

"今天上午禹知府不是在爽心楼大摆宴席款待总督大人派来的赵防务么，那个姓赵的说是要修筑长江炮台以防日本进犯，却连去长江边上看一眼都没看，在爽心楼吃饱喝足、风流潇洒一番便走了。彭大人怒斥李总督瞎了眼，派这么一个混账东西主持长江防务。姓赵的已经走了，彭大人就把怒火发到了三位大老爷身上。"

"那个姓赵的原来是在爽心楼筑炮台'打炮'啊！"

衙役说："你别对外传啦，若被知府大人知道，我的饭碗就没了。"

朋友说："放心放心，我是木雕的菩萨绝不会开口。"

衙役刚走不远，此朋友见着另一朋友。

此朋友将另一朋友拉到一边："老孙，告诉你一件奇闻，你可别对他人讲。"

老孙说："'奇文'（闻）共欣赏嘛。"

此朋友说："那我就不讲了。"

"快说快说，我嘴严如贴狗皮膏药。"

此朋友便将衙役的话复述一遍。

老孙说："彭玉麟拳打禹盛,脚踢隆里、肖贵,知府知州算什么,我听说他还打过李鸿章呢!他是谁都不怕,当官的千万别去惹他。"

此朋友走后,老孙将老伍拉到一边,又要老伍千万别对他人讲,然后将那朋友的话复述一遍。

…………

就在"千万别对他人讲""万万不可外传"的传递中,长江沿岸传出童谣,儿童边玩游戏边唱:

赵防务,筑炮台,
炮台筑在爽心楼;
彭玉麟,发怒火,
一拳打倒静冈府,
一脚踢翻两知州。

五　堂上坐的也不过二品

在彭玉麟拳打知府、脚踢知州的当儿,刘维桢到了总督府。他对总督李宗羲说了些有关彭玉麟审谭祖纶的事,最后说:"李大人,彭玉麟说要参劾我,还请大人劝劝他……"

"喔,他要参劾你,却又事先告诉于你,这倒新鲜。"李宗羲说,"他要参劾你什么?"

"说要参劾我对谭祖纶不察之罪。"

李宗羲说:"谭祖纶若果真罪证确凿,你是负有不察之责啊!"

"说得这么义正词严,收我的礼金时怎么不义正词严拒绝?"刘维桢心里这么想着,嘴上说,"是,是,有些事我确实没看出来。"

他正想再来一句，谭祖纶连你也瞒着啊！言下之意是我不察你也不察，敲打一下。李宗羲已问道：

"你不是已经陪审了一次谭祖纶吗？那谭祖纶的问题到底怎样？"

刘维桢说："我陪他审的那一次嘛，也没审出个什么名堂来，这其中有两点令我不解，一点是彭玉麟似乎并不急于处置谭祖纶，要我陪他审了那么一次后，就搁置起来不提了。"

"喔，要你陪他审了一次后，就搁置起来不提了。第二点呢？"

"第二点是，受审的谭祖纶是一副毫不在乎的样子，他好像也抓住了彭玉麟什么把柄，所以毫不在乎。"

"喔，谭祖纶毫不在乎，他好像也抓住了彭玉麟什么把柄？他到底抓住了什么把柄呢？"

"是啊是啊，这就是我特意要请大人替我解答的两点，一个并不急于处置，一个毫不在乎。只有大人才能知道这二人是为什么。"

"喔，只有我才能知道吗？你在现场都不知道，我又怎么知道？"

"老奸巨猾，只知道喔、喔。反将我一军。"刘维桢心里嘀咕，但立即说："李大人，李大人，这个，这个只有烦请大人亲自去一趟，大人一去，一切便都迎刃而解。谭祖纶该怎么处置，大人你不出面，我看彭玉麟也不好处置。他并不急于处置，大概也是这个原因。不过我还得冒昧一句，他彭玉麟应该来请大人去啊！"

李宗羲说："喔，彭玉麟应该来请我。他不请我也应该去一下的，谭祖纶毕竟是在我的治下嘛，一个总兵犯事，我这个总督能不过问？谭祖纶直属你管，你有不察之责，我难道就一点都没有？"

"大人说得太对，太对了。"刘维桢没想到，他此行要说的最要紧的话，由总督自己说出来了。

李宗羲却说："什么说得太对太对了，我也事先告诉你吧，你要我劝彭玉麟别参劾你，彭玉麟要参劾谁，任何人都休想挡住，就是李鸿章李大人也挡不住！"

李宗羲说彭玉麟要参劾谁，任何人都休想挡住的话，令刘维桢一下从头凉到脚,说:"你,你竟然这样说,硬不肯帮我一把?!"

李宗羲如同没听见刘维桢的话:"我去彭玉麟那里,是还有一件要事请他帮忙。"

刘维桢更吃一惊:"还有要事请他帮忙?那,那我陪同大人前去。"

李宗羲说:"你陪同也行,不陪同也行。"

他怎么突然变得这么硬气了?难以捉摸,难以捉摸。刘维桢边想边说:

"我当然得陪同大人前去,我也好照料大人嘛。我这就回去做准备,恭迎大人,尔后护送大人去巡阅使行辕。"

李宗羲说:"不用。这次我也学一学彭玉麟,轻车简从。你就带上跟着你来的那几个人。我稍作整理,待会便出发,直奔彭玉麟那里。"

刘维桢心里喊道:"李宗羲啊李宗羲,你若全不帮我说话,我就要你退还银子。"

巡阅使行辕格外威严。

彭玉麟戎装披挂,端坐于行辕中帐案前。身后上方高挂宝剑,"清吏治,严军政,端士习,苏民困"十二个赫然夺目的大字旁边,粘贴了"为官视民若鱼肉而吾为刀俎者,皆可杀!"

赵武、李超、林道元、查敏、金满、张召等站立左边,陈峰及忠义营一些将领站立右边。

"旁听席"上,坐着禹盛、隆里、肖贵等。书记于"旁听席"上方单坐一处,桌上摆着笔墨纸张。

被押进来的谭祖纶环视两边武将,佯若无事,看见"旁听席"的禹盛、隆里、肖贵等,两道凶光直射。禹盛等忙低头,不敢与谭祖纶的目光相接。

赵武对谭祖纶喝道:"跪下!"

谭祖纶说:"我堂堂二品,堂上坐的也不过二品,我岂能下跪!"

赵武大怒，欲上前迫其下跪，彭玉麟以手势止住。

彭玉麟说："不错，我也不过二品，可你要我宣读圣命吗？我一宣读，你也不下跪吗？"

谭祖纶不语。

"今日本巡阅使就不要你下跪，由你站着，你愿怎么站立都行，但必须回答问话！"

话刚落音，外面报："李总督到！刘提督到！"

谭祖纶一听，显得有些欣喜，心里念道：今天这场戏可热闹了，彭玉麟，看我怎么要你下不了台！

彭玉麟对走进来的李宗羲、刘维桢略欠身而道："李总督、刘提督，本巡阅使正在审理忠义营原总兵谭祖纶一案，恕不离座相迎。"

李宗羲说："彭大人只管审，我们是来听听，可还是晚到了一步，抱歉抱歉。"

"是啊，彭大人只管审。"刘维桢说。

"那就请总督大人、提督大人监审。"

亲兵搬来座椅。李宗羲、刘维桢分坐彭玉麟两边。

"谭祖纶，总督大人来了，我要将你的种种罪行一一从头审问。你须据实回答。听清楚了吗？"

谭祖纶仍然不语。

李宗羲说："谭祖纶，彭大人问你的话，你还是得如实回答。"

谭祖纶说："总督大人发话要我回答，我就回答。"

刘维桢说："对嘛，这个态度就对了嘛。"

彭玉麟霍地站起："本巡阅使原无意宣读圣命，圣命早已传达至长江各域，之前且告知谭祖纶，本巡阅使不宣读圣命，不要你下跪，由你站着，你愿怎么站立都行，但必须回答问话！此时谭祖纶既以总督大人要他回答他才回答，刘提督亦赞其态度，看来圣命在此地不宣是不行了。"

彭玉麟展开圣旨，喊道："听宣！"

李宗羲、刘维桢、两旁站立的武将、"旁听席"禹盛等所有人慌忙一齐跪下，谭祖纶亦不得不跪下。

"钦命,一等轻车都尉、太子少保、前署兵部侍郎、漕运总督彭玉麟起复巡阅长江水师,着前往江皖一带,将沿江水师周密察看,妥筹整顿,出巡侦官吏不法着劾惩,将领不法着军法处置!"

所有跪着的人鸦雀无声。

"起来吧。"

李宗羲等众人爬起。谭祖纶亦跟着站起,彭玉麟喝道:"谭祖纶,你是本巡阅使侦查的不法将领,有何资格起来,跪下!"

谭祖纶只得跪下。

坐到原位的李宗羲对彭玉麟说:"彭大人,是我说话不周,以致谭祖纶猖獗,还请宽宥。"

刘维桢说:"我那话更不对,不对。"

"请彭大人按序审问。"

"总督大人要我按序审问,我就按序审问。"

李宗羲又被这话呛了一下,心里想,人说这个彭打铁,越是硬的越要打,果然如此,全不给我留点情面。

"谭祖纶,我先问你,你身为忠义营原总兵,当知战马之宝贵,为何将战马倒卖于市?"

谭祖纶说:"我不知有什么倒卖战马,许是彭大人道听途说诬告之言。"

"李超,将你在登丰镇买的战马牵来。"

李超出外,将战马牵进。

"谭祖纶,你且起来辨认辨认,这是不是忠义营的战马?"

谭祖纶站起看了看马,说:"是战马不错,可谁能断定就是忠义营的战马?做生意的倒卖战马,就是千里外也能到登丰镇来交易。"

"你不认这是忠义营的战马,但有人认得。带曹康!"

曹康被带进,一见彭玉麟便双腿跪下。

"彭大人,彭大人,有什么要问小的,小的全部如实回答。"

谭祖纶朝曹康射去恼恨的眼光。

彭玉麟说:"你起来,好好看看那匹马,是不是忠义营倒卖出去的战马?"

曹康围着战马转了一圈，跪下："大人，这是忠义营的战马。"

彭玉麟说："你怎么敢确定是忠义营的战马？"

曹康说："忠义营的战马钉铁蹄时，铁蹄有印记'忠'字，这马跑的路途并不太远，铁蹄上的字尚未磨掉，一看便知。"

彭玉麟说："你对马儿倒挺熟悉啊！"

"谢大人夸奖。其实不用看便知是忠义营的战马，谁敢到登丰镇来卖战马，不要命了？那是忠义营的地盘。这倒卖战马一事，是他……"曹康还是不敢看谭祖纶，低头以手指一下，"他指使的，可从中获大利。小的也从中得过小利。"

彭玉麟对刘维桢说："刘提督，曹康这个态度怎么样？"

刘维桢想，这个彭打铁，硬不忘还我那句话啊！嘴里答道："这个态度才是真的对，对！谭祖纶，你也得这样如实交代。"

谭祖纶恨恨地说："曹康，你这个小人！"

曹康心里说，都到这个地步了，我可得保全自己这条命。旋即又说："彭大人，我还有很多要说的。"

"行，你先下去，该问你时再要你来。"

"谢彭大人，谢各位大人。"

彭玉麟对李宗羲说："总督大人，这倒卖战马一事可定案了吧？"

李宗羲点头："可以定案，可以定案。"

"谭祖纶，我再问你，你私造将军府可是事实？"

谭祖纶说："你前次已经问过，还问什么？"

"上次你说'将军府'三字是总督大人所题……"

彭玉麟还未说完，李宗羲怒道："什么，谭祖纶说什么是我所题？我什么时候给你题过'将军府'？"

"李总督息怒。'将军府'那三字就算是你所题，也没有什么，题词书匾，无非也就是为得几个润笔费而已。可惜我彭玉麟的字自觉拿不出手，若能有李总督的书法，我也愿意给人写。"

李宗羲说："彭大人不必如此挖苦，我如果写了，这么点小事还不敢认？没写就没写嘛。你再问谭祖纶，究竟是谁写的？"

"我知道了，"彭玉麟说，"李总督并没有专为谭祖纶题写'将军府'，而是在练笔时，今天写个'将军'，明天写个'总督府'，写完便扔了，有人把总督扔掉的字捡起，送与需要之人，挑出'将军府'三字，凑到一块，便成了总督大人所题，以此炫耀。"

李宗羲说："除非如此。"

"谭祖纶，你私自建造了将军府这事还有什么需要辩驳的吗？"彭玉麟说，"要不要我传证人？或将所画样图呈总督大人看看？或者一起去趟你那将军府？"

刘维桢说："谭祖纶，前次审你此事，我就说过，你建的那什么将军府，谁人不知，还能瞒得过去？"

"建便建了，就建在坪山，又怎地？"

彭玉麟说："好，李总督、刘提督，还有那边的禹知府等各位，谭祖纶私造将军府一事，可以定案了吧？"

这话刚落，谭祖纶说："我有话要当着李总督、刘提督等大人说，但说的不是将军府，而是有关这位彭大人的，不知彭大人敢不敢让我说？"

"当然可以让你说，但还不到让你说的时候，我也当着李总督、刘提督等大人的面，保证给你说话的机会，而且让你站着说。"

刘维桢一听谭祖纶的话，窃喜，他可能真抓有彭玉麟的把柄，到时候看彭玉麟怎么办？便故意厉声说道："谭祖纶，你不得胡言蛮搅！彭大人说了会给你说话的机会，就定会让你说，现在听审！"

"谭祖纶，在你私造的将军府内，藏有黄金白银，黄金折算为白银，共计一百二十万两！你从何所得？"

彭玉麟此话一出，李宗羲吃惊，禹盛、隆里、肖贵等皆大吃一惊。

"你，你藏有那么多黄金白银？"李宗羲不由地说。

禹盛、隆里、肖贵则交头接耳：

"是说一百二十万两吗？！"

"一百二十万两！了得！"

"难怪总是要我们'出血'！"

…………

谭祖纶说:"这一百二十万两是如何断定的?"

"查敏、张召,你们与他说说。"

查敏喊道:"抬进来!"

两个亲兵吃力地抬着一个箱子进来,放下。

"打开!"

亲兵打开箱子,一片惊讶声。

一箱子满满的黄金。

张召说:"在谭祖纶将军府搜出白银装箱共计二十箱,黄金装箱一箱。二十箱白银俱封存在将军府。总计折算一百二十万两白银。"

彭玉麟说:"各位如有兴趣,可亲自前往谭祖纶将军府观看。"

刘维桢问道:"谭祖纶,你私藏这么多银两意欲何为?"

"这个,这个,我是为战备需要所储。"

谭祖纶这么一回答,刘维桢心里暗说,这个王八蛋,此话倒是说得巧妙。

"将军府内还藏有十二个女子,也是为战备需要所储吗?"彭玉麟喝令,"查敏,将那些女子带进!"

十二个女子排队走进。

一见到彭玉麟,女子纷乱散开,先后跪下,各喊:

"彭大人,我们是被他强抢来的啊,请大人为我们做主。"

"彭大人,我是他花三两银子从我父母手里买来的。原说是当丫鬟,可来后就逼迫……我不从啊!"

…………

"别喊了,别喊了,我都已经查清楚了。"查敏说,"彭大人会给你们一个公道。"

"先将她们带下去,仍在安顿处暂住,派人联系她们家人,待谭祖纶案结后,发放路费,各自回家。"

彭玉麟此话一落,女子们喊:

"谢彭大人!"

"谢青天大老爷!"

……………

谭祖纶掉转脑袋瞧十二个女子出去，哼一声："哼，在座的有和这些女子打过交道的，难道就不和她们打个招呼吗？"

彭玉麟说："呵，你这话里有话啊！能说明白点吗？"

谭祖纶又哼一声："哼，自有人心里明白。"

"彭大人，我看这赃银可以定案了。"刘维桢恐谭祖纶再讲出不利于他的话，赶紧说。

彭玉麟知刘维桢转移话题，但也不愿谭祖纶就这个问题纠缠，以免分散"火力"，便说："赃银不止这一百二十万两现银，刘提督你是知道的，我这里还有谭祖纶所送二十万两银票。"

李宗羲、禹盛、隆里、肖贵等又是惊讶。

"谭祖纶，你以二十万两银票行贿于我，是希图本巡阅使放你一马，可惜啊，本巡阅使从不积钱财，不攒银票。你这二十万两银票，本巡阅使已登记在册，交巡阅簿吏收管。刘提督早已见过银票，李总督、禹知府，你们需要看看银票吗？"

李宗羲说："不用看了。赃银可以定案。"

禹盛、隆里、肖贵等附耳轻议：

"二十万两银票，啧啧。他竟一文不取。"

"难以做到呵，不能不服他啊！"

"朝廷上下恐也只有他能这样。"

……………

赵武见他们交头接耳，喊道："禹知府，彭大人问你们要不要看银票呢！"

禹盛、隆里、肖贵等一齐起身作揖："我等衷心钦佩彭大人之廉洁，当为我等楷模！"

彭玉麟说："你们如此捧我，以为我一高兴就会放过你们吧，审完谭祖纶再说你们的事！"

禹盛等颓然坐下，个个心头鹿撞。

听彭玉麟对禹盛等的言辞，刘维桢想，这个彭打铁，是在敲打我啊！得要李宗羲敲打他一下才行，审谭祖纶就审谭祖纶，别他娘的乱打铁。他遂对李宗羲轻声说道："总督大人，你也坐这么久了，是否休息一下？"

"是要休息一下了。"李宗羲对彭玉麟说，"彭大人，能否休息休息再审？我还有事要和你商量。"

"呵，我忘了，总督大人鞍马劳累，还没歇息一下，是我疏忽，疏忽。再说，也快到吃饭的时候了，饭后再审。"彭玉麟又对谭祖纶说，"谭祖纶，你也好好歇息一下，你不是还有关于我的问题要对总督大人、提督大人说吗？歇息的时候可以把要说的准备得再充分一些。"

彭玉麟陪同李宗羲、刘维桢走进行辕饭堂。

饭堂内有一小隔间，彭玉麟引李宗羲、刘维桢走进。

彭玉麟说："这是我的专用餐间，李大人、刘大人请坐。"

一亲兵端来一壶茶，分筛进三个粗茶盅，放下茶壶，退出。

彭玉麟端起粗茶盅："二位大人，请以茶代酒，先喝，先喝。"

"'以茶代酒'也得等菜上了后再说吧，他这是什么规矩？"刘维桢想。

三人喝了一会儿茶，端茶的亲兵进来，端上一碗辣椒炒肉。

"这是彭大人特为二位大人添加的菜。"亲兵放下辣椒炒肉，接着又陆续端来三碗菜，全是蔬菜。最后端上一大碗米饭。

亲兵正要给三位盛饭，彭玉麟说："你去吧，我为二位大人盛饭。"

彭玉麟为李宗羲、刘维桢盛完饭，自己盛上一碗，如同乡里老农，大口而吃。

彭玉麟这是有意如此呢，还是一贯如此？待我也去来个"私访"。刘维桢说："二位大人，不好意思，我去方便一下。"

刘维桢走出小隔间，对侍候在外的端菜亲兵招招手。亲兵走到他面前。

"大人有何吩咐？"

刘维桢轻声说："我问你，你们彭大人平时也是吃的这种饭菜吗？你如实告诉我，我给你赏钱。"

"彭大人平时可没有这种好伙食，以辣椒和豆豉酱为主。今天的肉是特为贵客所添，蔬菜加了油。小的不敢谎说。"

"喔！他真的如此节俭啊！"刘维桢掏出些碎银给亲兵。

"这个小的可不敢收。心领心领。"亲兵赶紧走开，仍回到小隔间门外。

"彭玉麟如此节俭，他的钱都用到哪里去了呢？"刘维桢想。

刘维桢的这个疑问，清人著述里给出了答案，著述记载：

"彭玉麟'其所需费'，自总师以来，积有银五千两，放在某典生息，一身及仆从，惟取其息，以供日用。所食多蔬菜，少肉味。历任应领养廉俸银及军营例支官品银，悉出以佐义举。"原来都拿去做公益事业了。

吃完饭，彭玉麟领李宗羲、刘维桢到他的行辕临时书房。

书房内，彭玉麟画的梅花"怒放"。

刘维桢看着彭玉麟所画梅花及自题诗，说："彭大人的梅花，果然如题诗所言，是'别有闲情逸韵在，水窗烟月影横斜'啊！"

"刘大人谬赞，此时我哪有什么闲情逸韵。"彭玉麟转对李宗羲说，"李大人，你说有事要和我商量。刘大人在此谅无妨吧。"

刘维桢说："我还是回避为好。"

李宗羲说："无妨，无妨。"

彭玉麟说："那就请李大人直说。"

"行，我就直言了。"

李宗羲一说"直言"，刘维桢以为这位总督要为彭玉麟参劾他的事说几句，孰知李宗羲说出来的是：

"彭大人，日本侵略我国台湾，东南沿海形势紧张，继而又扬言要沿水路内犯江宁。我身为两江总督，御敌卫境自是本总督之责。可我不瞒彭大人，对于军事，本人确非内行。故所谓有事相商，实乃想请彭大人为我筹划长江防务。"

"李大人要我代为筹划长江防务？"彭玉麟也没想到这位总督要

和他相商的是"长江防务"。

李宗羲说："正是。彭大人百战功高，勋业灿然，尤对长江，了如指掌，创水师，定营制，首倡防江必须防海，力御外侮。如我没记错，试航中国所造第一艘机器动力兵轮'恬吉'号，从上海至太平府采石矶的，便是雪帅和曾国藩大人。奏请长江水师宜练陆战，水陆两栖，攻防兼备，亦是雪帅。今又起复巡阅长江，正是天意助我。还请彭大人万勿推辞。"

彭玉麟想，他身为总督，竟直言不讳，毫不掩饰，且当着刘维桢之面，说自己不懂军事，就此点而言，诚为难得。

"李大人，不是有赵继元在主持长江防务并督造长江炮台吗？"

李宗羲在和彭玉麟说时，刘维桢心里暗道："李宗羲这人也是，身为总督，竟说自己在军事方面是个外行，不怕彭玉麟取笑。之前谭祖纶仅说了句总督大人发话他就回答，彭玉麟便当场宣读圣命，令你跪地听宣，他还会帮你筹划长江防务？自讨没趣。这不，彭玉麟就以赵继元来搪塞了。"

李宗羲说："唉，赵继元是李鸿章大人的妻兄，李大人推荐，我有什么办法？但我对他着实不放心啊！"

刘维桢一听，得，我得给他再凑上一句，遂说："李鸿章大人推荐的人，确实没有办法。不放心也没有办法。"

李宗羲正色道："什么不放心也没有办法！防务大事，岂能儿戏，倘有差池，上负朝廷，下负黎民百姓……"

"李总督此话说得好，我彭玉麟若不答应代为筹划长江防务，亦是上负朝廷，下负黎民百姓！"

李宗羲一听，当即向彭玉麟打拱行礼："有彭大人筹划，我李宗羲就实实放心了。"

彭玉麟赶紧还礼："李大人，咱们同心协力。"

"弄来弄去，他俩倒成一条线了。"刘维桢大失所望。刘维桢没想到，这位被他认为"和彭玉麟成一条线"了的总督，后来在处置谭祖纶的问题拍板时，给彭玉麟出了一个最大的难题，几乎无解。

当下李宗羲说："彭大人，所有筹划，都听你的。我绝不插手干扰。"

彭玉麟说："好，审理完谭祖纶，我即以长江防务为中心，整顿长江水师，加强长江防务，定叫日本不敢内犯！"

李宗羲说："彭大人，我见你书有'清吏治，严军政，端士习，苏民困'于中帐，请问是否为你向朝廷所献之策？"

"李大人说得不错，这是我认为自强以御外侮之根本计。"

李宗羲说："只要做到这四点，何愁国力不强，国力一强，外敌自不敢欺凌。"

刘维桢感到自己被冷落，说："彭大人还书有'为官视民若鱼肉而吾为刀俎者，皆可杀！'是该杀，该杀。"

"呵，刘大人也说该杀。"彭玉麟说，"行，我们就接着去审谭祖纶，看他到底该不该杀。"

李宗羲说："彭大人，走，接着去审谭祖纶。"

彭玉麟边走边想，人都说李宗羲是个迷糊，在长江防务军事部署上，他能知道自己是个外行，这一点并不迷糊嘛。

刘维桢则想，搞了半天，李宗羲是要彭玉麟帮他筹划长江防务，现彭玉麟已答应。要他劝彭玉麟别参劾我的事，看来是别指望了。我得要他退还银子。

行辕中帐，审问继续。

"谭祖纶，你任忠义营总兵时，可有吃空饷之事？"

谭祖纶说："不知有此事。"

"陈峰，你原为忠义营参将，你来说。"

谭祖纶旋即狠狠横陈峰一眼，心里骂道："叛贼！我早知你是一个叛贼！"

陈峰说："忠义营吃空饷之事比比皆是。"

彭玉麟说："讲具体的。不要泛谈。"

陈峰说："万安就是典型一例。他从未在忠义营报到，只为谭祖纶一人效力，却月月领饷。可要万安自己来说。"

"带万安。"

万安拄拐而进，正欲下跪。彭玉麟说："你有伤免跪。陈峰说你从未在忠义营报到，却月月领饷，可有此事？"

万安说："确实如此，小的只为谭祖纶效力，却月月在忠义营领饷。"

"谭祖纶，你还有何话可说？"

彭玉麟刚一说完，谭祖纶便道："万安的月饷是我从自己的月饷中发给他的，与忠义营无关。你再问他是不是如此。"

"万安你说。"

万安说："小的自知罪孽深重，只请彭大人快快定罪。"

"你的罪绝不会轻饶，但得另案审定。带下去。"

陈峰说："还有曹康可证空饷之事。再不然，可调忠义营名册簿，核对实际人数，便知虚实。"

曹康一进来便说："彭大人，小的在外面已听清要问小的什么，忠义营吃空饷，诸将皆知。小的受钱文放调派所带来的兵丁中就有临时凑数的，传几个来便可作证。"

"我他娘的怎么尽养些白眼狼。"谭祖纶心里"呸"道。

"谭祖纶，要不要传几个临时凑数的来？"

谭祖纶说："吃空饷有什么了不得，哪个军营不吃空饷？！只怕你彭大人查都查不过来。"

"谭祖纶，怎么让你这么一个人当了总兵？吃空饷不以为耻、反以为荣，把我大清军营将官的脸都丢尽了！"

李宗羲此话一出，刘维桢思量，李宗羲为感谢彭玉麟愿为他筹划长江防务，已完全替彭玉麟说话了，我这不察之罪也难免，只有到京城去找关系了。如果谭祖纶说出送老子的银子，老子不认账他也莫奈何，老子又没打收条。

跪着的曹康说："彭大人，还有什么要问小的？"

"你且起来，站立一旁。"彭玉麟转而对陈峰说，"陈峰，你再说说谭祖纶是如何暗地里调兵图谋不轨。"

"巡阅使大人从忠义营回到巡阅使船后，谭祖纶即将陈峰部调出，令开往静冈，前营由他亲自指挥，同时调动水师一营前往石落塔，形成对巡阅使船队水陆夹击之势。"

"胡说八道！"谭祖纶说，"什么形成对巡阅使船队水陆夹击之势，那是军事演习。"

陈峰说："此前从未部署过军事演习，军营纪律涣散到士兵打牌赌博，日上三竿方开营门，买官卖官成风……为何巡阅使船队一到，便来军事演习，三路异动兵力，全指向巡阅使船队？"

"正因为原来军纪不严，士兵战斗力下降，才要搞军事演习嘛。"谭祖纶说，"当然也是为让巡阅使看看嘛。"

彭玉麟说："林道元，你对谭祖纶说说如何截退水师一营。"

林道元说："末将率五只战船到石落塔以西，水师一营十倍于我兵船已近石落塔，末将传巡阅使大人令，命其返回，陈峰又派人赶到，水师一营始退。"

李宗羲说："那么多兵船往巡阅使船队驻地开来，事先并未禀告，确有兵变之嫌啊！"

"干脆再烧一把火，让彭打铁快点将他收拾算了，老子好脱身上京城。"刘维桢心里这么一想，便说："兵变，谭祖纶这就是兵变！彭大人，谭祖纶倒卖战马、私造将军府、所藏赃银数目巨大，现又审明吃空饷、未遂兵变，完全可以宣判了，别再和他浪费时间。"

"刘大人，你就不怕我说出对你不利的话吗？"谭祖纶狠狠盯着刘维桢。

"我有什么怕你说的。"刘维桢对谭祖纶使眼色，我这是为你好，就此定案，彭玉麟杀不了你。再审下去，你的罪行就更多了。他记起了娟儿所说王浩忠的被杀，若将王浩忠之死一审，那就真的只有死了。

彭玉麟不理会刘维桢的话："谭祖纶，本巡阅使曾请你上船议事，你为何装病？"

谭祖纶说："天有不测风云，人有旦夕祸福，我突然病了，怕传染给你，所以推迟。"

"曹康，谭祖纶说突然患病怕传染与我，他在这期间究竟是养病还是干别的什么，你来告诉我们。"

曹康说:"谭祖纶什么病也没有,是钱文放说他上船定有风险,他遂以突患风寒支走巡阅使派来的人,然后便布置三路兵力。刘提督派杜贵来要他上船,他临走时要我等都听从钱文放调派,钱文放便派我带人装成百姓,潜伏于巡阅使船附近,并要我伺机杀入船舱,我知这是谋反之罪,并未执行,于半路止住士兵。这后面的事彭大人都知道了,我主动缴械后被带到了这里。"

"谭祖纶,你兵变未遂,竟还要曹康带人杀入巡阅使船舱,罪当处斩!"刘维桢故意这么说,他从曹康的话里已听出,刺杀是钱文放安排的。

"钱文放和万安还要我设伏射杀巡阅使大人轿队!万安则趁巡阅使行辕空虚,刺杀彭大人。"金满气愤而言。他这一说,谭祖纶哈哈大笑起来。

"那是钱文放安排的,与我有什么关系?"谭祖纶说,"其时我已被关押于船上,连谋划都谈不上,我到哪里去谋划?可将钱文放带来,跟我当面对质,看我是否要曹康带人杀入船舱,是否要这位我不认识的人设伏,是否要万安行刺?"

"可你,你在要我等听钱文放调派之前,已和钱文放商量过要如何对付彭大人。"曹康说。

"我和钱文放商量过吗?你这是污蔑。只有钱文放来对质,方可证实。"

一心想要免掉自己死罪的曹康立即说:"彭大人,钱文放抓来了吧?要他来对质。"

彭玉麟说:"钱文放跑了,没有抓到。"

"那,那怎么办?"曹康急了,"他说我是污蔑。我可没有污蔑,我句句是实。"曹康一急,反而想出了应对之话,忙又说,"对了,谭祖纶和钱文放商量如何对付彭大人时,还有其他人在场,容我想想还有谁,这些人肯定没有跑掉。他们可作证。呵,我记起来了,还有谭皖在场。"

"曹康你这个小人,平时唯老子马首是瞻,伺候老子如爷,诌媚奉承至极,老子一倒霉你翻脸最快……"谭祖纶骂道。

彭玉麟说:"谭祖纶,你这一点没说错,凡谄媚奉承,将你吹捧上天之辈,你从天上掉下来时,第一个给你踏上一脚的,必是此辈无疑。"

"彭大人,可将谭皖押来作证。"曹康如同没听懂彭玉麟所指即含他。

"用不着,"彭玉麟说,"我这是要让李总督、刘提督都知道这些,李总督和刘提督绝不会想到会有这种事发生吧?"

李宗羲说:"确实没想到。若不是彭大人防范处理,在我两江之地将发生前所未有的事件,我难脱干系。"

刘维桢说:"压根儿没想到,谭祖纶会如此丧心病狂。"

"两位大人还有绝对不会想到的事呢!"谭祖纶说。

李宗羲和刘维桢不禁愕然,谭祖纶怎么突然说出此话?正愕然间,谭祖纶喊道:"彭玉麟有两大不可赦免之罪!"